Richard Dübell
Viking Warriors
Der Speer der Götter

Richard Dübell

VIKING WARRIORS

Der Speer der Götter

Band 1

Ravensburger Buchverlag

Bibliografische Information der Deutschen Nationalbibliothek:

Die Deutsche Nationalbibliothek verzeichnet diese Publikation in
der Deutschen Nationalbibliografie. Detaillierte bibliografische Daten
sind im Internet auf www.dnb.d-nb.de abrufbar.

1 2 3 4 5   E D C B A

Originalausgabe
© 2016 Ravensburger Buchverlag Otto Maier GmbH
Text © 2016 Richard Dübell
Dieses Werk wurde vermittelt durch die Literarische Agentur
Thomas Schlück GmbH, 30827 Garbsen.

Lektorat: Ulrike Schuldes
Umschlaggestaltung: Nele Schütz Design, München
Verwendete Motive von shutterstock/hjochen, shutterstock/Khoroshunova
Olga, shutterstoc/AS Inc, shutterstock/Algol, shutterstock/Ryszard
Filipowicz, shutterstock/Elenarts und shutterstock/Olaf Naami.

Alle Rechte dieser Ausgabe vorbehalten durch
Ravensburger Buchverlag Otto Maier GmbH,
Postfach 1860, D-88188 Ravensburg

Printed in Germany

ISBN 978-3-473-40142-0

www.ravensburger.de

Froh lebt der, der freigebig und kühn lebt.
Er kennt keine Sorge.
Furcht hegt der Feigling.
Neid frisst den Geizhals.

Aus dem Hávamal, dem »Hohen Lied des Nordens«
in den skandinavischen Götter- und Heldensagen

1. LIED

LOKI

I.

Im ersten Moment dachte Viggo, er würde immer noch träumen.

So, wie es um ihn herum aussah, hätte das auch durchaus sein können. Viggos Träume waren wirr und seltsam gewesen. Naturkatastrophen waren darin vorgekommen, Feuer und Wind und Stürme und Flutwellen. Und er selbst war immer mitten in diesem Chaos gewesen. Prima.

Wahrscheinlich war der heftige Gewittersturm, der in der Nacht über seine Heimatstadt hinweggezogen war, an diesen Träumen schuld gewesen. So, wie er auch für den Zustand der gesamten Gegend verantwortlich sein musste.

Blätter, Zweige, ganze Äste lagen auf der Straße, platt gefahren dort, wo bereits Autos darübergerollt waren. Der Asphalt glänzte vor Nässe. Es musste bis kurz vor dem Morgen noch geregnet haben. Jetzt war der Himmel tiefblau und mit zerrissenen grauen Wolken gesprenkelt, die schnell dahinzogen, obwohl auf dem Boden fast kein Wind spürbar war. Von einer Nebenstraße ertönten ein rhythmisches Klopfen und Sauggeräusche. Als Viggo durch das Fenster des Schulbusses dort hinüberspähte, sah er ein THW-Fahrzeug, das Wasser aus einem vollgelaufenen Keller pumpte. Aus dem Saugrohr quoll ein dicker Strahl und überschwemmte die Straße. Um die Gullys am Straßenrand hatten sich Schlammpfützen gebildet. Die Abflüsse mussten übergelaufen sein, und als das Wasser versickert war, hatte es den Schlamm zurückgelassen.

Sämtliche Nachbarn waren schon auf den Beinen und damit beschäftigt, abgeknickte Äste abzusägen und das herabgewehte Laub mit Straßenbesen aus ihren Einfahrten zu fegen. In einem Baum hing eine Abdeckplane, deren Besitzer vergeblich daran zerrte. Eine Reihe Tomatenpflanzen, die ein paar Gärten weiter stramm in einem Gemüsebeet gestanden hatten, lagen wie hingemäht auf der nassen Erde. Viggo sah sich die Bescherung an und wurde das verwirrende Traumgefühl nicht los.

Der Schulbus fuhr langsam. Es war dumpf und stickig darin, die Scheiben waren von der Feuchtigkeit beschlagen wie im Winter. Das Schaukeln des Fahrzeugs lullte Viggo ein. Der Bus musste weiter vom Eingang des Schulgebäudes entfernt halten als gewöhnlich, denn das Wasser aus einem Gully hatte hier einen kleinen See gebildet. Die Schüler drängelten sich auf dem Gehsteig an der riesigen Lache vorbei, schubsend und lärmend. Viggo ließ sich lustlos mittreiben.

Der Mann, der auf der Straße stand, wäre ihm wahrscheinlich nicht aufgefallen, wenn er wie die anderen in der Menge mitgelaufen wäre. Obwohl der Typ so nahe am Rand der Wasserlache stand, dass er eigentlich auffallen musste. Seine Schuhspitzen schienen das Wasser zu berühren. Er betrachtete die Schülerhorde mit einem leichten Lächeln. Viggo hatte plötzlich das beklemmende Gefühl, dass er in Wahrheit nur ihn beobachtete.

Im Klassenzimmer plumpste Viggo auf seinen Stuhl und versuchte sich zu erinnern, welcher Tag gerade war und welche Fächer sie hatten. Ach ja – erste Stunde: Mathe. Hatte er überhaupt die Hausaufgaben gemacht? Viggo spähte in sein Schulheft. Der letzte Hausaufgabeneintrag stammte von der vorletzten Mathestunde. Mist! Irgendwie hatte er das wohl vergessen. Was war denn nur los mit ihm?

Viggo sah zu Moritz hinüber, seinem besten Kumpel und Sitznachbarn. Vielleicht konnte er die Aufgaben noch bei ihm abschreiben. Doch da ertönte der Gong, der Lehrer kam herein und es war zu spät.

Viggos Mathelehrer hatte die Angewohnheit, die Schüler, die ihre Hausaufgabe vergessen hatten, an die Tafel zu holen und die Aufgaben vorrechnen zu lassen. Er war offenbar der Auffassung, dass das peinliche Gestotter vor der ganzen Klasse Strafe genug war. Beim Weg zur Tafel fiel Viggos Blick aus dem Fenster in den Schulhof. Zu seiner Überraschung stand der Mann von zuvor immer noch dort und schaute nach oben. Die Entfernung war zu groß, um genau sagen zu können, wohin er sah, aber Viggo war sicher, dass er zu seinem Klassenzimmer hochstarrte.

Und jetzt hob der Mann eine Hand und winkte! Er winkte Viggo! Der Junge blieb wie angewurzelt stehen und gaffte hinaus.

»Hast du heute Morgen 'nen Clown gefrühstückt?«, fragte der Lehrer. Viggo zuckte zusammen. Die ganze Klasse kicherte. Er musste wohl dagestanden und mit offenem Mund nach draußen gestiert haben wie ein Idiot. Ihm selbst war überhaupt nicht nach Kichern zumute. Er wandte sich an den Lehrer.

»Da ist ein komischer Typ im Schulhof«, sagte er. »Irgendein Fremder.«

Doch als der Lehrer an seine Seite trat, war der Fremde im Schulhof verschwunden. Als hätte es ihn nie gegeben. Stattdessen stand dort der Rektor und begutachtete die Zufahrt zu seiner Schule, die komplett unter Wasser stand. Es war ein harmloser Anblick. Aber Viggo bekam plötzlich eine Gänsehaut. Er hatte den Mann gesehen, da war er sich absolut sicher!

»Aber jetzt an die Tafel«, befahl der Lehrer.

Es war die volle Katastrophe. Je länger Viggo sich vorne abmühte, desto weniger fiel ihm ein. Es war, als ob alle Formeln, die sich jemals in seinem Kopf befunden hatten, gelöscht worden wären.

Das Lächeln des Mathelehrers verschwand allmählich und er runzelte die Stirn. Viggos Schulkameraden warfen einander Blicke zu. Viggo biss die Zähne zusammen, als der Lehrer ihn unterbrach und auf seinen Platz zurückschickte.

»Das ist eine glatte Sechs. So kenn ich dich gar nicht! Kannst du mir bitte mal erklären, was das Gekrakel an der Tafel bedeuten soll?«

Viggo, der jetzt hartnäckig auf sein Pult starrte, blickte auf. Fassungslos sah er, was dort an der Tafel stand. Er konnte sich nicht daran erinnern, es dort hingeschrieben zu haben.

Viggos Lehrer versuchte zu scherzen. »Vielleicht hast du ja 'ne neue binomische Formel entwickelt?«

»Nein«, sagte Viggo. Sein Gesicht brannte, aber sein Herz schien Eis durch seine Adern zu pumpen. Hatte *er* diese fremden Zeichen geschrieben? Ohne es zu merken?

Der Lehrer seufzte und malte eine Sechs in das Notenheft. Viggos Klassenkameraden starrten ihn ratlos an. Moritz flüsterte mitleidig: »Was bist du 'n heute für 'n Opfer, Alter?«

Im Kunstunterricht wurde es noch schlimmer. Viggos Kunstlehrer beschäftigte die Klasse meistens mit einer mehrwöchigen Projektarbeit, bei der sie in kleinen Teams Aufgaben bewältigen mussten. Zurzeit sollten sie ein Graffiti mit dem Namen der Schule entwerfen und auf große Kartons zeichnen. Leider waren Spraydosen dabei strengstens verboten.

In Viggos Projektteam war auch Mirja. Bisher hatte ihn das total gefreut, aber heute wäre es ihm lieber gewesen, Mirja wäre in einem anderen Team. Am Ende benahm er sich noch irgendwie täppisch und kippte ihr das schmutzige Wasser aus dem Malbecher über …

Oh nein!

Da war es auch schon passiert.

Mist.

Nachdem Mirja hysterisch schluchzend von ihren Freundinnen auf die Mädchentoilette geführt und halbwegs sauber wieder zurückgebracht worden war, war der Kunstunterricht Gott sei Dank zu Ende. Viggo saß vor dem verschmierten Karton – Mirja hatte nur die Hälfte des Wassers im Malbecher abbekommen, der Rest war auf dem Kunstwerk gelandet – und er konnte niemandem in die Augen schauen. Sein Kumpel Moritz tupfte lustlos mit einer Küchenrolle auf der Sauerei herum.

»Du bist ja heute wirklich der Superloser«, sagte Moritz. Es klang nicht mehr ganz so mitleidig wie in der Mathestunde.

Danach wurde es *noch* schlimmer.

Viggo und einige andere Jungs spielten regelmäßig auf dem Pausenhof Fußball. Sie schossen einen Ball zwischen sich hin und her mit dem Ziel, ihn möglichst lange in der Luft zu halten. Manchmal schauten einige Lehrer zu und bewunderten die immer größer werdende Geschicklichkeit der Schüler.

Als der Ball wieder zu Viggo kam, wollte er ihn mit dem Knie zu seinem Nachbarn weiterbefördern. Viggo riss das Knie hart nach oben, der Ball prallte ab und schoss mit einem Affenzahn in die falsche Richtung.

Er fand ein Ziel.

Mist!

Viggo schloss die Augen, als er den Aufprall des Balls hörte. Und das Klirren, mit dem die Kaffeetasse zu Boden fiel. Und das eher leise Rascheln, mit dem die junge Referendarin zusammensackte.

Konnte aus einer Referendarinnennase so viel Blut auf einmal kommen?

Als Viggo nach dem Gespräch mit dem Rektor in seine Klasse zurückkam, begleitete ihn die Durchsage des Konrektors über den Gang, der über das Lautsprechersystem erklärte, dass das Fußballspielen in der Pause ab sofort verboten und der Ball für den Rest des Schuljahres konfisziert sei. Dass die Gruppe der Fußballspieler allesamt eine Mitteilung an die Eltern erhalten würde und er selbst nur aus reiner Gnade keinen verschärften Verweis, hatte Viggo schon vom Direktor erfahren. Er plumpste neben Moritz auf seinen Stuhl im Klassenzimmer.

Moritz beugte sich zu ihm herüber und flüsterte ihm ins Ohr: »Alter, du bist so was von übel drauf!« Viggo ließ den Kopf sinken.

In der Mittagspause saß Viggo allein auf den Stufen, die zum Schulhof führten, als Oscar Robben aus der Parallelklasse ihn entdeckte. Oscar war ein Vollpfosten.

»He, Viggo«, sagte er. »Stimmt es, dass du Mirja aus Versehen vollgespritzt hast?«

»Hau ab, Oscar«, sagte Viggo, ohne aufzusehen.

»*Aus Versehen!*«, sagte Oscar und grinste anzüglich. »Da ist dir wohl was losgegangen, oder?«

Viggo rappelte sich auf, um sich einen anderen Sitzplatz zu suchen. Oscar stellte sich ihm in den Weg.

»Ich wette«, sagte er, »deinem Dad isses damals auch aus Versehen losgegangen – deshalb wollten deine Mam und dein Dad dich auch nicht behalten …« Er grinste hämisch.

Viggo war mit seinem Schicksal als Pflegekind immer offen umgegangen. Bisher hatte er damit keine schlechten Erfahrungen gemacht. Dass Oscar jetzt darauf anspielte, war eher ungewöhnlich.

Viggo sah auf, sprachlos und nicht in der Lage, etwas zu erwidern. Aus dem Augenwinkel sah er eine Gestalt im Anzug über den Pausenhof schlendern und war für einen Moment überzeugt, es wäre der Typ von diesem Morgen. Eine Gänsehaut lief über seine Arme.

Doch es war nur der Direktor. Er blickte uninteressiert herüber und verließ dann den Schulhof.

Oscar, der den Direktor nervös beobachtet hatte, entspannte sich. Langsam stahl sich ein Grinsen auf sein Gesicht. »Aus Versehen losgegangen«, wiederholte er höhnisch.

Es war Moritz, der Viggo von Oscar herunterzerrte. Da waren Viggo und Oscar schon ineinander verkrallt und die Stufen in den Pausenhof hinuntergerollt, wobei Oscar bei jeder Stufe unter Viggo gelandet war. Unten angekommen, hatte sich Viggo auf Oscars Brust gesetzt und den halb betäubten Jungen geohrfeigt – links, rechts, links, Vorhand und Rückhand, mit einer mechanischen Gleichmäßigkeit, die man nur hinbekommt, wenn man vor Zorn vollkommen außer sich ist.

Oscar schluchzte und rutschte auf dem Hintern aus Viggos Reichweite. Seine Wangen waren knallrot. Viggo, den Moritz mit beiden Armen umklammerte, wehrte sich nicht. Ihm war übel. Oscar kam auf die Beine und torkelte immer noch schluchzend davon, zum Eingang des Schulgebäudes. Sein T-Shirt war auf dem Rücken aufgerissen, durch die Löcher konnte man Abschürfungen erkennen.

»Hey, Alter«, sagte Moritz mit finsterem Blick zu Viggo, »das bringt dir einen Verschärften ein, nach allem, was du dir heute sonst noch geleistet hast.« Plötzlich hellte sich seine Miene auf und er grinste. »Aber Respekt! Der hat verdient, was du ihm gegeben hast.« Moritz klopfte ihm auf die Schulter.

Es wurde tatsächlich ein verschärfter Verweis. Und dass Viggo den letzten Schulbus nach dem Gespräch mit dem Direktor verpasste und zu Fuß heimlaufen musste, war dann auch schon egal. Viggo hatte mit dem Tag abgeschlossen.

Schlimmer konnte es nicht mehr kommen. Das dachte er zumindest.

2.

Als Viggo das Haus seiner Eltern betrat, erwartete ihn eine gehörige Überraschung. Der Typ, den er am Morgen im Schulhof gesehen hatte, stand bei ihm in der Wohnküche. Viggos Eltern blickten nervös und warfen dem Fremden unsichere Seitenblicke zu. Viggo spürte, wie auf einmal Angst in ihm hochkroch. Was war hier los?

»Das ist Herr Kohl vom Jugendamt«, sagte Viggos Vater und deutete auf den Besucher. »Er ist unser neuer Sachbearbeiter dort.«

»Koil«, verbesserte der Besucher. »Mit oi.«

Viggo streckte die Hand aus, um sie ihm zu reichen. Koil lächelte, ergriff aber die Hand nicht. Ein unangenehmes Schweigen trat ein. Herr Koil lächelte Viggo weiterhin an. Viggo kam es so vor, als würde eine Schlange ein Kaninchen anlächeln. Er war das Kaninchen.

»Herr Koil hat ein … äh … Geschenk für dich«, erklärte Viggos Mutter und verschlang die Hände ineinander.

»Eigentlich zwei Geschenke«, sagte Koil, der unentwegt lächelte. Seine Augen funkelten, sie waren so grün wie Smaragde. »Ich habe dir das hier mitgebracht.«

Auf seiner Handfläche lag ein kleines Säckchen aus hellem Stoff. Viggo hatte das merkwürdige Gefühl, dass es, als er die Küche betreten hatte, noch nicht da gewesen war. Aber vielleicht hatte er es auch einfach nicht gesehen. Gerade als er das Säckchen nehmen wollte, zog Herr Koil rasch die Hand weg und versteckte sie hinter seinem Rücken.

»Das zweite Geschenk«, sagte Koil, »ist eine Nachricht.«

Viggo wechselte einen Blick mit seinen Eltern. Sie zuckten mit den Schultern. Viggo ging auf, dass sie den Inhalt dieser Nachricht vermutlich schon kannten und dass die Nachricht das Geschenk darstellte, von dem seine Mutter gesprochen hatte. Das Säckchen war seinen Eltern wohl gar nicht aufgefallen.

Viggos Herz fing an zu klopfen. In die Angst, die die beklemmende Situation in der Küche in ihm wachgerufen hatte, mischte sich plötzlich Aufregung. Wenn der neue Sachbearbeiter vom Jugendamt extra in ihr Haus gekommen war, um Viggo eine Nachricht zu überbringen, dann konnte sie fast nur aus einer Richtung stammen.

Viggos Vater räusperte sich. »Deine leiblichen Eltern haben sich gemeldet.« Er lächelte. Viggo konnte sehen, dass es ihm nicht leichtfiel.

Viggos Herz pochte so heftig, dass er es am ganzen Körper spürte. Seine leiblichen Eltern hatten sich beim Jugendamt gemeldet! Zum ersten Mal seit vierzehn Jahren! Zum ersten Mal in Viggos Leben. Er wusste, dass die beiden Menschen, die er als seine Eltern betrachtete – und sie ihn als ihren Sohn –, in Wirklichkeit seine Pflegeeltern waren. Er war im Alter von sechs Monaten zu ihnen gekommen und hatte niemals andere Eltern gekannt.

Irgendwann vor ein, zwei Jahren hatte Viggo sich ernsthaft zu fragen begonnen, wer wohl seine leiblichen Eltern waren. Er wünschte sich, sie einmal kennenzulernen, und wollte wissen, woher er in Wirklichkeit kam. Der Wunsch war allmählich so stark geworden, dass Viggos Pflegeeltern das Jugendamt bestürmt hatten, dem Verbleib von Viggos Eltern nachzuspüren. Aber wie sollte man eine Spur aufnehmen, wo es keine gab? Viggo war als neugeborenes Baby nackt in die Kinderklappe eines Krankenhauses gelegt worden. Seinen Namen hatte ihm eine Krankenschwester gegeben. Und jetzt hatte das Jugendamt seine Eltern trotz allem ausfindig gemacht?

»Wie haben Sie … sie gefunden?«, stammelte Viggo. Seine Gedanken rasten. Vielleicht würde er tatsächlich bald seiner Mutter und seinem Vater gegenüberstehen. Wie würden sie aussehen? So wie er: kräftig, blond und groß? Würden sie sich freuen? Würde er sofort eine Verbindung zu ihnen spüren? Oder würden sie wie Fremde sein? Würde das Gefühl, auf der Welt irgendwie fehl am Platz zu sein, das er trotz seiner liebevollen Pflegeeltern immer gespürt hatte, jetzt endlich vergehen?

Viggo sah auf. Er war so in Gedanken versunken gewesen, dass er Herrn Koils Antwort offenbar nicht mitbekommen hatte. Seine Pflegeeltern sahen ihn erwartungsvoll an. »Wie bitte?«, stotterte er.

»Von uns aus ist das natürlich okay«, sagte sein Vater. Er schien das schon einmal gesagt zu haben und wiederholte auch die dazugehörige Frage: »Herr Koil hat eben darum gebeten, mit dir unter vier Augen sprechen zu dürfen.«

»Äh … ja«, sagte Viggo und blinzelte verwirrt.

»Das ist eine ganz große Nachricht für dich«, sagte Viggos Mutter. In ihren Augen standen Tränen.

»Kommst du?«, fragte Herr Koil. Und mit einem Mal stand er bereits auf der Treppe zum Obergeschoss. Viggo hatte gar nicht bemerkt, wie er dorthin gekommen war. Er nickte dem Jungen aufmunternd zu.

Erst als sie vor seiner Zimmertür standen, fiel Viggo auf, dass Herr Koil vor ihm hergegangen war. Als hätte er immer schon gewusst, wo Viggos Zimmer lag.

3.

Viggo stellte den Schulrucksack auf sein Bett und sah sich nach Herrn Koil um. Dieser studierte mit einer hochgezogenen Braue Viggos Habseligkeiten und Viggo nutzte die Gelegenheit, um ihn genauer zu betrachten.

Der Mann vom Jugendamt war groß und schlank und wirkte auch aus der Nähe erstaunlich jung. Er trug sein Haar unmodisch lang und streng nach hinten gekämmt. Es war glänzend schwarz. An seinen Händen saß kein Ring, er trug keine Armbanduhr – aber wenn er die Arme bewegte, sah es aus, als spitzte unter der Manschette seines langärmligen Hemdes ein Tattoo hervor, das bis zum Handgelenk reichte. Obwohl es Sommer war und warm, hatte er einen eleganten dunklen Anzug an. Viggo hatte noch nie einen Sachbearbeiter vom Jugendamt getroffen, der etwas Geschmackvolleres als ein Cordsakko mit abgewetzten Ellbogen trug. Koil bewegte sich komisch, wenn er ging, als hätte er rohe Eier in den Schuhen. Oder als wäre ihm – was für ein merkwürdiger Gedanke! – das Gehen auf festem Boden ungewohnt.

»Sie waren heute Morgen schon bei meiner Schule«, sagte Viggo.

»Ich? Das muss ein Irrtum sein.« Koils Lächeln wirkte irgendwie herausfordernd.

»Ich hab Sie gesehen. Und im Schulhof dann auch noch mal.« Viggo stutzte. War das nicht ihr Direktor gewesen? Aber bei dem Typ, der vor der Riesenpfütze gestanden hatte, musste es sich doch um Koil gehandelt haben – oder? Der Anzug, die nach hinten gekämmten Haare, die elegante Erscheinung …

»Ich hab Sie …«, begann er und verstummte dann verwirrt.

Koil deutete auf eine kleine Figur, die auf Viggos Regal stand. »Was ist das?«

»Ein Wikingerkrieger. Von Playmobil.« Viggo räusperte sich verlegen. Was sollte diese Frage? »Ich spiele nicht mehr damit. Der ist noch von damals übrig, als ich …«

Koil schüttelte mit einem verächtlichen Lächeln den Kopf. Viggo glaubte, ihn »Hörner am Helm?« murmeln zu hören. »Und was ist das?«

Erkannte Koil denn nicht, was das war? Oder wollte er Viggo verspotten?

»Ein Wikingerschiff. Ein Drachenboot. Das hab ich selber zusammengebaut. Können Sie mir sagen, was …« Es fiel Viggo schwer, das Thema wieder anzuschneiden. »… was das für eine Nachricht ist, die Sie mir …?«

22

»Das ist nicht fertig gebaut«, unterbrach ihn Koil und deutete wieder auf das Wikingerschiff.

»Äh … nein … das wollte ich noch …«

»Hast du vielleicht Schwierigkeiten damit, Sachen zu Ende zu bringen?« Koils Smaragdaugen schienen sich in Viggos Seele zu brennen.

»Nein!«, sagte Viggo heftiger als beabsichtigt. »Das fällt mir gar nicht schwer. Aber ich hab auch noch anderes zu tun. Außerdem ist das Modell blöd. Viel zu viele Schilde. Und das Segel stimmt nicht.«

»Darüber weißt du also Bescheid?«

»Darüber weiß ich zufällig Bescheid, weil ich das recherchiert habe!«

»Wenn du recherchiert hast – warum hast du dieses blöde Modell dann überhaupt gekauft?«

Viggo verzichtete auf eine Antwort. Die Wahrheit wäre gewesen, dass Viggo gar nicht recherchiert hatte. Er hatte das Modell zufällig bei einem Internetversender gesehen, als er nach etwas ganz anderem gesucht hatte. Es war billig angeboten worden und Viggo hatte plötzlich das Gefühl gehabt, es unbedingt haben zu müssen. Seine Eltern hatten ihm den Kauf erlaubt. Als er die Einzelteile ausgepackt und die Bauanleitung studiert hatte, hatte er die Fehler gleich entdeckt. Er hatte angefangen, das Schiff zu bauen, doch der Zauber war bald vorüber gewesen.

»Du weißt das also einfach?«, fragte Koil.

Viggo ignorierte die Frage, die anzudeuten schien, dass Koil seine Gedanken erraten hatte. »Und die Nachricht, die Sie für mich haben …?«, begann er erneut.

Koil wandte sich ihm zu. »Lass uns zuerst über das hier reden.« Er holte das Säckchen wieder hervor. Diesmal hätte Viggo schwören können, dass er es aus dem Nichts hervorgezaubert hatte.

»Mach mal hier auf dem Boden Platz.« Koil deutete vage auf Viggos übliche Schlamperei.

Nachdem Viggo Turnschuhe, Bücher und ein paar alte Socken beiseitegeschoben hatte, öffnete Koil das Säckchen. Er bückte sich und begann mit großer Geschwindigkeit ein paar kleine Gegenstände, die er aus dem Säckchen geholt hatte, in einen Kreis zu legen. Er stellte sich geschickt dabei an, obwohl er es sich schwer machte, weil er es vermied, in den Kreis hineinzusteigen.

Die Gegenstände waren kleiner als Briefmarken. Bei näherem Hinsehen erkannte Viggo flache graue Steine. Jeder von ihnen trug ein eingeritztes Zeichen, das auf den ersten Blick wie ein Buchstabe aus einem Alphabet aussah, das Viggo nicht kannte. Es waren sechzehn Steine. Noch während Viggo sie betrachtete, schienen sie vor seinen Augen zu verschwimmen und sich zu verändern. Aus einem aufrecht stehenden Zacken wurde plötzlich ein K. Ein Pfeil mit der Spitze nach oben wurde zu einem D. Eine Form wie ein Tor mit einem kleineren Seitenpfosten wurde zu einem U. Viggo schüttelte den Kopf und aus den Buchstaben wurden wieder unbekannte Zeichen. Er bückte sich schwerfällig, um einen der Steine aufzuheben.

»Finger weg!«, sagte Koil scharf.

Viggo zuckte zusammen und richtete sich auf. Ihm wurde schwindlig.

»Was ist das?«, brachte er hervor.

»Ein Tor«, sagte Koil.

Viggo starrte ihn an.

»Ein Tor, das dich zu deinen Eltern bringt. Zu deinen echten Eltern. Das ist die Nachricht, die ich für dich habe: Tritt durch das Tor. Finde deine Mutter und deinen Vater. Und …«, Viggo hatte das Gefühl, als könnte sich Koil gerade noch zurückhalten, um nicht zu viel zu verraten, »… und alles andere.«

Koil lächelte und machte eine einladende Handbewegung in Richtung des Kreises. Seine grünen Augen funkelten mehr denn je. In seinen Haaren tanzten Lichtreflexe. Oder waren es echte Funken?

Je länger Viggo ihn betrachtete, desto deutlicher sah er es …

»Ihre Füße berühren den Boden nicht«, sagte er wie in Trance. »Und … Sie werfen auch keinen Schatten.«

»Oh«, machte Koil und wirkte einen Moment lang beinahe verlegen. Er sank ein paar Zentimeter nach unten, bis seine Füße wieder den Boden erreichten. »Besser?«

»Sie werfen immer noch keinen …«

»Ja, ja! Hast du eine Ahnung, wie viel Konzentration es braucht …?« Ein Schatten entstand. Er fiel in die falsche Richtung und war zu lang. Koil musterte ihn. »Bah!«, stieß er hervor. Der Schatten verschwand und kam nicht wieder. »Gewöhn dich einfach dran, du Schlauberger.«

»Unten in der Küche hatten Sie auch keinen …«

»Natürlich nicht. Aber deine Pflegeeltern haben es nicht bemerkt. Normale Menschen bemerken so was nicht, solange es sie nicht in den Hintern beißt.«

»Wer sind Sie?«

Koil wirkte enttäuscht. »Herrje«, sagte er. »Ich habe dich offenbar überschätzt.«

Viggo schritt zur Tür. »Ich hab jetzt genug«, sagte er. Die Aufregung darüber, dass sich seine leiblichen Eltern offenbar gemeldet hatten, war in den Hintergrund getreten. Viggo war verwirrt und in ihm regte sich Wut. Er schluckte und ballte die Fäuste. »Ich hole meine Eltern.«

»Wozu?«

Viggo sagte verblüfft: »Um Sie rauszuwerfen!«

Koil lächelte. »Ich schwebe über dem Boden, ich werfe nur dann einen Schatten, wenn ich will, ich kann ein Tor aus Runensteinen errichten – und du glaubst, die zwei Sterblichen da unten könnten mich rauswerfen?« Die Smaragdaugen funkelten vor Vergnügen. Er schien es selbst nicht zu merken, aber er befand sich schon wieder eine Handbreit über Viggos Zimmerboden.

»Sterbliche?«, stieß Viggo hervor. »Runensteine?«

Koil seufzte. »Total überschätzt«, murmelte er.

»Wer sind Sie?« Viggo schrie es fast.

Koil hob eine Hand und begann mit dem Finger in die Luft zu zeichnen. Etwas wie feurige Buchstaben erschien. Doch es waren keine Buchstaben. Es waren Zeichen wie auf den Steinen.

Koil schob die Zeichen in eine andere Reihenfolge. Jetzt flackerten sie anders in der Luft. Viggo starrte sie sprachlos an. Er hatte diese Zeichenfolge heute schon einmal gesehen. Er hatte sie selbst im Unterricht auf die Tafel geschrieben, ohne dass er es gemerkt hatte.

»Was soll das heißen?«, fragte Viggo mit trockenem Mund.
»Streng dich an.«
Und plötzlich, als ob nichts einfacher wäre, konnte Viggo die Zeichen lesen. Sein Unterkiefer klappte nach unten.
Koil lächelte breit und deutete eine Verbeugung an. Seine hochgezogene Augenbraue schien gleichzeitig darauf hinzudeuten, dass es eigentlich an Viggo gewesen wäre, sich zu verbeugen, und Koil nur aus purer Gutmütigkeit nicht darauf bestand.
»Die einen nennen mich Loptr, die anderen Hvethrungr«, sagte er. »Aber bei diesen Namen bekommt man einen Knoten in die Zunge. Gestatten: Loki von den Asen.«

4.

Ich glaub, ich spinne, dachte Viggo.

Dann dachte er: Nein, andersrum! Der Typ spinnt. Koil ist ein Psychopath!

Während er das dachte, starrte er die flackernden Runenbuchstaben in der Luft an, hinter denen Koil mit seinen funkelnden grünen Augen eine Handbreit über dem Boden schwebte. Konnte ein Psychopath schweben und Feuerbuchstaben in die Luft zeichnen? Viggo wurde schlecht. Dann bekam seine Wut die Oberhand.

»Hauen Sie ab«, sagte er. »Sofort. Ich rufe meine Eltern, wenn Sie nicht gleich draußen sind.«

Die Feuerbuchstaben erloschen.

»Welche Eltern?«, fragte Koil und grinste. »Deine richtigen – oder die dort unten?«

»Das sind meine richtigen Eltern!«, rief Viggo. Er holte Luft und brüllte: »Mama! Papa!«

28

Ein paar Sekunden vergingen, doch niemand riss die Tür zu Viggos Zimmer auf und stürmte herein, um ihm beizustehen. Es kam auch keine Rückfrage von unten.

Viggo holte erneut Luft, doch dann schloss er den Mund. »*Sie* machen das!«, sagte er, immer noch bebend vor Zorn. »*Sie* sorgen dafür, dass sie mich nicht hören können.«

»Echt?«, sagte Koil. »Könnte ein einfacher Psychopath so etwas bewirken?«

»Lesen Sie etwa meine Gedanken?«

»Deine Gedanken stehen dir so klar ins Gesicht geschrieben, dass sogar ein Blinder sie erkennen könnte.« Koil musterte Viggo. Schließlich verschwand das Lächeln aus seinem Gesicht und er seufzte.

»Du bist nicht, was ich erwartet habe«, sagte er. Ohne sich die Mühe zu machen, wenigstens so zu tun, als ginge er über den Fußboden, bewegte er sich in den Ring aus Runensteinen. Ein verärgerter Blick traf Viggo. »Du wirst es bereuen, dass du diese Chance nicht ergriffen hast«, flüsterte Koils Stimme, doch da war er bereits verschwunden, als hätte es ihn nie gegeben.

Die Runensteine verblassten und wurden schließlich durchsichtig. Viggo bückte sich nach dem Säckchen, das neben dem Kreis auf dem Boden lag, doch es verblasste genauso wie die Steine. Er griff ins Leere. Eine Sekunde später sah sein Zimmer wieder so aus, als wären Koil und der Steinring nie darin gewesen, wenn man von der frei geräumten Stelle auf dem Fußboden absah.

Viggo lehnte sich gegen die Wand. War das wirklich geschehen? Er zwickte sich, dann gab er sich selbst eine Ohrfeige. Aber nichts veränderte sich. Jedenfalls war er nicht in einem Traum.

Viggo ging zur Tür und machte dabei unwillkürlich einen Bogen um die Stelle, wo der Steinkreis gewesen war.

Unten im Wohnzimmer saßen seine Eltern nebeneinander auf dem Sofa und sahen ihn erwartungsvoll an.

»Und?«, fragte Viggos Vater.

»Und was?«, erwiderte Viggo.

»Herr Koil hat uns beim Rausgehen gesagt, dass du es dir überlegen willst.«

»Beim … Rausgehen?«, wiederholte Viggo fassungslos.

Die Blicke seiner Eltern zeigten ihm, dass sie besorgt waren. »Ja, als er gegangen ist«, sagte sein Vater. »Gerade eben. Bevor du die Treppe herunterkamst.«

»Aber er ist doch einfach verschwunden!«, platzte Viggo heraus. »Er hat sich in meinem Zimmer in Luft aufgelöst.«

Seine Eltern sahen einander ratlos an. Dann schüttelte Viggos Mutter den Kopf. »Nein, er hat sich verabschiedet und gemeint, du wärst ein cooler junger Mann.« Viggos Mutter strahlte.

»Ein *Krieger*«, fügte Viggos Vater hinzu. »Was für ein merkwürdiges Wort. Aber diese Sozialheinis leben ja sowieso alle in ihrer eigenen Welt.«

Und schreiben Feuerbuchstaben in die Luft, schweben über

dem Boden und behaupten, Loki von den Asen zu heißen wie
der nordische Gott, dachte Viggo. In seinem Kopf liefen die
Gedanken im Kreis herum. Er konnte sich gerade noch zurückhalten, sie auszusprechen.

Das Abendessen war an Viggo vorbeigerauscht. Er hoffte, dass
er keinen Unsinn geredet hatte, konnte sich aber kaum daran
erinnern, was gesprochen worden war. Vermutlich war es den
ganzen Abend um seine leiblichen Eltern und darum gegangen, wie glücklich seine Pflegeeltern waren, ihn als Kind
bekommen zu haben. Viggo spürte eine so tiefe Liebe zu
ihnen, dass ihm die Tränen in die Augen steigen wollten; noch
stärker aber war das Gefühl der völligen Orientierungslosig-
keit.

Herr *Koil* vom Jugendamt?

Loki von den Asen?

Ha! Selbst der falsche Name war eigentlich nur ein müder
Witz. Das lahmste Anagramm der Welt. Loki von den Asen!
Der Gott der Trickserei. Der Gott der Hinterlist. Der Gott,
dem keiner der anderen Götter über den Weg traute und der
doch der schlaueste, wendigste und witzigste aller Götter in
den Sagen des Nordens war.

Götter … Sagen … Alles Quatsch! Dass Koil in den Steinkreis getreten und samt den Runensteinen verschwunden war,
hatte Viggo sich bestimmt bloß eingebildet, weil ihn die Nachricht von der Rückkehr seiner leiblichen Eltern so überrascht
hatte. Das war alles.

Und doch wusste er, dass die Begegnung mit Herrn Koil wirklich stattgefunden hatte. Er wusste es so, wie er gewusst hatte, dass das Modell des Drachenboots fehlerhaft war. So, wie er als kleines Kind schon gewusst hatte, dass keine Hörner an den Helm des Wikingerkriegers gehörten.

Als Kind hatte er alle mit seinem Wissen über die nordische Welt der Wikinger, ihre Sagen, ihre Entdeckungsfahrten und ihr kriegerisches Wesen genervt. Er hatte sich glänzend in der Welt der Wikinger und der ihrer Götter und Helden ausgekannt. Er hatte nur nie gewusst, weshalb. Er wusste es auch jetzt nicht.

Was er wusste, war das: Loki oder Loptr oder Hvethrungr war der Sohn eines Riesen. Die anderen Götter mochten ihn nicht. Auch den Menschen war er suspekt – niemand betete zu Loki oder benannte seine Kinder nach ihm. Loki war schuld am Tod des beliebtesten aller Götter. Der Sonnengott Baldur war durch einen seiner vielen Streiche umgekommen.

Alle Lebewesen und die ganze unbelebte Natur hatten auf Bitten von Baldurs Mutter geschworen, ihm niemals etwas anzutun. Nur die Mistel versäumte es, diesen Eid abzulegen. Bei einem Spiel, das die Götter zu ihrem Vergnügen spielten, feuerten sie Steine, Pfeile und Speere auf Baldur ab. Es war ein Riesenspaß, weil Baldur durch den Schwur ja unverwundbar war. Bis Loki kam und Baldurs blindem Bruder Hödur einen Pfeil auf den Bogen legte, der aus einem Mistelzweig geschnitzt war. Hödur bemerkte es nicht, spannte den Bogen, schoss den Pfeil ab – und um Baldur war es geschehen. Baldurs Tod brachte die Schöpfung aus dem Gleichgewicht – und damit begann Ragnarök, die Götterdämmerung, das Ende der Welt des Göttergeschlechts der Asen und der sterblichen Menschen. Naturkatastrophen, Kriege und Ungeheuer drohten die Schöpfung zu vernichten. Die Götter kämpften völlig vergeblich dagegen an und kamen alle um.

Der Untergang der Welt ... Viggo verdrehte die Augen. Der ließ ja ganz schön lange auf sich warten! Die Wikinger, die sich davor gefürchtet hatten, hatten vor über tausend Jahren gelebt. Und die Welt bestand heute immer noch, allen Naturkatastrophen und Kriegen zum Trotz. Anscheinend war Loki, der nach dem Tod Baldurs geflohen, aber von dem mächtigen Gott Thor eingefangen worden war, ganz umsonst dafür bestraft worden, dass er den Untergang der Schöpfung heraufbeschworen hatte.

Die anderen Götter hatten Loki in einer Höhle an einen Stein gefesselt, direkt unter einer Giftschlange, aus deren Maul unablässig Gift tropfte. Das Gift verätzte den unglücklichen Loki und verursachte ihm schreckliche Schmerzen. Nur wenn seine treue Gefährtin Sigyn neben ihm saß und das Gift der Schlange mit einer Schale auffing, war Loki vor diesen Qualen sicher. Doch Sigyn musste immer wieder fort, um die Schale zu leeren. Dem Willen der anderen Götter zufolge sollte Loki festgebunden bleiben und auf diese Weise leiden, bis die Welt unterging.

Schon allein deshalb konnte alles, was Viggo an diesem Nachmittag erlebt zu haben glaubte, nur kompletter Blödsinn sein! Herr Koil konnte gar nicht Loki sein, weil Loki – wenn Viggo annehmen wollte, dass es ihn wirklich gab – irgendwo festgebunden war und von Gift beträufelt wurde.

Trotzdem spürte er tief in seinem Inneren, dass dieser fremde Besucher mehr war als nur ein Sachbearbeiter des Jugendamts. So absurd die ganze Situation auch war, er wusste, dass die Buchstaben von Herrn Koils Namen, wenn man sie richtig herum zusammensetzte, den Namen »Loki« ergaben und dass er tatsächlich auch Loki *war*. Loki konnte Trugbilder erstehen lassen. War es womöglich auch ein solches Trugbild gewesen, als er in der Luft schwebte und keinen Schatten warf?

Und die Feuerbuchstaben?

Ebenfalls ein Trugbild.

Und die Runensteine?

Siehe oben.

Was nicht heißen musste, dass sie nicht doch als Tor funktionierten.

Aber ein Tor wohin?

Dorthin, wo sich Viggos leibliche Eltern aufhielten.

Viggo starrte aus dem Fenster. Draußen hämmerte der Regen gegen die Scheibe. Das Gewitter hatte irgendwann am Abend begonnen und tobte seitdem über Viggos Heimatstadt. Es war offensichtlich noch heftiger als das vom Tag zuvor. Die Nachrichtenkanäle überboten sich mit Meldungen über die sensationelle Stärke dieses Unwetters, das über die Region hinwegzog. Aber Viggo achtete nicht darauf.

Gab es wirklich ein magisches Tor irgendwohin, wo seine

Eltern auf ihn warteten? Und wenn ja – wieso war es dem Gott Loki so wichtig, dass er trotz all seiner Pein durch Zeit und Raum und über die Grenzen der Wahrscheinlichkeit hinweg ein Trugbild von sich selbst schickte, um Viggo die Botschaft davon zu überbringen?

Der Blick fiel Viggo ein, den Koil-Loki ihm zugesandt hatte, bevor er im Steinkreis verschwunden war. Als ob es Loki persönlich wichtig wäre, dass Viggo das Tor benutzte. Dabei ging es doch um Viggos leibliche Eltern, und ein Wiedersehen mit ihnen konnte für niemanden außer für Viggo selbst von Bedeutung sein, oder?

Draußen tobte das Gewitter und ließ das Haus von den Windböen erzittern. Viggo zitterte auch, denn in seinem Inneren brodelten widerstreitende Gefühle. Viggos Zimmer wurde immer wieder hell ausgeleuchtet von den flackernden Blitzen.

Doch dann leuchtete plötzlich alles um ihn herum in einem noch grelleren Schein, und hinter seinem Rücken sagte Lokis Stimme: »Es ist ziemlich unverschämt von dir, dass ich deinetwegen bei diesem Sauwetter noch mal rausmuss.«

5.

»Willst du deine Eltern kennenlernen?«, fragte Loki. Er schwebte neben der geschlossenen Zimmertür und schimmerte in einem strahlenden Grün, als wäre seine Gestalt von innen her erleuchtet. Das Schimmern war so hell, dass der Rest des Zimmers stockdunkel dagegen wirkte. Loki trug immer noch die Verkleidung als Herr Koil vom Jugendamt. »Dann geh durch das Tor. Ich will dir noch eine letzte Chance geben.«

»Ich pfeife auf Ihr bekacktes Tor!«, sagte Viggo, nachdem er seine Überraschung und den Schreck über den unerwarteten Besuch überwunden hatte. »Hauen Sie endlich ab!«

Loki unterdrückte ein Gähnen.

In Viggo kochte der Zorn so schnell hoch, dass er drohend einen Schritt nach vorne trat. Dann hielt er entsetzt inne. Hatte er etwa gerade vorgehabt, Koil anzugreifen? Und wenn er es getan hätte? Wäre sein Faustschlag einfach durch ihn hindurchgegangen, weil er nichts weiter war als ein Trugbild?

Loki hatte Viggos Bewegung mit einer Art klinischem Interesse beobachtet. Er wirkte wie ein Forscher, der einer Laborratte zusieht und sich dabei denkt: *Schau an, genau, was ich erwartet hatte.* Aber er sagte nur: »Schließen wir Frieden. Ich will dir nichts Böses. Ich will nur helfen.«

Viggo atmete tief durch. Diese Wutanfälle verunsicherten ihn. Er hatte sich doch sonst immer im Zaum halten können! Was passierte mit ihm? »Wenn Sie wirklich Loki sind«, sagte er, »dann stellt sich doch die Frage: *Wem* wollen Sie helfen? Loki hilft immer nur sich selbst.«

Loki begann so herzlich zu lachen, dass sein Körper durch das Zimmer trieb wie ein gackernder Heliumballon mit elegantem Anzug.

»Das ist gut«, keuchte er. »Richtig gut. So gefällst du mir schon viel besser. – Schau her!«

Der Gott zeigte auf eine Stelle neben Viggos Bett, die mit einem Mal grünlich aufleuchtete, als hätte jemand einen Scheinwerfer darauf gerichtet. Dort war das Runentor, der Kreis aus Steinen, wieder aufgebaut.

Loki wandte sich ab und schwebte mitten hinein. »Einen Augenblick ...«, sagte er über die Schulter, und dann war er auf einmal verschwunden.

Und im nächsten Moment tauchte er wieder auf.

Nicht mehr als Koil, sondern als Loki von den Asen, der Gott der Heimtücke, in all seinem Glanz.

Viggo wich einen Schritt zurück. Eine Ehrfurcht, die aus seiner tiefsten Seele kam, brachte ihn dazu, auf die Knie zu sinken.

Auf einmal gab es nicht mehr den geringsten Zweifel daran, dass der schimmernde Mann vor ihm ein alter heidnischer Gott war.

6.

Lokis funkelnde smaragdgrüne Augen zwangen Viggo, den Blick zu senken. Er starrte zu Boden, halb betäubt von dieser Erscheinung und von der plötzlichen Erkenntnis.

»Na also«, hörte Viggo Lokis Stimme. Er klang so selbstzufrieden, dass Viggo aufblickte und schon fast wieder wütend wurde. Er stand auf.

Loki sah prächtig aus. Sein glänzend schwarzes Haar hing ihm in einer wilden Mähne bis auf die Schultern. Er trug einen roten Umhang mit Pelzbesatz, darunter eine tiefblaue Tunika, die ihm bis über die Knie reichte und um die Hüfte von einem Gürtel aus hellem Leder zusammengehalten wurde. Der Halsausschnitt, die Ärmel und der untere Saum waren bestickt und mit glänzenden Perlen, Metallplättchen und kleinen Edelsteinen verziert. An den Füßen trug Loki Stiefel aus weichem, hellem Leder. Viggo hatte Bilder von reichen Wikingerfürsten gesehen, wie man sie nach Beschreibungen oder anhand von Überresten von Grabbeigaben rekonstruiert hatte. Keines der auf den Bildern gezeigten Gewänder war auch nur annähernd so prachtvoll gewesen.

Loki ließ es amüsiert über sich ergehen, wie Viggo ihn musterte. Er spreizte sogar die Arme und drehte sich einmal um sich selbst, wie auf einer Bühne.

»Beeindruckt?«, fragte er schließlich.

»Ich wundere mich, dass Sie nicht *Auf die Knie, Sterblicher!* gedonnert haben«, sagte Viggo sarkastisch.

»Oh, die Versuchung war durchaus da.« Loki wies auf den Kreis. »Es ist ganz einfach«, sagte er.

Viggo schüttelte den Kopf. Doch er merkte selbst, wie seine ablehnende Haltung allmählich verschwand. Loki schien wieder seine Gedanken zu lesen.

»Was willst du?«, fragte er. »Das Leben in dieser Zeit voller Regeln, voller Vorschriften und voller Zukunftsangst? Oder das Wiedersehen mit deiner Mutter, die in der besten aller Welten einen Handel mit einem Gott geschlossen hat, damit du zu ihr zurückfindest?«

»Warum hat sie mich dann überhaupt weggegeben?«

Loki zögerte nur einen winzigen Moment. »Das musst du sie schon selbst fragen«, antwortete er dann und lächelte.

»Was ist die beste aller Welten?«, fragte Viggo.

»Natürlich die meine.« Loki schüttelte pikiert den Kopf. »War das eine Scherzfrage?«

»*Ihre* Welt? Ich dachte, Odin sei der Herr der Schöpfung?«

»Ach ja … eine weitverbreitete Überschätzung.«

»Sie sind doch nur der Gott der Lüge! Ich meine, warum sollte ich Ihnen auch nur ein einziges Wort glauben?«

Loki seufzte. »Wenn man bedenkt, was die Menschen in deiner Zeit alles zu glauben bereit sind, dann dürfte es eigentlich nicht schwer sein, dich zu überzeugen.«

»Wenn es Ihnen so wichtig ist, dass ich meine Eltern sehe, warum überlisten Sie mich dann nicht einfach? So, wie sie Baldurs Bruder Hödur mit dem Mistelholzpfeil reingelegt haben!«

Loki wirbelte herum. Plötzlich wirkte er viel größer und finsterer, beinahe Furcht einflößend. Das Funkeln in seinen grünen Augen wurde zu Blitzen, sein Mantel schwang um seine Beine und sein langes Haar peitschte ihm um den Kopf, als stünde er mitten in einem Wirbelsturm. Die Schubladen von Viggos Schreibtisch sprangen auf, und alles, was darin war, flog heraus – eine Wolke aus Stiften, Blöcken, Kaugummipapier und Chipsbröseln. Das halb fertige Modell des Drachenboots erhob sich von seinem Ständer und begann um Loki herumzufliegen, als wäre es echt und in einem Strudel gefangen. Nachlässig angeklebte Schilde lösten sich, die langen dünnen Riemen brachen ab. Die kleine Wikingerfigur explodierte mit einem Knall.

»Wofür hältst du mich?«, hallte Lokis Stimme durch das Zimmer, und es hörte sich an, als brüllten tausend Stimmen gleichzeitig, wie das Heulen eines Wolfs, das Zischen einer Schlange, das Tosen eines Feuers, das Brausen eines Sturms.

Das tobende Gewitter draußen verstummte dagegen zu einem Flüstern.

»Verwechsle mich nicht mit einem Zauberkünstler, der seine Tricks an dir ausprobiert! Ich bin Loki von den Asen, und es gibt nichts, wozu ich dich nicht zwingen könnte, wenn ich es nur wollte!«

Im ersten Augenblick erschrak Viggo bei Lokis Ausbruch so sehr, dass er einen Schritt zurückwich. Dann griff er mit der rechten Hand zu seiner linken Hüfte, für einen winzigen Moment der festen Überzeugung, dass dort ein Schwert hing. Er wollte es herausreißen, Loki entgegenhalten und damit zuschlagen. Unwillkürlich trat er noch einen weiteren Schritt zurück, um Platz fürs Ausholen zu haben. Als ihm klar wurde, was er da gerade tat, hielt er verwirrt und erschrocken inne.

Doch da hatte er Lokis Steinkreis schon betreten.

Ein Gedanke blitzte in ihm auf: Loki hat mich reingelegt!

Im selben Moment löste sich alles um ihn herum auf, im Handumdrehen waren das Zimmer, Lokis Gestalt, die wild umherwirbelnden Gegenstände, das zerberstende Drachenboot, die Realität – alles war verschwunden.

7.

Der Sturm in Viggos Zimmer legte sich. Was durch die Luft geflogen war, fiel zu Boden. Einzelne bunt bemalte Schilde aus dem Drachenboot rollten über den Teppich. Einzelteile der explodierten Wikingerfigur lagen überall verstreut. Loki stand inmitten des Chaos und glättete sein Haar. Sein Schimmern war erloschen, als wäre es eine Erleichterung für ihn, es nicht mehr aufrechterhalten zu müssen.

Loki kratzte sich am Kopf, dann seufzte er.

»Mit dem werden wir noch jede Menge Freude haben«, knurrte er.

Plötzlich lief ein Zucken über seinen Körper. Sein Gesicht verzerrte sich und er wirkte mit einem Mal schwächer als zuvor. Wäre jemand in Viggos Zimmer gewesen, um ihn zu betrachten, hätte er bemerkt, dass Loki durchsichtig geworden war.

Lokis Knurren verwandelte sich in ein Stöhnen. »Sechs Stunden«, murmelte er. »Wie schnell sie vorbeigehen, wenn sie ohne Schmerzen sind. Und wie langsam, wenn man welche ertragen muss.«

Erneut flackerte seine Gestalt. Es lag an dem, was der wahre Loki, der sein Trugbild durch Raum und Zeit in Viggos Zimmer geschickt hatte, dort, wo er sich in Wirklichkeit befand, zu erleiden hatte: Das Gift der Schlange, unter der Loki hilflos gefesselt lag, tropfte wieder auf ihn herab und verbrannte ihn.

Loki war sechs Stunden dem Gift ausgesetzt, dann sechs Stunden ohne Schmerzen – bevor das Gift wieder herabtropfte. Viermal pro Tag wechselte Loki zwischen Erleichterung und Agonie. Und die Erleichterung kam nicht, wie es in den Legenden hieß, davon, dass seine treue Sigyn ihn vor dem Gift bewahrte. In Wirklichkeit hatte Sigyn ihn längst verlassen, schon lange vor der Sache mit Baldur und dem Mistelpfeil. Jemand mit Lokis Charakter vergraulte irgendwann die treueste Seele. Die Pausen in Lokis Strafe kamen dadurch zustande, dass der Giftvorrat der Schlange aufgebraucht war und sich erst wieder nachbilden musste. Pech! Aber er war selbst schuld, dass Sigyn nicht mehr an seiner Seite war. Niemand war auf Lokis Seite. Die letzten zwei Verbündeten, die er besaß, musste er mit Tricks bei der Stange halten. Einer davon war Viggo, der noch keine Ahnung hatte, wozu Loki ihn brauchte.

Lokis Trugbild flimmerte, flackerte, verzerrte sich und wurde wieder glatt. Es musste dringend durch das Tor in die

Welt der Götter zurückkehren, bevor Loki vor Schmerz die Kontrolle verlor und das Trugbild wie ein vergessener, orientierungsloser Geist durch Viggos Haus trieb und für Aufsehen sorgte. Es war schon anstrengend genug gewesen, dafür zu sorgen, dass Viggos Eltern diesen Besuch nicht mitbekamen. Die Energie und der Lärm des Gewitters hatten dem Gott dabei geholfen.

Lokis prächtig gekleidetes, mittlerweile halb durchsichtiges Trugbild schwebte auf den Steinkreis zu. Er lächelte triumphierend – wieder einmal hatte er den Verlauf der Zeit ausgetrickst. Schon vor Langem hatte er ihr Geheimnis herausgefunden. Der große Göttervater Odin hatte immer behauptet, die Zeit sei ein Fluss, der angeblich im Kreis floss und sich erst am Ende aller Zeiten schloss. Dabei hatte Odin nicht gewusst, dass dieser Fluss mäanderte, Schleifen beschrieb und sich in vielen parallelen Windungen auf das Ende des Universums zubewegte. Manchmal flossen die Schleifen so dicht nebeneinander, dass man von einem Flussbett ins andere wechseln konnte – zumindest wenn man ein Gott war. Ein Gott der Wikinger, die sich mit dem Wasser so gut auskannten wie die Fische darin.

Loki lächelte ein durchsichtiges, verblassendes Lächeln. Keiner der anderen Götter hatte diese Möglichkeit entdeckt. Loki jedoch hatte sie erkannt und sofort genutzt, als sich die Gelegenheit dazu ergab.

Lokis Trugbild blickte auf, als ein plötzlicher Hagelschauer gegen Viggos Fenster prasselte. Das Unwetter über Viggos

Heimatstadt schlug erneut zu. Loki wusste, dass nicht nur hier das Wetter schon seit einiger Zeit verrückt spielte. Es war ein Zeichen dafür, dass Ragnarök in seine Endphase getreten war. Die Götterdämmerung war fast vollendet, der Untergang der Schöpfung stand bevor. Wenn die Katastrophen, die ihm vorausgingen, auch hier schon zu spüren waren – in dieser Schleife des Flusses namens Zeit –, dann war es höchste Zeit.

Es würde knapp werden, äußerst knapp. Alles kam auf eine einzige Person an, die nicht die leiseste Ahnung hatte, wie wichtig sie für die gesamte Welt war: auf Viggo, das Findelkind, der, wenn Loki die Runensteine richtig gelegt hatte, nun dort war, wo er eine letzte Chance hatte, den Lauf der Dinge zu ändern und Ragnarök zu beenden, bevor es zu spät war.

Es war ein Spiel um den allerhöchsten Einsatz, ein Spiel, bei dem Loki die Regeln kaum zu seinen Gunsten verändern und bei dem er kaum schummeln konnte. Mit anderen Worten, es war ein Spiel, das Loki nicht behagte. Doch er musste es wohl oder übel trotzdem spielen.

Sein Trugbild war im Zentrum des Steinkreises angekommen, als es plötzlich zu lachen begann.

»Was hab ich gerade gesagt? Mit Viggo werden *wir* noch jede Menge Freude haben?« Loki lachte immer lauter und herzlicher. »Irrtum! Mit dem werden *sie* noch jede Menge Freude haben!«

Sein Lachen hing noch im Raum, als er längst verschwunden war. Und der Wecker auf dem Nachtkästchen, den Viggo in all dem Durcheinander gar nicht beachtet hatte, fing plötzlich wieder an zu ticken, als wäre die Zeit angehalten worden und als wäre es ihr nun erlaubt weiterzulaufen.

2. LIED

EIN RITT AUF DEM DRACHEN

I.

Über Viggos Gesicht hing eine stockfleckige Plane, die nach Schimmel und feuchtem Gewebe roch. Er konnte sich vage erinnern, dass er die Plane irgendwo schon einmal gesehen hatte. Er verspürte eine merkwürdige Leichtigkeit und gleichzeitig eine Schwere, die ihn auf die Unterlage drückte, auf der er lag. Um ihn herum waren die unterschiedlichsten Geräusche zu hören: ein Knarren, Flattern und Brausen, ein wässriges Schäumen, das Pfeifen einer steifen Brise und Möwenkreischen. Ihm war, als hörte er auch das nicht zum ersten Mal.

Er setzte sich halb auf, stieß mit der Stirn gegen die raue Plane und ließ sich wieder zurücksinken. Ihm wurde schwindlig. Das seltsame Gefühl machte ihm zu schaffen. Wenn es so weiterging, würde ihm übel werden.

Wo war er bloß?

Ein Gesicht tauchte in seinem Blickfeld auf. Es gehörte zu

einer älteren Frau mit einem Kopftuch, das mit einem Lederriemen um die Stirn befestigt war. Während ihm klar wurde,
dass ihr Gesicht wie alles andere um ihn herum eine Art Erinnerung in ihm wachrief, begann sein Herz heftig zu pochen.
War das etwa – seine Mutter? Hatte Loki, wohin auch immer
er ihn durch das Tor transportiert hatte, letztlich doch sein
Wort gehalten?

Viggo wollte gerade etwas sagen, als die Frau ihm einen Hap-
pen in den Mund steckte. Der Geschmack war eine Mischung
aus sauer und muffig. Der Bissen war mit einer Flüssigkeit
getränkt, die scharf und kratzend durch Viggos Kehle rann. Er
hustete und spuckte aus. Das Gesicht der Frau nahm einen
empörten Ausdruck an. Sie begann auf ihn einzureden.

Viggo verstand keine einzige Silbe.

Diesmal setzte er sich endgültig auf und stierte seine Umge-
bung an. So absurd es war, er wusste sofort, wo er sich befand.
Er hatte einige Zeit damit zugebracht, das Fahrzeug, dessen
Passagier er war, als Plastikmodell zusammenzubauen.

Er war auf einem Wikingerschiff und spähte unter einem
niedrigen Zelt hervor, das auf einer Plattform in der Mitte des
Schiffs stand.

Das Schiff war lang und schmal. Zu beiden Seiten waren
Bänke angebracht, auf denen Ruderer saßen, deren Köpfe frei
über das Dollbord hinausblickten. Anders als Viggos Modell
hatte das Schiff keine Schilde aufgereiht. Die Riemen waren
eingezogen, und die Ruderer unterhielten sich oder dösten.
Quer über dem schmalen Schiffskörper spannte sich ein gro-

ßes, rechteckiges Segel, in das der Wind hineinfuhr und das er wölbte. Es war nicht nötig, die Riemen zu bedienen, denn der Wind trieb das schnittige Schiff mit großer Geschwindigkeit voran.

Das Segel versperrte Viggo den Blick auf den hochgezogenen Bug, aber er ahnte, dass kein Drachenkopf daran befestigt war. Dieser Umstand sowie die fehlenden Schilde, die entspannten Ruderer und das Zelt auf der erhöhten mittleren Plattform des Schiffs wiesen eindeutig darauf hin, dass es sich nicht auf Viking, auf Beutefahrt, befand. Es war in Handelsangelegenheiten unterwegs und die Besatzung würde erst dann kriegerisch werden, wenn jemand versuchte, ihnen die Fracht abzunehmen.

All das waren Beobachtungen, die Viggo innerhalb weniger Augenblicke machte. Er fragte sich, woher er das alles wusste – so viele Details hatte die Bauanleitung des Plastikmodells nicht enthalten. Und dann traf ihn die schreckliche Erkenntnis mit voller Wucht: Loki hatte ihn tatsächlich mit Absicht in den Steinkreis gelockt! Und er war auf einem Wikingerschiff gelandet!

Da es keine derartigen Schiffe in der Gegenwart mehr gab, musste er in die Vergangenheit transportiert worden sein.

Plötzlich bekam er keine Luft mehr. Ihm wurde schlecht. Panik stieg in ihm hoch und er glaubte, ersticken zu müssen.

Wo war er hier gelandet? Und in welcher Zeit?

Wenn das ein Traum war, wollte er sofort wieder aufwachen!

Die Frau legte ihm eine Hand auf die Schulter und drückte ihn auf sein Lager zurück. Viggo wehrte sich, ohne zu wissen, warum. Ein nicht mehr ganz junger Mann mit Bartstoppeln sprang herbei und half ihr. Viggo holte krampfhaft Luft und hörte sich selbst ächzen wie ein Erstickender.

»Hey!«, schnappte der Mann. »Hör auf damit! Verstehst du mich? Hör auf!«

Die Tatsache, dass er den Mann verstand, beruhigte Viggo ein wenig und er stieß hervor: »Ja! Ja! Aber bitte, was ist das hier?«

Der Mann, der bereits eine Hand gehoben hatte, um Viggo eine Ohrfeige zu verpassen, ließ diese wieder sinken. Er lächelte schwach. »Wusste ich's doch, er ist einer von ihnen.«

Die Frau erwiderte etwas, und der Mann zuckte kurz mit den Schultern und gab ihr eine längere Antwort. Viggos Blick flog zwischen den beiden hin und her. Dabei bemerkte er, dass sich außer ihm selbst noch eine ganze Gruppe von Menschen unter der Zeltplane drängte. Sie waren alle gefesselt. Sie trugen Halsbänder und um die Handgelenke lederne Manschetten, die durch Seile und Ketten so kurz miteinander verbunden waren wie moderne Handschellen. Es waren Erwachsene und Kinder, Männer und Frauen, und sie sahen alle verängstigt und verzweifelt aus. Viggos Blick fiel auf die Frau, die sich um ihn gekümmert hatte. Anscheinend hatte man ihr die Handfesseln abgenommen und sie von ihrer Halsfessel befreit, damit sie ihn pflegen konnte.

Der bartstoppelige Mann lächelte Viggo an. »Sie hat gesagt,

dass sie alle Teufel sind, und wenn du einer von ihnen bist, musst du wohl auch einer sein. Und ich hab gesagt, nein, sie sind keine Teufel, hey, sie benehmen sich nur häufig so. Wenn man sie näher kennt, sind sie gar nicht so übel.« Sein Lächeln wurde etwas verkrampft. »Jedenfalls die meiste Zeit.«

Der Mann sprach mit einem Akzent, den Viggo nicht zuordnen konnte, und seine Art zu reden war umständlich. Er hatte wohl irgendwo Deutsch gelernt, aber offenbar nicht genügend aufgepasst im Unterricht. Bis auf einen Haarkranz rund um den Schädel war er kahl geschoren. Er trug eine Kutte, im Gegensatz zu den anderen Männern hier an Bord.

Jetzt redete die Frau mit Händen und Füßen auf Viggo ein, während der Mann seufzte und nickte.

»Kannst du sie verstehen, hey?«, fragte er Viggo.

Viggo schüttelte mit weit aufgerissenen Augen den Kopf.

»Sie sagt, sie sind zwei Mal Teufel, wenn sie sogar ihresgleichen entführen.« Er tippte Viggo auf die Brust, und dieser verstand, dass mit »ihresgleichen« er selbst gemeint war. »Ich wundere mich nicht darüber, denn ich weiß, dass sie sich gegenseitig überfallen und entführen, wenn auf einem Beutezug die Ruderer knapp sind. Wo stammst du her?«

»Wer sind *sie*?«, stammelte Viggo statt einer Antwort. Von den tausend Fragen, die sich in seinem Gehirn überschlugen, war es die erste, die ihm über die Lippen kam.

»Hey, na, *sie*. Du. Die Eschenmänner.« Der Mann machte eine weit ausholende Bewegung. »Sie haben uns mit einem Drachenboot entführt und uns direkt an der Küste an den

Schiffsherrn hier verkauft. Du warst schon auf diesem Schiff, als wir an Bord kamen. Stammst du aus der Nourmaundie? Oder haben sie dich direkt von zu Hause mitgenommen? Plötzlicher Überfall in der Nacht, hey? Ja, sie sind nicht zimperlich, aber sie haben dich immerhin leben lassen, obwohl du Fieber hattest und ohne Besinnung warst.«

»Ich …«, begann Viggo und verstummte, weil sich in seinem Kopf alles drehte.

Der Mann wartete darauf, dass Viggo weitersprach. Als nichts mehr kam, fuhr er schulterzuckend fort.

»Ich spreche nicht sehr gut, ich weiß«, sagte er. »Habe es erst gelernt, als ich zum ersten Mal bei ihnen war. Tut mir leid, hey.«

»Wieso sagst du immer *hey*?«, flüsterte Viggo.

Der Mann starrte ihn an. »Tu ich nicht«, sagte er.

Viggo wandte sich ab. Der Mann umfasste sein Kinn und drehte seinen Kopf herum, sodass er ihn wieder anschauen musste.

»Krank bist du nicht mehr, aber noch verwirrt, hey. Ist schon klar, hey.«

»Du tust es schon wieder«, wisperte Viggo, der sich immer noch merkwürdig fühlte.

Der Mann redete auf die Frau ein. Sie warf die Arme in die Luft und schien auf ihn und Viggo gleichermaßen verärgert zu sein.

»Ich habe ihr gesagt, dass du anscheinend doch noch Fieber hast. Sie sagt, wenn du das Brot nicht isst, dann wirst du nicht gesund, hey. Sie hat es in Wein getaucht zur Stärkung.«

»Du sagst dauernd *hey*«, beharrte Viggo, der in all seiner Verwirrung und Angst den Zorn wieder in sich aufsteigen spürte, den er neuerdings kennengelernt hatte. Seine Stimme hatte scharf geklungen.

»Mhm«, sagte der Mann. »Wenn die Angst kommt, dann kommt gleich der Zorn mit. Du bist wahrhaftig einer von ihnen.«

»Ich bin keiner von ihnen!«, schrie Viggo, so laut er konnte.

Der bartstoppelige Mann machte eine beschwichtigende Geste. Erst jetzt fiel Viggo auf, dass er weder Handschellen noch ein Halsband trug.

»Kein Sklavenschmuck«, sagte der Mann, der Viggos Blick verfolgt hatte. Er deutete auf seinen eigenen Schädel, mit dem dünnen Haarkranz rundherum. »Die haben mir geglaubt, dass ich nicht fliehe, hey. Ich habe bei Jesus und allen Heiligen geschworen. Solche Schwüre beeindrucken sie, auch wenn sie verdammte Heiden sind. Na ja, nicht alle. Es wird langsam besser mit ihrem Seelenheil. Und wohin sollte ich auch flüchten?« Er wies zum Zelt hinaus.

Auch Viggo war inzwischen längst klar geworden, dass sie sich mitten auf dem Meer befanden. Sein merkwürdig schwankendes Gefühl kam von der Dünung, durch die das Schiff glitt.

»Du bist ein Mönch«, staunte Viggo und vergaß, dass er eben noch vor Wut geschrien hatte.

Der Mönch nickte. »Bruder Bodo«, sagte er. »Aus Colonia.«

Ein Mann mit einem bärtigen, braun gebrannten Gesicht und

zerzausten Haaren streckte den Kopf zum Zelteingang herein. Er hielt ein Messer in der Hand. »Schnauze!«, grollte er. »Was soll das Gebrüll?«

Noch bevor Viggo etwas erwidern konnte, sagte Bruder Bodo leise: »Bitte um Entschuldigung.«

Der Bewaffnete musterte die Ansammlung von Leuten, die sich unter seinen strengen Blicken duckten, knurrte etwas und war wieder verschwunden.

»Immer gleich zornig, die Eschenmänner, hey«, seufzte Bodo. »Deshalb ist es ganz klar, dass du einer von ihnen bist.«

2.

Es dauerte eine Weile, bis Bruder Bodo Viggo mit umständlichen Worten alle Informationen geliefert hatte, die dieser brauchte. Und es dauerte auch eine Weile, bis Viggo sich beruhigt und seine Verwirrung, Furcht und Wut so weit im Griff hatte, dass er vernünftig zuhören konnte. Währenddessen ritt das Schiff auf den Wellenkämmen und durch die Wellentäler einer mächtigen Dünung, die Viggo ein konstantes Unwohlsein bereitete. Wie Viggo sich durch einen Blick aus dem Zelt hinaus hatte versichern können, bewegte sich das Schiff in Sichtweite zu einer Küste, die er nicht zuordnen konnte. Er sah klobige rauchblaue Umrisse im Dunst, die zu seiner Rechten lagen. Bodo meinte, dass es sich um die südenglische Küste handelte und dass das Schiff der Eschenmänner unterwegs war zu einem Wikingerstützpunkt in Irland. »Eschenmänner« – damit meinte er die Nordmänner, die Wikinger.

Bruder Bodo erklärte Viggo auch noch andere Dinge, die den Jungen weitaus mehr verwirrten. Bald fand Viggo heraus, dass Bodo gar nicht deutsch mit ihm sprach und dass es sich bei dem Kauderwelsch, das Viggos Pflegerin von sich gab, um Ostfränkisch handelte. In dieser Sprache unterhielten sich auch die anderen Gefangenen miteinander. Viggo verstand kein einziges Wort. Dafür beherrschte er plötzlich die Sprache der Wikinger, die Bodo zumindest bruchstückhaft gelernt hatte, als er ein paar Jahre als Missionar im Wikingergebiet tätig gewesen war. Viggo hatte nicht die geringste Ahnung, weshalb das so war. Vermutlich war irgendeine Machenschaft Lokis dafür verantwortlich. Dass er die Gefangenen nicht verstand, die doch offenbar aus Deutschland stammten, mochte daran liegen, dass das Deutsch zur Zeit der Wikinger wohl eine komplett andere Sprache war.

Richtig entsetzt war der Junge, als er erkannte, wie weit der Steinkreis ihn in der Zeit zurücktransportiert hatte.

»Nächstes Jahr werden es tausend Jahre sein, dass Jesus Christus geboren wurde«, sagte Bodo, der nichts dabei fand, als Viggo sich nach der aktuellen Jahreszahl erkundigte. Er erklärte dem Jungen, dass nur die wenigen Menschen, die lesen und schreiben konnten, eine Ahnung davon hatten, welches Datum man gerade schrieb. Der Rest interessierte sich nicht dafür.

»Dabei ist dies eine wichtige Zeit«, stellte Bodo atemlos fest. »Viele Gelehrte glauben, dass der Herr Jesus tausend Jahre nach seiner Geburt wiederkehrt, um das Reich des ewigen Friedens zu errichten. Du weißt schon, was das bedeutet?« Er wartete Viggos Antwort gar nicht erst ab. »Dass demnächst Armageddon anbrechen wird – die letzte Schlacht. Der Weltuntergang. Der Jüngste Tag steht kurz bevor.« Bodo schien weniger beunruhigt als aufgeregt zu sein bei diesen Aussichten.

Der Steinkreis hatte Viggo also mehr als tausend Jahre zurückversetzt, wie es schien. Und was war mit seinen leiblichen Eltern, die er hier angeblich treffen sollte – falls Loki nicht komplett gelogen hatte? Waren sie etwa auch hierher transportiert worden? Und wenn ja – von wem? Etwa auch von Loki? Aber warum sollte er das tun?

Vielleicht waren seine Eltern ja nicht hierher gebracht worden – sondern stammten von hier? Bedeutete das, dass er selbst auch aus dieser Zeit stammte? War er in Wahrheit vor tausend Jahren geboren worden, im Zeitalter der Wikinger? Und auf irgendeine Weise in die Zukunft gebracht worden?

War das der Grund, warum Bodo behauptet hatte, er sei »einer von ihnen«? Einer von den Nordmännern?

Zum Schluss erzählte Bodo ihm eine weitere, noch viel schrecklichere Ungeheuerlichkeit. Das war, als er sich über das wahrscheinliche Ziel des Schiffs, die wikingische Handelsniederlassung in Irland, ausließ. Dort, so meinte Bodo, würden sie wohl alle verkauft werden, und nur wenige hätten die Aussicht, freigekauft zu werden. Er, Bodo, würde vermutlich bald wieder frei sein, weil es mittlerweile überall im Reich der Wikingerkönige christliche Klöster gab, deren Vorsteher es mitbekamen, wenn ein Mönch auf dem Sklavenmarkt angeboten wurde, und ihn zügig freikauften. Was Viggo betraf, wünschte Bodo ihm von Herzen, dass seine Familie – wo immer er auch herkam, hey, er redete ja nicht darüber! – ihn ebenfalls schnellstens auslösen würde. Wahrscheinlich hatte man ihn gar nicht wegen seines Wertes auf dem Sklavenmarkt entführt, sondern um Lösegeld zu erzielen.

»Was meinst du mit Sklavenmarkt?«, fragte Viggo.

»Wir alle sind die Fracht dieses Schiffs«, sagte Bodo. »Beute. Sagte ich doch. Die Nordmänner haben Colonia überfallen und geplündert und viele Wertsachen mitgenommen, und die Unseligen, die ihnen dabei in die Hände gefallen sind, erwartet ein Leben als Sklaven am Hof eines Wikingerhäuptlings.«

3.

Das Essen, das bei Anbruch der Dämmerung ausgeteilt wurde, war für die Gefangenen wie für die Schiffsbesatzung das gleiche: kalter Brei mit Speckstücken. Alle erhielten auch die gleiche Menge.

Viggo probierte einen Bissen und ließ dann den hölzernen Löffel sinken. Der Brei schmeckte fade und war voller Spelzen und kleiner Steinchen. Er hatte sowieso keinen Hunger, obwohl er sich nicht daran erinnern konnte, wann er zum letzten Mal etwas gegessen hatte. Ihm war wieder übel. Als er die hungrigen Blicke der anderen Gefangenen bemerkte, schaufelte er einen Teil seiner Portion in die Schüssel der Frau, die ihn gepflegt hatte, und den anderen in Bodos Schüssel. Bodo segnete ihn und die Frau küsste ihn auf die Stirn. Viggo beachtete sie kaum.

Sklave. Er sollte als Sklave verkauft werden? Als ein menschliches Werkzeug, ein Nutztier auf zwei Beinen, völlig ohne Freiheit, ohne eigene Persönlichkeit, ohne Selbstbestimmung, ohne irgendwelche Rechte außer dem Recht zu sterben, wenn seine Zeit gekommen war. Er würde irgendjemandes Besitz sein! Ob sein Besitzer ihn pfleglich behandelte oder totschlug, würde niemanden interessieren.

Irgendetwas musste grauenhaft schiefgelaufen sein. Loki konnte doch nicht gewollt haben, dass er als Sklave endete! Viggo erstarrte, als ihm ein entsetzlicher Gedanke kam: Was, wenn seine leiblichen Eltern auch Sklaven waren? Wenn er zum selben Herrn käme wie sie? Dann hätte Loki sogar Wort gehalten!

»Bist du seekrank?«, fragte Bodo, der beobachtet hatte, wie Viggo bleich geworden war. »Du bist im Gesicht weiß wie Schnee. Ich dachte, Nordmänner würden nicht seekrank werden.«

Nein, das konnte einfach nicht sein. Aber vielleicht war es seine Aufgabe, seine Eltern zu befreien? Wenn Loki ihn deshalb geholt hatte? Weil kein anderer hier dazu in der Lage war?

Es passte nicht zusammen. Nichts hier ergab einen Sinn. Viggo legte sich auf seinem Lagerplatz nieder und drehte sich zur Zeltwand, damit die anderen nicht sahen, wie viel Angst er hatte.

Kurz danach rüttelte ihn jemand an der Schulter. Er dachte, es wäre Bodo, und wandte sich um, aber ein Besatzungsmitglied kauerte neben ihm.

»Du da«, sagte der Mann. »Krok will was von dir.«

Krok saß auf einer Seetruhe neben dem Steuermann im Heck des Schiffs und war, wie sich herausstellte, der Kapitän. Er war ein großer, dunkelhaariger, hellhäutiger Mann mit einem Urwald von Bart und unterschied sich kaum von den übrigen Mannschaftsmitgliedern. Viggo hatte ihn sogar am Nachmittag, als der Wind einmal nachgelassen hatte, auf einer Ruderbank sitzen und kräftig mitrudern sehen. Er wäre nie auf den Gedanken gekommen, dass dieser Mann der Kapitän des Schiffs war.

Viggo konnte es kaum glauben, dass er einem leibhaftigen Wikinger gegenüberstand. Krok trug eine pelzverbrämte lederne Mütze, unter der sein Haar lockig hervorquoll, und eine Tunika in verwaschenen grauen und braunen Farbtönen. Um seinen Hals hing ein halbes Dutzend Talismane – Muscheln, hammerförmige Schmuckgegenstände und Tierzähne – und an dünnen Lederbändern und im Gürtel ein langes Messer, eine Axt und ein Hammer. Das Schiff ritt immer noch schwankend über die Wellen, aber es näherte sich schon der Küste. Wahrscheinlich würden sie, ehe es dunkel wurde, irgendeinen geschützten Liegeplatz ansteuern und dann dort die Nacht verbringen.

»Du«, sagte Krok. »Wie heißt du?«

»Viggo.«

»Woher kommst du, Viggo?«

Überrascht fragte Viggo: »Wisst Ihr das nicht? Ich dachte, Ihr hättet mich …«

»Red nicht so dumm daher. Mir war gleich klar, dass da

irgendwas faul sein muss, als der Kerl mit dem Ruderboot auf uns zukam und dich für einen Wasserschlauch an uns verkaufen wollte.«

»Ein Kerl mit einem Ruderboot …?«

Krok deutete auf einen muskulösen Mann, der am Steuer stand. »Berse meinte, du wärst entweder der missratene Sohn von diesem Kerl, den er schon lange loswerden will, oder der Sohn seines Nachbarn, den er als Vergeltung für irgendeine Missetat in die Sklaverei verkauft hat. Er hielt es für besser, dich zusammen mit dem Kerl im Ruderboot zu ertränken. Man hat nur Schwierigkeiten, wenn man zwischen die Fronten einer Blutrache gerät. Aber ich hatte so ein Gefühl, als könntest du uns Glück bringen, und Glück braucht ein Anführer vor allem. Bis jetzt hast du gehalten, was ich mir von dir versprochen habe: So günstigen Wind, und das tagelang, hatten wir schon ewig nicht mehr. In den letzten Jahren gab's ja entweder nur Flauten oder Stürme. Wo du nun endlich wach bist, möchte ich mal wissen, ob dein Glück weitergeht und wir mit dir einen schönen Verdienst haben werden. Also, sprich dich aus: Wer ist dein Vater, und ist es besser, wenn wir dich gegen Lösegeld eintauschen, oder wenn wir dich auf dem Sklavenmarkt verkaufen?«

Unwillkürlich stieß Viggo hervor: »Wer würde denn in meiner Lage sagen, dass er lieber als Sklave verkauft werden will?«

Krok grinste. »Einer, der Schiss davor hat, mit dem Großen Krok und seinen wilden Gesellen zu rudern.« Der Kapitän des

Wikingerschiffs schien zu bemerken, dass Viggo nicht verstand, was er meinte, denn er setzte hinzu: »Solange dein Vater das Lösegeld nicht zahlt, giltst du als Besatzungsmitglied. Glaubst du, wir füttern dich ohne Gegenleistung durch? Wenn es tatsächlich stimmt, dass du uns Wetterglück bringst – und es sieht fast danach aus –, dann können wir dich gut brauchen, und wir machen deinem Vater einen vernünftigen Preis. Du hast niemandem Schaden zugefügt, als du auf mein Schiff gekommen bist, deshalb hat auch niemand Rache gegen dich zu üben. Ich würde dir daher Frieden geben für deine Zeit auf meinem Schiff und du wärst unter Freunden.«

Unwillkürlich schaute sich Viggo unter den Männern um, deren Ruderbänke in seiner Nähe waren. Die wenigsten beachteten ihn. Die es taten, musterten ihn abschätzig. Sie waren alle bärtig, langhaarig und muskulös, ihre Gesichter und die bloßen Arme braun gebrannt. Die meisten waren blond wie Viggo, einige hatten Zöpfe ins Haar oder in die Bärte geflochten, aber alles in allem waren sie ein bunter Haufen und sahen viel unterschiedlicher aus, als Viggo sich die Nordmänner immer vorgestellt hatte. Durch ihre Bärte und die vielen Falten um die Augen, die vom Zusammenkneifen der Lider beim Rudern im Sonnenlicht herrührten, wirkten sie alle um einiges älter als Viggo. Obwohl er bei genauerem Hinsehen erkannte, dass manche dieser Bärte noch dünn und fransig waren wie bei jungen Männern. Diejenigen, deren Blicken er begegnete, nickten ihm gleichmütig zu. Es ging keine Feindseligkeit von ihnen aus, höchstens eine verächtliche Belustigung.

»Was hat dir der Geschorene erzählt?«, fragte Krok. Er machte eine Kopfbewegung in Richtung des Zeltes, unter dem die Gefangenen lagen. Viggo war klar, dass der Kapitän den Mönch meinte. »Wollte er dich bekehren zu seinem Hungerleidergott, den sie am Stadttor aufgehängt haben?«

Krok fasste an einen Talisman an seiner Halskette. Viggo hatte vorher erkannt, dass es ein Thorshammer war, ein gängiges Schutzzeichen unter den nordischen Heiden und im Grunde nichts anderes als das Kreuz, das mancher Christ um den Hals trug.

»Jesus hing nicht an einem Tor, sondern am Kreuz«, erwiderte Viggo. Er war nicht besonders religiös, fühlte sich aber bemüßigt, Kroks Fehler zu berichtigen.

»Hör nicht auf den Geschorenen, Junge! Seinesgleichen bringt nur Ärger! Sie kommen und predigen, dass ein Mann kein Mann mehr sein soll, sondern seine Waffen niederlegen und sich nicht wehren soll, wenn ihn einer auf die Wange schlägt. Und wenn dann alle Männer zu Memmen gemacht worden sind, holen sie Soldaten und reißen alles für ihre Kirche an sich, was sie kriegen können.« Krok tippte sich an die Stirn. »Ich meine, das hat direkt etwas Wikingisches, was sie da tun. Nur wie sie es tun – vornherum vom Frieden singen und einem hintenherum die Axt über den Schädel hauen –, das ist ganz und gar nicht wikingisch.«

»Ein Wikinger grinst seinem Feind ins Gesicht, bevor er ihm den Schädel spaltet, nicht wahr?«, fragte Viggo, halb geistesabwesend, halb sarkastisch.

Krok strahlte. »Odin sei Dank, du bist noch ein echter Nordmann!«

Dann wies der Kapitän zur Küste hinüber. »Das da drüben ist eine große Insel, die Irland heißt. Ihre Südküste, um genauer zu sein. Wir steuern auf Corcach Mór zu und werden es morgen im Lauf des Tages erreichen.«

»Bodo meinte, das wäre die südenglische Küste!«

»Die haben wir schon vorgestern hinter uns gelassen. Also, was ist? Sklave oder Kamerad?«

Viggos Gedanken rasten. Als Sklave verkauft zu werden, kam für ihn nicht infrage. Schließlich hatte er so keine Chance, seine Eltern zu finden – oder gar den Rückweg nach Hause. Und als Besatzungsmitglied auf Kroks Schiff käme er zwar in der Welt herum, würde aber auf Plünderfahrten früher oder später in einen Kampf geraten und Gefahr laufen verletzt zu werden oder umzukommen. Mit Entsetzen ging ihm auf, dass er in einer Welt gelandet war, in der verletzt zu werden oder umzukommen wahrscheinlicher war, als in seiner eigenen Welt einem Lehrer unangenehm aufzufallen, wenn er zu schnell über den Pausenhof rannte.

Aber konnte er denn als Sklave sicher sein?

Und was hatte Loki für ihn geplant? Wenn der lügnerische Gott überhaupt etwas geplant hatte und Viggo nicht nur Opfer eines grausamen Scherzes geworden war! War es Bestandteil dieses Plans, dass Viggo als Sklave verkauft werden sollte? Oder würde er seine Eltern finden, wenn er mit Krok fuhr?

Krok beobachtete Viggos inneren Kampf mit ausdruckslosem Gesicht. Schließlich schluckte Viggo und traf eine Entscheidung, von der er nur hoffen konnte, dass sie die richtige war.

»Ich fahre mit euch, bis das Lösegeld gezahlt ist«, sagte er und verdrängte nach Kräften die Frage, wie er Krok beizeiten beibringen sollte, dass niemand ihn jemals auslösen würde.

Krok nickte. »Gut. Sobald wir die Ladung in Corcach Mór verkauft haben, bekommst du deinen Platz.«

»Ist das alles?«, fragte Viggo erstaunt.

»Was soll sonst sein?«

»Ich meine – gibt es kein Aufnahmeritual?«

»Ritual?« Krok schien ehrlich verblüfft. »Wenn wir in Corcach Mór wieder auslaufen, werden wir nach guter Sitte ein Blut- und Bieropfer bringen. Aber das hat nichts mit dir zu tun. Du hast doch gerade zugesagt, oder? Und ich habe gesagt: Gut. Was soll denn sonst noch geschehen?«

»Nichts, nichts«, erwiderte Viggo hastig. »Alles gut.« Ihm war erneut schwindlig. Er war jetzt ein Besatzungsmitglied eines Drachenboots! Er gehörte zu den Wikingern!

In diesem Moment reckte sich Berse, der Mann am Steuer, und spähte in die Dämmerung. Krok wandte sich ihm zu.

»Was?«

»Schiff«, sagte Berse.

4.

Krok verzog nachdenklich das Gesicht. »Nordmann?«

Berse sagte: »Jup!«, und spähte weiter.

»Der kommt auf uns zu«, sagte Krok, der sich aufgerichtet hatte und neben Berse getreten war. Viggos Anwesenheit schien vergessen. Der Junge wusste nicht, ob er zu den anderen unter die Zeltplane zurückkehren sollte, und blieb unentschlossen stehen.

»Jup!«, sagte Berse wieder.

»Hat er den Drachen aufgepflanzt?«

»Seh nichts«, knurrte Berse, und dann – nach ein paar Momenten: »Nö.«

Krok entspannte sich. »Die sind auf Handelsfahrt wie wir. Wenn sie schwächer sind als wir, könnten wir sie rupfen.«

»Jup!«

»Bringt den Drachenkopf nach vorn!«, rief er seinen Männern zu. »Legt ihn an den Bug, damit wir ihn aufstecken können, wenn es sein soll. Aber nicht zu früh, sonst verderben wir dem Kerl dort drüben noch seine böse Überraschung. Schneller rudern, Leute! Berse, steuer einen Abfangkurs.«

»Jup!«

Viggo spürte, wie seine Knie weich wurden. Er hatte nicht gedacht, dass er schon so bald in einen Kampf geraten würde. Ihm stockte der Atem. Angst stieg mächtig in ihm hoch.

»Krok!«, rief Berse nach ein paar Minuten, in denen nur das Keuchen der Ruderer, das Zischen der Gischt und das Eintauchen der Riemen zu hören war. Er klang beunruhigt.

Krok erwiderte: »Ich seh es auch. Hel kackt uns in den Kessel!« Der Kapitän fuhr herum. »Los, Leute, noch schneller rudern! Dreht das Segel noch mehr in den Wind! Berse – ausweichen! Ausweichen!«

Die schnellen Ruderschläge der Besatzung hatten das Schiff förmlich über die Wellen fliegen lassen. Das andere Schiff war von derselben schnittigen Bauart und hatte geradewegs auf Kroks Drachen zugehalten. Beiden Schiffen hatte der Wind zusätzlich die Segel gebläht. Ihr Tempo war sagenhaft.

»Zu spät«, sagte Berse, aber er lehnte sich dennoch in sein Steuer, sodass das Schiff knackte und ächzte und sich zur Seite legte. Hart schlugen die Wellen gegen den Rumpf des Drachen, die Riemen strichen auf der einen Seite nur noch über das Wasser, bis die Männer reagierten und sie tiefer ein-

tauchten. Viggo taumelte und hielt sich an einem straff ge-
spannten Tau fest.

Die beiden Schiffe waren vielleicht noch dreihundert Meter
voneinander entfernt. Viggo konnte sehen, dass zwei von den
fremden Besatzungsmitgliedern etwas am Bugsteven in die
Höhe zogen. Aber es war kein Drachenkopf, der anzeigte, dass
der andere Kapitän auf einen Kampf aus war. Es war ein bunt
bemalter, runder Schild.

Krok ließ die Schultern sinken. »Hör auf, Berse«, sagte
er. »Steuer wieder auf sie zu. Sturebjörn soll nicht sagen können, dass er Krok hat weglaufen sehen, kurz bevor er ihn
geschnappt hat. Vielleicht können wir mit dem Drecksack verhandeln.«

Der Kapitän wandte sich wieder Viggo zu und deutete auf
das sich nähernde Schiff.

»Das ist Sturebjörn, einer der Bastardsöhne von König Olof
und der größte Plünderer auf dem Wasser. Er hat kein Land
abbekommen, also holt er sich, was ihm gefällt, auf dem Meer.
Er hat das schnellste und größte Schiff weit und breit, und ihm
zu entkommen ist aussichtslos. Er hat garantiert doppelt so
viele Männer an Bord wie jeder andere, und irgendwo in der
Nähe lauern bestimmt noch weitere seiner Schiffe. Wenn er
will, schickt er uns alle miteinander heute noch an Odins
Tafel.«

»Und trotzdem fährst du ihm entgegen?«

»Glaub mir, Junge, wenn wir eine Chance hätten zu entkommen, dann würde ich sie nutzen. Aber wir sind zu nahe dran.

Ich lasse unseren Drachen, wo er ist, dann ist er vielleicht gnädig und lässt mit sich verhandeln. Zur Not übergebe ich ihm den Geschorenen, die Kerle bringen immer sicheres Lösegeld.«

»Und wenn er nicht verhandeln will?«

»Dann werde ich kämpfen und dafür sorgen, dass ich an Odins Tafel neben ihm sitze.« Krok schlug grimmig gegen den Griff des Schwerts in seinem Gürtel. »Der Kerl macht die Meere unsicher, solange ich denken kann. Wenn ich ihn erledige, ist mir ein Ehrenplatz in Walhall sicher. Und die Skalden werden ganze Epen über mich dichten, wie ich Sturebjörn mit in die Ewigkeit genommen habe!«

Viggo lief es kalt den Rücken hinunter. »Der Tod lächelt jedem Mann ins Gesicht«, murmelte er unwillkürlich. »Und alles, was ein Mann tun kann, ist zurückzulächeln.«

Krok musterte ihn. »Das ist mal ein kluger Satz«, lobte er. »Ist der von dir?«

Viggo schluckte trocken. »Nein, der ist von Russell Crowe. Aus dem Film *Gladiator*.«

»Von wem?«

»Von einem Kaiser namens Marcus Aurelius.«

»Ich dachte immer, die Kaiser wären alle Schlappschwänze. Da hab ich mich wohl getäuscht. Wo lebt er?«

»Er ist schon lange tot«, flüsterte Viggo.

Krok lachte. »Dann seh ich ihn vielleicht heute noch! Wer will neben Sturebjörn sitzen, wenn er neben einem Mann sitzen kann, der eine solche Wahrheit kennt! Ich werde ihm sagen, dass ich gelächelt habe.«

Und dann war das Schiff des illegitimen Königssohns und größten Piraten Sturebjörn heran, und Viggo bemühte sich vergeblich, zu lächeln.

5.

Krok brauchte nur wenige Befehle zu geben. Seine Männer wussten offensichtlich, was zu tun war. Es war nicht das erste Mal, dass sie auf feindliche Schiffe trafen. Da ihr Kapitän beschlossen hatte, sich dem Feind zu stellen, hörten sie auf zu rudern, zogen die langen Riemen ein, verließen ihre Bänke und bewaffneten sich in aller Ruhe. Ein paar von ihnen holten den Quermast ein und refften das Segel. Dann legten sie den Mast um und stürzten ihn auf die leeren Ruderbänke. Das Schiff lief noch ein paar Augenblicke weiter, bis es langsamer wurde und auf den Wellen zu tanzen begann.

Kroks Besatzung sprach nur das Allernötigste. Aber keiner von ihnen wirkte ängstlich. Die Gefangenen hingegen begannen zu jammern und zu weinen. Viggo war hin- und hergerissen zwischen dem Wunsch, sich bei ihnen zu verstecken, und einer ungewohnten Verachtung, die sich tief in ihm regte angesichts ihrer offen zur Schau gestellten Angst.

Krok bellte unwirsch: »Die Narren sollen sich zwischen die Ruderbänke ducken! Sturebjörn muss ja nicht gleich sehen, wie groß unsere Fracht ist.«

Sturebjörns Schiff war mindestens eineinhalb Mal so lang wie Kroks Drache. Es war nicht allein. Nun sah Viggo, dass näher zur Küste hin weitere Segel über den Wellen standen. Sie waren noch viele Hundert Meter entfernt, würden aber vermutlich schnell herankommen, wenn sie ihrem Flaggschiff beistehen mussten. Sturebjörn war nicht nur ein Pirat, er war Befehlshaber einer gesamten Flotte!

Sein Schiff näherte sich mit gleichmäßig eintauchenden Riemen und um den Bug aufspritzender Gischt. Als es nahe genug heran war, wurden die Ruder auf beiden Seiten eingezogen, eine kurze Lenkbewegung des feindlichen Steuermanns brachte Sturebjörns Drachen längsseits, Taue mit eisernen Krallen am Ende flogen herüber und hakten sich in Kroks Bordwand. Dann lagen die beiden Schiffe fest miteinander vertäut auf dem Wasser und drehten sich gemeinsam auf- und niederschwankend um ihre Längsachse.

Kroks Männer hatten das Manöver ohne sichtbare Regung verfolgt. Sie standen in zwei Reihen nebeneinander auf der erhöhten Plattform im Mittelgang ihres Schiffs, Schwerter und Äxte in den Händen.

Auf dem gegnerischen Schiff war die Besatzung auf ihren Ruderbänken sitzen geblieben. Nur zwei Männer standen an

Deck, der Steuermann und jemand, von dem Viggo ahnte, dass es Sturebjörn sein musste. Sturebjörns Männer hatten die Schiffe so miteinander vertäut, dass ihre Hecks gleichauf lagen. Krok, der sich neben Berse an sein Steuerruder gestellt hatte, konnte sich bequem mit dem feindlichen Kapitän unterhalten. Der Pirat wirkte jünger, als Viggo erwartet hatte. Er war schlank und groß, sein Kopfhaar und sein Bart waren gepflegt und gestutzt, und er trug kostbare Kleidung. Krok sah neben ihm wie ein Penner aus. Die Blicke des Königssohns und Piratenkapitäns wanderten ohne Hast über die Reihen von Kroks Besatzung, blieben kurz an Viggo hängen und glitten dann weiter.

»Bist du auf Kampf aus, Sturebjörn?«, fragte Krok. »Wir sind nicht auf Viking, aber wir können euch trotzdem gern die Bäuche aufschlitzen.«

Sturebjörn ignorierte die Herausforderung. »Wie heißt du?«, fragte er.

»Krok Asmundsson.«

»Nie von dir gehört.«

»Dann fährst du wahrscheinlich die falschen Häfen an«, prahlte Krok.

Sturebjörn lachte. »Dein Schiff gefällt mir ...«

»Hol es dir, wenn du es wagst!«

»... nicht gut genug, um dafür eine Scharte in mein Schwert zu bekommen«, fuhr Sturebjörn ungerührt fort. Von den Ruderbänken seines Schiffs war das Gelächter seiner Männer zu hören. Krok knurrte etwas.

77

»Aber da wir uns nun schon so glücklich begegnet sind«, sagte Sturebjörn, »sollten wir verhandeln.«

Krok nickte. »Was hast du anzubieten?«

»Einen Platz an Odins Tafel.« Sturebjörn strahlte fröhlich.

Krok grinste mit einem etwas verbissenen Lächeln zurück. »So ein Zufall, den hätte ich auch für dich.«

»Dann sollten wir etwas anderes tauschen, da sonst jeder am Ende das Gleiche besitzt wie das, was er angeboten hat. Und das wäre kein guter Handel.«

»Dann biete mir etwas anderes an«, forderte Krok.

»Ach nein, Krok Asmundsson. Du bist der Unterlegene, auch wenn du es nicht zugeben willst, was dich übrigens ehrt, mein Freund. Jetzt bist du an der Reihe.«

Krok seufzte und ließ die Schultern sinken. »Ich habe einen Geschorenen. Du weißt, dass die sicheres Lösegeld bringen.«

»Will sehen«, erwiderte Sturebjörn.

Bodo wurde unter den Ruderbänken hervorgezerrt und präsentiert. Der Mönch bemühte sich, Würde zu zeigen, obwohl er blass war und zitterte. Er zog seine Kutte gerade und blickte Sturebjörn in die Augen.

Der Pirat zuckte mit den Achseln. »Ich glaube nicht, dass den einer haben will.«

Krok holte Luft, um zu protestieren, doch Sturebjörn schnitt ihm mit einer Geste das Wort ab. Er musterte Kroks Besatzung und deutete dann in die Menge.

»Was ist mit dem da?«, fragte er. »Der sieht einigermaßen gewinnträchtig aus.«

Alle Blicke wandten sich dorthin, wohin Sturebjörn zeigte. Und Viggo merkte zu seinem Entsetzen, dass der Finger des Piraten auf ihn selbst gerichtet war.

6.

»Der ist ein freier Mann!«, sagte Krok nach einem überraschten Zögern.

»Ist er nicht«, antwortete Sturebjörn, während er Viggo von oben bis unten musterte. »Denn wenn er's wäre, würde er Waffen tragen.« Sturebjörn seufzte. »Aber gut, wenn du nicht willst, dann kämpfen wir eben. Mit ein bisschen Glück überlebt er es, dann werde ich ihn einfach gefangen nehmen.«

Krok und Berse wechselten einen Blick. In Berses Augen lag eindeutig die Aufforderung: *Gib ihm den Jungen!*

Viggo, in dessen Hirn sich erneut alles drehte, verfolgte das Geschehen mit ungläubigem Entsetzen.

»Krok Asmundsson, ich glaube, du bist ein Kapitän, der Glück hat«, erklärte Sturebjörn. »Tatsächlich bin ich nur an dem Jungen interessiert. Wäre er nicht an Bord, hätte ich dich und deine Männer schon längst zu Odin geschickt und dein jämmerliches Schiff auf den Meeresgrund. So aber biete ich dir einen Handel an: Du gibst mir den Jungen und ich schenke dir und deinen Männern das Leben. Und den Rest deiner Beute kannst du behalten, einschließlich dem dort.« Er wedelte mit seiner Hand verächtlich in Bodos Richtung.

»Warum willst du ausgerechnet den Jungen?«, fragte Krok fassungslos.

Sturebjörn wurde ernst. »Weil ich eine Prophezeiung erhalten habe, die ihn betrifft.«

Kroks Mund klappte auf. Viggo stellte fest, dass auch ihm vor Verblüffung der Mund offen stand.

»Diese halbe Portion kommt in einer Prophezeiung vor?«, stammelte Krok.

Sturebjörn zuckte mit den Schultern.

»Und woher hast du gewusst, wo du nach ihm suchen musst?«

Sturebjörn zog erneut die Schultern hoch, bequemte sich aber dann zu erwidern: »Die Prophezeiung hat mir mitgeteilt, wann und wo ich ihn finden kann.«

Krok dachte nach. Viggo wollte rufen: *Nein, ich will auf deinem Schiff bleiben!*, weil er sah, wohin sich Kroks Gedanken bewegten. Doch sein Mund war zu trocken, um etwas hervorzubringen.

Krok machte ein schlaues Gesicht und sagte: »Wenn dir die Prophezeiung so wichtig ist, dann bist du doch sicher bereit, noch was draufzulegen für den Burschen.«

»Habe ich doch schon.«

»Unser aller Leben …«, sagte Krok resigniert.

»Krok Asmundsson, mit dir ist gut Geschäfte machen. Du bist rasch von Begriff.«

»Ich will hierbleiben«, brachte Viggo endlich hervor. Nur auf Kroks Schiff war er vorerst vor dem Sklavenmarkt sicher. Seine Stimme bebte.

Krok musterte ihn halb mitleidig, halb ärgerlich. »Wer hat dich gefragt? Los, steig zu Sturebjörn rüber.«

»Bitte. Ihr versteht das nicht …« In seiner Panik wandte Viggo sich an den Mönch, der immer noch vor den beiden Schiffskapitänen stand. »Bodo … bitte …«

Der Mönch warf ihm einen erstaunten Blick zu. »Ich kann dir nicht helfen, Viggo«, sagte er. »Ich bin doch selbst ein Gefangener. Aber ich kann für dich beten, wenn du das möchtest – auch wenn du ein heidnischer Nordmann bist und Gott deshalb nicht auf mich hören wird …«

»Ich *muss* hierbleiben!«, schrie Viggo, während zwei von Kroks Männern ihn an den Armen packten, hochhoben und auf die Bordwand ihres Schiffs stellten. Er wehrte sich mit Händen und Füßen, aber die beiden hielten ihn mit eisernem Griff fest.

»*Ich will, ich muss* …«, äffte Krok ihn nach. »Nichts als Geplärr. Los, Jungs, nehmen wir Abschied von unserem Kameraden, einer wie er wird uns nicht fehlen.«

Kroks Männer nahmen Abschied, indem sie Viggo einen Stoß in den Rücken verpassten. Viggo fiel über die Schilde an Sturebjörns Bordwand und landete zwischen seinen Ruderern auf den Planken. Die Männer lachten und gaben ihm Knüffe, bevor sie ihn auf die Beine hoben. Auf Kroks Schiff machte die Besatzung bereits die Krallen los, die die beiden Drachen aneinanderfesselten.

Ungläubig und entsetzt sah Viggo dabei zu, wie die Schiffe auseinanderdrifteten, wie die Riemen wieder nach draußen geschoben wurden und die Seeleute ihre Arbeit aufnahmen. Krok hatte sich auf seinem Schiff bereits abgewendet, nur Bodo sah noch zu Viggo herüber und machte aufmunternde Gesten. In Viggo stieg ein solcher Hass auf, dass er aufsprang und das Nächstbeste ergriff, was ihm in die Finger kam. Es war eine Wurfaxt, die sich einer von Sturebjörns Ruderern für einen möglichen Kampf bereitgelegt hatte. Viggo schleuderte sie, ohne lange nachzudenken.

Die Axt wirbelte über das Wasser und schlug in die Bordwand von Kroks Schiff, ohne jemanden zu verletzen. Der Ruderer, der dem Einschlag am nächsten saß, zuckte zusammen und starrte über die Bordkante auf die Waffe. Viggo blinzelte – er war fassungslos. Er selbst hatte die Axt geworfen! Und auch noch wie ein Profi, sodass sie im Holz des Schiffs stecken geblieben war! Wenn er jemanden dort getroffen hätte, wäre der jetzt tot oder schwer verletzt.

Krok beugte sich über die Bordwand und machte die Axt mit einem Ruck los. Er wog sie in der Hand und musterte Viggo über die immer größer werdende Entfernung zwischen den beiden Schiffen hinweg. Ein Grinsen verzog sein Gesicht. Er holte aus und schleuderte die Axt zurück. Sie wirbelte herüber, prallte auf dem erhöhten Laufsteg auf und schlitterte über die Planken, bis jemand sie mit dem Fuß stoppte: Sturebjörn.

»Mach's gut, Viggo-aus-dem-Ruderboot!«, rief Krok herüber. »Einen Augenblick dachte ich, du wärst doch kein richtiger Nordmann, aber …«

»Du kannst mich mal, Alter!«, brüllte Viggo aus Leibeskräften zurück.

Aber Krok war schon zu weit weg. Viggo konnte seine Antwort nicht mehr verstehen. Im nächsten Augenblick wendete Sturebjörns Steuermann das Schiff und nahm wieder Kurs auf die irische Küste.

Viggos Wut legte sich. Er sah Sturebjörn dabei zu, wie er die Axt aufhob und dem Mann zuwarf, dem sie eigentlich gehörte. Ein langer Blick traf Viggo. Sturebjörn trat auf ihn zu, packte eines seiner Handgelenke und zwang ihn, die Hand umzudrehen. Ein Daumen, rau wie rissiges Holz, strich über Viggos Haut. Sturebjörn nickte.

»Nimm seinen Platz ein«, befahl er Viggo mit leiser Stimme. »Du hast Tönnes Waffe genommen, ohne ihn zu fragen. Aber ich kann keine Blutrache auf meinem Schiff gebrauchen. Deshalb wirst du für ihn pullen, bis sein Riemen dir das Blut aus der Handfläche treibt, und dann wird dein Frevel gesühnt sein. Nicht wahr, Tönne?«

»So soll es sein, Sturebjörn«, brummte der Ruderer.

Sturebjörn hob Viggos Handfläche hoch, sodass alle sie sehen konnten.

»Du brauchst dich aber nicht schlafen zu legen, Tönne«, rief er. »Der Bursche hat eine Haut wie ein Mädchen. Da wird das Blut schneller kommen, als du zu schnarchen beginnst.«

Die Männer ringsum fingen an zu lachen. Viggo entriss dem Piraten zornig seine Hand. »Und was habt Ihr danach mit mir vor?«, fragte er trotzig.

Sturebjörn sah ihn groß an. »Na, was wohl? Wir verkaufen dich auf dem Sklavenmarkt in Corcach Mór. Und bis wir dort sind, finde ich genügend Möglichkeiten, wie du dich nützlich machen kannst.«

»Aber … aber … die Prophezeiung …?«

»Was für eine Prophezeiung?«, fragte Sturebjörn unschuldig. »Bist du etwa genauso drauf reingefallen wie Krok, der Schwachkopf?«

Viggo presste die Lippen zusammen. Er wollte schreien und mit dem Fuß aufstampfen und heulen zugleich. Warum ging alles schief? Wo war Loki, wenn man ihn brauchte? War er tatsächlich völlig auf sich gestellt?

Sturebjörn tätschelte Viggo mit einem herablassenden Lächeln die Wange. »Ach ja, fast hätt ich's vergessen – hiermit gebe ich dir den Frieden auf meinem Schiff.«

Mit diesen Worten wandte sich der Piratenkapitän ab. Viggo sah kurz einen Talisman an seiner Halskette aufschimmern, bevor er in den Ausschnitt der Tunika zurückrutschte. Viggo hielt den Atem an.

Der Anhänger zeigte zwei Schlangen, die ineinander verschlungen waren wie ein komplizierter Knoten.

Die Schlangen waren Lokis Symbol, so wie der Hammer das Symbol des Gottes Thor war.

»Loki …?«, stieß Viggo hervor.

»Richtig, unser Schiff steht unter Lokis Schutz«, bestätigte Sturebjörn. »Jeder Krieger braucht einen Gott, vor den er, wenn er in Walhall einzieht, treten kann und dem er zeigen kann, dass er seinen Schutz wert war.« Er hielt inne und trat ganz nah an Viggo heran.

Viggo starrte in die Augen des Piraten. Sie waren blau. Es war kein Schimmer von Grün darin. Verzweifelt wisperte er: »Es gibt *doch* eine Prophezeiung, oder?«

Sturebjörn nickte.

»Und was besagt sie in Wirklichkeit?«, fragte Viggo.

»Dass ich dich auf dem Markt in Corcach Mór verkaufen soll und dass das Glück mir und meinen Männern dann treu bleiben wird.« Sturebjörn grinste. »Und jetzt setz dich an Tönnes Platz und häng dich rein, und wehe, die anderen geraten deinetwegen aus dem Takt.«

7.

Das Rudern war weniger anstrengend, als Viggo gedacht hatte. Er war groß und kräftig und vom Taekwondo gut trainiert. Die Bewegung war ungewohnt, aber auch hier half ihm das gute Körpergefühl, das er sich im Training angeeignet hatte. Und wenn man den richtigen Takt gefunden hatte, hielt sich die Anstrengung in den Armen in Grenzen. Das Vor und Zurück des Oberkörpers und das Einstemmen der Füße in die vom Meerwasser glitschigen Bodenplanken war deutlich mühseliger, doch es erschöpfte Viggo nicht über Gebühr. Als er einmal aufblickte, sah er, wie Tönne am Mast lehnte und ihn beobachtete. Bevor Viggo den Blick abwenden konnte, nickte der Wikinger ihm zu. Es war kein bedrohliches Signal, sondern wirkte eher kameradschaftlich und fast ein bisschen anerkennend. Viggo war zu überrascht, um zurückzulächeln.

Anders als auf Kroks Schiff gab es auf Sturebjörns Drachen

keine festen Ruderbänke. Die Männer saßen auf Kisten, die wahrscheinlich ihre gesamten Besitztümer enthielten. Das Schiff besaß im Bug- und im Heckraum erhöhte Halbdecks, von denen das hintere offenbar dem Schiffsführer und dem Steuermann vorbehalten war. Viggo sah, während er ruderte, niemand anders dort stehen. Alles in allem wirkte Sturebjörns Drachenboot schnittiger und mehr auf einen Kampf ausgerichtet als Kroks Schiff, das als Mittelding zwischen Fracht- und Kriegsschiff verwendet wurde.

Sturebjörns Mannschaft erreichte die Küste, noch bevor Viggo Blutblasen an den Händen bekommen oder die anderen aus dem Takt gebracht hatte. Das Schiff gesellte sich dort zu dem halben Dutzend anderer Drachenboote unter Sturebjörns Kommando. Irgendwie hatte Viggo gedacht, dass die Wikinger ihre Schiffe in der Nacht auf ein flaches Ufer zogen und dann an Land übernachteten. Doch Sturebjörns Kriegsschiffe ankerten zu Wasser. Viggo nahm an, dass es im Fall eines Angriffs – oder einer gesichteten Beute – einfach zu lange dauern würde, die aufs Land gezogenen Schiffe wieder flottzumachen. Die Anker sahen den modernen Ankern aus Eisen ziemlich ähnlich – sie besaßen jedoch einen hölzernen Ankerstock und hingen statt an einer Ankerkette an einem groben geteerten Tau. An ihrem Ende war eine schlaffe Lederblase festgebunden. Später erkannte Viggo, dass die Lederblase wie eine Boje funktionierte, die zur Wasseroberfläche hochstieg und für den Fall, dass das Ankertau riss, anzeigte, wo der teure Anker lag. Jedes Schiff führte zwei Anker mit sich, die in entgegengesetzten

Richtungen ausgeworfen wurden. Dadurch konnte die Bewegung des Schiffs im Tidenhub nahe der Küste reduziert werden, und so war es auch möglich, dass Sturebjörns Boote relativ nah beieinander vor Anker gehen konnten, ohne dass die Schiffe kollidierten. Sie lagen auf dem Wasser wie eine schwimmende Festung. Trinkflaschen aus Leder wurden von einem Schiff zum anderen hinübergeworfen und mit beeindruckender Sicherheit aufgefangen. Die Wikinger waren freigebig untereinander und teilten das, was sie hatten, auch ohne zu zögern mit Viggo. Das Essen war wie auf Kroks Schiff ein fader kalter Brei, in dem getrocknete Fischstreifen steckten. Viggo hatte einen Kessel unter dem Vorderdeck verstaut gesehen, aber niemand holte ihn hervor, um eine warme Mahlzeit darin zuzubereiten. Er schien den Gelegenheiten vorbehalten zu sein, an denen die Wikinger an Land übernachteten. Diesmal war Viggo hungrig genug, den Brei hinunterzuschlingen.

In den Trinkflaschen befand sich nicht, wie Viggo zuerst gedacht hatte, Wein, sondern ganz normales Wasser, das den Ledergeschmack seines Behälters angenommen hatte. Warum die Männer immer wieder untereinander tauschten, obwohl alle das gleiche Getränk hatten, erschloss sich Viggo zunächst nicht. Dann ging ihm jedoch auf, dass es möglicherweise eine Form der gelebten Kameradschaft war und die Besatzung daran gewöhnen konnte, auch dann brüderlich miteinander zu teilen, wenn es um erbeutete Wertgegenstände ging.

Es hatte leicht zu regnen begonnen, als sie vor Anker gingen. Viggo, der keine Ahnung hatte, was er tun sollte, nachdem das

Rudern beendet war, hielt sich zuerst abseits und sah den Männern zu, die den Mast umlegten und dann zwei Zelte aufbauten. Eines stand auf dem erhöhten Achterdeck und war offenbar Sturebjörn vorbehalten, das auf dem Vorderdeck war für den Rest der Besatzung. Die Konstruktion der Zelte war denkbar einfach – je zwei Giebelbretter vorn und hinten, die sich oben kreuzten, und eine horizontale Firststange, die durch die gekreuzten Giebelbretter gesteckt und über die die Zeltplane geworfen wurde. Den Mast umzulegen und die Zelte aufzubauen dauerte für Viggos Empfinden weniger lang, als sein Vater immer brauchte, um den Wohnwagen auf dem Campingplatz ordentlich auf seinen zugewiesenen Stellplatz zu rangieren.

Als es ganz dunkel geworden war, gab Sturebjörns Flotte ein geradezu freundliches Bild ab, das Viggo, ohne dass er sich dagegen wehren konnte, zu Herzen ging. In den Zelten brannten Laternen, deren warme, flackernde Lichter durch die Planen schienen und sich im Wasser spiegelten, wo sie in der Dünung einen sanften Tanz vollführten und wie ein Mobile aus Licht wirkten. Einige Männer unterhielten sich und von einem der Schiffe drang etwas herüber, was vermutlich Gesang war. Auf einem weiteren Schiff hatte wohl jemand ein Musikinstrument dabei, das sich wie eine schlecht gestimmte Harfe anhörte und auf dem ein anderes Lied gespielt wurde.

Die Männer schienen sich bereits an Viggo gewöhnt zu haben. Kaum jemand schenkte ihm mehr Beachtung, außer um ihm eine Flasche anzubieten oder ihn zu bitten, die Flasche weiterzureichen. Er hockte mit den anderen unter dem Mannschaftszelt, atmete den Duft der feuchten Zeltplane, des Laternenflämmchens, der körperlichen Ausdünstungen der anderen und des Meeres ein und verhielt sich still. Die Wikinger hatten höchst merkwürdige Tischsitten. Wenn einem ein Batzen Brei im Bart hängen blieb, machten die anderen ihn höflich darauf aufmerksam. Abgewischt wurde der Brei dann jedoch mit dem Ärmel oder mit der bloßen Hand, und wer den Drang verspürte, einem Rülpsen oder einem Darmwind nachzugeben, tat dies, ohne dass sich jemand beschwerte. Allenfalls gab es schallendes Gelächter bei einem besonders lauten Donnern.

Instinktiv blieb Viggo in Tönnes Nähe. Er war der Einzige, dem er sich auf unbestimmte Art und Weise verbunden fühlte. Als sie vor Anker gegangen waren, war Viggo zuerst besorgt gewesen. Er hatte befürchtet, dass Tönne sich vielleicht nicht an den Frieden halten würde, den Sturebjörn verhängt hatte. Schließlich hatte er sich auf der kurzen Strecke beim Rudern noch keine Blutblase zugezogen.

Viggo hatte all seinen Mut zusammengenommen, war auf Tönne zugegangen und hatte ihm seine unversehrten Handflächen entgegengestreckt. »Es tut mir leid, aber es ist kein Blut gekommen. Gilt der Frieden zwischen uns trotzdem?«

Tönne hatte eine Weile nachgedacht und dann gesagt: »Morgen rudern wir weiter. Das kommt schon noch. Außerdem …«, der Wikinger hatte gegrinst, »… solange du nicht blutest, musst du an meiner Stelle weiterrudern. Da wäre ich doch blöd, wenn ich dir den Frieden nähme.«

Es schien Tönne gefallen zu haben, dass Viggo auf ihn zugegangen war, denn als es ans Essen ging, machte er ihm bereit-
willig Platz, als Viggo sich neben ihn setzte.

Trotz Tönnes ungezwungen zur Schau gestellter Kameradschaft und der Freundlichkeit der anderen blieb Viggo aber ein
Außenseiter.

Wenig später kam einer der Männer mit einem Fässchen
herein. »Sturebjörn hat gesagt, dass wir Asas Bier trinken
dürfen.«

Die Ankündigung erntete großen Beifall. »Ein guter Mann,
unser Jarl!«

Nachdem das Fass geöffnet worden war, nahm der Älteste
der Männer, ein Grauhaariger mit narbigem Gesicht, den ersten Schluck, ließ ihn lange auf der Zunge zergehen und sagte
dann: »Gelobt seien Loki, der unsere Wege führt, und Odin,
der den Trank liebt, und Raud, weil er gestorben ist und Asa
uns deswegen dieses Fässchen Bier mitgegeben hat. Und –
Kameraden! Ich würde Asa auch gerne dafür loben, dass sie
dieses Bier gemacht hat. Aber es schmeckt einfach scheußlich!«

Die Männer brüllten vor Lachen. Der Grauhaarige ließ den
Becher herumgehen. Auch Viggo bekam einen Schluck. Die
Flüssigkeit schmeckte bitter und erinnerte an einen abgestan-
denen Beerensaft, aber da Viggo zu Hause noch nie Bier pro-
biert hatte, fehlte ihm der Vergleich. Die Männer brachten immer wieder Lobsprüche auf Raud aus, bis Viggo sich an Tönne
wandte und ihn fragte, was es mit diesem Mann auf sich habe.

Es stellte sich heraus, dass Raud einst zur Besatzung gehört hatte. Er war der Ausguck für das Fahrwasser gewesen. Viggo erfuhr, dass jeder der Männer neben dem Rudern und dem Bedienen des Segels zusätzlich noch spezielle Aufgaben übernahm. Es gab einen Schiffskoch, der aber nur an Land seines Amtes waltete, es gab den Ausguck, der den Horizont nach anderen Schiffen absuchte, es gab einen Mann, der auf das Segel achtete, einen, der für die Ankertaue verantwortlich war, und sogar einen, der beim Anlegen an Steilufern eine Landungsbrücke anbringen musste.

Raud war jedenfalls im letzten Winter gestorben. Aber wer einmal Mitglied einer Schiffsbesatzung war, der war es für immer, sogar über den Tod hinaus. Und wenn seine Familie keinen Ersatz liefern konnte, weil es keine fähigen Brüder, Söhne oder Schwäger gab und auch kein Knecht entbehrt werden konnte, war sie trotzdem verpflichtet, den Anteil an Proviant zu stellen, den der Verstorbene mitgebracht hätte. Asa war Rauds Witwe und sie hatte unter anderem das Fässchen Bier gestiftet. Auf diese Weise blieb die Kameradschaft, der Skipverjar, wie sich die Mannschaft nannte, auf ewig erhalten. Der tote Raud war durch das Geschenk seiner Witwe weiterhin ein Skipveri Sturebjörns – und Viggo war nur ein arbeitender Gast.

Viggos Außenseitertum wurde ihm vollends bewusst, als die Männer sich in ihren Doppelschlafsäcken schlafen legten. Die Kameraden, die sich auf ihren Ruderplätzen gegenübersaßen, bildeten eine Schlafgemeinschaft. Viggo hatte keinen Partner und legte auch keinen Wert darauf, mit einem der Männer zusammen in einen Schlafsack zu kriechen. Dennoch überfiel ihn mit einem Mal eine so starke Wehmut und Sehnsucht nach seinem Zuhause, dass er aus dem Zelt schlüpfte, sich allein an den Mast setzte und sich so einsam fühlte wie nie zuvor.

8.

Nach einer Weile wurde ihm bewusst, dass Sturebjörn auf dem Achterdeck stand und ihn beobachtete. Als der Schiffsführer merkte, dass Viggo ihn gesehen hatte, winkte er ihn zu sich auf das erhöhte Deck.

Viggo rappelte sich seufzend auf und trat neben Sturebjörn. Er wusste nicht, was er sagen sollte, also schwieg er. Sturebjörn schwieg auch und betrachtete den Himmel.

»Warum bist ein Seeräuber geworden?«, fragte Viggo schließlich, als er das Schweigen nicht mehr aushielt.

»Sturebjörn meinte, ich wäre ein Naturtalent als Seefahrer, und nahm mich unter seine Fittiche.«

Viggo sah ihn überrascht an. »Sturebjörn? Aber du bist doch Sturebjörn.«

Sturebjörn lächelte. »Jetzt schon. In Wahrheit heiße ich Ord. Ich bin schon der dritte Sturebjörn.«

»Aber …«

»Ist doch ganz einfach. Der eigentliche Sturebjörn war der Sohn von König Olof. Er war ein Bastard, deshalb machte ihm sein Onkel Erik nach Olofs Tod die Thronfolge streitig. Die Volksversammlung entschied allerdings, dass Erik ihn dafür entschädigen müsse. Deshalb erhielt Sturebjörn eine Flotte von Langschiffen, ging auf eine Art Dauer-Viking und machte sich einen größeren Namen, als er ihn je als König erhalten hätte. Schließlich wurde Harald Blauzahn, der König der Dänen, auf ihn aufmerksam und bot ihm an, in seinen Dienst zu treten. Sturebjörn nahm an, aber da er nicht wollte, dass sein Name verblasste, bestimmte er einen Mann aus seiner Besatzung, ihn fortzuführen und weiterhin als Sturebjörn auf Viking zu gehen. Das war ein Mann namens Toste. Und ich bin der Nachfolger von Toste, denn der hat sich bei einem Überfall in eine Normannin verliebt und ist Bauer geworden, der Schwachkopf.«

»Aber …«

Sturebjörn machte eine weit ausholende Armbewegung über seine Flotte hinweg. »Meine Skipveri wissen natürlich Bescheid, aber sie nennen mich trotzdem Sturebjörn.«

»Weil es ja auch viel beeindruckender ist, unter Sturebjörn, dem Piraten, zu fahren als unter Ord, dem Nachfolger«, sagte Viggo und bereute seinen Sarkasmus, als er Sturebjörns Miene sah. Doch dann grinste der Schiffsführer.

»So ist es«, sagte er.

»Deshalb trägst du auch Lokis Symbol – weil das alles hier eigentlich nur ein großer Betrug ist.«

»Na ja, die Männer, die wir überfallen, merken schon bald, dass unsere Waffen kein Betrug sind.«

»Dabei bist du im Grunde gar nicht so kriegerisch«, sagte Viggo. »Denn wenn du es wärst, hättest du Krok und seine Männer sofort getötet, sein Schiff gekapert und die anderen Gefangenen auch noch zu deiner Beute gemacht.«

»Das ist ja das Schöne, wenn man einen Namen wie den von Sturebjörn führt!« Sturebjörn, der eigentlich Ord hieß, lachte. »Die Leute sind von vornherein eingeschüchtert, ohne dass man selbst noch etwas dazutun muss.«

»Was ist aus dem ersten Sturebjörn geworden?«

»Ich habe ihn zum letzten Mal gesehen, als Toste und ich uns seine Zustimmung für meine Nachfolge holten. Danach hat er König Blauzahns Dienste verlassen und ist mit einer neuen Flotte abgesegelt. Er wollte seinen Onkel Erik angreifen und sich seinen Thron doch noch zurückholen. König ist er jedenfalls nicht geworden, denn das hätte die Welt mitgekriegt. Das muss jetzt vier oder fünf Jahre her sein.«

»Hast du mich deshalb zu dir aufs Achterdeck geholt? Um mir diese ganze Geschichte zu erzählen?«

»Nein, ich wollte dich etwas näher kennenlernen, bevor ich dich in Corcach Mór verkaufe. Kommt ja nicht alle Tage vor, dass einem Loki im Traum erscheint und Glück und Erfolg verspricht, wenn man sich einen bestimmten Burschen schnappt und auf dem Sklavenmarkt verkauft.«

»Die Prophezeiung fand in einem Traum statt, in dem Loki persönlich …?«, stotterte Viggo.

Sturebjörn nickte. »Was hast du getan, dass Loki so sauer auf dich ist? Normalerweise mischen sich die Götter nur in ganz besonderen Fällen in das Leben von Sterblichen ein.«

»Gar nichts!«, stieß Viggo erbittert hervor. »Gar nichts.«

»Wie du meinst.«

»Und – weißt du jetzt, was für einer ich bin?«, fragte Viggo, den die Erwähnung Lokis wieder in Wut versetzt hatte. »Du hast mich noch gar nichts gefragt.«

»Am meisten erfährt man über einen Menschen aus dessen Fragen, nicht aus seinen Antworten.«

»Immerhin hab ich über dich erfahren, dass du gar nicht der echte Sturebjörn bist und dass es den wahren Sturebjörn vielleicht gar nicht mehr gibt!«

»Und?«

»Ich könnte das ja überall rumerzählen«, sagte Viggo, immer noch wütend.

»Nur zu«, lachte Sturebjörn. »Als Sklave? Wer, glaubst du, würde auch nur einen Augenblick lang einem Sklaven zuhören …?« Sturebjörn hielt jäh inne und seine Stirn legte sich in Falten. »Aber was bei Hel ist denn da los?«, murmelte er.

Seit die Wikinger vor Anker gegangen waren, hatte man das Gekreisch der Seevögel, die in den Klippen an der Küste nisteten, bis zu ihrem Schiff hören können. Bei Einbruch der Dunkelheit war es etwas leiser geworden, aber es war so beständig geblieben, dass die Kameraden an Bord es nicht mehr wahrnahmen. Nun jedoch schien Chaos unter den Tieren ausgebrochen zu sein. In der Dunkelheit war die Küste nur ein großer Schatten, der sich am Horizont entlangzog, doch Viggo stellte sich vor, wie Möwen und Papageitaucher, Sturmvögel und Seeschwalben gerade in den Nachthimmel aufstoben, eine flatternde, kreischende, panische Wolke, die vor irgendetwas floh, was ihnen mehr Angst machte als die Finsternis, sodass sie sogar ihre Nester und ihre Jungen zurückließen ...

Sturebjörn knurrte:»Nicht schon wieder!« Der Schiffsführer bückte sich in sein Zelt auf dem Achterdeck und blies rasch die Laterne aus. Gleichzeitig erloschen auch auf einigen anderen Schiffen die Lichter. Ein tiefer Ton wie eine Schiffssirene erklang von irgendwoher, ein Alarmsignal für die gesamte Flotte. Aber der Vogellärm hatte sowieso schon alle geweckt. Überall krochen Männer aus den Zelten, sahen sich um und fluchten. Sturebjörn trat wieder nach draußen.

Dann setzte ein neuer Lärm ein, ein tiefes Dröhnen, das in Viggos Bauch vibrierte. Von der nahen Küste her war jetzt ein unheimliches markerschütterndes Geräusch zu hören, als würde ein Riese ein gigantisches Tuch ganz langsam auseinanderreißen. Viggo hielt sich unwillkürlich am Bootsrand fest und spürte, dass auch das Holz des Schiffs erzitterte.

Sturebjörn hielt beide Hände an den Mund und schrie:»Alle Strangwächter an die Ankertaue! Gebt sie aus! Gebt Leine! Alle anderen auf ihre Plätze!«

Der Ruf wurde von den anderen Schiffsführern aufgenommen. Die letzten noch brennenden Laternen wurden gelöscht. Die Geschwindigkeit, mit der die Seeleute Sturebjörns Befehle ausführten, bewies, dass die Wikinger dies hier nicht zum ersten Mal erlebten. Das Flaggschiff begann zu schwanken, als die Mannschaft sich darauf verteilte.

»Was ist denn los?«, fragte Viggo, doch eine Sekunde später sah er selbst, was da gerade passierte.

An der Küste krachte und donnerte es. Gischt spritzte in mächtigen Fontänen auf, so hell, dass man es trotz der Dunkelheit erkennen konnte. Mit einem Tosen und Röhren, als würden dort tausend Düsenjets gestartet, rutschte ein Teil der Steilküste ab und rauschte ins Meer hinein. Viggo starrte entsetzt zu den Felsen hinüber, wo die Naturkatastrophe ihren Lauf nahm.

Plötzlich packte ihn jemand im Genick und zwang ihn auf die Knie.

»Halt dich fest, du Skralinger!«, rief Sturebjörn, der auch auf die Planken gesunken war. Er ließ Viggos Nacken los, um sich mit beiden Händen am Dollbord festzuklammern. Viggo tat es ihm atemlos gleich. Was passierte da gerade? Sie mussten in ein Erdbeben geraten sein!

Seine ersten unmerklichen Erschütterungen hatten wohl die Vögel aufgeschreckt und seine volle Stärke die Klippe abbrechen und ins Meer stürzen lassen. Viggo keuchte vor Entsetzen. Hunderttausend Tonnen Gestein, die so plötzlich im Wasser gelandet waren, würden eine mächtige Flutwelle verursachen, die weit ins Meer hinaus laufen würde.

Und Sturebjörns Flotte lag genau auf ihrem Weg.

»Welle!«, brüllte Sturebjörn.

Auch die anderen Schiffsführer warnten ihre Besatzungen, es klang wie ein Echo des Piratenführers.

Viggo sah, wie die Dunkelheit sich auf einmal vor ihm erhob wie ein Berg. Ein Stoß nasse, nach Fisch und Salzwasser riechende Luft traf ihn im Gesicht und nahm ihm den Atem. Eines der anderen Schiffe, das näher zur Küste hin ankerte, schien vor Viggos Augen in die Luft zu steigen, doch in Wahrheit wurde es von der riesigen Flutwelle hochgehoben. Viggo sah das helle Aufspritzen von Gischt um den Rumpf herum, als die Riemen eintauchten und das Schiff zu stabilisieren versuchten. Dann neigte sich auch Sturebjörns Drache zur Seite und geriet unter dem Knarren des Tauwerks, dem Ächzen von Holz und dem Klatschen der Riemen im Wasser in Schräglage, stieg und stieg auf der gewaltigen Welle, die unter der Flotte hindurchrollte ... verhielt einen Moment auf dem Wellenkamm, drehte sich auf dem Kiel, als suchte er den Weg hinab ... und raste dann in das Wellental hinunter, ruckend und tanzend an den beiden Ankertauen, die ihn zu halten versuchten und die, hätte Sturebjörn sie nicht in ihrer ganzen Länge ausgeben lassen, das Schiff entweder in Stücke gerissen oder unter Wasser gezogen hätten ... Es sauste hinunter wie bei einer Achterbahn, die Gischt sprühte Viggo ins Gesicht ... und wieder hinauf auf die kleinere, nachfolgende Welle ... und so weiter, bis die Elemente sich erschöpft hatten und alle Schiffe nur noch unversehrt, als wäre nichts geschehen, auf dem kabbeligen Wasser tanzten.

Viggo löste die Finger einen nach dem anderen vom Dollbord. Er sah, dass Sturebjörn neben ihm das Gleiche tat. Dann wandte sich der Schiffsführer ihm zu und stierte ihn an.

»Falls so etwas noch einmal passieren sollte«, krächzte Sturebjörn, »und du schreist wieder die ganze Zeit ›Jaaaahuuuu!‹, dann werf ich dich eigenhändig über Bord.«

Viggo starrte zurück. Sein Herz klopfte wild, das Wasser rann ihm aus dem nassen Haar ins Gesicht.

»Und?«, fragte Sturebjörn. »Hast du nichts dazu zu sagen?«

»Können wir das noch mal machen?«, fragte Viggo.

9.

Ein Zittern lief über den geschuppten Schlangenleib. Die weit offen stehenden Kiefer zuckten, die Zunge schnellte hervor. Das Schlangengift, das in den letzten sechs Stunden auf den angeketteten Mann unten getropft war, war versiegt. Ein letzter Tropfen bildete sich noch, glitzernd und klar wie Tau an der Spitze des Unterkiefers, sammelte sich, wurde größer und fiel hinab.

Loki seufzte. In den letzten sechs Stunden hatte er sich gewunden und gebrüllt vor Schmerzen. Doch er wusste, dass seine Pein für die nächsten sechs Stunden vorüber sein würde, und deshalb war dieser eine, letzte, wie Feuer brennende Tropfen erträglich. Er atmete tief ein. Die Schlange züngelte, blinzelte, ihr Leib spannte sich. Sie kroch in die kleine Höhle zurück, in der sie sich ausruhen und ihren Giftvorrat auffüllen würde. Loki atmete aus.

Er sah schrecklich aus. Sein Gesicht war rohes Fleisch, seine Schultern warfen Blasen, auf seinem Brustkorb hatte das Gift eine blutige Kraterlandschaft in die Haut gefressen. Er war blind. Seine Augen waren verätzt worden, als das Gift sich durch die Augenlider gefressen hatte. Doch seine göttlichen Heilkräfte, durch die er unsterblich war, solange niemand seinem Leben gewaltsam ein Ende setzte, begannen bereits, ihn wiederherzustellen.

Als Erstes vergingen die Schmerzen. Von der Säure zerfressenes Fleisch schloss sich, blasige Haut glättete sich, schwarze Stellen wurden rot, dann blass, dann waren sie verschwunden. Blutrinnsale stockten, trockneten ein. Ein Schweißausbruch, der Loki zittern und mit den Zähnen klappern ließ, während ihm gleichzeitig heiß wurde, wusch Blut und Eiter von seinem Körper. Sein Augenlicht kehrte zuletzt zurück. Schließlich lag er ruhig da und starrte in das Dämmerlicht seines Gefängnisses. Er gönnte sich diese paar Augenblicke totaler Glückseligkeit, wenn kein Schmerz mehr zu spüren war und sechs köstliche Stunden vor ihm lagen. Dann holte er noch einmal tief Luft. Seine smaragdgrünen Augen schlossen sich, während er sich konzentrierte und ein Trugbild von sich dorthin sandte, wo der nächste Zug dieses Spiels begann. Er hatte sechs Stunden zur Verfügung.

Keine Zeit zu verlieren.

10.

Das Gehöft lag oberhalb eines kleinen, halbkreisförmig von Felsen umschlossenen Sandstrands. Es war ein niedriger lang gezogener Bau aus grauen, im letzten Tageslicht golden schimmernden Steinen, der beinahe so aussah wie ein mit dem Kiel nach oben liegendes Schiff. Das Dach war mit Grassoden bedeckt, die üppig wucherten, und es gab nur zwei kleine Fenster. Dies war ein Haus, das als Schutz gegen Sturm und Kälte erbaut war. Und auch wenn in diesem Augenblick die Abendsonne wie ein orangefarbener Feuerball über dem Horizont hing und die Luft warm war – der Winter würde an diesem Ort schneller wieder die Herrschaft übernehmen, als es einem lieb sein konnte.

Das Haus stand an der Küste einer großen Insel, die Viggo auf einer Weltkarte unter dem Namen Island gefunden hätte. Es hatte zwei Bewohner, einen Mann und eine Frau. Beide waren gerade damit beschäftigt, unten am Strand ein Segelboot zu beladen. Das Boot lag mit der Hälfte seines Kiels auf dem Ufersand, mit der anderen Hälfte im Wasser, sodass man es nur kräftig anzuschieben und sich dann hineinzuschwingen brauchte, um es flottzubekommen.

Der Mann und die Frau gaben auf den ersten Blick ein ziemlich ungleiches Paar ab. Er war groß und kräftig gebaut, sein langes blondes Haar war zu einem Pferdeschwanz gebunden und an den Schläfen grau. Sein ungestutzter Vollbart war noch viel stärker angegraut, sein Gesicht kantig und sein Blick misstrauisch. Die Frau an seiner Seite war ebenfalls groß, aber schlank und eine perfekte Schönheit. Sie war wie ihr Gefährte blond, ihr Gesicht und ihre bloßen Oberarme zeigten eine Art Blässe, die selbst von viel Sonnenlicht nicht gebräunt wurde – während er braun gebrannt und wettergegerbt wirkte. Sie schien viele Jahre jünger zu sein als er. Doch wenn man in seine Augen blickte, sah man die Energie eines jungen Mannes darin blitzen. In ihren dagegen konnte man eine Reife erkennen, die weit über ein menschliches Lebensalter hinausging.

Wenn man die beiden beobachtete und sah, wie sie manchmal innehielten, um sich anzulächeln, eine rasche Berührung auszutauschen, oder wenn sie gemeinsam ein schweres Teil in das Boot verluden, dann verging der Eindruck, dass sie nicht zusammenpassten. Im Gegenteil – man hätte nach kurzer Zeit geschworen, dass sich hier zwei Seelen gefunden hatten, die die Götter füreinander geschaffen hatten.

Der Name des Mannes war Bjarne Herjulfsson. Er war Mitte dreißig – ein Mann, der den Zenit seines Lebens bereits überschritten hatte. Die Frau hieß Hildr. Sie hatte keinen zweiten Namen, weil sie keinen Vater besaß, der ihn ihr hätte verleihen können. Hildr war ein unsterbliches Wesen und so alt wie die Schöpfung. Sie war eine der neun *Valkyren*, die die Seelen der tapfersten Krieger zu Odin führten.

Als die beiden ein weiteres schweres Packstück gemeinsam über das Dollbord wuchteten, saß plötzlich ein prächtig gekleideter Mann im Boot und schaute ihnen zu. Um die Wahrheit zu sagen, saß der Mann nicht, sondern er schwebte in sitzender Haltung eine Handbreit über den Planken. Obwohl der Abendwind in einer warmen Brise über den kleinen Strand wehte und das Tauwerk des Boots zum Summen brachte, bewegte sich keine Strähne seines rabenschwarzen Haars. Der Mann lächelte ihnen zu.

Hildr richtete sich auf und stemmte die Hände in die Hüften. »Loki«, sagte sie, wenig begeistert.

Bjarne trat an die Seite seiner Gefährtin, als wollte er sie beschützen, was unsinnig war angesichts der Tatsache, dass die beiden unsterbliche Götterwesen waren und er nur ein schwacher Mensch.

Loki machte eine traurige Miene. »Ich hätte gedacht, dass du dich etwas mehr über den Paten eures Sohnes freust«, sagte er beleidigt.

»Du bist nicht sein Pate«, grollte Bjarne.

»Stimmt«, gab Loki zu. »Ich hab ihm nur das Leben gerettet.

Und deines, ganz nebenbei bemerkt, auch. Und wir wissen alle nicht, was Allvater Odin in seinem Zorn mit Hildr angestellt hätte, wenn er erfahren hätte, dass du sie … Nun …« Loki wedelte mit der Hand. »… wir wollen nicht zu intim werden, oder?«

»Du hast uns versprochen, dass wir ihn bald sehen werden«, sagte Hildr.

»Daran fühle ich mich durchaus gebunden«, sagte Loki würdevoll.

»Und wann ist bald?«

»Ihr könnt euch vielleicht denken, dass das alles nicht so ganz einfach ist.«

»Als du uns erzählt hast, du würdest ihn wieder zu uns zurückbringen, weil die Asen durch den großen Kampf jetzt ja ganz abgelenkt seien und daher keine Gefahr bestehe, hat es sich noch ganz einfach angehört.«

»Ah ja …« Loki räusperte sich. »Dort, wo ich euren Sohn hingebracht habe, gibt es ein Wort dafür. Es heißt Werbestrategie.« Loki lächelte ein strahlendes Lächeln.

»Es ist mir egal, welche blöden Wörter es dafür gibt«, knurrte Bjarne. »Du hast ein Versprechen gegeben, und das muss sogar ein Gott den Sterblichen gegenüber erfüllen.«

Loki neigte den Kopf. »Hildr hat mir auch etwas versprochen – nur um das noch einmal gebührend zu erwähnen.«

Hildr nickte. »Du sorgst schon dafür, dass ich es nicht vergesse.«

»Richtig. Und deshalb frage ich euch auch jetzt, was ihr mit diesem Boot vorhabt.«

»Wir wollten hinausfahren und fischen«, antwortete Bjarne.
»Du scheinst kein guter Fischer zu sein, Bjarne Herjulfsson, wenn du so viel Proviant mitnimmst.« Loki wies auf die Bündel, die bereits im Boot verstaut waren. »Ich dachte, ein Fischer ernährt sich auf der Fahrt vom Meer?«

»Wir wollten nach Westen fahren«, sagte Hildr. Es klang resigniert. »Du hast gesagt, im Westen würden wir unseren Sohn wiedersehen.«

»Ich habe aber auch gesagt, dass ich es bin, der euch das Zeichen zum Aufbruch gibt!«

Hildr zuckte mit den Schultern.

Loki musterte sie, dann grinste er. »Na gut«, sagte er. »Wisst ihr, warum ich hier bin?«

»Um uns zu demütigen, weil wir nicht darauf gewartet haben, bis du uns den Aufbruch befiehlst«, grollte Bjarne.

»Ist er immer so schlecht drauf?«, fragte Loki, an Hildr gewandt. »Was findest du nur an diesem Brummbären?«

»Das wirst du nie verstehen, Loki von den Asen. Es ist Liebe«, erklärte Hildr.

Für einen Moment entglitten Loki die Gesichtszüge, und man hätte nicht sagen können, ob er einen Wutanfall bekommen oder zu weinen beginnen würde. Dann hatte er sein Trugbild wieder unter Kontrolle. Es lächelte und stach sich mit dem Daumen in die Brust. »Treffer mitten ins Herz, schöne Valkyre«, sagte Loki, ehe er sich noch in ein paar andere Stellen stach. »Oder hier? Oder hier? Bei Odin, ich habe vergessen, dass ich ja gar kein Herz habe.«

Hildr winkte ab. »Sag, was du zu sagen hast, Loki – oder zerstöre unser Boot, wenn dir danach ist. Bjarne wird ein neues bauen.«

Loki erhob sich. Er breitete die Arme aus, die personifizierte, beleidigte Unschuld, die großzügig über alle ungerechten Angriffe hinwegsieht. »Ich bin gekommen, um euch das Signal zum Aufbruch zu geben. Tatsächlich solltet ihr schon seit ein paar Stunden auf See sein. Was hat euch so lange aufgehalten? Meine Güte, muss man denn alles selber machen? Husch, husch, ihr Turteltauben, bringt euren Kahn hinaus und pflügt die Wellen. Seid ihr etwa immer noch da?«

Bjarne fing sich als Erster wieder. »Wenn du uns nicht aufgehalten hättest, wären wir schon lange fort.«

»Wir können nicht in die Nacht hinausfahren«, sagte Hildr. »Wir wollten morgen Früh mit dem ersten Licht aufbrechen.«

»Zu spät«, sagte Loki. »Noch heute Nacht wird an einer anderen Stelle dieser Insel ein junges Mädchen mit einem Boot aufbrechen und sich nicht darum scheren, ob es dunkel ist oder ob es geradewegs zu Hel rudert, weil nämlich hinter dem Mädchen nur der Tod wartet.«

»Was hat das mit uns zu tun?«, fragte Hildr.

»Es ist wichtig, dass ihr das Mädchen trefft, und dazu müsst ihr eine ziemliche Strecke zurücklegen. Besser gesagt, es ist wichtig, dass *du* es triffst, schöne Valkyre, aber man kann wahrscheinlich annehmen, dass Bjarne Brummbär nicht von deiner Seite weichen wird.«

»Dass *ich* es treffe?«

»Deine besonderen Fähigkeiten sind gefragt, Hildr.«

»Meine besonderen … aber … dann flieht das Mädchen vor dem Tod auf dem Land, nur um dem Tod auf See in die Arme zu rudern?«

»Ich verlasse mich darauf, dass du das ein bisschen hinauszögern kannst, wunderschöne Hildr.«

11.

Den Rest der Nacht verbrachte Sturebjörns Flotte mit kleineren Reparaturarbeiten. Die Schiffe hatten glücklicherweise keinen großen Schaden genommen, und das, was gebrochen oder gerissen war, konnte man im Licht der Laternen wieder in Ordnung bringen. Viggo war erneut vom Pragmatismus und der Energie der Wikinger fasziniert. Nachdem sie ausgiebig – und höchst unflätig – über ihre Unbill geschimpft hatten, machten sie sich fröhlich pfeifend und Witze reißend an die Arbeit, die Schiffsführer und sogar Sturebjörn mit eingeschlossen. Viggos Begeisterung legte sich, als auch er mit herangezogen wurde und raue, von Pech klebrige Taue aufwickeln und hölzerne Belegnägel festhalten musste, während einer der Männer mit der breiten Rückseite einer Axt darauf einschlug. Ein Treffer daneben, und die wuchtigen Schläge hätten Viggos Unterarmknochen zerschmettert. Aber Wikinger trafen nie daneben.

Der Morgen dämmerte, als sie mit den Arbeiten fertig waren. Sturebjörn ließ Bier ausgeben, warnte die Männer jedoch, dass sie beim ersten Licht aufbrechen würden und dass sich keiner betrinken solle. Viggo nutzte die Gelegenheit, um den Schiffsführer anzusprechen.

»Das ist nicht das erste Mal, dass ihr so ein Erdbeben erlebt habt, oder?«, fragte er.

»Nein, seit dem letzten Sommer ist es schon fünf Mal passiert.«

Viggo versuchte sich an seinen Geografieunterricht zu erinnern. »Aber das hier ist doch eigentlich kein typisches Erdbebengebiet. Dass es sich hier ereignet hat, ist total ungewöhnlich.«

Sturebjörn knurrte: »Wo hast du denn in den letzten Jahren gelebt? In einem Erdloch?«

»Wieso?«

»Willst du mir ernsthaft erzählen, dass du nicht weißt, in welchen Zeiten wir leben?«

Beinahe hätte Viggo erwidert: »Ihr lebt im finstersten Mittelalter!«, aber er hielt sich gerade noch zurück. Sturebjörn stöhnte. »Bei Loki, die jungen Leute heutzutage!«, und dann begann er Viggo die ganze Geschichte zu erzählen.

Und Viggo begann allmählich zu begreifen, warum Loki ihn hierher transportiert hatte.

12.

Seit ein paar Jahren beobachteten die Bewohner der nordischen Welt große Veränderungen. Die Winde, die bisher stetig geweht hatten, waren nicht mehr zuverlässig. Die Schiffsbesatzungen konnten nicht mehr so wie früher weite Strecken segeln, sondern mussten die Ruder einsetzen – was außerdem dazu führte, dass die zurückgelegten Strecken kürzer wurden und dass die Schiffe weniger Ladung transportieren konnten, was wiederum die Vielfalt der aus aller Welt eingeführten Waren schmälerte und den Rest der Güter teurer machte und das Leben der Menschen dadurch schwieriger und ärmer. Aber das war noch nicht alles. Unwetter von nie erlebter Heftigkeit tobten über dem Meer und auf dem Land, Stürme legten ganze Wälder flach und radierten Siedlungen aus. Meerespassagen, die vorher frei von Eis gewesen waren, konnten nicht mehr befahren werden, weil das Treibeis sie unpassierbar machte. Wege, die über das ewige Eis geführt hatten, konnten nicht mehr begangen werden, weil das Eis geschmolzen oder weil die Passage wegen Eisbruch lebensgefährlich geworden war. Im Frühling wälzten sich Schlammlawinen aus den Bergen herab und begruben Ortschaften, und wenn mutige Männer nachschauten, woher sie gekommen waren, mussten sie feststellen, dass die Gletscher sich zurückzogen und wahre Fluten von Schmelzwasser in die Täler ergossen. Heiße Quellen versiegten und nahmen ganzen Ansiedlungen dadurch ihre Lebensader. Anderswo brachen neue aus dem Boden, wo man sie nicht brauchen konnte. Der vorherige Winter war so hart und lang gewesen, dass vor Hunger und Kälte halb verrückt gewordene Wolfsrudel aus den Wäldern in die Dörfer kamen und sogar Menschen anfielen. Und der darauffolgende Sommer war so heiß und trocken, dass an vielen Orten das Getreide auf dem Feld förmlich verbrannte.

Viele glaubten, das alles sei ein Zeichen von Odins Zorn, weil nach und nach so viele Könige dem alten Glauben abschworen und sich von christlichen Missionaren taufen ließen.

Die Skalden und die in den Riten ausgebildeten Sippenführer und weisen Frauen hingegen hatten eine ganz andere Erklärung für diese Phänomene.

»Ragnarök«, flüsterte Sturebjörn.

»Die Götterdämmerung?«

»Götter*dämmerung?* Weil's danach dunkel wird und die Götter sich schlafen legen? Was redest du für einen Blödsinn! Ragnarök ist das Ende der Welt, du Skralinger! Es ist angebrochen, und die Welt, die wir kennen, wird ertrinken, im Eis erstarren, in Flammen aufgehen. Loki hat die Götter betrogen und Baldur, den Sonnengott, umgebracht, indem er ...«

»Ja, ja, das weiß ich schon«, unterbrach ihn Viggo. »Der Zweig aus dem Holz der Mistel, der blinde Hödur, das Fest der Götter ...«

»Na, wenigstens die wichtigsten Grundlagen sind dir bekannt«, brummte Sturebjörn. »Ich dachte schon, ich muss dir die Zunge rausschneiden, bevor ich dich verkaufe, weil das, was du sagst, von so großer Dummheit zeugt, dass es den Preis drückt.«

Sturebjörn rechnete damit, dass der kommende Winter der gefürchtete Fimbulwinter sein würde. Auf ihn würde kein Sommer folgen, die Welt würde unter Eis erstarren. Danach würden zwei riesige Wölfe die Sonne und den Mond verschlingen, die Sterne würden aus dem Himmel fallen und Berge spalten und alle Wälder zerstören. Das Beben der Einschläge würde den gefürchteten Fenriswolf von seiner Kette befreien. Die Midgardschlange würde erwachen und das ganze Land überschwemmt werden, während der Fenriswolf mit seinem Feueratem alles verbrennen würde, was die Fluten überstand. Auf der Flutwelle würde schließlich das gewaltige Totenschiff Naglfar herankommen und die Feinde der Götter bringen, gesteuert von dem Riesen Hrymir und geschickt von Surtr, dem Herrscher über Muspelheim, wo das Feuer wohne.

»Naglfar ist aus den Finger- und Zehennägeln der Toten gemacht«, fügte Sturebjörn hinzu und verzog das Gesicht.

»Daher kommt der uralte Brauch, den Verstorbenen die Nägel kurz zu schneiden, damit die Fertigstellung des Schiffs sich verzögert. Hat wohl nicht viel genutzt.«

Schließlich würden sich die Götter dem Kampf stellen, zusammen mit den Seelen der größten und tapfersten Krieger der Menschen, den sogenannten Einherjar. Seit der erste Mensch auf einem Schlachtfeld gefallen war, begleiteten die Valkyren, wunderschöne Kriegerinnen, die Seelen dieser Helden nach Walhall, wo sie an Odins Tafel bewirtet wurden und sich auf diesen letzten Kampf vorbereiteten.

»Ach, die Valkyren ...«, sagte Sturebjörn genießerisch. »Man sagt, eine Schönheit wie ihre findet man unter den sterblichen Frauen nicht. Es gibt neun von ihnen. Sie stehen zwischen Odin und den anderen Göttern, die für die Lebenden zuständig sind, und Hel, dem Gott der Toten. Es heißt, mit ihren Kräften könnten sie einen Menschen an der Schwelle des Todes aufhalten und ihn so lange am Leben halten, bis Hel selbst ihn zu sich holt. Manche von ihnen verlieben sich in einen Sterblichen und teilen ein ganzes Leben mit ihm als sein Weib.« Sturebjörn seufzte. »Also, wenn ich mal auf dem Schlachtfeld fallen sollte, hoffe ich, ich tue es mit dem Schwert in der Hand und war so tapfer, dass eine Valkyre mich holt. Dann würde ich wenigstens einen Kuss von ihr erbitten.«

»Und du glaubst, das alles wird tatsächlich stattfinden?«, fragte Viggo. Er überlegte, ob er ihn darüber aufklären sollte, dass die Welt im 21. Jahrhundert immer noch bestand, war sich aber, was das betraf, nun überhaupt nicht mehr sicher. Es mochte Verbindungen zwischen den Zeiten geben, die sich dem menschlichen Verstand entzogen. War seine Anwesenheit hier nicht ein schlagender Beweis dafür? Wer sagte denn, dass die Dinge nicht parallel verliefen? Dass es die Epoche der Wikinger nur gab, weil daneben die von Viggo und seinen Zeitgenossen existierte? Und dass, wenn die eine unterging, auch die andere untergehen musste? Viele der Naturkatastrophen, die Sturebjörn beschrieben hatte, fanden auch in Viggos Zeit statt. Viggo schauderte. Seit er hierhergekommen war, war ihm noch nie so bang gewesen.

»Das hat mit glauben nichts zu tun. Ich weiß es. Die Anzeichen sind überall. Sogar etliche der Geschorenen, die immer behaupten, der Glaube an Odin sei Unsinn, reden jetzt davon.«

Viggo nickte. Er erinnerte sich an eine Stunde aus seinem Geschichtsunterricht, als sein Lehrer ihnen von den frühmittelalterlichen Gelehrten erzählt hatte, die davon überzeugt waren, dass im Jahr 1000 der Jüngste Tag anbrechen würde. Angeblich hatte man das Datum aus diversen Hinweisen in der Bibel berechnet. Die Klasse hatte über so viel Aberglauben gelacht. Aber der Lehrer hatte nur gesagt, dass die Menschen damals mit ganzem Herzen an den Weltuntergang geglaubt hätten. Die Schüler sollten sich vorstellen, wie es wohl gewesen sei, im Jahr 999 zu leben und zu wissen, dass die Welt im darauffolgenden Jahr untergehen werde – und dass sie nichts dagegen tun könnten, nicht einmal fliehen.

Viggo hatte wie die anderen keine großen Anstrengungen

unternommen, sich in diese Situation hineinzuversetzen. Nun wusste er, wie man sich dabei fühlte.

»Da stehen jemandem jetzt aber die Haare zu Berge.« Sturebjörn lachte und deutete auf Viggos Arme, auf denen sich eine Gänsehaut gebildet hatte. »Keine Sorge. Heute leben wir. Morgen laufen wir in Corcach Mór ein, ich folge der Prophezeiung und du wirst verkauft. Übermorgen vertrinken meine Männer und ich das Bier, das wir uns von deinem Verkaufspreis besorgen werden. Und was danach kommt – weiß nur Loki, und der weiß es auch nicht. Genießen wir die Gegenwart!«

»Genießen?«, keuchte Viggo. »Gerade hast du mich wieder daran erinnert, dass ich ein Sklave werden soll!«

»Du bist jetzt schon einer«, berichtigte Sturebjörn. »Ich bin nur gnädig und tue so, als wärst du ein Mensch. Und wo steht geschrieben, dass wir nicht genießen sollen, nur weil du in die Kacke gefasst hast?«

13.

Thyra Hakonsdottir lag in einem Versteck zwischen den Felsen am Rand des Thingplatzes. Mitten auf dem von Feuer erhellten Platz standen die freien Männer ihrer Gemeinde und berieten mit dem Goden über das Schicksal von Thyras Familie. Thyra ahnte, was dabei herauskommen würde. Deshalb hatte sie die Axt, die ihr Vater Hakon nicht mehr schwingen konnte, mitgenommen. Je nachdem, wie das Thing ausging, würde die Axt heute Blut zu schmecken bekommen oder nicht.

Thyras Familie war nie groß gewesen: ihr Vater, ihre Mutter, ihr älterer Bruder Sven und sie selbst. Es hatte weitere Geschwister gegeben, aber die waren alle als Säuglinge gestorben. Die Familie war arm, weil Hakon, der Familienvorstand, nicht mehr wirklich für sie sorgen konnte. Und nun, seit gut einem Monat, war die kleine Familie noch kleiner geworden. Sven war tot.

Vor vier Wochen hatte man ihn auf der Schafweide gefunden, um die es schon seit einiger Zeit Streitereien zwischen Thyras Vater und seinem Nachbarn Toste gab. Toste behauptete, Thyras Vater hätte ihm erlaubt, auf der Wiese seine eigenen Schafe zu weiden. Thyras Vater sagte, Toste habe ihn zwingen wollen, ihm den Zugang zur Weide zu gestatten, doch er habe sich geweigert. Jemand hatte Sven den Schädel eingeschlagen und ein halbes Dutzend Schafe hatten gefehlt. Toste war der Erste gewesen, der eine Erklärung für Svens Tod fand: Eine Schiffbesatzung auf Viking müsse vorbeigekommen sein und versucht haben, ein paar Schafe als Reiseproviant zu stehlen. Sven habe die Schafe seines Vaters verteidigt, sei aber nicht stark genug gewesen.

Thyras Mutter, seit Jahren verbittert und unglücklich, war mit dem Tod ihres Sohnes innerlich zugrunde gegangen. Thyras Vater, der einst als Krüppel von einer Fahrt zurückgekehrt war, brachte als gescheiterter, mutlos gewordener Mann nicht genug Kraft auf, um für seinen toten Sohn einzustehen. Als Toste ihm vor Svens Leichnam mit geheucheltem Mitgefühl auf die Schulter klopfte, wischte er die Hand des Nachbarn nur resigniert weg. Er sagte kein Wort und klagte auch niemanden an.

Das hatte dann die dreizehnjährige Thyra besorgt. Sie war aufgesprungen und hatte mit tränenüberströmtem Gesicht auf Toste gedeutet und all ihre Wut und ihren bösen Verdacht in einem Strom von Worten hervorgestoßen, die förmlich übereinandergefallen waren. Wahrscheinlich hatten die Umstehenden nur die Hälfte verstanden, aber das Wichtigste war keinem entgangen: dass Thyra den Nachbarn ihres Vaters, Toste, beschuldigte, der Mörder ihres Bruders zu sein.

Die Anklage war ausgesprochen worden. Der Gode hatte das Thing einberufen. Falls das Thing zu dem Schluss kommen sollte, dass Thyras Anschuldigung der Wahrheit entsprach, würde Toste ein Vermögen an Blutgeld zahlen oder sich im Zweikampf einem Krieger stellen müssen, den Thyras verkrüppelter Vater aus dem Kreis seiner Verwandten und Verbündeten auswählen durfte. Unterlag Toste in diesem Kampf, war er wohl tatsächlich schuldig gewesen, und sein gesamter Besitz würde auf Hakon übergehen. Gewann Toste, war die Anklage falsch und er unschuldig, und Toste konnte von Hakon eine Wiedergutmachung verlangen.

Thyras zorniger Ausbruch bedeutete für ihre Familie also entweder die Rettung oder den Untergang. Weder Thyras Vater noch ihre Mutter waren dankbar für ihre Einmischung.

Der Gode von Thyras Gemeinde hieß Floki Gardarsson. Er war für die Gerichtsverhandlungen im Dorf zuständig und zufällig auch der Bruder des Angeklagten, Toste Gardarsson. Thyra machte sich keine Illusionen, wie die Gerichtsverhandlung ausgehen würde.

Toste war der Erste, der sprach. Er sei, sagte er, in seiner Ehre gekränkt worden, weil man ihn des Mordes bezichtigt habe – eine extreme Anschuldigung, die umso schwerer wöge, da ein Mord von alters her nur durch Blut gesühnt werden könne. Die Anschuldigung sei aus dem Haushalt Hakons gekommen, deshalb müsse sich auch Hakon als Familienvorstand dafür verantworten. Oder solle etwa ein junges Mädchen wie Thyra dafür büßen müssen? Nein, meinte Toste scheinheilig, die Verantwortung liege bei dem, der es versäumt habe, seinem Kind die richtigen Manieren beizubringen.

Die meisten Männer nickten zu dieser Aussage, doch Hakon blickte nur mit starrer Miene vor sich hin.

Es war natürlich äußerst schlau, Hakon die Schuld aufzubürden. Was wie Rücksicht gegenüber Thyras Jugend aussah, war in Wahrheit reines Kalkül. Denn falls es zu einer Bußzahlung kommen sollte, würde Thyra niemals in der Lage sein, diese zu leisten. Sie konnte allenfalls als Magd auf Tostes Hof ihre Schuld abarbeiten. Hakon hingegen würde seinen Hof an Toste übereignen müssen. Er und seine Familie würden die Gegend verlassen müssen, und Toste würde damit alles haben, was er haben wollte.

Vorausgesetzt, der Gode gab Toste Recht. Haha! Natürlich würde Floki seinem Bruder Recht geben!

Toste war in seiner Darstellung der Ereignisse inzwischen an der Stelle angekommen, an der er – an einer Aufklärung des Mordes an Sven Hakonsson ebenso interessiert wie alle anderen – seinen Verdacht geäußert hatte, eine Schiffsbesatzung auf Viking könne dafür verantwortlich sein. Prompt meldeten sich zwei Männer unter den Zuschauern und sagten aus, dass sie in der fraglichen Nacht Geräusche vom Wasser her gehört hätten. Es habe sich angehört wie das Platschen von Riemen im Wasser und das Knarren eines Schiffs, das vorsichtig im Schutz der Dunkelheit an der Küste vorbeigerudert werde.

»Was hat Toste euch gegeben, dass ihr das jetzt aussagt, ihr Mistkerle?«, wisperte Thyra bitter.

»Was er jedem gibt«, antwortete da plötzlich eine Stimme aus der Finsternis neben Thyra. »Die Angst, Schaden zu erleiden, wenn sie nicht auf seiner Seite sind.«

Thyra starrte zu der Stelle hinüber, woher das Flüstern gekommen war. Sie war so erschrocken, dass sie weder denken noch handeln konnte. Das Feuer auf dem Thingplatz und der Mond beleuchteten einen jungen Mann, der nur zwei Mannslängen von Thyra entfernt hinter einem Felsen lag. Er lächelte ihr zu. In seinem schwarzen Haar schimmerten schwache Lichtreflexe und seine Augen glitzerten beinahe unnatürlich grün. Thyra konnte nicht fassen, dass er auf einmal da war. Er musste sich völlig lautlos in sein Versteck geschlichen haben.

»Auf wen hast du es abgesehen?«, fragte der Fremde und deutete auf die Axt in Thyras Faust.

Thyra schluckte. »Auf Toste Gardarsson«, hauchte sie.

»Blutrache?«

»Er hat meinen Bruder auf dem Gewissen.«

»Aber du kannst es nicht beweisen und sonst auch keiner, und du misstraust dem Richtspruch des Goden.«

»Ich weiß es!«

Der fremde junge Mann nickte. Als er sich bewegte, konnte Thyra die schimmernde Klinge seines Schwertes sehen. »Ich bin auch hinter Toste her«, sagte er. »Aber ich habe das Gefühl, dein Rachedurst brennt stärker als meiner. Ich lasse dir den Vortritt. Mir reicht es, wenn ich ihn tot daliegen sehe.«

Thyra wusste nicht, was sie sagen sollte. In ihrer Verwirrung spähte sie zum Rund des Thingplatzes hinüber, wo Toste nun wieder redete und sich selbst als Stütze des Godentums pries. Sie blickte zurück zu dem jungen Mann mit den grünen Augen.

»Was hast du für danach geplant?«, fragte er.

»Wie – danach?«

»Na, nachdem du ihm den Schädel gespalten oder von den Schultern gehauen hast. Wie willst du entkommen? Zu Fuß durch die Dunkelheit? Die schnappen dich, bevor du ›Bei Loki, die können schneller rennen als ich!‹ sagen kannst.«

»Ich schaffe das schon«, sagte Thyra, die darüber noch nicht nachgedacht hatte. Sie hörte selbst die Unsicherheit in ihrer Stimme.

»Ich habe ein Boot unten am Strand«, sagte der Fremde. »Das kannst du nehmen. Du erkennst es leicht zwischen den anderen – es ist das einzige, das kein Loch im Rumpf hat.« Die grünen Augen zwinkerten ihr zu. »Anders als du habe ich mir nämlich Gedanken gemacht, wie ich unbeschadet von hier wieder wegkomme.«

»Ich kann dir das Boot nicht zurückgeben«, flüsterte sie.

»Macht nichts, es gehört mir ohnehin nicht. Noch ein guter Rat, wenn du einen Mord begehen willst: Komm niemals mit deinem eigenen Boot.« Er grinste.

Thyra wusste wieder nicht, was sie sagen sollte. Dann wurde ihre Aufmerksamkeit abgelenkt, weil Toste mit seiner Rede fertig war und nun Hakon an die Reihe kam.

Hakon hatte nicht viel zu sagen. Seine Stimme klang wie Asche. Er entschuldigte sich bei Toste für die unziemliche Beleidigung, die seine Tochter ausgesprochen hatte, und bat ihn, den Goden und die Geschworenen, Thyras Jugend und ihre Leidenschaftlichkeit zu bedenken und ein mildes Urteil zu fällen. Hakon hatte bereits aufgegeben! Und er erwähnte mit keinem einzigen Wort den Tod seines Sohnes! Thyra wurde heiß und kalt vor Scham. Der Fremde musterte sie, seine Blicke brannten förmlich auf ihrer Haut.

»Wie willst du es tun?«, fragte er.

Wenigstens darüber hatte Thyra sich Gedanken gemacht. »Tostes Hof liegt in dieser Richtung.« Sie deutete mit dem Daumen hinter sich. »Und das hier«, sie wies auf die Lücke in dem Felsenring, der den Thingplatz umgab, wo sie und der Fremde lagen, »ist der einzige Zugang zur Straße. Toste wird hier herauskommen, wenn die Verhandlung vorüber ist.«

»Dann springst du aus deinem Versteck auf, schwingst die Axt und schickst Toste zu Hel.«

Thyra nickte energisch.

»Die Männer, die Toste dabeihat, stößt du einfach beiseite.«

Thyra nickte erneut.

»Und schlägst Toste, der sich natürlich verteidigen wird, das Schwert aus der Hand – geübt, wie du im Zweikampf bist, du … Schildmaid.«

Thyra nickte, jedoch zögerlicher als zu Beginn.

Der Fremde lächelte so freundlich, dass sie nicht anders konnte, als zaghaft zurückzulächeln, obwohl er sich eben noch mit der Bezeichnung »Schildmaid« über sie lustig gemacht hatte.

»Dein Plan ist Mist«, sagte er dann ebenso freundlich, wie er gelächelt hatte.

»Aber …«

»Wenn du wartest, bis die Verhandlung vorbei ist, sind alle auf den Beinen und haben ihre Aufmerksamkeit nicht mehr auf den Goden und die Geschworenen gerichtet. Sie werden dich sofort bemerken und schnell einfangen. Am besten, du stürmst auf den Thingplatz, solange der Gode noch redet und alle gespannt auf sein Urteil warten, und gibst Toste völlig unerwartet und mit einem Streich, was er verdient hat.« Der Fremde machte eine hackende Bewegung mit der Handkante.

»Aber …« Der Axtstiel in Thyras schweißnasser Hand fühlte sich immer schlüpfriger an.

»Was? Willst du etwa darauf warten, dass ein Wunder geschieht und der Gode den guten Toste doch noch wegen Mordes an Sven verurteilt? Daran glaubst du doch nicht im Ernst.«

»Nein, aber …« Thyra fragte sich, ob sie dem Fremden zuvor den Namen ihres Bruders verraten hatte, doch sie war zu verwirrt, um sich über diese Merkwürdigkeit zu wundern.

»Hast du etwa Skrupel? Oder hast du's nicht so mit dem Drauflosstürmen?«

»Ich …«

»Na gut, ich helfe dir. Pass auf. Du musst nichts tun, als dicht hinter mir herzugehen und die Axt zwischen uns zu verstecken. Wenn der richtige Moment da ist, haust du einfach zu.«

»Ich soll hinter dir hergehen?« In Thyras Hirn drehte sich alles. Ihre ganze Entschlossenheit schien verschwunden zu sein.

»Ja, wenn wir auf den Thingplatz rausmarschieren«, sagte der Fremde und seufzte. »Komm einfach mit!«

Und mit diesen Worten stand er auf und trat auf den Platz hinaus.

Später hätte Thyra nicht mehr genau sagen können, wie sich alles zugetragen hatte. Sie war in ihrer Verwirrung aufgesprungen und dem Fremden gefolgt, das stimmte. Aber konnte es auch stimmen, dass die Schritte des Mannes keinen Staub aufgewirbelt hatten und dass es so ausgesehen hatte, als würde er keinen Schatten werfen? Die Männer auf dem Platz hatten so schwerfällig reagiert, als wären sie unter Wasser gewesen und könnten sich nur mit Mühe bewegen. Auf einmal hatten Thyra und der Fremde vor Toste gestanden, der sich langsam, ganz langsam zu ihnen umdrehte. Der Fremde war mit einem eleganten Schritt beseitegetreten und hatte Thyra zugerufen: »Jetzt, Schildmaid!«

Die Axt hatte auf einmal kein Gewicht gehabt. Thyra war es vorgekommen, als ob sie sich von ganz allein erhoben hätte zu einem beidhändig geführten Streich. Einen Streich, wie man ihn führte, wenn man den ersten großen Keil aus einem Baum schlug, der gefällt werden sollte. Wenn man einen schlachtreifen Ochsen mit dem ersten Hieb töten wollte. Wenn man einen ermordeten Bruder zu rächen hatte …

Was danach kam, war in Thyras Erinnerung noch verworrener. Sie sah sich die Axt loslassen, weil sie die Klinge nicht wieder befreien konnte. Sie sah sich an der anderen Seite des Thingplatzes über die Felsen und zum Strand hinunterspringen. Sie sah sich am Meeresufer an den dort liegenden Booten vorbeilaufen und hektisch nach dem einen suchen, in dessen Rumpf kein gewaltiges, wie hineingebranntes Loch prangte. Sie sah sich in dem Boot des Fremden sitzen und sich mit aller Gewalt in die Riemen legen. Es schien, als ob die einzelnen Szenen nicht zusammengehörten, und es fehlte ihr auch die Erinnerung daran, wie sie das Segel klargemacht hatte. Doch sie musste es getan haben, denn es blähte sich jetzt, bei Anbruch des Tages, immer noch über ihr und trieb das Boot in einem unsicheren Zickzackkurs aufs Meer hinaus.

Aber vielleicht waren das alles auch nur Fieberträume. Denn ein paar Männer waren ihr bis zum Strand gefolgt, hatten mit Pfeilen nach ihr geschossen, als sie dabei war, das Boot ins freie Wasser hinauszupullen, und sie an der Schulter getroffen. Sie war nach hinten von der Ruderbank gefallen und hatte die Riemen losgelassen, die über Bord gegangen waren. Der Aufprall hatte ihr den Atem genommen und sie im Schock erstarren lassen, unfähig, sich zu bewegen, der ganze Körper taub. Wenn nicht in diesem Moment der Wind in das Segel gefahren wäre, hätten die Verfolger sie endgültig erwischt.

An all das dachte Thyra nun mit immer größer werdender Verwirrung. Sie lag auf dem Boden eines steuerlos aufs Meer hinausfahrenden Bootes im Bilgewasser, das von ihrem eigenen Blut stank, halb besinnungslos vor Schmerzen, den Pfeil immer noch in der Schulter. Selbst wenn sie die Riemen nicht verloren hätte, hätte sie so nicht rudern können. Blind umhertastend, fand sie den Schaft einer Lanze, die in dem Boot lag, und umklammerte ihn mit einer Hand, weil sie das Gefühl hatte, dass er ihr Kraft und Wärme spendete – so absurd der Gedanke auch war. Sie fröstelte und schwitzte zugleich.

Sie hatte Sven gerächt, oder? Sie konnte sich nicht erinnern, ob sie Toste getroffen hatte. Aber sie hatte direkt vor ihm gestanden, sie konnte ihn nicht verfehlt haben. Sie hatte getan, was ihre Gesellschaft auch von einem Mädchen erwartete: Sie hatte die Kriegerin in sich handeln lassen, als es nötig war.

Vielleicht würde nun sogar eine Valkyre auftauchen, wenn sie starb, um sie in Odins Festhalle zu bringen. Immerhin war sie wie der tapferste aller Wikingerkrieger mitten unter die Feinde gerannt. Sie lächelte trotz ihrer Schmerzen, halb im Delirium, und ihre Faust schloss sich noch fester um den Lanzenschaft. Wer hatte je davon gehört, dass eine Kriegerin, eine Schildmaid, an Odins Tafel gesessen hätte?

Letztlich war es egal. Sicher war nur eines: Thyra lag im Sterben, und wenn die Sonne den Zenit erreicht hatte, würde sie bereits tot sein.

14.

Viggo konnte nicht sagen, wie er sich den Markt von Corcach Mór eigentlich vorgestellt hatte – aber sicher nicht so, wie er in Wirklichkeit aussah. Allzu viele Gedanken hatte er sich darüber sowieso nicht gemacht, denn die Aussicht, als ein menschliches Stück Werkzeug verkauft zu werden, machte ihm genug zu schaffen.

Am Tag nach dem Erdbeben war er fast schon ein wenig zuversichtlich gewesen. Er hatte sich bemüht, sein Schicksal so fatalistisch zu sehen wie ein Wikinger. Außerdem war es offensichtlich, dass Loki noch weiterführende Pläne mit ihm hatte, denn dass er Viggo ausgerechnet in die Zeit verfrachtet hatte, in der Ragnarök begonnen hatte, konnte kein Zufall sein. Andererseits war es natürlich auch möglich, dass irgendetwas schiefgegangen war …

Als Sturebjörn Viggo zwang, lederne Handfesseln und ein

Halsband anzulegen, und ihm die Handgelenke locker mit einem Stück Schnur zusammenband, schlug Viggos aufgesetzter Gleichmut jedoch wieder in pure Verzweiflung um. Der Schiffsführer zuckte nur mit den Schultern, als Viggo ihn entsetzt anstarrte.

Die Ansiedlung von Corcach Mór lag auf einer flachen ostwestlich ausgerichteten Halbinsel zwischen zwei Flussarmen und war von einer hölzernen Palisade umgeben. Das schmale östliche Ende der Halbinsel war zugleich der Hafen. Die Gebäude, zumeist Holzbaracken mit Stroh- und Reetdächern, standen direkt am Meeresufer und waren nur durch einen hölzernen Steg vom Wasser getrennt. Alles in allem mochten es knapp fünfzig Häuser sein. Zwei breite Landungsbrücken ragten weit in das Hafenbecken hinein und boten einen Anlegeplatz für je drei bis vier Schiffe. Diese Plätze waren alle belegt.

Wer vom Hafen in den Ort hineinwollte, musste einen breiten Knüppeldamm nehmen, der schnurgerade zwischen die Häuser hineinführte. Der Holzsteg ging eine Anhöhe hinauf und endete bei einem Gebäude, das wie eine Kapelle aussah.

In seinem Dach steckte ein hölzernes Kreuz. Wie es schien, gab es in Corcach Mór eine größere Anzahl Christen.

Bevor Viggo gefesselt worden war wie ein Sklave, hatte er noch geholfen, das Schiff in den Hafen zu rudern. Corcach Mór zu erreichen war nicht einfach. Man musste vom Meer her zuerst um etliche Felsen herum in eine Bucht hineinfahren und eine Fahrrinne passieren, die sich als Mündung eines Flusses entpuppte, gegen dessen Strömung man rudern musste.

Erst am Ende dieser Fahrrinne lag die Ansiedlung. Wer als Angreifer überhaupt so weit kam, musste den Ort zwangsweise erobern. Sonst würde er unbeschadet nicht mehr hinauskommen. Die Lage der Ortschaft war für die Bewohner ein Segen und für alle Feinde eine tödliche Falle.

Das Rudern gegen den Strom war so anstrengend gewesen, dass Viggo sich am Ende doch noch eine Blutblase geholt hatte – Tönne hatte das mit einem zufriedenen Brummen und einem kameradschaftlichen Schulterschlag aufgenommen und Viggo dann am Riemen abgelöst.

Sturebjörn war mit insgesamt drei Schiffen in die Bucht gefahren. Der Rest seiner Flotte war so vor der Bucht vor Anker gegangen, dass niemand ihm die Ausfahrt versperren konnte. Die Wikinger hatten den Schild des Piratenführers abgenommen und fuhren mit blankem Vordersteven in den Hafen ein. Viggo zweifelte nicht daran, dass trotzdem jeder wusste, wessen Schiffe da ankamen. Ein Teil der Bewohner von Corcach Mór musste Sturebjörn hassen, die anderen fürchteten ihn. Aber er kam demonstrativ mit friedlichen Absichten und schien Handel treiben zu wollen, also empfingen sie ihn freundlich.

Viggo spähte nach Kroks Schiff aus. Er hatte als sicher angenommen, dass es vor ihnen in Corcach Mór gelandet sein müsste. Doch er sah es nicht. Dafür erblickte er zwei ziemlich angeschlagene Drachenboote, von denen eines so tief im Wasser lag, dass es wohl leck war. Er schluckte. Die Schäden mussten von der Flutwelle stammen, die sich bestimmt kilometerweit in alle Himmelsrichtungen verbreitet hatte. Krok und seine Leute waren bestimmt auch in sie hineingeraten. War er dabei gekentert? Waren Krok und Bruder Bodo und die Frau, die Viggo gepflegt hatte, und all die anderen ertrunken? Viggo wurde ganz elend zumute.

Die Landungsstege von Corcach Mór waren offenbar auch die Marktplätze des Ortes. Auf beiden herrschte reges Treiben. Fässer wurden von den dort festgemachten Schiffen entladen, während riesige Ballen, offenbar Häute und Felle, zum Einladen bereitstanden. Es gab keinen freien Platz zum Anlegen.

Sturebjörn befahl seinen Männern so zu pullen, dass das Schiff auf der Stelle blieb, aber er ließ keinen Anker werfen. Nach einer Weile kam ein kleines Ruderboot heran. Der Mann darin schwitzte und sah nervös aus. Er hielt sich an einem Riemen fest, der ihm entgegengestreckt wurde, und wechselte mit Sturebjörn ein paar Worte, die Viggo nicht verstand. Dann ruderte der Mann zurück zum Steg und betrat eines der vertäuten Schiffe. Wenige Augenblicke später verließ er es wieder. Kurz darauf legte das Schiff ab und machte Platz für Sturebjörn.

Der Pirat zwinkerte Viggo zu und der Junge wusste, was das zu bedeuten hatte: Es hatte viele Vorteile, unter dem Namen Sturebjörn zu fahren.

Nachdem sie das Schiff festgemacht hatten, begannen die Männer auszuladen. Viggo erkannte, dass er nicht die einzige Fracht war. Jeder der Männer hatte ein paar Schätze in seiner Seekiste, die er zum Tausch anbot. Außerdem gab es eine weitere große Kiste mit Beute, die man nicht vernünftig teilen konnte, ohne ihren Wert zu zerstören, und die deshalb zu Geld gemacht wurde, damit hinterher jeder etwas davon hatte: mit Glas und Steinen geschmückte Pokale, fein gewebtes Tuch, kostbare Handschriften, ein paar Altarkreuze.

Viggo musste auf dem Schiff bleiben. Erst, als die anderen Geschäfte abgeschlossen waren, befahl Sturebjörn ihm, an Land zu gehen. Doch Viggo wurde nicht auf dem Landungssteg angeboten, sondern aufgefordert, Sturebjörn und seinen Begleitern in den Ort hinein zu folgen. Sie führten ihn auf einen Platz, den er vom Hafen aus schon wahrgenommen hatte. An einer Seite stand ein erhöhtes Podest wie eine Bühne, darauf standen ein paar Menschen, die die Köpfe hängen ließen. Ihnen gegenüber hatte sich eine kleine Menschenmenge versammelt, die nicht besonders begeistert zu sein schien.

Viggo lief es kalt den Rücken hinunter. Das auf der Bühne waren offensichtlich Gefangene, die in die Sklaverei verkauft werden sollten. Und die anderen waren die mehr oder weniger interessierten Käufer. Der Handel ging anscheinend schleppend voran, was das Ganze noch unwürdiger machte.

»Was für ein müder Haufen«, befand Sturebjörn unzufrieden. »Als ob es jeden Tag Sklaven wie Sand am Meer gäbe.«

»Es *gibt* Sklaven wie Sand am Meer«, bemerkte einer seiner Männer. »Viele Gefangene, viele verarmte Pächter, die sich selbst in die Abhängigkeit verkaufen …«

»Aber es gibt nicht jeden Tag welche von Sturebjörn!« Viggo erhielt einen Ellbogenstoß des Piraten. »Stell dich mal ein bisschen gerader hin, du willst doch nicht aussehen wie die Jammerlappen da oben.«

»Wenn es dazu führt, dass ich ein Ladenhüter bleibe …«, brummte Viggo.

»Schau mal, Sturebjörn, da kommt einer von den Geschorenen.«

Ein älterer Mönch in Kutte drängte sich durch die Menge, gefolgt von einem relativ jungen Mann, der prächtig gekleidet war. Der Mönch trug eine Schriftrolle unter dem Arm. Er wandte sich an einen der Männer, die rund um die Bühne standen wie Leibwächter, und dieser nickte. Der Mönch und sein Begleiter stiegen auf die Bühne. Das Pergament wurde entrollt und dem Ersten der Gefangenen vor die Nase gehalten.

»Was wird das?«, fragte Sturebjörn.

Viggo verstand sofort. »Er will wissen, ob einer der Gefangenen lesen kann!«

»Bei Loki, da kann er lange warten. Wer kann schon lesen und schreiben außer den Geschorenen selbst und den Skralingern in den Schreibstuben?«

»Ich kann lesen und schreiben«, sagte Viggo.

Sturebjörn und die anderen stierten ihn an.

»Warum sagst du das erst jetzt?«, japste Sturebjörn.

»Wieso? Bewahrt es mich etwa davor, verkauft zu werden?«

»Nein, bei Loki! Es bewahrt *mich* davor, dich zu billig herzugeben! Los, rauf mit dir auf das Podium, bevor der Geschorene wieder abzieht!«

Viggo wurde mehr auf das Podium gehoben, als dass er selbst hinaufkletterte. Die Wachen rund um die Verkaufsbühne wollten einschreiten, doch ein paar stumme Blicke von Sturebjörns Begleitern überzeugten sie davon, dass auch Viggo ein Recht hatte, dort oben zu stehen. Der Mönch stutzte ein wenig wegen der plötzlich entstandenen Unruhe, aber dann hielt er Viggo pflichtschuldig die Schriftrolle vor die Nase. Die Buchstaben waren ungewohnt, aber durchaus lesbar. Die Sprache war Latein. Viggo verstand kein Wort, doch es bereitete ihm keine Schwierigkeit, den Text vorzulesen. »FACTUM EST TU ES FILIUS MEUS DILECTUS IN TE BENE COMPLACUIT MIHI …«, leierte er.

Der Mönch riss die Schriftrolle an sich. »Heiliger Finbar«, murmelte er und bekreuzigte sich. Der prächtig gekleidete Mann strahlte Sturebjörn an.

»Was willst du für den jungen Burschen?«, fragte er.

Sturebjörn legte den Kopf schief. »Was bietest du mir denn?«

»Nenn mir deinen Preis, Schiffsführer. Ich zahle ihn. Ich bin Erling Skjalgsson, der Haushofmeister von König Olaf Tryggvason. Ich habe im Frankenreich einen schriftkundigen Burschen als Chronisten für den König angeworben, aber er ist mir auf der Überfahrt hierher gestorben, und nun suche ich seit Tagen nach einem Ersatz. Wenn ich mit leeren Händen zu meinem König zurückkehre, bin ich mein Amt los. Der König wird nicht gern enttäuscht.«

»Na, wenn das so ist«, sagte Sturebjörn gut gelaunt, »dann

will ich mal dafür sorgen, dass dir dein Amt erhalten bleibt. Dafür wirst du dein Geld los.«

»Ein gerechter Handel«, sagte der Haushofmeister und schüttelte Sturebjörn die Hand. Der Mönch neigte sich zu Viggo und raunte:»Ich weiß nicht, ob ich dir gratulieren soll, mein Sohn, aber eines ist sicher: Du bist ab jetzt ein Besitztum des ersten christlichen Königs im ganzen Norden.«

3. LIED

DIE
PROPHEZEIUNG

I.

Auf dem Schiff des königlichen Haushofmeisters Erling Skjalgsson nahm Viggo dieselbe seltsame Position ein wie in der Mannschaft von Krok und Sturebjörn. Einerseits war er ein Sklave, andererseits wurde er genauso behandelt wie die Krieger, die mit dem Haushofmeister auf dem Schiff reisten – nur dass er keine Waffen tragen durfte. Jeder wusste, dass er ein Sklave war, aber die kleine, enge Schiffsgemeinschaft kannte kaum Unterschiede, was die Stellung und Bedeutung der einzelnen Besatzungsmitglieder betraf. Im Notfall wurde jeder gebraucht und jeder hatte eine Aufgabe zu erfüllen. Viggo bekam nicht einmal eine Kennzeichnung wie einen Sklavenring an den Finger oder um den Hals.

Außerdem war Erling offensichtlich fasziniert davon, dass Viggo lesen konnte. Er hatte dem Vorsteher der Mönche von

Corcach Mór die Schriftrolle abgenötigt und ließ sie sich von Viggo immer wieder vorlesen.

Als Viggo gestand, dass er die Wörter zwar entziffern könne, aber keine Ahnung habe, was sie bedeuteten, und sie daher nicht übersetzen könne – außer dass es sich anscheinend um eine Abschrift aus einem religiösen Text handele, wahrscheinlich der Bibel –, winkte Erling nur ab. Er meinte, er selbst habe lange versucht, in den christlichen Lehren irgendeinen Sinn zu entdecken – nicht zuletzt seinem Schwager zuliebe, der dem neuen Glauben mit Begeisterung anhänge. Er habe es aber aufgegeben, als ihm klar geworden sei, dass es beim Christentum darauf ankomme, seine Feinde zu lieben. Kein Mensch könne das verstehen und erst recht kein Wikinger. Bisher war Erling der Ansicht gewesen, es genüge, seinen Feind zu ehren – indem man seine Waffen an sich nahm, nachdem man ihn erledigt hatte, und fortan mit ihnen um sich schlug, falls sie besser waren als die eigenen. Erling meinte, er werde es auch weiterhin so halten, selbst wenn es dem neuen Glauben widerspreche.

Ganz nebenbei erfuhr Viggo, wer Erlings Schwager war, dem zuliebe der Haushofmeister sich für das Christentum interessierte: Es war König Olaf selbst. Erling hatte die Schwester des Königs geheiratet und dazu einen reichen Landstrich im Süden von Olafs Königreich erhalten.

Nach einiger Zeit wagte Viggo, ihn nach seinem Alter zu fragen. Erling war erst fünfundzwanzig und König Olaf selbst, wie Erling verriet, um die dreißig Jahre alt. Viggo war überrascht, wie jung die Menschen in der Zeit der Wikinger noch waren, während sie schon Verantwortung und die Führung von ganzen Königreichen übernahmen.

Sie fuhren an der Ostküste Irlands entlang nach Norden. Erlings Schiff trug den Namen *Fröhliche Schlange*. Da König Olafs Flaggschiff *Große Schlange* hieß, hatte er sich bemüßigt gefühlt, mit einem ähnlichen Namen ihr Verwandtschaftsverhältnis zu unterstreichen, und seinem Charakter gemäß war die *Schlange* gut aufgelegt. Dass ihre Besatzung dennoch vor Waffen starrte wie alle anständigen Wikinger, bildete in Erlings Augen keinen Widerspruch. Sein Ziel war die neue Hauptstadt von König Olaf, ein Ort namens Kaupangen. Viggo hatte noch nie davon gehört, und da die Wikinger nicht nach Karten, sondern mit ihrem phänomenalen Orientierungssinn nach der Sonne navigierten, gab es auch keine Möglichkeit, ihm die genaue Lage dieser Stadt zu zeigen.

Viggo hatte schon die Geschwindigkeit von Kroks und die von Sturebjörns Flotte bewundert. Doch die *Fröhliche Schlange* war ein Schiff, das die besten und teuersten Schiffsbauer erschaffen hatten, die ein reicher Jarl wie Erling sich leisten konnte. Sie sauste an der Küste entlang wie ein Pfeil, mit geblähtem Segel und unter zusätzlichem Einsatz der Ruder. Die Mannschaft war am Morgen nach dem Sklavenmarkt von Corcach Mór aufgebrochen, und am späten Nachmittag passierten sie bereits die Wikingerstadt Duibhlinn.

Als es Nacht wurde, ging die *Fröhliche Schlange* in einer

Bucht vor Anker, über deren zerklüftete Steilküste sich eine Klosterruine erhob. Das war, wie Erling erklärte, die ehemalige Abtei von Bheannchair, die eine Ruine war, seit Wikingerkrieger sie vor über fünf Generationen geplündert hatten. Erling bemerkte stolz, dass etwas, was von Wikingern ruiniert wurde, auch ruiniert blieb – bis ihm einfiel, dass hier ein Kloster des neuen Glaubens seines Königs zerstört worden war. Da räusperte er sich verlegen und ließ sich sicherheitshalber noch einmal aus der Schriftrolle vorlesen.

Am folgenden Abend ankerten sie bereits zwischen einigen Inseln vor einer Küste, von der Viggo annahm, es müsste die schottische Nordwestküste sein. Weiter reichten seine Erdkundekenntnisse nicht. Die Inseln, behauptete Erling, gehörten zu Olafs Königreich und hießen *Suthreyjar*, die Südlichen Inseln.

Als sie am dritten Tag ablegten und weiter nach Norden jagten, kam es zu einer unerwarteten Begegnung. Sie gab Erling Skjalgsson die Gelegenheit, seine wikingische Gesinnung zu demonstrieren. Und Viggo verschaffte sie erneut die Gewissheit, dass die Nordmänner alle irgendwie Verrückte waren, und die Erkenntnis, dass er sich immer mehr unter ihnen wohlfühlte.

2.

Der Tag hatte so sonnig begonnen wie alle anderen, aber je weiter sie nach Norden kamen, umso mehr war der Himmel mit einem feinen Schleier überzogen, der immer dichter wurde. Der Wind, der bislang zuverlässig von Westen her wehte, war ruppig geworden. Die Besatzung hatte das Segel gerefft und sich stärker in die Riemen gelegt.

Erling hatte nur auf typisch wikingische Art mit den Schultern gezuckt. »Wir nähern uns der Insel Skuy«, hatte er gesagt. »Die heißt nicht umsonst Nebelinsel.«

Zwei Stunden später war die Sicht auf zwei, drei Schiffslängen beschränkt, Felsen und Riffe zeichneten sich nur mehr als Schatten vor dem Nebel ab oder tauchten mit einer Plötzlichkeit aus dem Grau auf, dass Viggo jedes Mal zusammenzuckte. Die *Fröhliche Schlange* fuhr unbeirrt und kaum langsamer weiter, die Ruderer pullten nach wie vor mit allen Kräften. Erling traf nur wenige Vorkehrungen, um die Kollision mit einem Felsen zu vermeiden. Er stellte einen zweiten Mann ans Steuerruder und ließ einen Ausguck auf den Vordersteven und einen auf den Mast klettern. Die Späher riefen den Steuermännern gelegentlich Warnungen zu, worauf diese das lange Steuerholz in die eine oder andere Richtung herumrissen. Die *Fröhliche Schlange* gehorchte diesem Befehl mit zuverlässiger Eleganz und jagte in einem Gischt sprühenden Slalom durch den Nebel, als gelte es, ein Rennen zu gewinnen.

Auf einmal brach ein Schiff aus dem Nebel heraus. Die Ausgucke hatten wenige Augenblicke zuvor Warnungen gerufen. Ob sie das fremde Schiff gesehen oder seine Ruderschläge nur gehört hatten, wusste Viggo nicht. Die Steuermänner warfen sich förmlich gegen das Steuerholz, die *Fröhliche Schlange* legte sich auf die Seite. Die Riemen, die auf der inneren Seite tiefer als zuvor eintauchten, trieben den langen Schiffskörper um die eigene Achse, sodass die *Fröhliche Schlange* in einer so engen Kurve herumjagte, wie Viggo es nie für möglich gehalten hätte. Einen Herzschlag lang dachte er, Erlings Schiff würde kentern. Doch dann richtete sich das Schiff wieder auf. Die Ruderer auf der Außenseite tauchten ihre Riemen ein und zogen sie mit aller Kraft durchs Wasser. Sie waren nicht einmal aus dem Takt gekommen. Die *Fröhliche Schlange* vollendete eine Neunzig-Grad-Wende und sauste in der neuen Richtung weiter. Das Schiff, das so plötzlich aus dem Nebel aufgetaucht war, jagte neben ihnen her, keine fünfzig Meter entfernt. Seine Ruderer stierten herüber, ohne innezuhalten. Auch der Steuermann starrte mit aufgerissenen Augen. Viggo wusste, dass er selbst ein ähnliches Bild abgab – die Augen und der Mund weit offen vor Verblüffung. Und gerade als er dachte, dass er die wikingischen Seeleute nun endlich einmal fassungslos erleben würde, hörte er Erling ungerührt sagen:»Hoppla!«, und der Steuermann des anderen Schiffs begann zu grinsen und rief herüber:»Da habt ihr aber noch mal Glück gehabt!«

Viggo konnte es nicht fassen. Das fremde Schiff war nur halb so lang wie die *Fröhliche Schlange* und seine Bordwand viel niedriger. So, wie es aus dem Nebel gekommen war, hätte Erlings Schiff den Fremden wie ein dreißig Meter langer Torpedo mit voller Geschwindigkeit gerammt. Die *Fröhliche Schlange* hätte ihm die Riemen an seiner Seite zersplittert, die Bordwand zerschmettert, ihr Kiel wäre über den Rumpf des Fremden hinweggeschrammt, hätte das Schiff unter Wasser gedrückt, die Ruderer an ihren Plätzen zermalmt und seinen Kiel unter sich zerbrochen … und wenn die *Fröhliche Schlange* zum Stehen gekommen wäre, wäre das andere Schiff schon gesunken, in einem Strudel aus brodelndem Wasser, zersplittertem Holz und ertrinkenden Verletzten.

Aber der fremde Steuermann hatte die Frechheit zu rufen, dass die *Fröhliche Schlange* noch einmal Glück gehabt habe!

Erling setzte noch einen drauf, indem er zurückrief:»Ein guter Schiffsführer hat eben Glück!«

Die beiden Schiffe jagten weiterhin mit Höchstgeschwindigkeit nebeneinanderher. Auch der Fremde hatte Ausgucke am Vordersteven und auf seinem Mast. Sein Segel war komplett gerefft. Dass seine Ruderer mit der *Fröhlichen Schlange* mithalten konnten, grenzte an ein Wunder. Das fremde Schiff hatte bestimmt keine zwanzig Mann Besatzung.

Viggo sah, wie die beiden Schiffsführer – Erling auf seinem Achterdeck und der Fremde am Steuerruder – sich gegenseitig taxierten. Wenig später schienen beide beschlossen zu haben, dass in diesem Moment keine Feindseligkeiten angebracht waren.

»Warum die Eile?«, brüllte Erling hinüber. Auf keinem der Schiffe machten die Seeleute Anstalten, langsamer zu rudern. Eher schien es Viggo, als wären die Besatzungen in einen stummen, unausgesprochenen Wettbewerb miteinander getreten.

Der Fremde deutete achteraus. »Wir werden verfolgt!«

»Von wem?«

»Ein paar Leute von Skuy!«

»Was für Leute?«, fragte Erling.

Bevor der Fremde antworten konnte, kamen plötzlich eine Handvoll Pfeile in hohem Bogen aus dem Nebel. Sie landeten alle hinter den beiden Schiffen im Wasser. Nur einer davon bohrte sich in den Achtersteven der *Fröhlichen Schlange.* Beide Schiffsführer wechselten einen kurzen Blick, dann brüllten sie unabhängig voneinander ihren mit äußersten Kräften rudernden Seeleuten zu: »Macht mal ein bisschen schneller, ihr faulen Säcke!«

Die beiden Schiffe beschleunigten, obwohl Viggo das nicht mehr für möglich gehalten hätte.

»Was für Leute?«, wiederholte Erling seine vorherige Frage.

»Die Leute des Jarls auf Skuy«, erwiderte der Fremde. Er grinste wieder. Der Fahrtwind zerzauste sein langes Haar und seinen Bart. Verglichen mit dem prächtig gekleideten Erling sah er abgerissen aus, aber er hielt sich ebenso stolz und aufrecht wie der Haushofmeister von König Olaf.

»Habt ihr den Hof des Jarls geplündert?«

»Nein! Wir waren dort Gäste!«

Erling schüttelte den Kopf. »Bei Odin, diese Wikinger«, murmelte er, grinste aber genauso breit wie der Fremde.

»Fels voraus!«, brüllte der Ausguck der *Fröhlichen Schlange*.

Die beiden Schiffe glitten in einem blitzschnellen Manöver auseinander, als hätten sie es viele Male geübt. Ein Riff, so groß wie ein Lastwagen, ragte bizarr und kantig aus dem Wasser heraus, das rundherum brandete. Es schien zwischen den beiden Schiffen hindurchzufliegen. Kaum hatten sie es passiert, näherten sie einander wieder auf Rufweite.

»Was haben die gegen euch?«, rief Erling hinüber.

»Wir haben was mitgenommen und was zurückgelassen.«

»Hört sich wie ein fairer Handel an!«

»Es war das Herz der Tochter des Jarls, der schönen Thorgunna, das wir mitgenommen haben.«

»Bei Odin«, sagte Erling.

»Und zurückgelassen haben wir …«

»Schon klar! Wer ist der werdende Vater?«

»Na, ich!« Der Mann am Steuer deutete auf seine Brust.

»Und wieso hast du die schöne Thorgunna nicht mitgenommen?«

Der Fremde hörte auf zu grinsen. Er machte eine weit ausholende Armbewegung, die sein kleines Schiff, seine wenigen Männer, den Nebel, den rauen Wind, die Verfolger und die Weite des Meeres umfasste. Es war klar, was er damit meinte, und ihm war anzumerken, dass ihm die Entscheidung nicht leichtgefallen war: Er hatte eine gemeinsame Flucht mit seiner schwangeren Geliebten als zu gefährlich erachtet.

Durch das Tosen der Wellen und das Brausen des Windes hörte Viggo hinter sich plötzlich ein Krachen und Splittern und dann das Geschrei von überraschten Männern.

»Oha, der Felsen!«, rief der Fremde fröhlich herüber. »Es sieht so aus, als könnten wir etwas langsamer weiterpflügen, was meinst du? Die Verfolgungsjagd ist vorüber.«

»Hatten die nur das eine Schiff?«, rief Erling.

»Nein, sie hatten fünf, aber irgendjemand hat vier davon leckgeschlagen.«

»Wer war das?«

»Es muss meine tapfere Thorgunna gewesen sein. Gebe Loki, dass ich sie und mein Kind irgendwann wiedersehe!«

»Du gefällst mir«, sagte Erling. »Ich werde ein Blut- und Bieropfer für dich ausbringen, wenn ich zu Hause bin. Sag mir deinen Namen, mein Freund.«

Der Fremde hatte seinen Männern ein Zeichen gegeben, langsamer zu rudern. Jetzt fiel sein Schiff immer mehr zurück, sodass er die Hände an den Mund legen musste, um herüberzurufen: »Wie lautet denn deiner?«

»Ich bin Erling Skjalgsson, Haushofmeister von König Olaf Tryggvason, unterwegs nach Kaupangen an den Königshof.«

»Wir werden uns wiedersehen, Erling Skjalgsson! Dort, wohin du willst, liegt auch mein Ziel. Ich bin Leif Eriksson aus Grönland!«

Der Fremde rief noch etwas, aber das konnte Viggo schon nicht mehr verstehen. Überrascht starrte er nach achtern, wo das andere Schiff im Nebel immer mehr verblasste.

Leif Eriksson. Sie hatten sich ein Wettrennen mit dem Mann geliefert, der der größte Entdecker der gesamten Wikingerepoche werden sollte. Und Viggo war überzeugt davon, dass dieses Zusammentreffen kein Zufall gewesen war.

3.

Der Königshof von Kaupangen lag wie die Ansiedlung Corcach Mór in einer Bucht, die durch Halbinseln und vorgelagerte Felsen gegen das Meer abgeschirmt war. Um den Ort zu erreichen, musste man durch einen engen Fjord fahren – oder pflügen, wie die Wikinger es nannten. Sie beschrieben das Befahren des Meeres mit denselben Ausdrücken wie das Bestellen ihrer Felder. Sie fuhren nicht über das Meer, sie pflügten hindurch. Wellentäler waren Furchen. Fischzuchten nannten sie Fischweiden. Und wenn jemand aus der Besatzung seinen Hintern achtern über die Bordwand hängte, um sich zu erleichtern, kündigte er an, düngen zu gehen.

All das hatte Viggo auf der Reise mitbekommen, die bis zu ihrer Ankunft vor dem Fjord noch einmal zwei Tage gedauert hatte.

Als sie sich dem Eingang des Fjords näherten, ließ Erling

Skjalgsson die *Fröhliche Schlange* plötzlich anhalten. Das Fehlen von Wachschiffen hatte ihn misstrauisch gemacht. Der Fjordeingang, der sonst immer bewacht war, lag schutzlos da. Bevor Erling dazu kam, sich über das weitere Vorgehen klar zu werden, rief der Mastausguck, dass er Feuer und Rauch sehen könne.

»Welche Richtung?«, brüllte Erling zum Ausguck hinauf.

»Kaupangen!«, schrie der Mann zurück.

Erling Skjalgsson berief einen Mannschaftsrat ein. Viggo, der beklommen in die Richtung starrte, wo die Königsstadt liegen musste, war überrascht. Es kam ihm merkwürdig vor, dass ein Schiffsführer derartige Dinge mit der gesamten Besatzung besprach. Doch die Entscheidung, um die es jetzt ging, war eine über Leben und Tod.

Erling stellte sich an den Vordersteven und rief: »Die Königsstadt wird offenbar gerade angegriffen. Ich denke, wir sollten uns einmischen. Wie ist eure Meinung?«

»Wer Kaupangen angreift, muss entweder tollkühn sein oder eine gewaltige Flotte besitzen«, erwiderte einer der Männer.

»Wenn er nur tollkühn wäre, würden wir jetzt schon über das Wrack seines Schiffs hinwegfahren«, wandte ein anderer ein. »Die Wachschiffe des Königs hätten ihn längst versenkt.«

»Also muss er eine Riesenflotte haben …«

»Und er richtet Schäden in der Stadt an?«, fragte einer.

Der Mastausguck rief herunter: »Vier – nein, fünf Rauchsäulen sind es jetzt!«

Ein Raunen ging durch die Reihen der Seeleute.

»Aber wie konnte der Angreifer ungesehen an den Wachen vorbei in den Fjord gelangen?«, überlegte Erling.

»Vielleicht indem er sich als Freund getarnt hat?«, warf Viggo ein.

Die Männer starrten ihn an. »Wie?«

»Wenn er den Drachenkopf nicht aufgepflanzt hat, während er in den Fjord gesegelt ist …?« Viggo verstummte.

»Wer macht denn so was?«, fragte einer der Männer. »Da wüsste am Ende ja niemand, wer der Angreifer war, und man könnte kein Lied über ihn singen!«

»Acht Rauchsäulen! Bei Odin!«, rief der Ausguck.

»Fassen wir zusammen«, rief Erling. »Wir haben einen geheimnisvollen Angreifer, der die Stadt verwüstet. Er muss extrem mächtig sein. Wenn wir in den Kampf eingreifen und den König unterstützen, wird es vermutlich schlecht ausgehen. Aber zumindest werden wir ein paar von den Bastarden mit in Odins Festhalle nehmen, das kann ich euch versprechen!«

»Du meinst, wir haben keine Chance?«, fragte der Steuermann.

Die Wikinger sahen sich an und grinsten. »Worauf warten wir dann noch?«

Die *Fröhliche Schlange* nahm Fahrt auf und pflügte in den Fjord hinein. Viggo kauerte sich am Mast zusammen, das Herz schlug ihm bis zum Hals. Er bildete sich ein, den Rauch des Schlachtfelds schon zu riechen, obwohl der Wind von Meer her blies und die *Fröhliche Schlange* über die Wellen trieb, ihrem Untergang entgegen.

Dann begannen die Wikinger auch noch zu singen! Sie sangen ein Lied von dem Ungeheuer tief im Wald, das jeden tötete und sein Blut gierig trank, doch der Held nahm seine geliebte Axt, ging in den Wald hinein – und nun trank *er* das Blut des Monsters …

Viggo war fassungslos, aber er ertappte sich dabei, wie er mit dem Fuß den einfachen Rhythmus des Lieds mitwippte.

4.

Die *Fröhliche Schlange* schoss in den Fjord hinein, in dem Kaupangen lag und der sich zur Backbordseite des Schiffs öffnete wie ein riesiger See. Zehn Rauchsäulen standen jetzt über einer Stelle am jenseitigen Ufer, die hinter den Hügeln einer vorgelagerten Landzunge lag. Weitere Rauchwolken schwebten träge über der Kuppe des höchsten Hügels – ein Alarmfeuer, das die dort postierten Wachen wohl entzündet hatten, als sie den Feind bemerkten. Viggo verstand, dass Kaupangen hinter dieser Landzunge liegen musste.

Nun glitten sie an einem Drachenboot vorbei, das in der Mündung des Fjords kieloben im Wasser trieb, zerbrochene Riemen rundherum ausstreckend wie die Beine eines großen, toten Insekts. Erling musterte das Wrack mit zusammengekniffenen Augen, während sie daran vorbeirauschten.

Der Steuermann korrigierte die Richtung und keine Viertelstunde später waren sie dem Ufer so nah, dass Viggo Menschen auf den Klippen stehen sah, in der Nähe eines aufgelaufenen Wracks, das zerbrochen auf den Felsen lag, als wäre es dort hinaufgeschleudert worden. Die Leute riefen etwas zu ihnen herüber und winkten aufgeregt.

»Was sagen sie?«, fragte Erling den Steuermann.

Der zuckte nur mit den Schultern. »Ich hab kein Wort verstanden. Sollen wir langsamer fahren?«

Erling schüttelte den Kopf. »Weiter, weiter!«

Wenige Meter vom Ufer entfernt raste die *Fröhliche Schlange* weiter und folgte dem weiten Bogen, den die Küste beschrieb, nach Osten. Viggo hörte den Steuermann die Richtungsänderungen vor sich hin murmeln. Zehn Minuten vergingen, in denen Fahrtwind und aufspritzendes Wasser um Viggos Ohren peitschten. Die Ruderer hatten aufgehört zu singen, stattdessen keuchten sie angestrengt, ohne in ihrem Eifer nachzulassen. Dann bog Erlings Schiff um den letzten Ausläufer der Küste herum, und Viggo sah voraus das Hafenbecken, in dessen Mitte die Königsstadt lag.

Er blickte in ein Chaos.

Der Mastausguck brüllte nach unten, was er erspähte und was die Ruderer, mit dem Rücken zum Geschehen nicht sehen konnten. Das Segel schlug und flatterte, da der Wind jetzt seitlich hineinfuhr. Die Segelwachen zerrten an den Tauen und versuchten die Böen einzufangen, um das Tempo zu halten. Die Gischt zischte um den Bug, sie brodelte unter den Ruderschlägen.

Viggo beobachtete das Geschehen mit weit aufgerissenen Augen. Er hielt sich neben Erling am Mast der *Fröhlichen Schlange* fest, federte die krachenden Schläge der Wellenkämme gegen den Rumpf mit den Knien ab und versuchte zu verstehen, was in Kaupangen vor sich ging.

Gebäude am Ufer und Schiffe auf dem Wasser brannten. An mehreren Stellen brannte sogar das Wasser selbst! Fast zwanzig Häuser standen mittlerweile in Flammen. Schiffe trieben durch das Hafenbecken wie lodernde Fackeln. Die Ruderer warfen sich grimmige Blicke zu und legten sich noch stärker in die Riemen, ohne dass Erling das Kommando geben musste. Neben jedem der Männer lagen seine Waffen – ein Schwert oder eine Lanze, eine Axt, hie und da Pfeil und Bogen. Sie hatten Schilde in die Außenwand eingehängt und den Drachenkopf auf dem Vordersteven angebracht, bevor sie in den Fjord gefahren waren. Am Mast wehte ein langer Wimpel mit Erlings Haussymbol, einem stilisierten, finster blickenden Augenpaar. Die *Fröhliche Schlange* pflügte mit atemberaubender Geschwindigkeit direkt auf das Chaos zu.

»Der da!«, rief Erling über die Schulter zum Steuermann und deutete nach Backbord. »Geh auf Abfangkurs!«

Viggo dachte, Erling hätte ein feindliches Kriegsschiff entdeckt, doch stattdessen hielt die *Fröhliche Schlange* auf ein ruderlos dahintreibendes Drachenboot zu, das mit dem Heck tief im Wasser lag und dessen Segel in verbrannten Fetzen vom Quermast hing. Die Besatzung winkte und rief. Es war kein feindliches Schiff, sondern ein außer Gefecht gesetztes Boot des Königs. Erling versuchte, von der Männern an Bord Informationen zu bekommen.

»Tempo beibehalten!«, zischte er, dann rannte er nach vorn und erklomm den Vordersteven. Sein Haar flatterte ihm um den Kopf, das Wasser spritzte in sein Gesicht. Die *Fröhliche Schlange* schien direkt auf das Wrack zuzurasen, doch dann legte sie sich leicht zur Seite, um es in letzter Sekunde zu passieren.

»Ahoi!«, brüllte Erling. »Was ist hier los?«

Die Männer auf dem anderen Schiff wirkten wie unter Schock – ein Zustand, den Viggo noch nie an Wikingern gesehen hatte. Einer brüllte etwas zurück, doch Erling schüttelte nur verwirrt den Kopf.

»Was habt ihr gesagt?«, brüllte er und deutete auf seine Ohren.

Die *Schlange* raste an dem zerstörten Schiff vorbei und Erling rannte vom Vordersteven zum Heck, um die Antwort der Fremden noch einmal zu hören. Doch Erling hatte diese Männer schon ganz richtig verstanden.

Seine Ruderer, hochrot im Gesicht und schwitzend, spuckten aus und verzogen das Gesicht, ohne mit dem Pullen aufzuhören.

»*Da ist ein Lindwurm!*«, schrien die Männer auf dem sinkenden Schiff noch einmal.

Viggo runzelte die Stirn. So sagten die Menschen im Norden zu einem … *Drachen!* Sollte das etwa bedeuten, dass Kaupangen von einem echten, lebenden Drachen angegriffen wurde?

5.

In Viggos Kopf überschlugen sich die Mutmaßungen, während die *Fröhliche Schlange* durch ein Wasser glitt, in dem immer mehr zersplitterte oder verbrannte Trümmerstücke trieben und da und dort auch Körper. Der Steuermann wich nur den größten davon aus, die anderen wurden vom Bug des Schiffs gerammt und zerschmettert oder vom Sog unter den Rumpf gezogen, als die *Fröhliche Schlange* darüber hinwegpflügte.

Ein Drache? Viggos erster Gedanke war: Saurier! Hatte er nicht einmal gehört, dass die verblüffende Ähnlichkeit der sagenhaften Drachen mit echten Sauriern von Fossilienfunden kam, die die Menschen der Antike zufällig gemacht hatten? Und hatten nicht die einen oder anderen belächelten Amateurforscher die Behauptung aufgestellt, es wären keine Fossilien gewesen, sondern *echte* Überlebende der Saurierzeit, die aber spätestens im Mittelalter ausgerottet worden waren?

Erlings Schiff vollführte einen rasenden Slalom zwischen hilflos treibenden Schiffen, qualmenden Wracks, Gruppen von Schiffbrüchigen, die sich zu Dutzenden an Trümmerteile klammerten, und parkplatzgroßen Stellen, an denen tatsächlich das Wasser brannte – oder ein geheimnisvoller Belag, der nicht unterging. Konnte das das Werk eines Sauriers sein? Selbst wenn eine Hundertschaft der wahrlich monströsen Tyrannosaurus Rex Kaupangen angegriffen hätte, hätten sie keine solche Zerstörung angerichtet – abgesehen davon, dass T. Rex nicht einmal schwimmen konnten. Die Verwüstungen der Schiffe mussten aber im Wasser geschehen sein.

Erlings Schiff war jetzt dem Hafen so nah, dass Viggo die Menschen sah, die mit Löschketten das Feuer bekämpften. Trotz des Windes lag beißender Rauchgestank in der Luft. Schwarze Rauchfahnen von brennenden Schiffen wanden sich wie dicke Schlangen über der Wasseroberfläche. Das Wasser im Hafenbecken kabbelte und schwappte. Alle drei Landungsbrücken, die Kaupangen besaß, lagen in Trümmern. Der Steg entlang des Ufers sah aus, als hätte ein Riese mehrmals mit der Faust daraufgeschlagen. Die Gebäude in der Nähe des Wassers waren alle beschädigt, ihre Dächer eingedrückt oder herabgerissen, ganze Teile von Wänden fehlten. Die meisten Häuser brannten. Viggo dachte, er hätte eine Wand mit gewaltigen Kratzspuren gesehen, die schräg abwärts verliefen, wie von gigantischen Krallen, doch dann nahm ihm Rauch die Sicht.

Männer in Kettenhemden standen am Ufer aufgereiht, Pfeil und Bogen gespannt, Speere geschultert. Finger zeigten auf die

Fröhliche Schlange, Rufe wurden laut. Einen lähmenden Augenblick lang dachte Viggo, dass gleich ein Pfeilhagel auf ihr Schiff niedergehen würde, doch die Bogenschützen wandten sich wieder ab und starrten auf das Wasser hinaus.

Die *Fröhliche Schlange* hatte vielleicht noch zweihundert Meter zu den zerschmetterten Landungsbrücken zurückzulegen, als die Bewaffneten an Land erneut aufschrien und wild gestikulierten. Viggo sah es auch. Er blinzelte mit offenem Mund, fassungslos über den Anblick.

Es war wie ein riesiger Buckel, der sich plötzlich aus dem Hafenbecken erhob, etwa fünfzig Meter vor Erlings Schiff. Pfeile und Speere flogen vom Ufer her in seine Richtung, aber die Entfernung war zu groß. Schuppen glänzten in allen Farben auf dem wasserumgischteten Körper. Es war ein Tier, das mit einem mächtigen Aufbäumen wie ein Wal Schwung holte, um zu tauchen. Aber es war kein Wal.

Erling brüllte, um die Fahrt der *Fröhlichen Schlange* zu stoppen. Die Riemen tauchten ins Wasser und verharrten. Das Schiff wurde mit einem Ruck spürbar langsamer. Der Steuermann riss das Steuerholz herum, die *Fröhliche Schlange* erzitterte und legte sich in die Kurve. Erling sprintete an Viggo vorbei und sprang auf den Vordersteven, um bessere Sicht zu haben. Das Schiff schlingerte und bockte an der Stelle vorbei, wo der Buckel aufgetaucht und im nächsten Moment wieder verschwunden war.

Hundert Meter hinter dem Heck des Schiffs kam das Tier erneut an die Oberfläche. Fluchend rannte Erling zum Heck.

Viggo folgte ihm. Beide starrten sie auf das offene Wasser hinaus.

Das Tier musste mindestens doppelt so lang sein wie Erlings Schiff, es hatte den Kopf in die Luft gereckt.

Sein langer, muskulöser Hals war elegant gekrümmt wie der eines Schwans, der mächtige Schädel von bizarren Stacheln gekrönt, eine Mischung aus Waran, Krokodil und Pferd. Seine bunt schillernde Halskrause aus Haut und Stacheln stellte sich auf, während der Oberkörper sich blähte wie in einem mächtigen Atemholen. Das Maul öffnete sich, und eine Zahnreihe wurde sichtbar, bei der jeder einzelne Zahn so groß sein musste wie ein ausgewachsener Mann. Viggo hörte durch das Rauschen und Brodeln des Wassers, das von dem gewaltigen Körper herabströmte, etwas wie ein grollendes Schnauben.

Dann zuckte der riesige Kopf nach vorn. Eine grellweiße Feuerzunge loderte zwischen den Zähnen heraus, traf eines der hilflos treibenden Wracks und setzte es in Brand. Wo der Feuerstrahl auf die Wasseroberfläche getroffen war, brannte auch diese.

Das Maul schloss sich wieder und der Kopf tauchte mit einem ungeheuren Aufspritzen unter Wasser. Der Buckel des Drachen erhob sich noch einmal in einer rasend schnellen Wellenbewegung, dann war auch er verschwunden, und nur das lichterloh brennende Wrack und das aufgewühlte Wasser zeugten davon, dass Viggo nicht geträumt hatte.

Erling starrte nach hinten. Er war kreidebleich. Ein paar Überlebende, die rechtzeitig von dem Wrack ins Wasser gesprungen waren, schwammen auf die *Fröhliche Schlange* zu. Es waren nicht viele. Erling fuhr sich über das Gesicht.

»Fafnir«, flüsterte er.

»Was?«, fragte Viggo verwirrt.

»Fafnir, der Drache! Die Lieder der Skalden stimmen. Ragnarök ist ein Stück näher gekommen. Die Ungeheuer sind los. Wer jetzt ein Fass Bier ansticht, sollte sich beeilen, damit er noch genug zu trinken bekommt, bevor die Welt untergeht.«

6.

Wenn Erling Skjalgsson erwartet hatte, wegen seines außergewöhnlichen, das Lesen und Schreiben beherrschenden Sklaven triumphal empfangen zu werden, hatten die jüngsten Ereignisse diesen Plan zunichtegemacht. Trotzdem war er alles andere als unwillkommen, denn es stellte sich bald heraus, dass der Drache kein einziges der im Hafen liegenden Schiffe verschont und auch alle von den Alarmfeuern herbeigelockten Wachschiffe zerstört hatte. Die *Fröhliche Schlange* war das einzige intakte Schiff weit und breit, und da ein Wikinger ohne Schiff wie ein Cowboy ohne Pferd war, begrüßten ihn die Überlebenden in Kaupangen überschwänglich.

Die Abordnung des Haushofmeisters, die sich wenig später zur Halle des Königs aufmachte, bestand aus Erling selbst, seinem Steuermann, zwei weiteren Besatzungsmitgliedern und Viggo. Der Junge stolperte neben dem Haushofmeister her, den mittleren Holzsteg entlang, der in gerader Linie zu einem von Palisaden eingefassten Gelände führte. Hinter dem Wall erhoben sich die Kreuzgiebel zweier großer Gebäude und ein grasbewachsener runder Erdhügel. Viggo wusste nicht, wohin er blicken sollte. Überall lagen Tote herum. Ihm war übel und schwindlig. Er hatte noch nie einen Leichnam gesehen, noch nicht einmal friedlich in einem Sarg liegend. Und hier gab es gleich Dutzende davon. Als sie durch das große Tor in der Palisade traten, das von zwei finster blickenden Wachen in Kettenhemden geöffnet wurde, drehte Viggo sich noch einmal um. Die Zerstörungen des Drachen beschränkten sich auf das Gebiet in Ufernähe. Bei der Palisade, hinter der Viggo den Königshof vermutete, war glücklicherweise alles heil geblieben.

Der Erdhügel im Zentrum des umfriedeten Geländes war eindeutig von Menschenhand errichtet worden. Die beiden Häuser standen links und rechts davon. Überrascht bemerkte Viggo, dass ein Kruzifix, aus zwei Riemen eines Drachenboots zusammengezimmert, vom Giebel des kleineren Gebäudes hing – es war eine christliche Kirche!

Das größere Haus war der Königspalast, ein breit und hoch gebautes Holzgebäude mit einem Reetdach. In die Giebelhölzer waren Ornamente und Figuren geschnitzt, sie waren mit Gold und Farbe verziert. Als zwei weitere Wachen die Torflügel öffneten und sie eintreten ließen, sah Viggo, dass der Palast aus einer riesigen Halle bestand, die bis in den Giebel hinein nach oben geöffnet war und nach Holz, Stroh und Erde roch. Es war dunkel darin, da es nur winzige Fensteröffnungen an den Längsseiten gab und zwei Feuerschalen, von denen eine gleich am Eingang stand und die andere weit entfernt im hinteren Bereich. Der Palast war voller Menschen, die stöhnten oder schluchzten. Es waren hauptsächlich junge und alte Frauen, alte Männer und Kinder, darunter einige Verletzte. Es handelte sich offenbar um die nicht wehrfähigen Bewohner der Stadt, die sich beim Angriff des Drachen hierher geflüchtet hatten. Alle anderen waren jetzt unten am Ufer, um die letzten Brände zu löschen und aufzuräumen.

Erling erkundigte sich nach dem König. Er bekam zu hören, dass er in der Kirche sei.

Mit unzufriedenem Gesicht befahl Erling seinem Steuermann und den beiden anderen hierzubleiben. Er nahm Viggo am Arm und führte ihn nach draußen.

»Du kommst mit«, sagte er barsch und längst nicht mehr so heiter, wie Viggo ihn auf der Fahrt kennengelernt hatte. »Wenn der König etwas von den Ereignissen hier aufgezeichnet haben will, kannst du gleich damit anfangen.«

»Ich hab weder einen Kuli noch Papier dabei!«, protestierte Viggo.

»Was hast du nicht?«

»Schreibmaterial.«

»*Du* bist doch der Schreibkundige. Such dir was!«

Erling zerrte Viggo um den Erdhügel herum auf die Kirche zu und knurrte dabei: »Tragisch, dass der König nicht weiß, wo sein Platz ist nach so einem Vorfall. Dieser verdammte Christenglaube bringt alles durcheinander.« Dann blieb er plötzlich stehen und sah Viggo durchdringend an. »Ich habe das nie gesagt, hörst du? Ich würde für meinen König ohne Zögern in den Tod gehen, und niemand soll meine Zweifel an der Sinnhaftigkeit des Christentums als Untreue gegenüber König Olaf weitergeben. Wenn mir zu Ohren kommt, dass du geplaudert hast, bist du erledigt, selbst wenn du zum Lieblingssklaven des Königs werden solltest. Verstanden?«

Viggo schluckte und nickte.

»Woran glaubst du überhaupt?«, fragte Erling unvermittelt.

Viggo zögerte. Dann sagte er das, was er seine Mutter oft im Spaß hatte sagen hören: »Dass vier Pfund Fleisch eine gute Mahlzeit abgeben.«

Erling grinste plötzlich trotz seines Ärgers. »Das ist der wichtigste Glaube überhaupt. Komm mit – und zeige König Olaf deine Ehrerbietung.«

Die zwei Wächter, die vor der Kirche standen, waren keine Bewaffneten, sondern Mönche. Sie traten Erling und Viggo mit gesenkten Köpfen in den Weg.

»Der König betet«, sagte einer von ihnen mit einem starken Akzent.

»Schön für ihn«, knurrte Erling. »Und jetzt lass uns durch, du Skralinger, sonst kannst du dir deine Kutte mit deinen eigenen Eingeweiden gürten.«

Der Mönch zögerte, doch dann siegte die Angst vor der Wut

des Haushofmeisters. Er und sein Mitbruder traten beiseite. Erling stieß das Portal auf und zerrte Viggo hinter sich her.

»Ich brauche Pergament und Feder!«, raunte Viggo den Mönchen in letzter Sekunde zu, aber er wusste nicht, ob sie ihn noch verstanden hatten. Das Portal fiel krachend hinter ihnen zu. Der Widerhall donnerte durch das Kircheninnere und ließ die kleine Gruppe, die beim Altar kauerte, zusammenschrecken.

Die Kirche war wie der Palast eine große offene Halle, die von zwei Reihen wuchtiger hölzerner Säulen mit reichen Schnitzereien getragen wurde. Auch hier gab es zwei Feuerschalen, es herrschte Dunkelheit und es roch nach Holz und Erde, wenn auch vermischt mit Weihrauchduft. Der Altar war ein großer, halbwegs gleichmäßiger Fels, über dem an starken Tauen ein blankes Kruzifix hing.

Einer der Männer vorn war ähnlich gekleidet wie Erling Skjalgsson. Als er sich bekreuzigte und sich zusammen mit den anderen, die Mönchskutten trugen, erhob, sah Viggo, dass er seine Begleiter um mindestens einen Kopf überragte. Einer der Mönche zischte empört über die Störung, doch der hochgewachsene Mann brachte ihn mit einer Handbewegung zum Schweigen.

Als sie näher herankamen, nahm Viggo einen goldglänzenden Reif um die Stirn des Mannes wahr. Er trug seinen Bart seltsam – dicht und lang an den Wangenknochen, während seine Oberlippe, seine Wangen und sein Kinn glatt rasiert waren. Später erfuhr Viggo, dass König Olaf – denn der hochgewachsene Mann war tatsächlich der König – auf diese Weise die Traditionen der Nordmänner und die seiner mönchischen Ratgeber verbinden wollte. Ein gestandener Wikinger trug stolz seinen Bart; ein Mönch hingegen rasierte sich nicht nur den Schädel, sondern auch das Gesicht aus Demut vor dem Herrn. Allerdings sah Olafs Haartracht ziemlich unmöglich aus.

Erling sank vor dem König auf die Knie und zog Viggo mit sich nach unten. Als Viggo vergaß, den Blick zu senken, bekam er von Erling einen so groben Klaps auf den Hinterkopf, dass ihm die Ohren klingelten.

»Herr, ich bin leider zu spät gekommen«, sagte Erling.

»Um in den Kampf einzugreifen, mein Freund?«, fragte der König. »Ich danke Jesus Christus, dass er dich aufgehalten hat, sonst wäre dein Schiff jetzt genauso zerstört wie alle anderen, und deine tapfere Besatzung und du würdet tot auf den Wellen schaukeln.«

König Olaf seufzte. Schließlich bückte er sich und fasste Erling an der Schulter. Der Haushofmeister erhob sich. Viggo war schlau genug, weiter auf den Knien zu bleiben und zu Boden zu starren. Aus dem Augenwinkel sah er Füße in Sandalen unter einem ausgefransten Kuttensaum näher kommen und in respektvollem Abstand stehen bleiben. Er hörte, wie Erling und der König sich umarmten und der König seinem Haushofmeister auf den Rücken klopfte. Ihn selbst schienen sie vergessen zu haben, doch dann hörte er Erling sagen: »Was ist geschehen, Herr? Aber, warte! Wenn du es notiert haben willst – ich habe dir hier einen Schreibkundigen mitgebracht, der gleich alles aufschreiben kann.«

Ein Fußtritt traf Viggo.

Der König sagte: »Warum blickt er nicht auf? Ist er kein freier Mann?«

»Ein Sklave, Herr. Betrachte ihn als mein Geschenk.«

Eine harte, schwielige, nach Schweiß riechende Hand fasste Viggo unter dem Kinn und hob sein Gesicht. Der König musterte den Jungen.

»Kannst du mich verstehen?«, fragte er.

Viggo wusste nicht, ob er antworten durfte. Erling gab ihm mit einem Ellbogenrempler die Erlaubnis dazu.

»Ja, Herr«, sagte Viggo.

»Du kannst schreiben und lesen?«

»Ja, Herr.«

»Wo hast du es gelernt?«

»In der Sch... Von einem weisen Mann, Herr.«

»Woher stammst du?«

Viggo dachte an Bruder Bodo und Krok. »Aus Colonia, Herr. Ich wurde geraubt.«

»Du sprichst unsere Sprache ohne jeden Fehler. Dein Lehrer muss sehr weise gewesen sein.«

Viggo dachte an seinen Deutsch- und Englischlehrer und zuckte mit den Schultern. Der König fuhr Viggo durch das Haar.

»Du bist kein Geschore... kein Mann Gottes, wie ich sehe. Und kannst dennoch schreiben. Sehr selten. Erling Skjalgsson, deine Freundschaft ist zu großzügig.«

»Sie ist so groß wie meine Verehrung für meinen König.«
Der König wandte sich an einen der Mönche. »Vater Sigward – ich vertraue dir diesen Sklaven an. Gib ihm Schreibzeug. Später soll er festhalten, was geschehen ist und was ich, König Olaf, weiter zu tun gedenke.«
Der König wandte sich wieder Erling zu. »So lange will ich dich aber nicht warten lassen, Freund Erling. Ich will dir erzählen, was passiert ist. Der Lindwurm tauchte draußen im Fjord auf, fiel über ein paar Handelsschiffe her, die gerade ausgelaufen waren, und zerschlug und verbrannte sie. Dann verwüstete er die ufernahen Bauernhöfe. Die Wachschiffe am Eingang des Fjords haben ihn nicht gesehen, er muss unter ihnen durchgetaucht sein …«
Viggo hörte mit halbem Ohr zu, wie der König die Geschehnisse schilderte – dass die Alarmfeuer auf den Hügelkuppen entzündet worden seien, dass die Wachschiffe ihren Befehlen folgend eilig zur Königsstadt gerudert seien und damit direkt dem Drachen in die Klauen fuhren, ohne dass er, der König, etwas dagegen habe unternehmen können … dass die Wikinger versucht hätten, den Drachen mit Pfeilen und Speeren zu verwunden, und dass er sich feuerspuckend und mit Flügeln und Schwanz peitschend ans Ufer gewälzt habe …
Vater Sigward hatte Viggo am Ärmel gezupft und beiseitegezogen. Er war noch jung und hatte ein freundliches Nagetiergesicht, das harmlos wirkte, bis man in seine klugen Augen blickte.
»Du kommst aus Colonia, mein Sohn?« Sein Nordisch

hatte ebenfalls einen schweren Akzent, wirkte aber fehlerfrei. Dann setzte er etwas hinzu, was Viggo nicht verstand. Aber das Gehörte kam ihm bekannt vor. Er hatte diese Sprache schon einmal vernommen. Die anderen Gefangenen auf Kroks Schiff hatten sie gesprochen. Es war Deutsch. Und trotzdem konnte er kein Wort davon sprechen oder verstehen. Vater Sigward sah ihn erwartungsvoll an.

»Verstehst du mich nicht?«, fragte er dann überrascht.

Viggo schüttelte den Kopf, während er fieberhaft nachdachte. Allem Anschein nach stammte auch Vater Sigward aus dem Land, das später einmal Deutschland sein würde und das die Wikinger Frankenreich nannten.

»Vater Sigward stammt aus Brema, wie wir alle«, mischte sich einer der anderen Mönche, der näher getreten war, ein. Der Mönch war etwas jünger als Vater Sigward und hatte ein hageres, hohlwangiges Gesicht. Seine Stimme klang barsch. »Warum verstehst du kein Deutsch, obwohl du aus Colonia stammst? Irgendwas stimmt doch mit dir nicht!« Die unerwartete Feindseligkeit des Mönchs überraschte Viggo und machte ihn sprachlos.

Vater Sigward hob beschwichtigend die Hand. »Schon gut, Bruder Unwan. Ungereimtheiten geht man auf den Grund, indem man nachfragt. Wer schreit, kann keine Antworten hören.« Vater Sigward blickte mit freundlichem Argwohn zu Viggo hoch.

»Du bist in Wahrheit ein Nordmann, stimmt's? Wer hat dich hierher geschickt?«, fragte er den Jungen.

»Ich habe nichts Böses getan«, stieß Viggo hervor. »Und ich hab's auch nicht vor. Ich … ich …«" Ihm fiel ein, was Krok erzählt hatte, und er senkte den Kopf, um niedergeschlagen zu wirken und damit Sigward ihm nicht ansehen konnte, dass er hektisch eine Geschichte erfand. »Ich bin an einen Schiffsführer verkauft worden, weil mein Vater mich nicht mehr haben wollte.«

»Kein Wunder!«, stieß Bruder Unwan grimmig hervor.

»Woher stammst du in Wahrheit?«

»Aus der Nourmaundie«, brachte Viggo hervor.

»Warst du ungehorsam gegen deinen Vater?«

»Ja.«

»Es heißt *Ja, Vater Sigward!*«, schnappte Bruder Unwan. Sigward seufzte und blickte seinen Mitbruder tadelnd an.

»Ja, Vater Sigward«, sagte Viggo verwirrt.

»Wie lautet dein Name?«

»Viggo. Viggo … äh … Andreasson.« Benutzten die Nordmänner als Nachnamen nicht immer den Vornamen ihres Vaters, mit der Nachsilbe »son« für »Sohn«?

»Woran glaubst du, Viggo?«

Viggo seufzte. Er hatte das Gefühl, dass er mehr über die nordischen Götter wusste als über den Glauben, in dem seine Pflegeeltern ihn hatten taufen lassen, aber es war besser, bei der Wahrheit zu bleiben. »Ich bin Christ.«

»Na, das macht dich doch gleich sympathischer!« Vater Sigward strahlte.

»Er lügt«, sagte Bruder Unwan.

»Schwörst du bei Jesus Christus und der Heiligen Dreifaltigkeit, dass dich keine böse Absicht hierher geführt hat?«, fragte Vater Sigward.

»Äh … ja«, sagte Viggo, noch verwirrter.

»Hand aufs Herz!«, befahl Bruder Unwan. Diesmal sprach er so laut, dass König Olaf argwöhnisch zu ihnen herüberblickte.

Vater Sigward seufzte erneut. »Bruder Unwan, bitte bete fünfzig Vaterunser im Stillen.«

»Wie? Aber …«

»Um Gott zu bitten, dass er mir die Weisheit sendet, mit diesem jungen Mann hier richtig umzugehen. Tust du das für mich, Bruder Unwan?«

»Selbstverständlich, Vater.« Bruder Unwans Wangenmuskeln zuckten vor Wut und seine Augen schleuderten Blitze in Viggos Richtung. Er trat ein paar Schritte zurück, senkte den Kopf, faltete die Hände und begann dann zu flüstern.

»Was hab ich ihm denn getan?«, fragte Viggo Vater Sigward mit einem Blick zu dem betenden Mönch hinüber.

»Bruder Unwan macht die ganze Welt dafür verantwortlich, dass er mit uns anderen zusammen hierher geschickt worden ist. Er versteht die Bekehrung der Nordmänner als Bürde, nicht als Gelegenheit. Es hat nichts mit dir zu tun. Und nun wiederhole, was ich gesagt habe.«

»Ich schwöre bei Jesus Christus und der Heiligen Dreifaltigkeit, dass ich keine bösen Absichten hege.«

Sigward nickte erleichtert. »Gut, gut. König Olaf ist ein guter

Mann, ein noch besserer König und der beste Christ in diesem wilden Land. Er hat mich und meine Mitbrüder in Christo aus Brema angefordert, direkt bei Bischof Libentius, um ihm dabei behilflich zu sein, den wahren Glauben zu verbreiten. Deshalb hat er viele Feinde unter diesen Barbaren hier. Ich muss sichergehen, dass du nicht ein Meuchelmörder bist, den einer von ihnen in dieser Verkleidung geschickt hat.«

»Aber ich könnte doch einen falschen Schwur geleistet haben«, sagte Viggo, bevor ihm klar wurde, dass er besser den Mund gehalten hätte.

Doch Sigward lächelte nur überlegen.

»Dann hätte Gott der Herr dich auf der Stelle mit einem Blitz erschlagen«, sagte er. »Denn wer auf den Glauben schwört, kann keinen Meineid leisten.«

Viggo schluckte eine Antwort hinunter. Der Mönch war sicher ein kluger Mann. Doch vor allem war er fromm, und er wirkte überzeugt von dem, was er sagte. Vermutlich musste man absolut glaubensfest sein, wenn man sich als Missionar an einem Wikinger-Königshof aufhielt.

Später sollte Viggo erfahren, dass Sigward nicht nur klug und fromm, sondern auch entschlossen war – er hatte gleich bei seiner Ankunft vor einem Jahr den Posten des Bischofs vom König eingefordert. Der schmale Mann in seinem abgetragenen Mönchshabit war somit der ranghöchste christliche Geistliche im gesamten norwegischen Königreich.

Viggo und Sigward wandten sich dem König und Erling zu, die nah beieinanderstanden und die Ereignisse diskutierten.

Erling war überzeugt, dass mit dem Auftauchen des Lindwurms Ragnarök nicht erst begonnen hatte, sondern in eine neue Phase getreten war.

Der König machte eine finstere Miene. »Die Mutter Kirche sagt auch, dass das Ende aller Tage gekommen sei«, meinte er. »Wir sollten die Völva befragen.«

Sigward erstarrte förmlich. Viggo hörte ihn Atem holen. »Die Seherin? Herr, das ist …«

Viggo war sicher, dass er etwas wie »heidnischer Unfug« sagen wollte. Doch im letzten Moment besann sich der Geistliche und fügte hinzu: »… sicher eine Maßnahme, die die Ungetauften in deinem Volk beruhigen wird.«

»Kommt ganz darauf an, was die Völva sagt«, meinte Erling, ganz offensichtlich befriedigt darüber, dass die christliche Tünche über König Olafs altem Glauben nur dünn war.

»Der neue Schriftkundige soll mitkommen«, befahl der König. »Er kann die Prophezeiung gleich festhalten. Er ist jetzt mein Sklave, sagst du?«

Erling neigte den Kopf. Der König blickte zu Viggo herüber. »Ein schriftkundiger Sklave … hmm …«

»Und ein Anhänger des wahren Glaubens«, beeilte sich Sigward zu sagen.

Erling zog eine Augenbraue hoch. Viggo schaffte es, irgendwie entschuldigend mit den Schultern zu zucken.

»Na gut«, sagte der König, der anscheinend einen Entschluss gefasst hatte. »Erling, mein Freund – lass die Völva für die Stunde vor dem Sonnenuntergang vor die große Halle kommen. Alle freien Männer sollen ebenfalls zugegen sein. Wenn es stimmt, dass wir dem Ende aller Zeiten entgegengehen und die Seherin das bestätigt, wird es bald viele Things geben, und das heutige wird das erste sein.«

»Things wozu, Herr?«, erkundigte sich Sigward vorsichtig.

»Um zu beraten, was wir tun sollen.«

»Tun?« Der Geistliche schien fassungslos. »Der Mensch kann nichts tun, wenn die Welt untergeht – außer beten!«

»Was der Mensch tut, ist mir egal«, knurrte der König. »Aber die Nordmänner werden etwas unternehmen, darauf kannst du dich verlassen, Vater Sigward.«

7.

Der Himmel war glutrot, sodass man glauben konnte, der Drache hätte die ganze Welt in Brand gesteckt und die Flammen würden bis ins All hinauflodern. Es war nur ein ganz normaler Sonnenuntergang, doch selbst Viggo konnte nicht umhin, immer wieder hinaufzuschauen, und er empfand eine beinahe abergläubische Furcht. Er saß neben dem König vor der Großen Halle auf dem Thingplatz, der aus einem weiten Steinkreis bestand. Der Thron war ein Sitzstein mit einem aufrecht gestellten Monolithen als Rückenlehne und befand sich unter einer frisch gepflanzten, noch jungen Linde. Er war mit Pelzen und bunten Decken ausgepolstert. König Olaf hing lässig darin und flüsterte ab und zu mit Erling, der direkt neben ihm auf einem der anderen Steine saß.

Viggos Platz war nicht so bequem. Er hockte auf dem Boden und hatte ein Brett mit einem daraufgespannten Pergament auf den Knien. Dass ihm als Beschreibstoff die sündhaft teure Tierhaut gegeben worden war statt einer gekalkten Holztafel, sagte etwas über die Wichtigkeit aus, die der König dem Protokoll beimaß. Neben ihm lagen mehrere Federkiele auf einem aufgerollten Stück Leder, ein scharfes Messer zum Zuspitzen der Federn und ein Tontöpfchen mit Tinte. Im Stillen dankte er seinem Kunstlehrer, der einmal in einem ungewöhnlichen Anfall von Begeisterung Gänsefedern in den Unterricht mitgebracht und der Klasse damit gezeigt hatte, wie man im Mittelalter schrieb. So stellte Viggo sich nicht völlig dumm an. Allerdings wusste er weder das aktuelle Datum noch die Namen der Anwesenden, sodass er die wichtigsten Eckdaten eines Protokolls gar nicht aufschreiben konnte. Er wagte nicht, den König oder Erling danach zu fragen. Daher kratzte er nur eine simple Überschrift auf das Pergament: *Die Weissagung der Seherin*. In der nordischen Sprache, die er hier verwendete, ließ sich das in einem Wort zusammenfassen – Völuspá.

Inzwischen hatten gut ein Dutzend Männer auf den Sitzsteinen vor ihm Platz genommen und warteten. Ihre Gesichter und Haare leuchteten im Licht des Sonnenuntergangs unnatürlich rot. Etliche von ihnen trugen Verbände oder hatten noch verkrustetes Blut unter den Fingernägeln und in den Stirnfalten.

In der Mitte des Steinkreises lag ein großer, flacher Felsen, der aussah wie ein Podium. Um ihn herum brannten Fackeln. Obwohl niemand daraufstand, starrten alle, die sich gerade nicht unterhielten, zu ihm hin. Alle warteten auf die Seherin.

Schließlich trat eine Gruppe von Kindern in den Steinkreis und bildete eine Art Spalier, das bis zu dem Felsen in der Mitte reichte. Die Thing-Teilnehmer setzten sich gerade hin, selbst König Olaf richtete sich auf und rückte seinen goldenen Reif zurecht. Kurz darauf schritt eine Gestalt mit einem Kapuzenmantel und einem wuchtigen Stab durch das Spalier. Der Stab war deutlich größer als sie selbst und sie benutzte ihn wie einen Gehstock, obwohl sie ihn nicht wirklich dafür brauchte – sie wirkte gesund und selbstbewusst. Dann erklomm sie den Felsen, stellte sich, auf den Stab gestützt, gerade hin und schob ihre Kapuze zurück.

Die Seherin, denn das musste sie sein, war eine ältere Frau mit grauem, durch einen Lederriemen gebändigtem Haar und dunklen Augen, die im Licht der Fackel funkelten und glänzten. Sie schaute dem König geradewegs ins Gesicht und ließ weder Ehrfurcht noch Demut erkennen.

Der König nickte ihr zu. Die Völva nickte zurück.

»Du hast mich gebeten zu kommen, Olaf Tryggvason«, sagte sie. Ihre Stimme war tief, rau und volltönend.

»Und ich danke der Göttin Freyja, dass sie ihrer Priesterin erlaubt hat zu kommen«, erwiderte der König. Viggo fragte sich, was Vater Sigward wohl von dieser Aussage gehalten hätte, aber der Mönch hielt sich absichtlich vom Thing fern und hatte Viggo kurz zuvor noch eingeschärft, sich von dem heidnischen Zauber nicht blenden zu lassen. Viggo schob diese Mahnung beiseite – der Auftritt der Seherin war wirklich faszinierend! Sollte er diesen Austausch schon mitschreiben? Aber in einem Protokoll, wie sie es im Deutschunterricht geübt hatten, stand ja auch nicht, wie sich die Leute begrüßten. Er ließ die Feder ruhen.

»Ich danke König Olaf für die Großzügigkeit, mit der er mein Kommen belohnen wird«, versetzte die Seherin trocken. Sie drehte sich um und blickte zum Hafen hinunter, wo noch immer einzelne verbrannte Balken schwelten.

»Mein Haushofmeister Erling Skjalgsson wird die Summe aus der königlichen Schatztruhe begleichen.«

»Ah, Erling Skjalgsson.« Die Seherin warf Erling einen Seitenblick zu. »Der treue Freund mit der ... ungewöhnlichen Fracht.«

Viggo wurde kalt, als ihm klar wurde, dass die Seherin ihn selbst meinte. Wie hypnotisiert gab er ihren Blick aus glänzenden Augen zurück. Die Seherin musterte ihn ungeniert, doch schließlich wandte sie sich wieder an den König. »Was möchtest du, dass ich versuche im Nebel der Zeit zu sehen?«

Der König räusperte sich. »War es ... der Lindwurm Fafnir, der heute meine Stadt verwüstet hat?«

»Was du wissen willst, ist in Wahrheit: Ist die Wolfszeit gekommen?«

Die versammelten Thing-Mitglieder bewegten sich unruhig und raunten. Die Seherin zog eine Augenbraue hoch und schaute den König herausfordernd an. Olaf Tryggvason zog eine grimmige Miene. »Ja, das will ich.«

Die Seherin nickte. Mit einer eleganten Bewegung ließ sie sich auf dem Felsen nieder, den Stab senkrecht vor sich auf den

Stein gestemmt. Es war ein Zeichen für ihre jugendlichen Begleiter. Zwei davon traten vor und stellten eine Schale vor der Völva ab. Getrocknetes Kraut wurde in die Schale gelegt und ein brennender Docht brachte es zum Glimmen. Bald stieg Rauch auf. Viggo nahm einen schwachen süßlichen Geruch wahr.

Die Seherin holte die Schale mit dem Stab zu sich heran und senkte den Kopf in den Rauch. Viggo hörte sie inhalieren. Alle Augen waren auf das Schauspiel gerichtet. Auch Viggo sah gebannt zu. Sein Protokoll hatte er vollkommen vergessen.

Auf einmal begann die Seherin sich sanft hin und her zu wiegen, ein Tanz im Sitzen, das Gesicht von Rauch umhüllt. Sie fing an zu murmeln. Viggo spitzte die Ohren, um es zu verstehen. Etwas traf ihn plötzlich an der Schläfe. Überrascht blickte er auf und sah König Olaf eindringlich auf sein Pergament deuten. In der anderen Hand hielt er ein paar Kieselsteine, von denen er einen Viggo an den Kopf geworfen hatte.

Verlegen tauchte der Junge die Feder in die Tinte.

Die Seherin erzählte von Dingen, die Viggo merkwürdig vertraut vorkamen. Sie berichtete darüber, wie die Welt aus dem Chaos erschaffen worden war und wie die Götter das Chaos gebändigt hatten. Sie berichtete von den ersten Kriegen zwischen den Asen und den Vanen, den beiden Göttergeschlechtern des nordischen Glaubens, von dem Frieden, den sie miteinander schlossen und von ihrer Aufgabe, die Welt vor der Zerstörung durch die Riesen und die Ungeheuer zu bewahren. Viggo schrieb mit, so rasch er konnte.

Dann kam der halb gesungene, halb gemurmelte Monolog über die Ereignisse, die Viggo mittlerweile in- und auswendig kannte: Lokis böser Streich, durch den Baldur, der fröhliche Sonnengott, ermordet wurde. Die Seherin hob plötzlich den Kopf und hielt den Stab mit beiden ausgestreckten Armen in die Höhe. Viggo erschrak, als er die Augen der Völva sah: Es war nur das Weiße der Augäpfel zu erkennen.

»Schnee und Eis werden die Welt bedecken!«, rief die Seherin. »Fenrir, der große Wolf, wird sich von seinen Fesseln befreien und die Sonne verzehren! Die Ungeheuer werden mit Feuer, Eis und Sturm alles vernichten, was die Menschen geschaffen haben. Das ist die Windzeit! Brüder werden einander erschlagen und Verwandte einander verderben, wüst wird die Welt sein. Das ist die Beilzeit! Die Schwertzeit! Die Zeit der zerschmetterten Schilde und der zerborstenen Hoffnung. Einstürzen wird die Welt, nicht ein Mann wird den anderen schonen wollen, und die Götter werden untergehen. Das ist die Wolfszeit!«

Die Seherin senkte den Kopf und den Stab. Sie atmete schwer und verstummte.

Nun tauchten ihre jungen Begleiter wieder auf, die sich während ihrer Rede im Hintergrund gehalten hatten. Sie räumten die Schale weg, warfen die glimmenden Kräuter auf den Boden und traten die Glut aus. Was nicht verbrannt war, sammelten die Jungen und Mädchen stumm in einen Lederbeutel. Auch die Zuschauer schwiegen.

Schließlich hob die Seherin den Kopf wieder und sagte ganz ruhig: »Das habe ich gesehen. Das wird geschehen. Denn es hat schon angefangen. Es war Fafnir, der deine Stadt zerschlagen hat, König Olaf. Und nach ihm werden noch viele Ungeheuer kommen und alles Menschenwerk verderben.«

»Was können wir tun?«, fragte der König.

Die Seherin lächelte. »Tun?«, sagte sie. »Alles, was zu tun ist, tun die Götter bereits, und auch ihr Streben wird vergeblich sein. – Erling Skjalgsson, ich lasse mich jetzt von dir zur königlichen Schatztruhe führen, wenn's recht ist.«

Als Erling mit der Seherin aus dem Steinkreis trat, rappelte Viggo sich auf und eilte dem Haushofmeister hinterher. Er hielt das vollgeschriebene Pergament hoch. »Was soll ich jetzt damit machen?«

»Komm mit«, sagte Erling. »Geschriebene Worte sind wertvoll. Ich werde sie in der Schatztruhe verwahren.«

Die Seherin musterte Viggo, während er neben ihr und Erling durch die Abenddämmerung zum Eingang der Großen Halle schritt. Die Frau machte Viggo unsicher. Er wusste nicht, ob er sie ansprechen durfte, und wich immer wieder ihrem Blick aus. Sie schmunzelte kaum merklich.

Erling drehte sich zu ihr um. »Wie willst du eigentlich noch Zeit finden, um deinen Lohn auszugeben, wenn die Welt dem Untergang geweiht ist?«, fragte er.

»Ach«, sagte die Seherin. »Geld lässt sich schneller ausgeben, als man denkt. Und vielleicht gelingt es ja doch noch jemandem, das Ende der Welt zu verhindern. Wer weiß das schon?«

»Ja, wer weiß das schon – wenn nicht du?«

»Nordmänner sind immer für eine Überraschung gut. Selbst eine Tochter der Göttin Freyja kann nicht voraussehen, was sie planen.« Die Seherin grinste.

Erling erwiderte das Grinsen.

Nachdem die Frau entlohnt worden war und die Halle verlassen hatte, forderte Erling Viggo auf, das Pergament von dem Schreibbrett zu lösen, einzurollen und zusammengebunden in die Truhe zu legen. Viggo staunte über den Reichtum, der sich in der Schatztruhe befand. Es waren Säckchen voller Münzen darin, Schmuck und etliche größere Teile wie vergoldete Prunkwaffen, Helme, üppig gravierte Schüsseln und Kessel, außerdem Zierbleche von Häusern und Wagen.

»Ich hab keinen Schlüssel für die Truhe«, stellte Viggo am Ende fest.

»Was für ein Schlüssel? Die Truhe bleibt immer unverschlossen. Niemand würde es wagen, das Gold des Königs zu stehlen!«

Als Viggo und Erling die Halle verließen, hatte sich das Thing bereits aufgelöst. Die Teilnehmer waren aber nicht nach Hause gegangen, sondern standen in Grüppchen zusammen und diskutierten. Erling und der König waren gleich in ein Gespräch vertieft und achteten nicht mehr auf Viggo. Ratlos, wohin er sich wenden sollte, begab er sich auf den Weg zu Vater Sigwards Kirche. Noch bevor er eintreten konnte, stellte sich ihm jemand in den Weg. Viggo erschrak. Es war die Seherin.

8.

»Sieh an, der Sklave, der die Runen kennt«, sagte sie. Ihr scharfer Blick ging ihm durch Mark und Bein. »Ich habe ein Geschenk für dich.«

»Ein Geschenk?«

»Es ist eine Botschaft.«

Die Erinnerung an die Begegnung mit Loki im Haus seiner Eltern und das Heimweh kamen so unvermittelt in Viggo hoch, dass ihm Tränen in die Augen schossen. Mit diesen Worten hatte dieses ganze Abenteuer begonnen, das er nun als hilfloser Sklave eines Wikingerkönigs durchstehen musste. Mit dem Heimweh flammte der Jähzorn in Viggo auf.

»Loki?«, stieß er hervor. »Bist du das? Wieder so ein verkacktes Trugbild von dir? Wenn das ein Witz sein soll, ist es ein schlechter! Ich pfeife auf deine Botschaften! Hast du geplant, dass ich hier als Sklave ende? Was soll der Scheiß? Ich wünschte, dein Runentor hätte dich beim ersten Mal in der Sonne landen und verbrutzeln lassen! Und die blöde Schlange soll dich fressen, statt dir nur Gift auf die Birne zu tropfen!«

Die Seherin legte den Kopf schief und lächelte. »Man hört immer wieder, dass jemand Loki verflucht, aber selten so inbrünstig.«

Viggo keuchte vor Wut. »Spotte nur! Meinetwegen kannst du mich jetzt niederstrecken. Muss dir doch leichtfallen als Gott.«

»Söhnchen«, erwiderte die Seherin, »du solltest wissen, dass es kein Kompliment ist und erst recht nicht für eine Frau, mit Loki verwechselt zu werden. Auch wenn Loki angeblich in Gestalt einer Stute Odins Pferd Sleipnir auf die Welt gebracht haben soll. Aber ich bin sicher, da ist in der Überlieferung etwas durcheinandergekommen.«

Viggo konnte nichts antworten. Die Wut brodelte noch zu stark in ihm.

»Und jetzt hör mir zu. In meiner Vision vom Ende der Welt bist auch du mir erschienen. Und das nicht zum ersten Mal. Vor ein paar Tagen sah ich dich schon in einem Traum, aber ich maß ihm keine große Bedeutung bei, bis ich dich heute erblickte. Du hast mitbekommen, dass König Olaf für meine Weissagung teuer bezahlt hat?«

»Ja«, sagte Viggo unwillig.

»Nun wirst du eine völlig gratis von mir bekommen – deshalb ist sie ein Geschenk. Und jetzt unterbrich mich nicht mehr, sonst bereue ich meine Großzügigkeit und behalte die Prophezeiung für mich.«

Die Völva winkte Viggo noch weiter in den Schatten des Gebäudes hinein. Jetzt sah er von ihrem Gesicht nur noch ihre Augen funkeln.

»Die Nornir weben das Geschick der Menschen und Götter«, raunte die Seherin. »Es sind Urd, das Schicksal, Verdandi, das, was sein wird, und Skuld, das, was sein soll. Sie leben an der Wurzel der Weltesche und bestimmen, was in den neun Welten geschieht. Auch was dich betrifft …«

»Ja?«, fragte Viggo, der nun gegen seinen Willen fasziniert und auch ein bisschen beklommen lauschte.

»Im Norden unserer Welt liegt Niflheim, die Welt des Eises. Im Süden liegt Muspelheim, die Welt des Feuers. Dazwischen befindet sich Midgard, unsere Welt, die von einem Ozean umgeben ist, bis zu dessen Ende niemand fahren kann – aber wenn er es könnte, würde er Jörmungandr erblicken, die Midgardschlange, die unsere Welt samt dem Ozean mit ihrem Leib umfängt und weder Anfang noch Ende hat, weil sie sich selbst in den Schwanz beißt. Das ist die bekannte Welt.«

Die Seherin schwieg so lange, dass Viggo das Gefühl hatte, sie erwarte eine Antwort. »Äh …«, sagte er verwirrt.

»Deshalb sind Schafe klüger als junge Männer«, seufzte die Völva. »Sie können wenigstens *Mäh* sagen.«

Viggo biss die Zähne zusammen, damit ihm nicht ein weiteres »Äh« entschlüpfte.

»Das ist also die bekannte Welt«, wiederholte die Seherin. »Aber es gibt noch weit mehr als das, was alle von ihr zu wissen glauben. Es gibt ein Land, das niemand kennt … ein Land, weit im Westen, jenseits des erforschten Meeres, ein Land zwischen Midgard und der Midgardschlange ...«

Viggo stockte der Atem. Ein Gesicht tauchte vor seinem inneren Auge auf, blond, bärtig und verwegen grinsend. Ein Schiff, das unvermittelt aus dem Nebel erschien und neben der *Fröhlichen Schlange* herjagte, mit einem lachenden, wilden Steuermann auf dem Achterdeck. Und er hörte ihn weit über das Meer herüberrufen: *Ich bin Leif Eriksson aus Grönland!*

»Dein Weg führt dich dorthin, Viggo Andreasson«, sagte sie. »Wenn du deine Eltern finden willst, musst du das geheimnisvolle Land jenseits des Meeres entdecken.«

»Aber ...«, rief Viggo. Woher kannte die Frau auf einmal seinen Namen? Und woher wusste sie, dass er hier in der Welt der Wikinger seine Eltern suchte?

Die Seherin hob den Finger und legte ihn ihm auf den Mund. Er verstummte.

»Unterbrich mich kein weiteres Mal«, sagte sie mit drohender Stimme.

Viggo schluckte und nickte schweigend.

»Drei Aufgaben musst du erfüllen, dann kommst du ans Ziel. Die erste lautet: Rette die Seele, die zwischen dem Leben und dem Tod steht und weder hierhin noch dorthin gehen kann. Die zweite lautet: Finde Odins Speer Gungnir, der nie sein Ziel verfehlt. Und die dritte Aufgabe heißt: Befreie den Gefangenen.«

Der Finger verschwand von Viggos Lippen. Der Junge sah

den Glanz in den Augen der Seherin noch einmal schimmern, dann war nur noch Schwärze um ihn herum. Unwillkürlich streckte er die Hand aus. Er war allein. Die Völva war verschwunden, als wäre sie nie da gewesen. Einen Augenblick lang dachte er, dass sie doch nur ein Trugbild Lokis gewesen war, aber er spürte noch ihre Berührung an den Lippen. Nein, die Seherin war ein Mensch aus Fleisch und Blut.

Viggo war ganz schwindlig geworden. Die Stimme, die ihm die drei Aufgaben genannt hatte, hallte in seinem Kopf wider. Aber noch lauter echoten die Worte vom geheimnisvollen Land im Westen.

Leif Eriksson.

Amerika.

Die meisten Menschen in Viggos Zeit glaubten, dass Amerika von Christoph Columbus entdeckt worden wäre. Aber lange vor ihm war ein wagemutiger Wikinger über das Meer gefahren und hatte als erster Europäer seinen Fuß auf den Kontinent gesetzt – der größte Entdecker der Wikingerepoche, Leif Eriksson. Und Viggo hatte ihn mit eigenen Augen gesehen. Er hatte lachend am Steuer seines Drachenboots gestanden und sich mit dem wahrscheinlich schnellsten Schiff Norwegens ein Wettrennen geliefert!

Und jetzt meinte die Seherin, dass Viggo ihm nach Amerika folgen müsse, um seine Eltern zu finden! War das der Grund, warum Loki alles so eingefädelt hatte, dass er hierher an König Olafs Hof gekommen war? Damit er diese Nachricht von der Seherin erfahren konnte? Aber warum hatte Loki ihm das nicht selbst mitgeteilt? Oder ihn mit dem Runentor direkt auf den neuen Kontinent transportiert?

Die letzte Frage war einfach zu beantworten: Wahrscheinlich reichte Lokis Macht nicht an einen Ort, wo es niemanden gab, der an ihn glaubte. Die Macht der Götter speiste sich doch aus dem Glauben der Menschen an sie, oder nicht?

Auf einmal war lautes Geschrei aus dem Hafen zu hören. Viggo trat einen Schritt aus dem Schatten der Kirche und spähte zu den Schiffen hinunter. Ja, das musste der Grund sein, warum Viggo hier war. Denn zwischen den Wracks der von Fafnir zerstörten Schiffe bahnte sich ein einzelnes Drachenboot seinen Weg durch den nächtlichen Hafen: Leif Eriksson hatte seine Reise von der Insel Skuy nach Kaupangen auch vollendet und lief in König Olafs Hauptstadt ein.

9.

Wenig später stand Leif Eriksson in der Großen Halle und ver-
beugte sich vor dem König. Olaf begrüßte ihn freundlich und
unterhielt sich mit ihm. Erling, der höflich neben den beiden
wartete, lächelte.

Viggo lehnte etwas abseits an einem der Stützpfosten der
Halle, Schreibbrett und Feder in der Hand, und beobachtete das
Aufeinandertreffen. Er war über die Maßen an diesem Mann
interessiert, seit er erfahren hatte, wer der verwegene blonde
Schiffsführer in Wirklichkeit war.

»Soso …«, sagte König Olaf schließlich. »Du kommst aus
einer hitzköpfigen Familie, Leif.«

Leif hatte ihm erzählt, was Viggo zu Hause bereits in verschiedenen Geschichtsbüchern gelesen hatte: dass sein Großvater Thorvald seinerzeit wegen Mordes aus Norwegen verbannt worden war und sich auf Island niedergelassen hatte.

Dass sein Vater Erik, den alle »den Roten« nannten, ebenfalls einen Mord begangen und deshalb auch aus Island verbannt worden war – er hatte auf der Suche nach einer neuen Heimat die riesige Insel Grönland gefunden und kolonisiert. Seine Entdeckung hatte zu einem enormen Landgewinn für das Königreich Norwegen geführt. Das war erst fünf Jahre her gewesen. Erik der Rote war nun der Herr über die gesamte Kolonie auf Grönland, ein Jarl mit großem Reichtum, und Leif Eriksson war so etwas Ähnliches wie ein Prinz.

»Wie geht es Jarl Erik?«, fragte der König.

»Er ist nicht mehr ganz so sicher im Sattel, aber am Steuer eines Schiffs ist er nach wie vor unübertroffen.«

»Da hast du etwas von ihm geerbt«, bemerkte Erling. Beide Männer grinsten einander an, und Viggo erinnerte sich an die Begegnung mit Leifs Schiff im Nebel vor der Insel Skuy. »Ich bin aber trotzdem enttäuscht, dass du so lange gebraucht hast, um hierher zu gelangen.«

»Ich habe einen Abstecher gemacht«, prahlte Leif. »Sonst wäre ich vermutlich lange vor dir hier eingetroffen!«

»Dann kannst du ja von Glück sagen«, bemerkte Erling. »Ein paar Stunden früher, und der Drache hätte dir den Garaus gemacht.«

»Du musst meinem Haushofmeister verzeihen, Leif Eriksson«, sagte der König, er grinste ebenso wie die beiden anderen. »Seit er sein neues Schiff hat, hält er alle anderen für Seegurken.«

»Darf ich dir den Grund für meinen Abstecher präsentieren, Herr?«, fragte Leif.

Als der König nickte, wandte sich der Seemann zu seiner Mannschaft um, die in respektvollem Abstand zum Königsthron in der Mitte der Halle stand. »Thorkell? Tritt vor, mein Sohn.«

Aus der Gruppe der Männer löste sich eine einzelne Gestalt. Viggo erkannte zu seinem Erstaunen, dass es ein Junge war. Später sollte er erfahren, dass Thorkell Leifsson erst zwölf war – aber nach den Maßstäben der Wikinger war er damit schon fast ein erwachsener Mann, und was seinen Körperbau betraf, unterstrich dieser die Auffassung der Nordmänner. Thorkell war muskulös und groß gewachsen, leicht einen halben Kopf größer als Viggo. Der Junge ging die paar Schritte zu König Olafs Thron und kniete demütig nieder. Als er sich wieder aufrichtete, sah Viggo, dass er fast so groß wie sein Vater Leif war.

»Diesen Prachtburschen habe ich bei Freunden untergebracht, als ich im Frühjahr von einem Sturm zu den Südlichen Inseln getrieben wurde und auf Skuy Station machen musste«, erklärte Leif und betrachtete den Jungen voller Stolz. »Ich musste ihn von dort abholen, bevor ich hierherkam.«

Der König klopfte Thorkell auf die Schulter, und dieser tappte, strahlend über die Aufmerksamkeit, die ihm zuteilgeworden war, wieder zurück zur Mannschaft.

»Lassen wir deine Männer ausruhen und die Kaupanger in ihre Häuser zurückkehren – jedenfalls in die, die nicht zerstört sind«, sagte der König. »Morgen wird es viele Scheiterhaufen geben, denn ich habe beschlossen, dass all die, die im Kampf gegen den Drachen getötet wurden, als Helden gestorben

sind – egal, ob Mann, Frau oder Kind. Sie haben eine Feuer-
bestattung verdient. Heute Nacht aber werden wir uns unterhalten – du, Leif Eriksson, ich und mein Haushofmeister
Erling Skjalgsson.«

»Worüber werden wir uns unterhalten, Herr?«, fragte Leif.

»Darüber, was wir tun können, um die Welt vor dem Untergang zu retten.«

»Ach so«, sagte Leif nach einer so winzigen Pause, dass sie
jemand anders als Viggo nicht aufgefallen wäre. »Ich dachte
schon, es gäbe ein Problem.«

4. LIED

DER SOHN
DES
ENTDECKERS

I.

Von der Stadt unten ertönten Trauerlieder und hie und da das einsame Klagen eines Horns oder der langsame, traurige Schlag einer Trommel. Die Große Halle wirkte nun, da sie nur zu viert darin waren – König Olaf, Erling Skjalgsson, Leif Eriksson und Viggo –, riesengroß und voller dunkler Schatten. Die Feuerschale bei der Tür glomm nur noch matt vor sich hin. In die vor dem Königsthron hatte Erling ein paar Scheite Holz nachgelegt, die Funken tanzten hoch über den knisternden Flammen.

»Das ist es, was die Seherin uns gesagt hat«, schloss König Olaf seinen Bericht an Leif. »Oder hab ich etwas vergessen?«

»Nein, Herr«, sagte Viggo. Er saß neben dem Platz des Königs und hatte das Pergament vor sich ausgerollt. König Olaf hatte es ihm persönlich aus der Schatztruhe gegeben. Leif sah neugierig zu Viggo hinüber und der König nahm seinen kurzen Blick wahr.

»Erling hat mir einen Sklaven geschenkt, der lesen und schreiben kann«, sagte er stolz. »Er hat die Weissagung notiert.«

»Ich hab noch nie einen Sklaven gesehen, der so etwas kann«, bemerkte Leif.

»Die Mönche, die ihr bei euren Überfällen gefangen nehmt, sind alle Schriftgelehrte«, sagte Viggo, ehe er sich zurückhalten konnte.

»Unsinn«, versetzte Leif. »Ich bin einige Male auf Viking gewesen, als ich noch jünger war, und keiner von den Geschorenen, die ich gefangen habe, konnte das!«

»Dann haben sie es nur nicht zugegeben«, erwiderte Viggo.

»Und woher willst du das wissen, du Skralinger?«

Viggo gab die einzig mögliche Antwort: »Weil ich lesen und schreiben kann.«

Leif schnaubte. Er schien nicht beleidigt zu sein, aber der Blick, der Viggo traf, war nun noch abwägender als vorhin. Viggo schluckte. Er merkte, dass er mit seinen vorlauten Antworten beinahe zu weit gegangen wäre.

»Was möchtest du, dass ich tue, Herr?«, fragte Leif. »Um den Weltuntergang zu verhindern, meine ich.«

Zu Viggos Verblüffung hatte der König tatsächlich einen Plan! Viggo hatte die großspurigen Reden der Nordmänner, die nicht einfach tatenlos mit dem Rest der Welt untergehen wollten, bisher als wikingisches Selbstbewusstsein abgetan. Umso größer war seine Verblüffung, als der König nun etwas ansprach, von dem er bisher nur die Seherin hatte reden hören.

»Es heißt, dass es jenseits des bekannten Meeres ein geheimnisvolles Land geben soll«, sagte der König. Dann blickten die drei Männer zu Viggo, weil dieser vor Überraschung gekeucht hatte.

»Husten«, erklärte Viggo und räusperte sich nicht sehr überzeugend. Er deutete auf die Feuerschale. »Das kommt vom Rauch. Bitte um Verzeihung, Herr.«

Leif sagte vorsichtig: »Davon habe ich schon gehört.«

»Nur gehört? Dein Vater genießt den Ruf eines großen Entdeckers, Leif Eriksson. Kannst du in seinem Kielwasser fahren? Wenn es dieses Land wirklich gibt, dann liegt es vielleicht sogar jenseits des Leibs der Midgardschlange. Es könnte eine ganz neue, eine zehnte Welt sein – die vom Untergang der neun Welten womöglich verschont bleibt! Deshalb müssen wir es ins Besitz nehmen und unsere Frauen und Kinder dort hinbringen. Dann haben wir eine Chance, unser Volk zu retten.«

»Du willst, dass ich dieses Land für dich suche?«

»Nein, ich will, dass du es findest.«

Leif nickte. Er starrte auf den Boden und schwieg lange. Viggo ahnte, dass er etwas Wichtiges zu sagen hatte und nicht wusste, wie er es formulieren sollte. Viggo konnte nur mit Mühe still sitzen. Er platzte beinahe vor Aufregung. Hier saß der zukünftige Entdecker Amerikas und bekam gerade den Auftrag, nach dem neuen Kontinent zu suchen! Und ihm, Viggo, hatte die Seherin prophezeit, dass er dort seine Eltern finden würde. Wie konnte er es nur schaffen, die Erlaubnis zu bekommen, mit Leif Eriksson mitzufahren? Denn das war seine Absicht, seit dieser Mann hier angelegt hatte.

»Ich *weiß*, dass es dieses Land gibt«, sagte Leif schließlich. »Es ist nicht nur ein Gerücht.«

König Olaf beugte sich nach vorn. »Warst du bereits dort?«, fragte er atemlos.

»Nein, Herr. Aber ein Mann hat es gesehen, dem ich jedes Wort glaube, weil er mein bester Freund und treuester Waffengefährte ist – und außerdem der beste Seemann, den ich kenne!«

»Ein besserer als du?«, fragte Erling mit einem halben Lächeln.

»Er ist sogar besser als du«, sagte Leif ernst.

Erlings Lächeln erlosch und machte einer nachdenklich beeindruckten Miene Platz.

»Ich hätte gedacht, du redest von deinem Vater, aber als du sagtest, er sei dein bester Freund ...«, begann der König und verstummte.

»Sein Name ist Bjarne Herjulfsson«, sagte Leif und blickte dann wieder zu Boden.

Viggo lief bei der Erwähnung dieses Namens ein kalter Schauer über den Rücken. Was hatte das zu bedeuten? Er hatte ihn doch nie zuvor gehört! Oder doch?

König Olaf wirkte bestürzt. »Bjarne Herjulfsson? Ist das nicht der Mann, der ...« Der König schüttelte ungläubig den Kopf.

Erling vollendete den Satz für ihn. Auch er wirkte jetzt plötz-

201

lich befremdet. »… der Mann, von dem es heißt, eine Valkyre sei in Liebe zu ihm entbrannt und teile nun das Leben mit ihm! So einem glaubst du, was er sagt, Leif Eriksson?«

»Bjarne hat nie selbst behauptet, dass seine Frau eine Valkyre sei«, erklärte Leif. »Ein Mann kann nichts dafür, was irgendwelche Wirrköpfe über ihn reden.«

»Hast du seine Frau jemals gesehen?«

»Nein. Und ich habe auch Bjarne schon lange Zeit nicht mehr getroffen. Ich weiß nicht, was inzwischen aus ihm geworden ist. Als wir uns das letzte Mal voneinander verabschiedet haben, schenkte er mir sein Schiff – das Schiff, mit dem ich hierhergekommen bin.«

Leif räusperte sich. Viggo glaubte ermessen zu können, welch ungeheuren Wert ein solches Geschenk für einen Wikinger haben musste.

»Wie lange ist das her?«, fragte der König.

»Neun Jahre. Mein Sohn Thorkell war drei, und ich war einundzwanzig Jahre alt, Herr.« Leif blickte auf. »Ich wäre auf das bloße Wort Bjarnes bis in Hels Reich gerudert, wenn er gesagt hätte, ich würde unbeschadet daraus hervorkommen. Und ich würde es noch heute tun. Wer ihn einen Lügner nennt, nennt mich selbst einen Lügner!«

Erling hob die Hände. »Lass uns den Frieden halten, Leif. Ich meinte es nicht böse.«

»Hat Bjarne das geheimnisvolle Land betreten?«, fragte der König.

»Nein, Herr. Bjarnes Vater war einer der Gefolgsleute meines Vaters und siedelte mit uns allen nach Grönland um. Das war vor fünfzehn Jahren. Bjarne besaß damals schon ein eigenes Schiff. Er geriet bei der Überfahrt in Nebel und Nordwind und verlor komplett die Orientierung. Erst als sein Schiff dem Nebel entkam, fand er die Himmelsrichtungen wieder. Er glaubte, er sei nach Osten abgedrängt worden, und segelte daher einen ganzen Tag und eine ganze Nacht nach Westen, um nach Grönland zurückzukehren. Erst viel später stellte er fest, dass ihn der Nordwind und eine Strömung tatsächlich nach Westen getragen hatten. Als er in der Ferne bewaldete Hügel entdeckte, folgte er der Küste noch zwei Tage nach Norden. Ihm war nun klar, dass er nicht in der Nähe von Grönland sein konnte, aber er hatte keine Ahnung, wo er sich tatsächlich befand. Er änderte den Kurs nach Südwesten, doch dort kam er in Packeis. Schließlich nahm er wieder Kurs zurück aufs Meer hinaus und in den Nebel hinein. Einige Tage später fand er Land, das ihm bekannt vorkam, und landete direkt vor unserer Siedlung Brattahlid an der Küste.«

Erling sagte: »Hört sich an wie eine große Fahrt und eine tapfere Tat – wieder in den Nebel zurückzusegeln. Das tut ein Schiffsführer nicht leichtfertig.«

»Wem hat Bjarne von dieser Fahrt erzählt?«, fragte der König.

»Uns allen.« Leif zuckte mit den Schultern. »Wir wollten schließlich wissen, wo er gewesen war.«

»Weshalb ist dann niemand aufgebrochen und hat versucht, das neue Land selbst zu erreichen?«

Leif senkte erneut den Kopf. »Weil wir alle wussten, dass wir Bjarne nicht das Wasser reichen können als Schiffsführer. Keiner von uns wäre von einer solchen Fahrt lebend zurückgekehrt, tagelang auf dem Meer, tagelang im Nebel, vor unbekannter Küste und im Eis …«

»Ich wünsche aber, dass du zurückkehrst, Leif Eriksson. Du wirst dieses Land für mich finden, du wirst uns erklären, wie man es erreicht, und dann werden wir die Chance nutzen und versuchen, den Weltuntergang dort zu überleben!«

»Wie du wünschst, Herr«, sagte Leif. »Allerdings brauche ich dafür ein neues Schiff und eine komplette Ausrüstung. Wirst du mich unterstützen?«

»Mit allem, was ich dir geben kann. Morgen werden die Schiffsbauer von Kaupangen die Wracks im Hafenbecken besichtigen, um daraus so viele seetüchtige Boote wie möglich neu zu zimmern. Sag mir, was du sonst noch für diese Reise brauchst«, verlangte König Olaf. »Ich werde es dir geben.«

Leif kratzte sich am Kopf. Hatte er anfangs noch zögerlich gewirkt, schien er sich nun mehr und mehr für seine neue Mission zu begeistern. Lag es daran, dass sie wie ein Himmelfahrtskommando wirkte? Der Mut der Wikinger war anscheinend immer dann am größten, wenn es so aussah, als hätten sie keine Chance.

»Ich hab die beste Besatzung, die man sich wünschen kann«, meinte Leif. »Aber vielleicht suchst du mir trotzdem von den hiesigen Seeleuten noch ein paar Ruderer aus, Herr? Meine Bänke sind nicht voll besetzt, und wenn sich noch ein oder zwei weitere Schiffe flottmachen ließen, wäre das sicher von Nutzen ...« Er begann an den Fingern abzuzählen. »Außerdem brauche ich Trockenfleisch, Wasser und Bier ... und die Waffen und Schilde möchte ich von deinen Schmieden ansehen und ausbessern lassen, wenn du erlaubst. Einen zusätzlichen Mast und zwei Extrasegel ... für jeden Riemen einen als Ersatz, falls er brechen sollte ... Pelze und Lederzeug für die Männer ... Netze und Angeln ... Salben und Heilkräuter ...«

Der König lachte. »Besprich alles Weitere mit Erling. Ich sehe, dass du weißt, wovon du redest.«

»Er braucht einen Chronisten«, platzte da Viggo heraus. Er hatte die ganze Zeit hektisch darüber nachgedacht, wie er sich wohl selbst zu dieser Reise einteilen konnte.

Die drei Männer starrten ihn an.

»Dein Sklave ist recht vorlaut, Herr«, stellte Leif schließlich fest.

»Bitte ... Herr«, stotterte Viggo. »Irgendjemand muss die Ereignisse auf dieser Reise doch aufzeichnen! Die Verhältnisse, die in dem neuen Land herrschen. Was man dort anbauen kann.« Verzweifelt kramte er in seinem Hirn nach weiteren Argumenten. »Wie man hinkommt und wieder zurück. Wie lange die Vorräte gereicht haben ...« Dann fiel ihm nichts mehr ein.

Leif sagte: »Wenn man ihm zuhört, könnte man sich direkt wundern, dass jemals ein Schiff irgendein Ziel erreicht hat, ohne so einen Skralinger mit Feder und Pergament an Bord gehabt zu haben.«

»Ich wollte damit nicht sagen ...«, begann Viggo.

Der König schnitt ihm das Wort ab. »Vielleicht ist dein Einfall gar nicht so dumm, Sklave. Ich werde darüber nachdenken. – Leif Eriksson, es gibt noch etwas, worüber wir reden müssen. Wir alle wissen, dass die Götter sich nicht um uns Menschen kümmern. Allenfalls belohnt Odin die Tapfersten unter uns mit einem Platz in seiner Halle und nimmt sie zu seinen Einherjarn auf, die mit ihm in der letzten Schlacht kämpfen dürfen. Nun, da Ragnarök angebrochen ist und die Ungeheuer frei sind und die Götter gegen die Riesen kämpfen, haben sie sicher noch weniger Interesse an uns. Ein Vorhaben wie dieses bedarf jedoch göttlichen Schutzes.«

Leif Eriksson hörte aufmerksam, aber offenbar ahnungslos zu. Erling Skjalgsson zog eine Braue hoch.

»Doch es gibt einen Gott, der es sich zur Aufgabe gemacht hat, auf die Menschen zu achten. Er hat sogar, um die Menschheit zu retten, seinen eigenen Sohn in die Schlacht geschickt, wo er viele Feinde niedergemacht hat, bevor er den Heldentod starb. Das ist der Gott, den die Geschorenen uns mitgebracht haben. Der Gott der Christen.«

Viggo biss sich auf die Zunge. Entweder hatte König Olaf die Geschichte von Jesus Christus völlig falsch verstanden, oder Vater Sigward hatte ihm eine Version erzählt, die einem Wikinger besser gefiel als die Wahrheit …

»Ich habe schon von dem Christengott und seinem Sohn gehört«, sagte Leif. »Aber nach dem, was ich über ihn weiß, starb der Gottessohn ohne Gegenwehr, deshalb fällt es mir schwer, ihn ernst zu nehmen.«

Viggo überlegte. Vielleicht hatte der König die Geschichte ja selbst so gedreht, dass sie bei einem Mann wie Leif Eriksson ankam. Jesus war bei ihm nicht der Erlöser, sondern ein mutiger Wikingerkrieger. Erling Skjalgsson rollte unauffällig mit den Augen, schien aber gleichzeitig über die Unverfrorenheit des Königs amüsiert.

»Du hast die falsche Geschichte gehört«, erklärte der König. »Wie auch immer, ich möchte, dass du unter dem Segen des Christengottes losfährst. Dazu musst du dich allerdings zu ihm bekennen. Vater Sigward wird dir erklären, was dafür nötig ist. Bevor du abfährst, werden wir die Taufzeremonie durchführen und dich zu einem Christen machen.«

»Ich habe Odin und Thor die Treue geschworen ...«, sagte Leif unsicher.

»Und nun, da du in meinem Auftrag fährst, wirst du mir die Treue als mein Hirdman schwören, und du wirst deinem König nicht den Wunsch abschlagen, dem Gott zu huldigen, an den er glaubt.«

»Und der in einer gewaltigen Schlacht den Heldentod gestorben ist, um die Menschheit zu retten«, ergänzte Erling, dessen Mundwinkel zuckten.

»Vater Sigward wird sich Zeit nehmen, dir alles zu erklären. – Vater Sigward, wie gut, dass du gerade eintriffst.« Der König winkte zum Portal, das bei seinen letzten Worten geöffnet worden war. Der Mönch aus Brema trat vorsichtig näher.

»Ich wollte nicht stören, Herr«, begann er, »aber es hieß, ich könnte dich hier finden ...«

»Du kommst zur rechten Zeit. Hier, dieser hervorragende Krieger und Schiffsführer möchte den neuen Glauben annehmen. Erzähle ihm die Geschichte, wie Jesus Christus in der großen Schlacht mit seiner Axt und seinem Schwert unter seinen Feinden wütete wie ein Berserker.«

»Ach«, sagte Vater Sigward resigniert, »*diese* Geschichte.«

»Fangt am besten gleich an«, forderte der König sie fröhlich auf. »Ich überlasse dir und Leif die Große Halle. Erling und ich sehen unten im Hafen nach dem Rechten. Viggo – du kommst mit, ich möchte, dass du festhältst, was wir sehen und worüber gesprochen wird.«

Viggo folgte dem König und Erling Skjalgsson zum Ausgang der Halle. »Jawohl, Herr. Aber wenn ich noch mal auf meine Idee zurückkommen darf ...«

Viggo spürte plötzlich, wie ihn jemand schmerzhaft an seinem Nackenhaar ziepte. Erling beugte sich nach vorn und schaute ihn ernst an.

»Du bist wirklich zu vorlaut«, sagte er. »Sei froh, dass ich dich schon hergeschenkt habe, sonst könntest du mit dem Haarbüschel, das ich dir jetzt gleich ausreiße, die *Fröhliche Schlange* auf Hochglanz polieren!«

»Jawohl, Herr«, murmelte Viggo frustriert.

2.

Viggo sah Leif Eriksson erst am nächsten Mittag wieder. Der Schiffsführer wirkte übernächtigt und nachdenklich. Er spielte mit einem hölzernen Kruzifix, das ihm anscheinend Vater Sigward gegeben hatte. Doch dann steckte der Wikinger es wieder in die Gürteltasche, statt es sich um den Hals zu hängen. Er war wohl noch nicht so weit.

Auch die Vorbereitungen für seine Mission waren noch nicht so weit. Die Suche der Schiffsbauer unter den Wracks im Hafen, die beim ersten Tageslicht begonnen hatte, war ernüchternd gewesen. Sie waren mit mehreren Booten zwischen den Trümmern herumgerudert und hatten sich alles genau angesehen, aber keines der Schiffe war noch einsatzfähig. Der Drache hatte ganze Arbeit geleistet. Die Zimmerer retteten, was zu retten war, um es beim Bau neuer Schiffe verwenden zu können. Doch selbst wenn sie alle zusammenarbeiteten, würde es Wochen dauern, bis ein neues Schiff hergestellt war. Es war offensichtlich, dass Leif Eriksson nicht so lange warten konnte. Die Reise hätte sonst in den Winter hineingeführt, und auch wenn Bjarne Herjulfsson, Leifs bester Freund, im Winter unterwegs gewesen war, musste Leif, von dessen Erfolg und glücklicher Heimkehr alles abhing, seine Chancen nicht noch verschlechtern, indem er bewusst in die gefährlichste Jahreszeit hineinfuhr. Abgesehen davon war König Olaf der Ansicht, dass der Weltuntergang dicht bevorstand und dass die Mission so oder so keinen Aufschub duldete.

Später am Tag standen der König, Leif Eriksson und Vater Sigward im Hafen und schauten den Reparaturarbeiten an einem der zerschmetterten Landungsstege zu. Dort lag bereits ein großer Haufen mit Ausrüstungsgegenständen für Leifs Reise, und Viggo hatte die Aufgabe erhalten, eine Liste davon zu erstellen. Diese Liste sollte dem König und den Handelsgesellschaften, den sogenannten Félagar, die diese Sachen geliefert hatten, bei ihren Preisverhandlungen helfen. Die wikingischen Händler waren alle in solchen Félagar organisiert und teilten sich die Kosten und Aufgaben des Handels. Denn selbst unter den Wikingern gab es Männer, die lieber zu Hause blieben als zur See fuhren und stattdessen die Fahrten der Schiffsführer ausrüsteten.

Viggo, der seit dem frühen Morgen entweder an Erlings oder König Olafs Seite hektisch ein Wachstäfelchen nach dem anderen vollkritzelte, hatte den Unmut unter den Händlern mitbekommen. Sie wollten, dass ihre eigenen Schiffsführer diese Reise unternahmen statt des aus Grönland stammenden Fremden. Wie Erling jedoch mehrfach mit sarkastischem Unterton zu bedenken gab, lagen die erfahrenen Schiffsführer der Gesellschaften alle auf dem Grund des Hafenbeckens. Sie waren auf ihren Booten gewesen, als der Drache angegriffen hatte, und keiner von ihnen hatte überlebt.

Viggo fand es immer noch merkwürdig, dass die Wikinger ihrem König Olaf zwar mit Ehrerbietung begegneten, sein Wort aber keinesfalls immer und überall Gesetz war. Was den Handel anging, hielten die Wikinger beinahe demokratische Grundregeln ein, genau wie auf ihren Schiffen. Die Befehle des Königs befolgten sie nur, wenn das Land im Krieg stand. König Olaf hätte in dieser schwierigen Situation den Kriegszustand verhängen können, doch Viggo ahnte, warum er es nicht tat – der Drachenangriff hatte seine Untertanen schon genug erschüttert. Wenn er sie nun auch noch zusätzlich strapazierte, war eine Massenpanik nicht auszuschließen. Viggo konnte sich lebhaft vorstellen, wie eine Panik bei Wikingern aussah. Die Leute würden nicht kopflos davonrennen, sondern sich bewaffnen und nach einem Feind suchen, dem sie den Schädel einschlagen konnten. Wenn sie keinen fanden, würden sie sich gegenseitig umbringen.

Daher hatte Erling den Auftrag, mit den Gesellschaften zu verhandeln, anstatt ihnen zu befehlen, und Erling erfüllte seine Aufgabe mit der gewohnten Mischung aus Eleganz, Liebenswürdigkeit und Ironie.

Während Viggo die angelieferten Waren verzeichnete, spitzte

er die Ohren, um dem Gespräch der Männer im Hafen lauschen zu können. Soeben ergriff Vater Sigward das Wort. Schon nach wenigen Sätzen wurde Viggo klar, dass der Missionar eigene Pläne verfolgte.

»Herr, weißt du, warum die Nordmänner stets so erfolgreich im Kampf gegen die Franken und die Angelsachsen und die Iren und wen auch immer sind?«, fragte der Mönch.

König Olaf antwortete nicht. Viggo spähte über die Schulter zu den Männern hinüber. Der König machte den Eindruck, als hätte er sich diese Frage niemals gestellt. Vermutlich hielt er es für selbstverständlich, dass den Wikingern kein anderes Volk gewachsen war.

»Es liegt an der Kampftaktik«, erklärte Sigward. »Wenn die Nordmänner einen Landstrich plündern wollen, fahren sie mit ihren Schiffen direkt dorthin, gehen an Land, verrichten ihre Arbeit und fahren wieder zurück, noch bevor der Herzog oder der König dieses Landes reagieren kann. Sie entwerfen keine Pläne, sie kündigen ihren Überfall nicht an, sie fordern die Verteidiger nicht heraus. Sie fallen über ihre Feinde her wie die Wölfe über die Schafe – plötzlich und aus dem Hinterhalt. Wenn eine ganze Flotte einen Angriff führt, dann befehligt jeder Schiffsführer seine Mannschaft nach seinem eigenen Gutdünken. Es gibt keine gemeinsame Strategie, nach der die Verteidiger ihre Bewegungen ausrichten könnten. Sie stehen hilflos so vielen unterschiedlichen Strategien gegenüber, wie es Anführer aufseiten der Nordmänner gibt. Und wenn die Nordmänner eine Schlacht an Land führen, ist es genauso. Die

Krieger folgen keinem gemeinsamen Befehl, sondern stürzen sich auf diejenigen Kämpfer im feindlichen Heer, die ihnen als lohnendste Beute oder als interessanteste Gegner erscheinen. Auf diese Weise verwandelt sich eine Schlacht innerhalb von Minuten in lauter unkontrollierbare Einzelkämpfe, bei denen die Stärkeren stets gewinnen.«

»Und das sind wir«, sagte König Olaf nicht ohne Stolz.

»Ich weiß nicht, warum du das erzählst, Vater Sigward«, sagte Leif. »Willst du uns etwa dafür tadeln, dass wir für den Sieg kämpfen und nicht für irgendeinen Plan, den sich ein Heerführer ausgedacht hat?«

»Ich erzähle dir das, Herr«, erwiderte Sigward, »weil ich dich bitten möchte, in diesem Fall einmal von den Gewohnheiten der Nordmänner abzuweichen und über eine Strategie nachzudenken.«

»Welche wäre das?«

»Die des allmächtigen Verbündeten im Hintergrund. Du solltest dir für das Unternehmen, dein Volk vor Ragnarök zu retten, göttlichen Beistand suchen.«

Der König lächelte. »Dafür haben wir bereits gesorgt. Leif hier wird sich zum christlichen Glauben bekennen.«

Sigward schüttelte den Kopf. »Das ist lobenswert, aber es wird nicht reichen. Der Herr Jesus Christus, der in der Schlacht seine Axt so schrecklich schwingt, braucht ein Heer, wenn er dir zu Hilfe eilen soll.« Viggo sah, wie der Mönch heimlich die Finger hinter dem Rücken kreuzte, als er vom Kampfesmut des Erlösers sprach.

213

König Olaf zuckte mit den Schultern.

Sigward straffte sich und fuhr fort: »Deshalb solltest du, König, darüber nachdenken, Leif Eriksson einen Missionierungsauftrag mitzugeben. Er soll, bevor er in die unbekannten Gewässer aufbricht, das Christentum nach Grönland tragen. Jeder, der sich zum wahren Glauben bekehrt, wird ein Krieger in Christi Heer sein.«

Viggo nickte im Stillen. Also daher wehte der Wind! Vater Sigward glaubte wohl nicht daran, dass der Weltuntergang bevorstand, oder er baute darauf, dass die Wikinger einen Ausweg finden würden. So oder so gewann sein Glaube. Blieb die Welt bestehen, hätte Leif das Christentum nach Grönland gebracht. Ging sie unter und die Wikinger schafften es bis in das neue Land, würden unter ihnen einige bekehrte Christen sein und das Christentum könnte so fortbestehen. Und falls die gesamte Welt trotz aller Anstrengung unterging, hatte Sigward es wenigstens versucht.

»Ich werde darüber nachdenken«, sagte der König.

»Ich danke dir, Herr. Und vergiss nicht – der Herr Jesus ist immer auf der Seite derer, die ihm treu sind. Wer kann das von den heidnischen Göttern behaupten?«

»Aber Odin hat eine prunkvolle Halle und bewirtet die gefallenen Krieger, während die Toten bei Jesus Christus still und ruhig auf die Auferstehung warten müssen.«

»Dafür erwartet sie hinterher das Paradies.«

»Wo Bier, Milch und Honig fließen und die Engel alle Frauen sind – ich weiß«, erwiderte der König. »Du hast es mir oft genug so geschildert, Vater Sigward. Umso unverständlicher, dass man so lange darauf warten soll.«

»Mein Vater Erik wird nicht begeistert sein, wenn ich mit einem neuen Glauben zu Hause ankomme und dann auch noch versuche, unser Volk zu bekehren«, brummte Leif. »Ich habe ihn noch nie etwas Gutes über die Geschorenen sagen hören.«

»Er wird den Irrtum seiner Wege erkennen«, meinte Sigward milde. »Wenn der Untergang der Welt bevorsteht, tun wir alle gut daran, unser bisheriges Leben zu überdenken.«

»Wir müssen zuallererst die Reise überdenken«, sagte Leif. »Mein Schiff ist dafür zu klein, und deine Schiffsbauer können die zerstörten Boote nicht schnell genug reparieren, Herr. Hat der Herr Jesus Christus dafür auch eine Lösung?«

»In solchen Fällen verlässt er sich auf die, die mehr davon verstehen«, sagte Vater Sigward fröhlich. »Nämlich die Nordmänner.«

»Es gibt nur eine sinnvolle Lösung«, brummte König Olaf.

Welche das war, bekam Viggo nicht mehr mit, denn er erhielt plötzlich einen Stoß in die Seite. Erschrocken wandte er sich um. Er erwartete wieder einen Tadel von Erling Skjalgsson, doch der, der ihn gestoßen hatte, war nicht der Haushofmeister. Es war Leif Erikssons Sohn Thorkell.

3.

Thorkells Blicke wanderten an Viggo auf und ab.

»Mein Vater sagt, du kannst schreiben«, sagte er verächtlich. »Seit wann kann ein Sklave schreiben?«

Viggo zuckte mit den Schultern. »Ich kann es eben«, erwiderte er.

»Einfach so, was?« Thorkell schnaubte.

»Nicht von Anfang an. Ich musste es lernen.«

»Lernen? So wie man lernt, Fische zu fangen?«

Viggo warf den drei Männern, die sich wenige Schritte entfernt weiter unterhielten, einen Seitenblick zu. Aber Leif, Vater Sigward und König Olaf hatten die Köpfe zusammengesteckt und schienen die beiden Jungen nicht zu beachten.

»Gib mir das Ding«, sagte Thorkell und deutete auf das Wachstäfelchen, auf dem Viggo die Ladeliste notiert hatte.

»Wozu?«

»Was soll die Frage?«, zischte Thorkell. Viggo hatte erwartet, dass er lauthals darauf bestehen würde, aber offenbar wollte der Junge keine Aufmerksamkeit erregen. Er wollte Viggo demütigen. »Du bist ein Sklave, du musst gehorchen!« Thorkell trat ganz nah an Viggo heran.

Leifs Sohn roch nach Herdrauch und nach einer Mischung aus Gewürznelken und geklärtem Tierfett – die üblichen Bestandteile der Seife, die die Wikinger erstaunlich häufig verwendeten. Thorkells Haar war gekämmt und an manchen Stellen noch feucht, er hatte es wohl gewaschen und über dem Feuer zu trocknen versucht. Leifs Sohn trug eine frische Tunika, und seine Hände und die Fingernägel waren einigermaßen sauber. Thorkell hatte sich für die Begegnung mit dem König offenbar fein gemacht.

Doch jetzt starrte er Viggo provozierend an und seine Wut strahlte wie eine Hitzewelle aus. Viggo überlegte, was er tun konnte. Welche Strafe erwartete ihn, wenn er als Sklave den Sohn eines freien Mannes angriff? Und wie würde Thorkell überhaupt darauf reagieren? Leif Erikssons Sohn sah nicht wie ein Schaumschläger aus. Seine Bizeps- und Schultermuskeln waren deutlich ausgeprägt und sein Kreuz breit vom Rudern. Viggo versuchte Ruhe zu bewahren. Warum nur hatte sich Thorkell ausgerechnet ihn ausgesucht, um sein Mütchen zu kühlen? Es konnte doch keine Ehre darin liegen, wenn man einen Sklaven zum Gehorsam zwang.

»Hier«, sagte Viggo und reichte Thorkell das Täfelchen. Er musste sich regelrecht dazu zwingen.

Thorkell schien überrascht, dass Viggo schon nachgab. Er

hielt das Täfelchen unschlüssig in der Hand und drehte es dann herum, als könnte er besser lesen, wenn die Schrift auf dem Kopf stand.

»Das kann doch jeder«, sagte er dann.

»Hier«, sagte Viggo erneut und hielt ihm den geschnitzten hölzernen Griffel hin.

Thorkell packte das Täfelchen mit der Linken und nahm den Griffel in die rechte Faust, als hielte er einen Hammer fest. Die Spitze des Griffels zeigte nach oben. Er sah von ihm zu Viggo und zurück. Viggo wurde klar, dass Thorkell ihn vorhin wohl beobachtet hatte und nun versuchte, ihn zu imitieren. Aber er hatte nicht genau genug hingesehen. Bei ihm sah es linkisch aus.

Die Männer, die gerade mit neuer Ware auf dem Steg angekommen waren, blieben stehen und sahen Thorkell grinsend zu. Offensichtlich gehörten sie nicht zu Leif Erikssons Besatzung, sonst wären sie dem Sohn ihres Schiffsführers wohl weniger höhnisch begegnet.

Thorkell wurde rot im Gesicht. Er starrte verbissen auf das Täfelchen und dann auf den nutzlosen schlanken Griffel in seiner Faust. Viggo verspürte auf einmal Mitgefühl mit dem bulligen zornigen Jungen. Als Thorkell ihm bohrende Blicke zuwarf, gab Viggo ihm unauffällig zu verstehen, dass er den Griffel anders herum halten müsse.

Thorkell blinzelte und gehorchte, aber der Griffel, der für seine kräftigen Finger viel zu dünn war, fiel zu Boden. Die Zuschauer kicherten. Viggo bückte sich, hob das Schreibgerät auf und gab es Thorkell wieder. Er wusste, dass er dem ungeschlachten Wikingerjungen niemals das Schreiben beibringen können würde. Er nahm ihm das Wachstäfelchen, das aus mehreren miteinander verbundenen Einzeltafeln bestand, aus den Fingern, klappte es auf eine unbeschriebene Seite um und hielt es ihm so hin, dass er mit dem Griffel etwas darin einritzen konnte. Vielleicht würde es schon genügen, wenn Thorkell einen halbwegs geraden Strich in die Wachsschicht kratzte. Vielleicht würde er sich dann beruhigen.

Thorkell musterte die Schreibfläche mit einer Mischung aus beginnender Panik und immer größer werdendem Zorn. Ihm schien bewusst zu werden, dass er jetzt nicht mehr zurückkonnte, da er sonst vor einem Sklaven und vor sämtlichen Zuschauern das Gesicht verlor. Thorkell holte tief Luft und tat das, was jeder Wikinger in einer schwierigen Lage tat: Er stürzte sich blindlings hinein.

Der Griffel traf die Wachstafel so hart, dass sie Viggo entglitt. Thorkell fasste instinktiv nach. Dabei zerbrach der Griffel in seiner Hand. Die Wachstafel fiel auf den Boden und traf so unglücklich auf, dass das in der Kühle der Luft spröde gewordene Wachs zersprang und einzelne Stücke herausfielen.

Die Zuschauer brachen in Gelächter aus. Thorkell starrte auf den zerbrochenen Griffel in seiner Hand und auf das ruinierte Täfelchen. Dann schleuderte er die Reste des Griffels mit einem wütenden Aufschrei weg und ging auf Viggo los.

4.

Im Bruchteil einer Sekunde flammte die Wut, die vorher von Mitgefühl mit dem tollpatschigen Thorkell überdeckt war, bei Viggo wieder auf. Er sah den Wikingerjungen wie in Zeitlupe auf sich losstürzen, die Arme ausgestreckt, die Hände wie Krallen.

Er wusste, dass Thorkell ihn an den Haaren packen und mit einem groben Ruck zu Boden zwingen wollte. Und er wusste genau, wie er diesen Angriff abwehren konnte. Es schien ihm, als hätte er alle Zeit der Welt dazu.

Die Hände vor der Brust falten! Die geschlossenen Unterarme nach oben stoßen, von unten zwischen Thorkells Armen hindurch! Thorkells Angriff links und rechts an den eigenen Unterarmen abgleiten lassen!

Mit dem Kopf nach vorn stoßen, in Thorkells Anlauf hinein, der nun nur noch ein erschrockenes Nach-vorne-Stolpern ist! Die Stirn ist der härteste Knochen überhaupt!

Und wenn Thorkell zurückprallt und nach hinten taumelt, halb blind von dem Kopfstoß … *Flying Front Jump Kick!* Von dieser Niederlage würde Thorkell sich erst nach Tagen erholen.

Doch plötzlich war Leif hinter Thorkell, packte seinen Sohn am Kragen und riss ihn gerade noch rechtzeitig zurück, bevor er und Viggo zusammenprallen konnten. Thorkell fiel auf den Rücken und starrte schockiert zu seinem Vater hoch. Viggo blinzelte. Einen Moment hatte er Mühe, wieder zu sich zu kommen. Er hatte bereits die Kampfhaltung eingenommen, die er im Taekwondo gelernt hatte. Betroffen ließ er die Hände sinken. Was war nur mit ihm los, dass er so rasend schnell hochging?

Mit einem Schritt zurück trat er auf das Täfelchen, dessen Holzrahmen mit einem Knack zerbrach. Vater Sigward und König Olaf musterten ihn mit ernsten Gesichtern. Viggo senkte beklommen den Blick.

Leif zerrte seinen Sohn an seiner Tunika auf die Beine. »Was hätte das hier werden sollen, Junge?«, rief er streng. »Wolltest du etwa das Eigentum von König Olaf beschädigen?«

»Warum hast du dem Sklaven diese wichtige Aufgabe gegeben?«, heulte Thorkell wütend. »Warum nicht mir?«

»Weil du nicht schreiben kannst!«, versetzte Leif.

»Aber ich hätte mir doch alles merken können! Vater, ich kann mir Dinge merken, so lange ich will. Und ich kann ein Bild von ihnen in meinem Kopf machen! Warum glaubst du mir das denn nicht?«

Leif schüttelte aufgebracht den Kopf. Er ließ Thorkell stehen und wandte sich an Viggo. »Hättest du meinen Sohn geschlagen, wenn er dich angegriffen hätte?«

Viggo schüttelte den Kopf und wich Leifs Blick aus. Der Wikinger grinste freudlos. Er schien sich völlig im Klaren darüber, dass Viggo gelogen hatte. Er musterte den Jungen misstrauisch, dann trat er einen Schritt auf ihn zu.

»Mach das noch mal«, forderte er ihn auf.

»Was meinst du?«

»Das hier.« Leif imitierte Viggos Kampfhaltung. »So was hab ich noch nie gesehen.«

Viggo schüttelte erneut den Kopf.

Der Schiffsführer wandte sich an König Olaf. »Darf ich, Herr?«, fragte er.

König Olaf nickte.

Leif gab Viggo eine so schnelle Backpfeife, dass Viggos Kopf nach hinten flog. Der Schiffsführer hatte nicht fest zugeschlagen, aber Viggo spürte sofort, wie seine Backe zu brennen begann. Und wie sich tief in ihm etwas Heißes, Rotes, Flammendes regte.

»Mach es noch mal.« Leifs Hand zuckte nach vorn, für eine zweite Ohrfeige, doch der Schlag erreichte Viggos Wange nie. Im Nu hielt der Junge Leifs Handgelenk in der Linken, und Leifs andere Hand fing er mit der Rechten ab. Die Bewegungen hatten keine Sekunde gedauert. Leif schaute nach unten. Schon hatte Viggo mit einem Bein ausgeholt, um dem Wikinger einen blitzschnellen Tritt in die Mitte zu verpassen. Einen

Herzschlag lang war alles in der Schwebe, dann stellte Viggo seinen Fuß wieder auf den Boden.

Leif machte sich los und trat einen Schritt zurück. Er nickte anerkennend.

»Dieser Junge ist kein Franke«, sagte er. »Der ist ein Nordmann wie du und ich, Herr.«

»Nein, das bin ich nicht«, widersprach Viggo.

Der König stand auf. »Leif Eriksson, mein Sklave hat dir Widerstand geleistet. Das verlangt Genugtuung. Zuvor aber hat dein Sohn versucht, meinen Sklaven ohne Grund zu schlagen. Auch das verlangt Genugtuung. Trittst du zurück von deinem Anspruch, so werde ich auch zurücktreten.«

»Lassen wir es nie geschehen sein, Herr«, sagte Leif und deutete eine Verbeugung an.

»Gut. Dann gebe ich dir und deinem Sohn den Frieden wieder … und dir auch, Viggo, obwohl deine Aufmüpfigkeit eigentlich verlangen würde, dass ich dich ein paar Tage lang in Ketten lege!«

Thorkell ging mit hängenden Schultern davon, nicht ohne Viggo noch einen brennenden Blick zuzuwerfen. Viggo fürchtete, dass Leifs Sohn von nun an sein Feind sein würde. Er schluckte und wünschte sich, die Begegnung wäre anders verlaufen. Er bückte sich, um die Bruchstücke des Täfelchens und des Griffels aufzusammeln. Die Liste mit dem Ladegut würde er noch einmal aufstellen müssen – ein Haufen Arbeit, und bestimmt würde ihm niemand dabei helfen, die Ware noch einmal zu sortieren und neu aufzustapeln.

Die Auseinandersetzung hatte dazu geführt, dass der König, Leif und Erling Skjalgsson nun auf dem Rest des zerstörten Stegs standen und das Ladegut betrachteten.

»Die Ausrüstung dürfte nun vollständig sein«, bemerkte der König. Er wandte sich ab und schaute ins Hafenbecken hinaus, wo die *Fröhliche Schlange* sanft auf den Wellen schaukelte. »Aber wir haben immer noch kein geeignetes Schiff – oder jedenfalls werden wir es nicht in der gebotenen Kürze der Zeit zur Verfügung haben.«

»Wie ich dich kenne, Herr, hast du bereits eine Lösung für dieses Problem«, sagte Erling.

Viggo konnte dem Klang seiner Stimme anhören, dass er bereits wusste, wie diese Lösung aussah. Tatsächlich gab es ja auch keine andere.

»Ich nicht, aber du, mein Freund«, erwiderte der König ernst. Er betrachtete immer noch die *Fröhliche Schlange*.

Erling holte tief Luft und seufzte dann. Er nickte mit verkniffenem Lächeln. Dann wandte er sich an Leif Eriksson. »Ich behalte deine Nussschale als Pfand. Was die *Fröhliche Schlange* betrifft: Wehe, du machst auch nur einen Kratzer in ihre Hülle«, sagte er.

»Du kannst dich drauf verlassen, dass ich einen rein machen werde. Aber es wird einer sein, auf den du stolz sein kannst, Erling Skjalgsson.«

Und so wechselte das schnellste Schiff Norwegens, die *Fröhliche Schlange*, ohne jede weitere Zeremonie den Schiffsführer.

5.

Als die Dämmerung anbrach, wurden die Scheiterhaufen für die Gefallenen entzündet. Ihr Feuer prasselte hoch und die Flammen verhüllten die Körper der Toten. Viggo hatte befürchtet, dass der Verbrennungsgeruch unerträglich sein würde, aber die Wikinger hatten genug frisches Nadelholz und Heu zwischen die Scheite gesteckt, sodass der Rauch eher aromatisch roch.

Die Kaupanger – die, deren Häuser zerstört worden waren, und die, die Freunde und Verwandte unter den Toten hatten – hatten festliche Kleidung angelegt. Die Männer trugen Rechteckmäntel, die mit schimmernden Spangen an der Schulter zusammengehalten wurden, darunter Klapprücke, die pelzverbrämt oder mit Stickereien versehen waren und vorne nur übereinandergelegt und mit einem Gürtel zusammengehalten wurden, dazu weite Pluderhosen. Die

Frauen hatten bodenlange Trägerkleider mit farblich abgesetzten Schürzen an. Die Träger waren mit handtellergroßen, runden Zierfibeln in Brusthöhe an den Kleidern befestigt, sodass es aussah, als hätten die Frauen eine Art Brustharnisch angelegt.

Viggo hielt sich abseits, am Rand des Lichtkreises, den die drei großen Feuer zeichneten. Vater Sigward fand ihn dort und stellte sich neben ihn. Eine Weile schwiegen die beiden, der Mönch scheinbar in sich ruhend, Viggo nervös und unsicher, was der Missionar wohl von ihm wollte.

»Leider können diese armen Menschen nicht ins Himmelreich kommen«, sagte Vater Sigward. Er nickte zu den Scheiterhaufen. »Ihre Körper sind verbrannt. Die Auferstehung des Fleisches ist für sie nicht möglich.«

»Wenn ein Leichnam in die Erde gelegt wird, verwest er. Da gibt es auch keine Auferstehung des Fleisches«, erwiderte Viggo.

Vater Sigward musterte ihn von der Seite. »In ganz Kaupangen spricht man schon von dem Sklaven, der auf alles eine Antwort hat«, sagte er. »Woher kommst du wirklich, Viggo? Wir beide wissen ja, dass es nicht Colonia ist. Aber die Nourmaundie ist es auch nicht, dessen bin ich mir sicher. Ich zweifle sogar, dass du rechten Glaubens bist, denn ein gläubiger Christ gibt solche Antworten, wie du sie gibst, einfach nicht.«

»Was glaubst du denn, woher ich komme, Vater Sigward?«, platzte Viggo heraus. Er hatte das eigentlich gar nicht sagen wollen und erst recht nicht in einem so herausfordernden Ton.

Doch der Mönch lächelte nur, als wäre ihm etwas bestätigt worden.

»Ich würde sagen, du gehörst hier nirgendwo hin«, sagte er. »Demzufolge kannst du auch von nirgendwo hier gekommen sein.«

Viggo schwieg. Er wusste nicht, ob die Einsicht des Missionars ihm Angst machte oder ob er sie faszinierend fand. Als auch der Mönch nichts mehr sagte und das Schweigen zwischen ihnen sich dehnte und dehnte, nahm sich Viggo ein Herz.

»Vater Sigward, könntest du vielleicht den König überreden, dass er mich mit Leif Eriksson mitfahren lässt?«

»Warum sollte der König das tun?«

»Ich kann der Mission von Nutzen sein. Bestimmt!«

»Und warum willst du unbedingt an dieser Mission teilnehmen? Das ist allem Dafürhalten nach eine Reise ohne Wiederkehr.«

»Ich …«

»Interessant ist er schon, dein Wunsch. Ich wünschte, ich würde verstehen, was dahintersteckt.«

»Dahintersteckt?«

»Dass du ausgerechnet mit Leif Eriksson fahren willst … hm … Was da heute am Hafen vorgefallen ist … dein Zusammenstoß mit Thorkell Leifsson … Leif hat lange darüber nachgedacht. Er will sich morgen im rechten Glauben taufen lassen. Willst du dich mittaufen lassen?« Die letzte Frage war so schnell gekommen wie eine zustoßende Schlange. Aber Viggo war auf der Hut.

»Ich bin doch bereits getauft, Vater Sigward«, sagte er.

Der Mönch nickte und verstummte. Sie schwiegen so lange, bis Viggo es nicht mehr aushielt. »Und … was ist bei Leifs Gedanken herausgekommen?«, fragte er nervös.

»Nun, er ist ganz und gar nicht der Meinung, dass du nicht hierher gehörst. Er ist sogar überzeugt davon, dass du ihm bekannt vorkommst.«

»Was? Wie kann das sein? Ich habe ihn nie zuvor gesehen und er mich auch nicht.«

»Wie kannst du da so sicher sein? Wenn du dich als Sklave schon immer so vorlaut verhalten hast, bist du ihm vielleicht an einem anderen Ort aufgefallen, ohne dass du es selbst gemerkt hast.«

»Ich bin nicht schon immer Sklave. Erst, seit ich hier angekommen bin!«

»Was meinst du mit ›hier angekommen‹?«

»Seit ich im Reich der Nordmänner bin«, knirschte Viggo. Er hätte wissen müssen, dass der Mönch bei Weitem nicht so harmlos war, wie er tat.

»Ah … so meinst du das. Du warst also vorher ein freier Mann?«

»Natürlich.«

»Dann könntest du Leif ja als freier Mann über den Weg gelaufen sein, nicht wahr?«

»An wen erinnere ich ihn denn?« Viggo fühlte sich auf einmal befangen, während er auf die Antwort wartete.

»Das ist ja das Seltsame. Er sagte, du erinnerst ihn an einen Mann, der einmal sein Freund war und der wahrscheinlich längst tot ist.«

6.

Leif Eriksson und seine gesamte Besatzung wurden am nächsten Morgen getauft. Auch von den Kaupangern, die mit auf die Reise gingen und die freien Ruderplätze in der *Fröhlichen Schlange* auffüllten, waren einige noch nicht zum Christentum bekehrt. Vater Sigward bot ihnen an, dies nun nachzuholen, aber König Olaf schüttelte, als die Männer ihn fragend ansahen, nur den Kopf.

»Dies ist eine Reise, die den Beistand aller höheren Mächte brauchen kann!«, sagte er. »Es ist gut, wenn auch Anhänger unserer alten Götter dabei sind.«

Die Taufe fand im Hafenbecken statt, unter den neugierigen Blicken aller Einwohner. Die Täuflinge standen bis zu den Knien im flachen Wasser direkt in Ufernähe, die Oberkörper entblößt und die weiten Wikingerhosen bis über die Oberschenkel aufgerollt. Die christlichen Mönche standen am Ufer und hielten ein großes hölzernes Kruzifix in die Höhe. Bruder Unwan befand sich unter ihnen und sah so missmutig aus, wie er nur konnte. Nur Vater Sigward war bei den Täuflingen im Wasser. Er hatte die Kutte nur so weit gerefft, dass die Beine bis zu den Knien bedeckt waren, und watete zwischen den Männern herum. Er übergoss jeden mit einer Schale Wasser, das er zuvor aus dem Hafenbecken geschöpft und gesegnet hatte. Im Großen und Ganzen war es eine schlichte Zeremonie. Viggo ahnte, dass Vater Sigward den feierlichen Teil absichtlich wegließ, weil die Zeit drängte. Er fühlte Verzweiflung. Ihm war immer noch nicht eingefallen, wie er den König davon überzeugen sollte, ihn mitfahren zu lassen. Dabei würde die *Fröhliche Schlange* wahrscheinlich gleich im Anschluss an die Taufe und den danach geplanten Gottesdienst ablegen. In spätestens zwei Stunden würde Viggos Chance, zu dem neuen Kontinent aufzubrechen, dahin sein.

Er wrang seine Tunika mit beiden Händen. Als jemand neben ihn trat und ihn ansprach, schrak er zusammen.

»War das bei dir auch so?«, fragte Erling Skjalgsson. »Die Taufe?«

Unten im Hafen war Vater Sigward gerade auf einen schlüpfrigen Stein getreten und mit einem großen Platsch ins Wasser gefallen. Der Mönch richtete sich triefend, aber würdevoll wieder auf, ignorierte das Gelächter der Zuschauer und die grinsenden Gesichter seiner Täuflinge und machte weiter.

»Ich kann mich nicht erinnern«, sagte Viggo. »Ich war noch ein Baby.«

»Dann konntest du dich ja gar nicht entscheiden, ob du den christlichen Glauben wirklich annehmen wolltest. Was für eine Unverschämtheit!«

Viggo war zu sehr abgelenkt, um Erling zu erklären, dass man als Christ das Taufgelöbnis später freiwillig erneuern oder auch lösen konnte. Erling schien auch keine Antwort zu erwarten. Er sah neugierig in den Hafen hinunter und schüttelte den Kopf.

»Was soll das mit dem Wasser?«, fragte er.

»Ich glaube, es hat was mit der Reinigung der Seele zu tun«, murmelte Viggo lustlos. »Du musst Vater Sigward danach fragen.«

»Bei Odin, das würde mir einen zweistündigen Vortrag einbringen – und die Frage: Willst du es nicht selbst ausprobieren?« Erling griff unbewusst nach dem Talisman, den er um den Hals trug, einem kleinen goldenen Thorshammer.

Viggo brummte etwas Unverständliches.

»Der Sklave, der auf alles eine Antwort hat, ist heute aber wortkarg«, befand Erling.

Da gab sich Viggo einen Ruck und wandte sich an den Haushofmeister. »Ich muss unbedingt mit!«, stieß er hervor.

»Mit Leif Eriksson?«

»Ja!«

»Weshalb? Denkst du, du könntest dadurch deine Freiheit erlangen?«

»Nein, ich …« Viggo schwieg. Er hatte es bisher vermieden, irgendjemandem von seiner Begegnung mit der Seherin zu erzählen. Er wusste nicht, was der König davon halten würde, dass er für die Weissagung der Völva so viel hatte bezahlen müssen, während Viggo eine Gratisprophezeiung bekommen hatte. Außerdem hatte er nicht über die Aufgaben sprechen wollen, die ihm die Völva gestellt hatte. Sie waren zu persönlich und irgendwie auch zu fantastisch. Aber er fühlte Sympathie und Vertrauen zu Erling, dem fast immer gut gelaunten, gelassenen Wikinger, der sich sogar damit anfreunden hatte können, sein geliebtes Schiff Leif Eriksson zu geben, weil es einer guten Sache diente. Wenn Viggo einen Onkel gehabt hätte, hätte er ihn sich so wie Erling gewünscht.

»Es ist die einzige Möglichkeit, meine Eltern wiederzusehen«, sagte er.

»Was? Aber ich dachte, dein Vater hat dich an Krok verkauft, weil du ihm zur Last gefallen bist.«

»Nein … nein … es ist alles viel komplizierter.«

»Sieh an. Das denke ich mir schon, seit ich dich zum ersten Mal gesehen habe.«

»Die Seherin hat mir gesagt, dass ich meine Eltern in … in dem geheimnisvollen neuen Land jenseits des Meeres finden werde!« Beinahe hätte Viggo gesagt: in Amerika. Doch er hatte sich gerade noch auf die Zunge gebissen.

Erling wandte sich von der Taufzeremonie ab und schenkte Viggo seine volle Aufmerksamkeit. »Wie sind sie dorthin gekommen?«

»Ich weiß es nicht.«

»Stammst du von dort? Ist das neue Land bewohnt? Werden wir uns unseren Platz dort erkämpfen müssen?«

»Ich weiß es nicht, Erling!«

»Aber du weißt, dass deine Eltern sich dort aufhalten …«

»Ich weiß nur, was die Seherin gesagt hat. Bitte …«

»Hm. Wann hast du deine Eltern zum letzten Mal gesehen?«

»Ich habe sie noch nie gesehen.« Das Geständnis gab Viggo einen unerwarteten Stich ins Herz. Auf einmal sah er Erlings Gesicht verschwimmen und wischte sich hastig über die Augen.

»Was versprichst du dir dann von diesem Treffen? Sie werden dich nicht erkennen und du sie auch nicht.«

»Wenigstens weiß ich dann, wo ich herkomme«, flüsterte Viggo.

»Ist das wichtig?«

»Ein Gelehrter hat einmal gesagt: Nur wer die Vergangenheit kennt, hat eine Zukunft.«

»Schwachsinn. Es zählt nur, wo ein Mann im Augenblick steht. Wenn er das weiß, kann er seine Zukunft meistern!«

»Das mag für die Nordmänner stimmen. Aber nicht für mich.«

Erling gab lange keine Antwort. Dann sagte er ruhig: »Warum glaubst du eigentlich, dass du keiner von uns bist?«

Viggo holte tief Luft. Er räusperte sich und blickte zu Boden, während er erneut nach seiner Fassung rang.

Unten am Wasser näherte sich die Zeremonie ihrem Ende. Viggos Zeit lief ab.

»Was hat die Seherin noch zu dir gesagt?«, fragte Erling.

Viggo hätte am liebsten erwidert, dass ihn das überhaupt nichts angehe, aber er war so verzweifelt, dass er seine Verstellung nicht länger aufrechterhalten konnte.

»Sie meinte, dass ich drei Aufgaben erfüllen muss, bevor ich mit meinen Eltern zusammentreffen kann.«

Erling ließ sich wieder Zeit mit seiner Antwort. »Ich fange allmählich an, dir zu glauben«, sagte er dann. »Wenn du gesagt hättest, dass die Seherin nur von deinen Eltern gesprochen hat, hätte ich es als bizarren Versuch abgetan, mich zu überzeugen, dass ich mich bei König Olaf für dich verwende. Aber wenn das so ist ... Die Norni haben dich wohl als Fädchen in ihrem Webstuhl entdeckt. Du bist ein Teil des Schicksals, das sie weben.«

»Ich will nur meine Eltern finden ...!«

»Was die Menschen wollen und was die Norni wollen, muss ja nicht übereinstimmen.«

»Erling ...« Viggo zögerte. Sollte er ihm erzählen, dass Loki persönlich ihn aus der Zukunft hierher transportiert hatte? Aber würde Erling ihn dann nicht für verrückt erklären und links liegen lassen? »Das ist schon die zweite Prophezeiung, die mich betrifft ...!«

»Was war die erste?«

»Sturebjörn – der Pirat, dem du mich abgekauft hast ... er hat sie erhalten. Darin hieß es, dass er mich Krok abjagen und dann in Corcach Mór auf dem Sklavenmarkt verkaufen soll. Ich vermute, um auf dich zu treffen und hierher zu gelangen ...«

»... wo du wiederum Leif Eriksson begegnen konntest.« Erling nickte. »Das hat eine gewisse innere Logik, wie mir scheint. Du kannst dich glücklich schätzen, Viggo. In der Regel sind Weissagungen um einiges wirrer und undurchschaubarer.« Er grinste. »Welche drei Aufgaben sind das, die du erfüllen sollst?«

»Ich soll eine Seele zwischen Leben und Tod retten, Odins Speer finden und einen Gefangenen befreien.«

Diesmal schwieg Erling so lange, dass Viggo schon dachte, der Wikinger habe das Interesse an ihm verloren.

»Und weißt du, was das bedeutet?«, fragte Erling dann. Er beugte sich nach vorn und musterte Viggo aus nächster Nähe.

»Auf die ersten beiden kann ich mir einen Reim machen ... ich habe bloß keine Ahnung, wer diese Seele ist oder wie ich an Odins Speer herankommen soll! Aber wer der Gefangene ist ... wer *ist* der Gefangene, Erling!?«

»Woher soll ich das wissen? Es ist deine Prophezeiung!« Viggo hatte den Eindruck, dass Erling mehr wusste, als er zugab. Zu seiner Überraschung wandte sich der Haushofmeister plötzlich von ihm ab. Viggo sah, dass er dabei kurz den Thorshammer berührte, der um seinen Hals hing. Dem Jungen war mittlerweile klar geworden, dass diese Geste bei den Wikingern so viel bedeutete wie die eines Christen, der sich unwillkürlich bekreuzigte.

Erling stapfte in Richtung der Großen Halle den Hang hinauf. Unten am Wasser stiegen die frisch Getauften und der immer noch tropfende Vater Sigward ans Ufer und machten sich auf den Weg in die Kirche.

Erling drehte sich noch einmal zu Viggo um. »In die Angelegenheiten der Götter sollen sich die Menschen nicht einmischen«, sagte er. »Aber mische ich mich ein, indem ich mich nicht einmische, oder mische ich mich nicht ein, indem ich mich einmische? Was meinst du, Viggo-der-seine-Eltern-sucht-und-dabei-etwas-ganz-anderes-finden-wird?«

»Was willst du damit sagen?«, fragte Viggo beklommen.

»Mach dich reisebereit, Viggo. Egal ob du Leif begleitest oder nicht – du wirst Kaupangen verlassen. Dein Platz ist nicht hier.«

7.

Am Ende war es leichter, als Viggo gedacht hatte. Nach Vater Sigwards Messe ließ König Olaf den frisch getauften Leif zum Abschied in die Große Halle kommen. Viggo war ebenfalls dazu befohlen worden. Er versuchte, Erlings Blick einzufangen, doch der Haushofmeister stand an der Seite des Königs und richtete seine gesamte Aufmerksamkeit auf Leif Eriksson.

»Zwei Wünsche habe ich noch an dich, mein Freund«, sagte der König zu Leif. »Der erste lautet: Bring den neuen Glauben in deine Heimat, bevor du auf die große Fahrt gehst. Wenn die alten Götter untergehen, brauchen wir einen starken neuen Gott, an den viele Menschen glauben. Ich habe ein Geschenk für dich, das dir diese Aufgabe erleichtern wird. Es befindet sich bereits an Bord der *Fröhlichen Schlange*.«

»Danke für dein Vertrauen, Herr.« Leif nickte Erling zu.

»Und dir danke ich ebenfalls für dein Vertrauen. Dein Schiff wird zu dir zurückkehren.«

Erling nickte würdevoll.

»Der zweite Wunsch lautet: Bring mir einen Bericht von der Fahrt mit, wenn du zurückkehrst. Ich möchte alles erfahren – was ihr erlebt habt und wie es im neuen Land aussieht!«

Viggo war es ganz schwindlig geworden. Er glaubte, seinen Ohren nicht zu trauen.

»Auch für diesen Zweck habe ich ein Geschenk für dich, Leif. Es befindet sich hier in der Großen Halle.«

Die drei Männer blickten wie auf Kommando Viggo an. Viggo wusste nicht, wie er sich verhalten sollte. In seinem Herzen stieg eine Erleichterung auf, die ihm den Atem nahm.

Leif lächelte. »Dein Sklave, der lesen und schreiben kann, Herr? Ein sehr wertvolles Geschenk!«

»Ich wünsche ihn mir wieder zurück, zusammen mit dir und Erlings Schiff und eurem Bericht«, sagte der König.

»Wir werden uns die größte Mühe geben«, sagte Leif.

König Olaf nickte. Leif stapfte zum Ausgang der Großen Halle, begleitet von Erling. Viggo blieb unschlüssig stehen.

»Worauf wartest du noch?«, fragte der König. »Leif ist jetzt dein neuer Herr. Wie willst du ihn begleiten, wenn die *Fröhliche Schlange* ablegt und du immer noch hier stehst und den Mund so weit offen hast wie ein Scheunentor?«

»Danke, Herr!«, stammelte Viggo. Dann rannte er los, auf das sich schließende Portal der Halle zu.

»In meiner Halle bewegen wir uns würdevoll!«, donnerte

der König hinter ihm her. Viggo bremste stolpernd ab und ging ein paar Schritte langsam, dann konnte er sich nicht länger beherrschen und rannte aufs Neue. Das Gelächter des Königs begleitete ihn nach draußen.

Beim Tor, das aus dem umfriedeten Königshof hinausführte, wartete Erling auf ihn.

»Danke!«, keuchte Viggo. »Danke, danke, danke!«

»Der König hat die Ausrüstung für dich gestellt – Mehl, Butter, Heilbuttstreifen und Stockfisch für zwei Monate, eine Zeltplane und einen Ersatzriemen«, sagte Erling. »Viggo, lediglich der König und ich wissen von den Dingen, die du mir erzählt hast. Leif glaubt, du bist wirklich nur wegen der Chronik seiner Reise dabei. Am besten sorgst du dafür, dass es so bleibt. Nicht alle an Bord werden deine treuen Skipveri sein.«

»Wie meinst du das?«

»Beeil dich. Leif will sofort ablegen.«

Viggo rannte zum Hafen hinunter. Als er an Bord der *Fröhlichen Schlange* kletterte, wusste er, was die Warnung Erlings zu bedeuten hatte.

Als Erstes sah er, wie sich Thorkell Leifssons Gesicht bei Viggos Anblick zu einer überraschten, dann wütenden Grimasse verzog. Aber seinetwegen hatte Erling Skjalgsson nicht auf Viggo gewartet, um ihm zur Vorsicht zu raten.

Auf einer Ruderbank, demonstrativ die Hände im Schoß statt auf dem Ruderholz seines Riemens, saß das erste Geschenk von König Olaf an Leif Eriksson und blickte ihm feindselig entgegen. Es war Bruder Unwan.

5. LIED

DIE
RÄCHERIN

I.

Es gab zwei mögliche Routen, um von Kaupangen nach Brattahlid zu kommen, Leifs Heimatort auf Grönland. Beide Routen führten an Island vorbei, doch Leif würde diese Insel, von der seine Familie immer noch verbannt war, meiden. In Grönland würde er erneut Vorräte fassen, eventuell nötige Reparaturen an der *Fröhlichen Schlange* vornehmen, erkrankte oder verletzte Besatzungsmitglieder austauschen – und Bruder Unwan absetzen, damit er seiner Missionstätigkeit dort nachkommen konnte, die König Olaf verlangt hatte.

Die eine Route führte über die Faereyjar-Inseln, die Viggo als die heutigen Färöer erkannte. Sie war länger, dafür lagen diese Inseln auf dem halben Weg zwischen Kaupangen und Island und boten daher einen ersten Rastplatz. Die Inseln gehörten zwar nicht zu König Olafs Reich, doch ihre Bewohner waren grundsätzlich freundlich zu allen Schiffsreisenden, die an ihrer Küste anlegten und nicht zum Plündern gekommen waren.

Leif rechnete mit einer Reisezeit von zwei Tagen bis zu den Faereyjar-Inseln. In weiteren eineinhalb Tagen würde die *Fröhliche Schlange* bis vor die isländische Küste gelangen, und von dort waren es dann noch zwei bis maximal drei Tage bis nach Brattahlid auf Grönland. Leif ging bei seinen Berechnungen davon aus, dass die *Fröhliche Schlange* auch in den Nachtstunden weiterpflügte, allerdings mit verringerter Geschwindigkeit, weil die Ruderer dann in Schichten und nicht ganz so schnell pullen würden. »Außerdem brauchen wir einen Tag Rast auf Faereyjar«, brummte Leif. »Wie lange dauert die Reise dann insgesamt?«

Viggo, den die Frage überraschte, versuchte es hektisch im Kopf auszurechnen.

»Siebeneinhalb Tage«, stieß er schließlich hervor.

»Mhm.« Leif starrte in den Himmel, dann in Richtung Horizont.

Leifs Mannschaft hatte die *Fröhliche Schlange* eben aus dem Fjord herausgerudert und sie glitten ins freie Meer hinaus.

»Wenn wir die direkte Route nehmen, sind es nur fünf oder höchstens sechs Tage. Was sagt dir das?«

Viggo tauchte die Feder in das Tintenröhrchen. König Olaf hatte die Wichtigkeit seiner Chronik erneut unterstrichen, indem er ihm statt Wachs- oder Holztäfelchen mehrere Längen von bearbeitetem und bereits auf Rollen gezogenem Pergament mitgegeben hatte. Es war nicht einfach, auf dem schwankenden Deck der *Fröhlichen Schlange* leserlich zu schreiben, aber Viggo wurde immer besser darin.

»*Der Schiffsführer Leif Eriksson entschied sich für die kürzere, direkte Route*«, murmelte er, während er schrieb.

Leif klopfte ihm auf die Schulter, als er die Feder absetzte.

»Recht so!«, strahlte er. »Und jetzt nimm deinen Platz wieder ein und hilf pullen. Zu schreiben gibt's erst wieder was, wenn wir in Brattahlid ankommen. Und was wirst du dort festhalten, hm?«

»Dass Leif Eriksson die Strecke in einer neuen Rekordzeit geschafft hat?«, seufzte Viggo.

»Worauf du dich verlassen kannst!« Leif zwinkerte ihm zu.

Auf dem Weg zu seinem Ruderplatz musste Viggo an Thorkell vorbei. Da er auf eine Gemeinheit bereits gefasst war, wich er behände aus, als Thorkell versuchte, nach seinem Knöchel zu greifen und ihn zu Fall zu bringen.

Wortlos setzte er sich an seinen Platz. Irgendwie entwickelte er trotz allem keinen Groll auf Thorkell. Er konnte nachempfinden, dass Leifs Sohn gekränkt und eifersüchtig war. Offenbar dachte er, dass sein Vater plötzlich Viggo bevorzugte, den verhassten Konkurrenten. Natürlich gefiel es Leif, dass Viggo schreiben konnte, und Viggo spürte, dass er ihn mochte. Doch der Schiffsführer mochte ihn nicht mehr als jedes einzelne seiner Besatzungsmitglieder. Thorkell hingegen liebte er mit allem Vaterstolz. Es war schade, dass Thorkell nicht in der Lage war, diesen Vaterstolz zu spüren.

Viggo setzte sich auf seiner Bank zurecht, passte den richtigen Moment im Rhythmus der Ruderer ab und schob seinen Riemen durch das Ruderloch nach draußen, während die anderen ihre Riemenblätter durch das Wasser zogen. Sobald die Ruder wieder nach oben kamen, lehnte Viggo sich zurück und war sofort im Takt der Riemenzüge. Er legte sich ins Zeug, als hätte er nie etwas anderes getan.

Während er ruderte, spähte er zu Thorkell hinüber, der auf der anderen Seite des Schiffs ein paar Plätze hinter ihm saß. Leifs Sohn achtete nicht länger auf ihn. Er bewegte den Oberkörper mit den anderen Männern vor und zurück und zog an seinem Riemen. Seine Oberarmmuskeln wölbten sich unter dem dünnen, von Gischt und Schweiß bereits feuchten Hemd. Die Ärmel der Tunika, die er über dem Hemd trug, hatte Thorkell aufgekrempelt. Der Junge blickte beim Rudern in den Himmel und lächelte versonnen. Er war in seinem Element. Zorn und Eifersucht waren vergessen. Dafür spürte Viggo die bohrenden Blicke eines anderen Besatzungsmitglieds im Rücken. Er brauchte sich nicht umzudrehen, um zu wissen, dass sie von Bruder Unwan kamen.

Sechs Tage bis zu Leifs Heimat in Grönland. Sechs Tage auf dem freien Meer, ohne Anlegeplatz, ohne vor einem Sturm oder schlechtem Wetter Schutz suchen zu können. So groß die *Fröhliche Schlange* auch wirkte, wenn sie in einem Hafen lag oder an der Küste entlangfuhr – auf der offenen See war sie nicht mehr als eine Nussschale.

Viggo holte tief Luft. Allein diese Fahrt nach Grönland war

schon ein Abenteuer, das ein Junge in seiner eigenen Welt nie erleben würde. Und für Viggo war es erst der Anfang!

Die Seele, die zwischen Leben und Tod gefangen war … der Speer des Odin … und die Befreiung des Gefangenen. Viggo hatte nicht geringste Ahnung, wie er diese Aufgaben bewältigen sollte.

In seiner Ratlosigkeit tat es ihm gut, am Ruder zu ziehen, sich mit aller Kraft in die Riemen zu legen und zu spüren, wie die Kraft der Ruderschläge die *Fröhliche Schlange* in einem atemberaubenden Tempo vorwärtstrieb, während sich über der Mitte des Schiffs das Segel im Wind blähte. Das Rudern war eine Aufgabe, die sich bewältigen ließ. Und je mehr sich sein Körper dem Rhythmus des Schiffs anpasste, desto weiter entfernten sich alle Sorgen und die Sehnsucht nach seinem Zuhause.

2.

Am Mittag des zweiten Tages sichtete der Ausguck am Vordersteven ein fremdes Schiff.

Zu diesem Zeitpunkt hatten sich die Besatzungsmitglieder bereits aufeinander eingespielt, und es waren Sitzplatzänderungen vorgenommen worden, sodass beim Rudern der beste Rhythmus zustande kam. Viggo saß jetzt auf Thorkells Seite, zwei Bänke hinter ihm, und Bruder Unwan ruderte überhaupt nicht mehr, sondern war als ständiger Ausguck auf dem Achterdeck eingeteilt worden. Viggo nahm an, dass er nur deshalb dort war, damit Leif ihn im Auge behalten konnte. Der Mönch sorgte mit seiner offen zur Schau gestellten Verachtung für Unmut unter der Besatzung.

Viggo fand es idiotisch von Unwan, es so deutlich heraushängen zu lassen, dass er die Nordmänner für Barbaren hielt und jede einzelne Minute in ihrer Nähe hasste. Er fand, dass Bruder Sigward ihn gar nicht erst aus Brema hätte mitbringen dürfen – aber vielleicht war der Bischof in Brema froh gewesen, den sauertöpfischen Mönch loszuwerden, und hatte ihn Sigward aufgedrängt. Bruder Unwan schien ein Mann zu sein, der solche Gefühle in einem Heiligen wecken konnte. Jedenfalls hatte er es schon geschafft, die Mannschaft mit Arroganz, Untätigkeit und verächtlichen Bemerkungen gegen sich aufzubringen, als sie noch nicht einmal das offene Meer erreicht hatten.

Das gesichtete Boot trieb offenbar führer- und richtungslos über die Wellen. Während sie näher kamen, konnte Viggo es immer wieder in den Wellentälern verschwinden und auftauchen sehen. Das zerfledderte Segel aus bunten Wollstreifen flatterte nutzlos im Wind, die Taue, mit denen das Segel getrimmt war, schienen gerissen zu sein.

Das Boot lag abseits des Kurses, doch die Besatzung war der Meinung, dass ein Boot, wenn es nicht total leckgeschlagen war, eine wertvolle Bereicherung für ihre Reise war. Man konnte es entweder in einem Hafen verkaufen und sich den Erlös teilen oder es als Rettungsboot für Notfälle hinter sich herziehen.

»Und den Geschorenen reinsetzen«, brummte jemand, der anscheinend dem christlichen Glauben nur oberflächlich treu geworden war. Gelächter kam von allen Seiten, das noch lauter wurde, als eine zweite Stimme vorschlug, Bruder Unwan in das Beiboot zu setzen, ohne es in Schlepp zu nehmen. Leif grinste. Bruder Unwan biss die Zähne zusammen und funkelte ihn zornig an.

Einer der Männer meinte, es müsse ein sehr robustes Boot sein, wenn es bis hierher getrieben war, ohne unterzugehen. Sie waren mitten auf dem Meer, fern von jeder Küste, und das Boot war offensichtlich nicht für die Hochsee gedacht. Es musste – vielleicht durch einen Sturm, vielleicht bei einer Kampfhandlung – von seinem Liegeplatz an einem Ufer weggetrieben und aufs offene Meer hinausgeraten sein. Einige der Männer behaupteten, dass es von seiner Bauart her wohl ein isländisches Boot sei, und die meisten waren sich einig, dass es eine Schande wäre, es zurückzulassen.

Viggo wurde klar, dass die Wikinger das einsame Boot im Grunde nicht aus Gewinnsucht bergen wollten, sondern weil sie es einfach nicht übers Herz brachten, so ein tüchtiges Wasserfahrzeug seinem Schicksal zu überlassen.

Leif Eriksson legte das Steuerholz um, und die *Fröhliche Schlange* wich von ihrem Kurs ab und glitt auf das Boot zu. Es schaukelte und schwankte stark, aber weil es eine hohe Bordwand besaß, konnte man nicht hineinsehen. Und die langen Riemen der *Fröhlichen Schlange* verhinderten, dass Leifs Schiff nahe genug herankam und längsseits ging.

»Es ist ein Fischerboot«, hörte Viggo den Mann hinter sich murmeln. »Die haben eine höhere Bordwand, weil die Fischer sich zum Einbringen der Netze weit hinauslehnen müssen. Und weil die Boote sich mit dem Gewicht eines vollen Netzes stark zur Seite legen. Mit einer niedrigen Bordwand würden die Wasser aufnehmen und kentern.«

Die *Fröhliche Schlange* passte mit wenigen geschickten

Ruderschlägen ihre Geschwindigkeit an das treibende Boot an. Viggo rechnete damit, dass Leif gleich den Befehl geben würde, die Riemen einzuziehen. Doch Leif hatte ein ganz anderes Manöver im Sinn.

»Viggo, Thorkell!«, rief er und lachte übers ganze Gesicht. »Ihr seid die leichtesten, abgesehen von Bruder Unwan, dem wir das aber nicht zumuten wollen. Seid ihr bereit?«

»Natürlich, Vater«, sagte Thorkell, der offenbar wusste, was sein Vater mit ihm vorhatte. Er zog seinen Riemen ein, reichte ihn dem Mann, der ihm gegenüber auf der anderen Seite des Schiffs saß, und stand auf. Er schaute herausfordernd zu Viggo.

»Wozu soll ich bereit sein?«, fragte Viggo verwirrt.

Thorkell zog ein verächtliches Gesicht. »Riemengang«, sagte er. »Lass ihn, Vater. Er würde nur reinfallen. Besser, er schreibt drüber, als dass er es tut.«

»Was ist ein Riemengang?«, erkundigte sich Viggo.

Leif erklärte es ihm. »Einer von euch geht über die ausgestreckten Riemen hinaus und vertäut das Boot mit unserem. Das Tau werfen wir ihm zu.«

»Habt ihr denn keine Wurfkrallen?«

»Natürlich haben wir welche.« Leif grinste. »Aber warum soll man einem Mann die Chance verweigern, zu zeigen, was in ihm steckt?«

Viggo war sicher, dass Leifs Worte ein unausgesprochenes Signal in seine Richtung enthielten. Er schluckte.

»Ich gehe schon, Vater«, sagte Thorkell und stieg auf die

Reling, nun anscheinend doch leicht nervös. Leif zuckte nur mit den Schultern.

Viggo fragte sich, was passieren würde, wenn er abstürzte. Das Wasser war sicher schrecklich kalt. Schon die Gischt, die beim Rudern immer wieder ins Boot spritzte, stach auf der Haut. Und er würde, bis sie irgendwo anlegen konnten, mit vollkommen durchnässter Kleidung herumsitzen müssen. All das war nicht lebensbedrohlich, aber an den angespannten Mienen der Männer konnte Viggo erkennen, dass auch sie nicht erpicht darauf waren, das Risiko einzugehen.

»Riemen ausfahren!«, befahl Leif.

Zwei Ruderer streckten ihre Riemen so weit hinaus, dass sie die Blätter auf dem Dollbord des kleinen Boots ablegen konnten. Sein Schaukeln wurde ruhiger. Thorkell balancierte auf der Reling zu den Riemen hinüber und nickte seinem Vater zu. Hinter Leif sah Viggo das zu einer hochmütigen Grimasse verzogene Gesicht von Bruder Unwan, in dessen Zügen jetzt auch Sensationsgier zu erkennen war. Er hoffte ganz offensichtlich, dass der Sohn des Kapitäns ins Wasser fallen würde.

Leif erwiderte Thorkells Nicken.

Da zerrte Viggo seinen Riemen schnell aus dem Ruderloch, reichte ihn dem Mann gegenüber und sprang auf.

»Ich gehe auch!«, rief er.

3.

Zwei weitere Riemen wurden ausgefahren. Ihre Besitzer lehnten sich darauf, sodass sie das Gewicht der darauf balancierenden Körper auffangen konnten.

Thorkell fletschte die Zähne, als Viggo sich neben ihn stellte. Leifs Sohn stand vollkommen sicher auf der schmalen Reling und fing die Bewegungen des Schiffs mühelos mit den Knien ab. Viggo schwankte unsicher, aber er konnte sich halten.

»Hast du so was schon mal gemacht?«, stieß Thorkell hervor.

»Nein«, sagte Viggo. »Aber wie schwer kann es sein, wenn du es kannst?«

»Bruder Unwan«, rief Leif dem Mönch zu, »willst du ihnen nicht deinen Segen geben, bevor sie losgehen?«

»Der Beistand des Herrn ist nicht für eitle, hochmütige Spiele da«, versetzte Bruder Unwan.

Leif wandte sich ab und Viggo rollte mit den Augen. Da hatte der Mönch eben eine hervorragende Gelegenheit verpasst, den neu – und größtenteils nicht freiwillig – Getauften den christlichen Glauben sympathisch zu machen. Viggo hörte ein paar Seeleute verächtlich über Bord spucken. Thorkells Hand fuhr an sein Wams und griff kurz nach etwas, was um seinen Hals hing. Viggo war sicher, dass es ein Thorshammer war. Der Junge starrte Viggo herausfordernd an.

»Wie lang wollt ihr noch warten, ihr Skralinger?«, rief Leif ihnen zu.

Thorkell kletterte an der Bordwand hinunter und stellte sich auf einen der Riemen, die aus der Luke ragten. Mit einer Hand hielt er sich gebückt am Dollbord fest und federte prüfend in den Knien. Viggo schluckte und versuchte, die aufsteigende Beklommenheit zu verdrängen. Was konnte schon passieren – außer dass er abrutschte, ins eiskalte Wasser fiel, sich den Kopf an einem der eisenharten Riemen stieß, ohnmächtig ins Wasser sank und unter den Rumpf der *Fröhlichen Schlange* gezogen wurde? Dann würde er nicht mehr rechtzeitig an die Oberfläche kommen, selbst wenn er zu sich kam, weil die Kälte des Wassers ihn lähmen würde, und er würde ertrinken ...

»Alles kein Problem, Alter«, sprach er sich insgeheim Mut zu und er fühlte sein Herz wie verrückt klopfen. Welche Stimme in ihm hatte ihn bloß veranlasst, die unausgesprochene Herausforderung anzunehmen?

Viggo war bestürzt, wie glitschig der Riemen sich unter seinen Sohlen anfühlte. Einer plötzlichen Eingebung folgend, setzte er sich wieder hin, schlüpfte aus seinen Schuhen und warf sie ins Schiff zurück. Der einzige Sport, den er halbwegs beherrschte, war Taekwondo, und den übte er immer ohne Schuhe aus. Hatte ihr Trainer sie nicht öfter barfuß auf einem Schwebebalken balancieren und dabei Kicks üben lassen? Der Balken war allerdings deutlich breiter gewesen als ein Riemen und weder rund noch glitschig vom Salzwasser …

Thorkell musterte Viggo. Der holte tief Luft, stellte die bloßen Fußsohlen auf den Riemen und stand auf. Auch Thorkell richtete sich auf – und blieb frei stehen, während Viggo sich gleich wieder niederkauern und an der Reling festhalten musste.

»Dauert's noch lange?«, rief Leif. »Ich glaube, der Winter fängt bald an …«

Die Ruderer lachten.

Viggo sah Thorkell ebenfalls tief durchatmen. Dann tat der Wikingerjunge etwas, mit dem Viggo nicht gerechnet hätte. Statt vorsichtig auf dem einen Riemen nach draußen zu balancieren und sich an dem zweiten nur festzuhalten, schnellte er von einem zum anderen und war mit raschen Zickzacksprüngen innerhalb von zwei, drei Sekunden beim Boot drüben angekommen. Er blieb breitbeinig auf beiden Riemen stehen, schaute in den Bootskörper hinein und wich überrascht zurück. Dabei rutschte er ab, schlug im Fallen mit dem Kopf heftig gegen einen der Riemen und fiel ins Wasser.

Thorkells unerwarteter Sturz ließ die Ruderer zusammenzucken. Die kleine Bewegung reichte, um auch Viggo aus dem

Gleichgewicht zu bringen. Seine Füße glitten ab, er prallte mit dem Hintern auf den Riemen und schaffte es gerade noch, sich im Fallen mit beiden Armen festzuklammern. Nun hing er in der Luft, die Beine bis zu den Hüften im eisigen Wasser. Er keuchte vor Kälte und wegen des schmerzhaften Rucks, der ihm durch die Schultern fuhr.

Leif stürzte zur Reling und hielt betroffen nach seinem Sohn Ausschau. Thorkell, der zwischen die Riemen gefallen war, tauchte wieder auf, doch er ruderte nur kraftlos und halb betäubt mit den Armen. Er versuchte sich an der Bordwand des fremden Boots festzuhalten, aber er rutschte ab. Erneut geriet er unter Wasser. Es sah aus, als triebe er unter den Riemen hindurch in Viggos Richtung.

Viggo dachte gar nicht lange nach. Er schwang die Beine nach oben, schlug sie übereinander und robbte kopfüber nach draußen, so schnell er konnte. Kleine Wellen schwappten hoch und durchnässten ihn. Die Kälte ließ ihn wieder nach Luft schnappen.

Kurz bevor er das fremde Boot erreicht hatte, streckte er eine Hand aus und bekam Thorkell am Kragen zu fassen, als dieser gerade wieder nach oben kam. Das Gewicht seines Körpers hätte Viggo beinahe heruntergezogen, aber er presste die Beine verzweifelt an das Holz und schlang seinen Arm um den Riemen.

Thorkell prustete schwach und bewegte sich träge. Die Kälte des Wassers begann bereits zu wirken. Viggo versuchte ihn hochzuziehen, doch der Junge war zu schwer für ihn.

»Halt dich fest!«, schrie Viggo. Thorkells Gewicht zog so heftig an ihm, dass ihm der Riemen schon beinahe aus den Fingern glitt. Er zitterte von der eiskalten Nässe.

Thorkell griff blind um sich und schlang die Arme um den nächsten leeren Riemen. Der Ruderer, der ihn festhielt, hatte ihn tiefer gesenkt, damit Leifs Sohn sich daran festhalten konnte. Jetzt hob er ihn mit einer gewaltigen Kraftanstrengung wieder hoch und zerrte den triefenden Jungen aus dem Wasser.

Leif war ihm beigesprungen und hatte sich ebenfalls auf das Ende des Riemens geworfen. Weitere Riemen, die von der anderen Seite der *Fröhlichen Schlange* stammen mussten, wurden jetzt herübergeschoben. Innerhalb weniger Sekunden waren Viggo und Thorkell von einer Vielzahl von Stäben umgeben, an denen sie sich zurück ins Schiff hangeln konnten. Dabei zerrte Viggo Thorkell hinter sich her.

Einige Hände griffen über die Reling und halfen zuerst Viggo, dann Thorkell an Bord.

Viggo sackte am Mast in sich zusammen und keuchte vor Erschöpfung. Seine Kleider waren tropfnass. Auf einmal fühlte sich die Brise, die in den letzten Tagen so hilfreich in das Segel gefahren war, schneidend kalt an. Viggo wand sich aus seiner nassen Tunika und streifte die Pluderhose ab, die an seiner Haut klebte. Wie alle anderen trug er darunter keine Unterhose, aber das war ihm in diesem Moment völlig egal. Er versuchte mit den Händen das Wasser von seiner Haut zu streifen, als ihm ein dicker, warmer Pelz vor die Füße fiel. Er bückte sich und hob ihn auf.

Leif stand vor ihm und nickte ihm zu. »Der gehört jetzt dir«, sagte er nur.

Thorkell hockte in einen ähnlichen Pelz gehüllt auf seiner Ruderbank, noch immer betäubt von dem Sturz, und rieb sich den Hinterkopf. Anscheinend hatte er dort eine Riesenbeule davongetragen.

Leif bedankte sich nicht dafür, dass Viggo seinem Sohn wahrscheinlich das Leben gerettet hatte. Aber das beiläufige Geschenk dieses Pelzes, dessen Wert Viggo von der Frachtliste her bekannt war, zeigte Leifs Verbundenheit besser als viele Worte.

Nur ein einziges Besatzungsmitglied hatte sich an der Rettung der beiden Jungen nicht beteiligt: Bruder Unwan. Er stand auf dem Achterdeck und hielt sich auch jetzt aus allem heraus.

Nachdem Leif sich vergewissert hatte, dass Thorkell nicht ernsthaft verletzt war, sprang er zu dem Mönch hinauf. Unwan sah ihn zuerst trotzig an, doch dann wich er so weit zurück, dass er mit den Fersen gegen die Bordwand stieß. Leif tippte ihn mit einem Finger gegen die Brust.

»Das nächste Mal, wenn ich dich um einen Segen bitte«, knurrte er, »dann wirst du ihn auch gefälligst erteilen. Sonst kannst du auf Knien um den Beistand deines Herrn Jesus und aller Götter sämtlicher Welten betteln ... Und das eine sage ich dir: Selbst wenn sie dir ihren Segen erteilen, wird es dir wenig nutzen.«

Bruder Unwan warf den Kopf zurück. »Der Stellvertreter

Gottes in diesem Heidenland lässt sich nicht einschüchtern.«
Eines musste man ihm lassen – er zeigte Mut, wenn auch zur
falschen Gelegenheit.

Leif packte Unwan am Kragen und an der Kordel um seine
Mitte, hob ihn hoch und warf ihn in hohem Bogen über Bord.
Unwan kreischte so lange, bis er im Wasser landete, dann
schlug er panisch um sich.

Leif stieg seelenruhig vom Achterdeck herunter, deutete
über die Schulter aufs Meer hinaus und befahl seinen Leuten:
»Werft ihm ein Tau hinaus, damit wir ihn nicht verlieren. Aber
holt ihn erst wieder rein, wenn er zu flennen aufgehört hat.«

Viggo fragte sich, ob Leif es in diesem Moment wohl
bereute, dass er auf König Olafs Wunsch zum Christentum
konvertiert war.

Während Bruder Unwan zuerst zeternd und dann immer
stiller werdend hinter der *Fröhlichen Schlange* hergezogen und
schließlich eingeholt wurde, bargen die Männer auf der anderen Seite das fremde Boot auf herkömmliche Weise. Einige
Riemen wurden eingezogen, um das Boot längsseits nehmen
zu können, und dann zerrten sie es mithilfe von Seilen mit
Wurfkrallen an den Enden heran.

Als es Seite an Seite mit der *Fröhlichen Schlange* lag, ragte
seine Bordwand einen guten Meter über der des großen Schiffs
auf.

Viggo stand auf, um in das Boot hineinschauen zu können.
Auch Thorkell rappelte sich hoch und ihre Blicke trafen sich.

»Was hast du da drin gesehen?«, fragte Viggo, der in der ganzen Hektik von Thorkells Rettung nicht auf das Boot geachtet hatte.

Thorkell antwortete nicht. Beide Jungen spähten in das Boot hinein. Die Männer neben ihnen schienen verblüfft und kratzten sich an den Bärten.

Leif drängte sich nach vorn, schaute und murmelte: »Bei Loki, Hel und allen Valkyren!«

Das fremde Boot hatte einen Passagier. Es war ein Mädchen, das in einer Pfütze aus rot verfärbtem Bilgewasser auf dem Boden lag. Seine Augen waren offen und sein Gesicht sonnenverbrannt. Einen Moment lang dachte Viggo, es wäre tot, doch dann sah er, wie sich die Lippen des Mädchens bewegten und wie seine Blicke zwischen den Männern hin und her huschten. Der Schaft eines Pfeils ragte aus seiner Schulter.

Das Mädchen sah Thorkell an. Thorkell begann zu lächeln. Dann wanderte der Blick weiter und traf Viggo. Die Augen des Mädchens weiteten sich, und es keuchte. Dann wurde es ohnmächtig.

4.

Bruder Unwan behauptete, dass das gerettete Mädchen eine Unheilsbotin sei und über Bord geworfen werden müsse. Und ausnahmsweise war eine große Anzahl der Seeleute mit ihm einer Meinung.

Sobald das Mädchen an Bord gebracht worden war, hatte Raud Thorsteinsson, der Matsveinn, sie untersucht. Raud war eigentlich der Schiffskoch. Aber da er sich mit Kräutern und Tinkturen besonders gut auskannte, übernahm er, wenn es nötig war, auch die Aufgaben eines Arztes. Raud hatte dem besinnungslosen Mädchen in die Augen und in den Mund geschaut, hatte an seinem Atem geschnuppert und erst dann ganz vorsichtig an dem Pfeilschaft gezupft, der in seiner Schulter steckte. Er hatte das Mädchen hochheben lassen und sich die Spitze angesehen, die unterhalb des Schulterblatts herausragte.

Viggo hätte das alles lieber nicht so genau mit angesehen.

Der Anblick des Pfeils in der Schulter des Mädchens verursachte ihm Übelkeit. Es war zwar fast kein Blut mehr zu sehen, weil das Meerwasser alles abgewaschen hatte, aber die Wunde sah übel aus. »Also«, hatte Raud nach einer Weile gesagt. »So ist die Lage: Die Wunde hat sich um den Pfeil herum gut geschlossen. Ich denke, die Kleine hat nur anfangs Blut verloren. Der Pfeil hat keine Knochen verletzt. Er muss von oben gekommen sein und ist unterhalb der Schulterknochen eingeschlagen, durch die Rippen durch und hinten wieder ausgetreten, knapp am Schulterblatt vorbei. Ob innerlich was verletzt ist, kann ich nicht sagen. Aber wenn ihre Lunge getroffen worden wäre, hätte ich Blut in ihrem Atem riechen müssen, und das war nicht der Fall. Das ist die gute Nachricht.«

»Und was ist die schlechte?«, hatte Leif gefragt.

»Dass wir sie hier an Bord wohl nicht gesund pflegen können. Ich kann zwar den Pfeil entfernen und dann darauf hoffen, dass die Wunde heilt, aber wo sollen wir sie so lange unterbringen? Auf dem Schiff können wir sie nirgends absondern, so wie es sich für einen Genesungsprozess gehört. Dazu müssten wir an Land, und wir haben keine Zeit, irgendwo anzulegen und ein eigenes Zelt für sie zu bauen und zu warten, bis sie wieder gesund wird.« Raud sah das Mädchen abschätzend an. »So wie die Wunde beschaffen ist, ist die Verletzung zwei oder eher drei Tage alt. Drei Tage, in denen die Kleine verletzt in der prallen Sonne auf dem Meer getrieben ist – kein Wasser, keine Nahrung, fiebernd, besinnungslos, ohne Schutz vor der

Tageshitze und der Nachtkälte … wahrscheinlich würden wir sogar vergebens warten.«

»Du meinst«, hatte Thorkell mit schwankender Stimme gefragt, »sie wird sowieso nicht überleben?«

»Ich meine«, hatte Raud gesagt, sich erhoben und die Hände an seiner Tunika abgewischt, »dass sie schon lange tot sein müsste.«

Nach einer Schocksekunde hatte sich der Teil der Besatzung, der aus Kaupangen stammte, bekreuzigt, und Leifs Männer, die noch neu im Christentum waren, hatten heimlich nach ihren Thorsamuletten gegriffen.

Genau in diesem Moment hatte das Mädchen zu stöhnen begonnen und sich wieder bewegt.

Das war die Gelegenheit für Bruder Unwan gewesen, laut zu verkünden, dass das Mädchen eine Unheilsbotin sei und dem Schiff und seiner Besatzung Unglück bringe. Die Männer hatten zustimmend gebrummt.

Nun hob Bruder Unwan beide Hände über den Kopf wie ein Schmierenkomödiant und deutete dann auf das Mädchen.

»Sie ist eine verlorene Seele!«, rief er. Jedes Wort, das er sagte, war wie eine Ohrfeige für den schockierten Viggo. Er hörte in seinem Kopf die Seherin die drei Aufgaben flüstern, die er lösen musste.

»Sie ist zwischen dem Tod und dem Leben gefangen!«, fuhr Unwan fort. »Sie ist verflucht! Wenn sie bei uns bleibt, werden wir dasselbe Schicksal wie sie erleiden! Ich sage, übergeben wir sie dem Tod, dem sie eigentlich gehört!«

»Nein!«, riefen Thorkell und Viggo gleichzeitig, so laut sie konnten. Die Männer starrten die beiden Jungen überrascht an. Viggos Herz pochte. Er bebte innerlich. *Rette die Seele, die zwischen dem Tod und dem Leben gefangen ist!* Das Mädchen stöhnte und wand sich, immer noch besinnungslos, auf dem Laufsteg der *Fröhlichen Schlange*.

Thorkell legte seine Hand auf die unverletzte Schulter. »Du darfst sie nicht einfach über Bord werfen, Vater!«

Viggo war völlig außer sich. Konnte es sein, dass die Seherin von dieser Schiffbrüchigen gesprochen hatte? Dass Viggos erste Aufgabe auf dem Weg zu seinen Eltern die Rettung dieses Mädchens war? Dann war die *Fröhliche Schlange* bestimmt nicht zufällig auf das Boot der Verletzten gestoßen! Nur wer hatte für dieses Zusammentreffen gesorgt? Loki? Was wäre passiert, wenn Leif über Island gefahren wäre statt auf direkter Strecke? Aber hatte einer der Ruderer nicht gesagt, dass das Boot des Mädchens von Island stamme? Wären sie ihm dann nicht auf jeden Fall begegnet? War alles, was geschah, etwa vorgezeichnet, von den Norni in den Schicksalsteppich eingewoben? Oder waren die Götter eifrig dabei, ständig einzugreifen und zu korrigieren, damit sie ihre Ziele auch wirklich erreichen konnten? Warum war Viggo hier bei den Wikingern – weil es das Schicksal so wollte oder die göttliche Fügung? In Viggos Kopf wirbelten die Gedanken wild durcheinander.

Das Schiff schwankte und Viggo musste sich abstützen. Seine Hand berührte die schlaffe, kalte Hand des Mädchens, das vor ihm auf den Planken lag. Da holte es plötzlich krampfhaft Atem, bäumte sich auf und riss die Augen auf. Die fiebrigen Augen stierten Viggo an. Eine Hand griff nach der seinen.

»*Gerthu sva vel ok* ...«, wisperte das Mädchen. »*Fylgjam, Valkyrja, fylgjam* ..«

Dann holte die Verletzte noch einmal tief Luft. Ihre Augen schlossen sich, und ihr Kopf sank zur Seite. Ihre Züge entspannten sich. Einen schrecklichen Moment lang dachte Viggo, sie sei gestorben. Doch dann hob und senkte sich ihre Brust und auch ihre kalten Finger ließen Viggos Hand nicht los.

Viggo starrte das Mädchen an. Natürlich hatte er jedes nordisch gesprochene Wort verstanden, das es gesagt hatte, aber er konnte sich keinen Reim darauf machen. Die Schiffbrüchige hatte ihn gebeten, ihr zu helfen. *Bitte,* hatte sie geflüstert, *hilf mir* ... *hilf mir.* Und sie hatte ihn Valkyrja genannt ...

»Sie redet im Fieber!«, rief Bruder Unwan. »Sie wird uns alle damit anstecken und Unheil über unser Schiff bringen! Werft das verfluchte Geschöpf über Bord!«

Leif und Raud wechselten Blicke. »Was hältst du davon?«, fragte Leif.

Der Matsveinn zuckte mit den Schultern. »Wovon? Dass es den Anschein hat, als hätte eine Valkyrja sie berührt? ... Diesen Pfeil scheint sie bei einem Kampf abbekommen zu haben. Vielleicht war sie ja als Schildmaid bei einem Scharmützel dabei. Und wenn sie sich wacker geschlagen hat ... Wer sagt, dass die Valkyrjar immer nur Männer an Odins Tafel holen? Hoffentlich nehmen sie auch das tapfere Weibsvolk mit, sonst wird es mit der Zeit ziemlich öde in Walhall ...«

»Aber warum ist sie dann nicht dorthin mitgegangen?«, brummte Leif.

»Vielleicht war es der Wunsch der Valkyrja, dass sie hierbleibt ... Weil sie noch eine Aufgabe zu erfüllen hat ...« Raud wiegte den Kopf. »Dann wäre es ziemlich unhöflich, wenn wir sie über Bord werfen würden.«

Bruder Unwan funkelte den Schiffsführer wütend an. »Leif, wir müssen dieses Geschöpf unbedingt loswerden! Das Böse hat es berührt, es ist ...«

»Halt den Mund, Bruder«, sagte Leif. »Du bist nicht in die Entscheidungen an Bord eingebunden. Und ein Urteil wie dieses muss gemeinsam gefällt werden.« Er schritt zum Mast hinüber und bat alle mit einem lauten Ruf um Aufmerksamkeit.

»*Holumenn!*«, rief er und sprach damit die ganze Besatzung an. »Ich fordere euren Rat in einer Sache, die uns alle betrifft.«

Alle Männer standen sofort auf. Diejenigen, die noch immer die Riemen im Wasser gehalten hatten, holten sie ein. Die beiden aneinandergefesselten Schiffe begannen sanft zu treiben und legten sich längs zu den Wellen. Die Dünung wurde stärker spürbar. Viggo stand ebenfalls auf. Das Mädchen begann zu stöhnen, als er dessen Hand losließ. Thorkell wandte sich zu ihm um. »Ein Sklave darf nicht mit abstimmen«, stieß er hervor. Er deutete auf die Verletzte. »Halte weiter ihre Hand, wenn ihr das guttut! Los!« Seine Stimme klang barsch, doch diesmal nicht aus Abneigung gegen Viggo, sondern aus Sorge. Viggo fragte sich, warum Thorkell sich so sehr um das schiffbrüchige Mädchen Gedanken machte. Was immer es auch war – das Mädchen schien innerhalb eines Augenblicks sein Herz berührt zu haben.

Viggo kauerte sich wieder neben der Verletzten nieder und nahm ihre Hand in seine. Sie entspannte sich sofort. Woran lag das? Und woran lag es, dass auch Viggo ruhiger wurde, je länger er ihre Hand hielt? Es war, als ob seine Berührung eine Kraft in ihr weckte, die ihnen beiden half. Er sah ihr ins Gesicht. Die Haut schälte sich von ihren Wangenknochen und ihren Lippen, ihr Haar war salz- und blutverkrustet. Wenn sie wieder gesund wäre, würde sie hübsch sein, hübscher als alle Mädchen, die Viggo kannte. Selbst in ihrem augenblicklichen Zustand wirkte sie im Vergleich zu Viggos Schulkameradinnen, als wären diese blutleer und sie dagegen strotze vor Leben.

Auf einmal ertappte sich Viggo dabei, wie er vor sich hin flüsterte: »Sie soll leben … bitte … sie soll leben!«

Niemand achtete auf ihn, und auch das Mädchen hatte nach wie vor die Augen geschlossen. Viggo war froh darüber, denn ihm waren unwillkürlich Tränen gekommen und er wischte sie hastig von seinen Wangen.

Leif war inzwischen auf das Achterdeck gestiegen und hatte mit seinen Männern die Lage besprochen.

»Es gibt drei Möglichkeiten«, sagte er. »Erstens – wir werfen das Mädchen über Bord und behalten sein Boot …«

Bruder Unwans Hand schoss in die Höhe. Ein paar Männer grunzten belustigt, die meisten verdrehten unwillig die Augen.

»Du stimmst nicht mit, Bruder!«, schnappte Leif.

»Wieso nicht?«

»Weil nur Nordmänner an wichtigen Entscheidungen teilnehmen«, brummte jemand. »Keine Skralinger.«

»Ihr seid alle im rechten Glauben getauft!«, ereiferte sich Bruder Unwan. »Ich bin als euer Hirte hier mit an Bord. Und die Schafe müssen dem Hirten gehorchen!«

»Die Schafe schon, aber nicht die Wölfe«, sagte Leif. »Und jetzt stör uns nicht länger, sonst kannst du nachher noch mal hinter uns herschwimmen.«

Bruder Unwan kämpfte um seine Fassung. »Das ist …«, begann er.

Leif fuhr herum und tat so, als würde er nach ihm schnappen – wie ein Wolf. Er stieß sogar ein raues Bellen aus. Bruder Unwan sprang mit einem Quieklaut rückwärts und stieß gegen einen der Männer. Der beugte sich zu ihm hinab und knurrte ihm ins Ohr. Die anderen lachten laut. Bruder Unwan drängte sich durch die Menge und stolperte zum Heck, wo er schnaubend und zitternd stehen blieb.

»Also noch mal von vorn«, rief Leif. »Erstens – das Mädchen geht über Bord und wir behalten sein Boot. Zweitens – wir legen die Kleine ins Boot zurück und überlassen sie ihrem Los. Drittens – wir nehmen sie mit nach Grönland, dann kann sich ihr weiteres Schicksal dort erfüllen.«

Die Männer nickten.

»Wer ist für die erste Lösung?«

Nur eine einzige Hand schoss in die Höhe. Alle Männer

drehten sich um. Bruder Unwan war eine gehässige Nerven-
säge, aber so leicht ließ er sich nicht einschüchtern.

»Niemand«, sagte Raud genüsslich, der Unwans Hand sehr
wohl wahrgenommen hatte. Bruder Unwans Wangenmuskeln
zuckten vor Wut.

»Wer ist für die zweite Lösung?«

Eine große Anzahl von Händen erhob sich. Viggo sah, wie
Thorkell heftig zu atmen begann. Er hatte beide Hände zu
Fäusten geballt.

Raud zählte die Stimmen.

»Hm«, machte er. Leif sah ihn fragend an. »Das ist weniger
als die Hälfte«, stellte Raud fest.

Thorkell begann nervös auf den Füßen zu wippen. Auch
Viggo wurde immer beklommener zumute. Allmählich war
ihm klar geworden, dass die Besatzung soeben ganz demokra-
tisch darüber abstimmte, ob eine hilflose Schiffbrüchige gerettet oder ermordet werden sollte.

»Wer ist für die dritte Lösung? Dass wir sie mit nach Grönland nehmen?«

Wieder schnellten jede Menge Hände in die Höhe. Thorkell
streckte beide hoch. Raud sah ihn augenrollend an, zählte bei
ihm aber nur eine Stimme. Dann wandte er sich an Leif und
nickte.

»Das ist die Mehrzahl«, sagte Raud und grinste. »Auch wenn
es für diese Lösung nur eine einzige Stimme mehr gab.«

Leif rief: »Also gut. Ich bin für das Wohlergehen der Mannschaft und des Schiffs und für das Gelingen unserer Reise ver-

antwortlich. Ich würde das Mädchen aus diesen Gründen auf dem Meer aussetzen. Aber die Schiffskameradschaft hat abgestimmt. Meine Entscheidung lautet daher: Die Kleine bleibt an Bord, und wir nehmen sie mit nach Grönland. Wer weiß – wenn eine Valkyrja wollte, dass sie am Leben bleibt, und wir dafür sorgen, werden wir eine starke Verbündete in Asgard haben.«

»Nein!«, schrie Bruder Unwan. »Ihr Narren! Ihr Heiden! Der Segen des Herrn war völlig verschwendet an euch!«

»Alle wieder auf ihre Plätze«, befahl Leif. »Strengvordr – vertäu das Boot hinter uns, wir legen seinen Mast um und schleppen es hinterher. Rávordr – verbreitere das Segel, wir haben viel Zeit verloren und wollen sie wieder aufholen. Der Rest von euch faulen Säcken: rudert!«

Thorkell hatte sich neben dem Mädchen niedergekauert. Er wirkte so erleichtert, dass er sogar zu Viggo herüberlangte und ihm auf die Schulter klopfte. »Danke, du Skralinger!«

»Wofür?«

»Du hast mir vorhin den Hintern gerettet.«

»Lass ihn nächstes Mal nicht so weit ins Wasser hängen, Alter«, sagte Viggo.

Thorkell ging nicht darauf ein. Während er das Mädchen betrachtete, fiel sein Blick auf Viggos Hände, die immer noch die Hand der Verletzten hielten.

»Wie machst du das?«, fragte er.

»Keine Ahnung …«

»Egal. Mach weiter. Wenn es dem Mädchen hilft!«

»Das werden wir sehen«, sagte Raud, der zu ihnen getreten war. »Bringt die Kleine in ihr Boot zurück. Ich kann auf der *Fröhlichen Schlange* kein Feuer anzünden. Aber wenn ich den Pfeil entfernen will, brauche ich ein glühendes Besteck. Also werden wir ihr Boot an unseres anhängen und die Operation dort durchführen.« Raud sah die beiden Jungen prüfend an. »Ihr zwei kommt mit – Thorkell wird sie festhalten, wenn ich loslege. Und du …«, er nickte Viggo zu, »… musst ihre Hand halten, weil ich das Gefühl habe, dass sie es sonst nicht überlebt.«

5.

Das kleine Schiff machte gute Fahrt. Das Segel darüber blähte sich im Wind. Es bestand aus einem halben Dutzend nebeneinandergenähter, dicht gewebter Wollstreifen, die alle eine andere Farbe hatten, mit der sie gefärbt worden waren: Braun von den Walnüssen, Gelb von den Birkenblättern, Rot von der Krappwurzel, Blau vom Färberwaid und Grün von der Brennnessel und der Apfelbaumrinde. Die weißen Streifen dazwischen kamen von der natürlichen Färbung der Wolle. Die Farben waren noch frisch, das Segel noch nicht alt und das Sonnenlicht ließ es strahlen wie einen Regenbogen.

Das Schiff fuhr gen Westen. Es tanzte über die Wellen, aber sein Steuermann hielt es unbeirrbar auf Kurs. Weder er noch seine Begleiterin schienen von dem wilden Schaukeln beeinträchtigt zu sein. Seekrankheit war etwas, was anderen Leuten passierte.

»Was ist los?«, fragte der Mann am Steuer, nachdem er und seine Begleiterin lange geschwiegen hatten. »Denkst du immer noch darüber nach?«

»Ich weiß nicht, ob ich das Richtige getan habe, Bjarne.«

»Du hast ein Leben gerettet, Hildr. Es ist in Ordnung, ein Leben zu retten, wenn man die Möglichkeit dazu hat. Man muss viel zu oft eines opfern.«

»Ich habe ihr Leben nicht gerettet. Ich habe ihre Seele nur daran gehindert, Midgard zu verlassen.«

»Das ist ein Unterschied, den die Sterblichen mit ihrer kümmerlichen Existenz nicht zu würdigen wissen«, sagte da eine dritte Stimme, die sich plötzlich zu Wort meldete.

»Was kümmerliche Existenzen angeht, weißt du ja bestens Bescheid, Loki«, erwiderte Bjarne verdrossen. Er streifte das Trugbild des Gottes mit einem verächtlichen Seitenblick. Es war eben noch nicht da gewesen. Jetzt schien es im Schneidersitz auf dem oberen Ende des Achterstevens zu sitzen.

»Bjarne Brummbär, so charmant wie immer«, sagte Loki und presste seinen Handrücken gegen die Stirn, als ob er leiden würde. Seine grünen Augen funkelten und zeigten, dass Bjarnes Bemerkung ihn in Zorn versetzt hatte. »Schönste Hildr, was hindert mich eigentlich daran, deinen Liebsten niederzustrecken und sein zerschmettertes Gebein so über ganz Midgard zu verstreuen, dass nicht einmal Odins Raben es wiederfinden?«

»Der Handel, den wir abgeschlossen haben«, versetzte Hildr. »Erinnerst du dich?«

»Ich hätte diesen Handel mit dir in Viggos Welt abschließen sollen«, meinte Loki. »Dann hätte ich mir einen Rechtsanwalt nehmen können.«

»Was willst du, Loki? Ich habe das Mädchen an der Schwelle des Todes aufgehalten, wie du mir aufgetragen hast. Du weißt, dass selbst meine Macht sein Sterben nicht verhindern kann, wenn es noch ein paar Tage länger auf dem Meer treibt. Was willst du nun noch? Klappt irgendetwas nicht mit deinen Plänen? Müssen wir umkehren, damit ich es noch einmal rette?«

»Meine Pläne«, sagte Loki herablassend, »funktionieren immer. In diesem Moment kümmern sich bereits ein paar ausgewählte Männer um das Wohlergehen des Mädchens.«

»Ist Viggo unter ihnen?«, fragte Hildr hastig.

»Ja, das ist er …« Loki hatte einen so winzigen Moment gezögert, dass es nur einem anderen göttlichen Wesen auffallen konnte.

»Was ist das Problem?«, fragte Hildr scharf.

Loki schnaubte resigniert. »Man braucht nur mal einen einzigen Augenblick nicht aufzupassen, und schon geht irgendwas schief«, seufzte er.

»Oh, hat Loki, der Allerschlaueste, etwa mal nicht aufgepasst?«, fragte Bjarne spöttisch. »Bist du zur unrechten Zeit vom Schlangengift beträufelt worden?«

»Bjarne Herjulfsson, du bist ein Sterblicher und hast nicht die geringste Ahnung«, erwiderte Loki böse. »Aber leg dich gern mal eine Stunde an meiner Stelle auf diesen verdammten Felsen, dann redest du nicht mehr so klug daher.«

Bjarne machte ein erstauntes Gesicht und wechselte einen Blick mit Hildr, die ebenso verblüfft wirkte. Man hörte Loki nicht alle Tage gestehen, wie sehr ihm die Strafe zusetzte.

»Du hast Ragnarök über uns gebracht«, erinnerte Hildr ihn leise. »Auch die Götter müssen die Konsequenzen ihrer Verfehlungen tragen.«

»Ja, ja. Wie gut, dass ihr alle so hervorragend darüber Bescheid wisst, was ich getan habe.«

»Und was ist nun das Problem mit Viggo?«, fragte Bjarne.

»In den Augenblicken, in denen ich ... abgelenkt ... war«, knurrte Loki, »hat sich diese verfluchte Magie selbstständig gemacht, die nicht mal der Allvater beherrschen kann und die ein Irrtum der ganzen Schöpfung ist.«

Hildr lächelte schwach. »Er redet von der Liebe«, sagte sie zu Bjarne.

»Hat sich Thyra in Viggo verliebt?«, fragte Bjarne.

»Thyra hat euren Sohn noch gar nicht richtig gesehen. Derzeit liegt sie nämlich im Fieber, aber ...« Loki brach ab.

»Was aber?«

»Nebensächlich«, erklärte Loki und log so offensichtlich, dass Bjarne wütend die Faust um das Steuerholz krampfte. »Jedenfalls hat sich jemand verliebt, und das wird die Sache ziemlich verkomplizieren, fürchte ich.«

»Weil auch die Götter die Liebe nicht beherrschen können«, sagte Hildr.

»Weil man«, schnappte Loki und erhob sich aus dem Schneidersitz, bis er aufrecht stehend neben dem Schiff schwebte,

»wenn es um die Meisterung der Liebe geht, nur auf die verdammten Sterblichen bauen kann, und die haben noch nie etwas richtig hingekriegt!«

»Ist es das, was du uns sagen wolltest?«, fragte Hildr. »Müssen wir uns Sorgen um Viggo machen?«

»Noch mehr, als wir uns ohnehin schon machen?«, ergänzte Bjarne.

»Nein, ich bin gekommen, um euch zu sagen, dass sich die Situation verändert hat und dass wir unseren Plan überdenken müssen. Ich möchte, dass ihr noch nicht zu dem neuen Land im Westen fahrt.«

»Was?«, fuhr Bjarne auf. »Schon wieder ein gebrochenes Versprechen?«

»Nennen wir es eine Neubewertung der Ausgangslage«, erwiderte Loki. Er horchte seinen eigenen Worten hinterher und strahlte. »Beim Allvater, ich lebe in der falschen Welt. In Viggos Welt hätte ich es so leicht …!«

»Ich verlange, dass du dich an unsere Vereinbarung hältst!«, rief Hildr scharf.

»Ich halte mich ja daran. Alles, was ich von euch verlange, ist … ein kleiner Umweg. Eine Aufschiebung. Ein unplanmäßiger Landgang.«

»Und wohin sollen wir fahren?«

Loki sagte es Bjarne. Dieser schüttelte den Kopf. »Das kenne ich. Dort ist nichts außer Nebel!«

»Das wäre schön«, seufzte Loki.

6.

»Eines muss euch klar sein«, sagte Raud. »Eigentlich ist Heilen Frauenarbeit. Und ich mache es nur, weil ich mich zufälligerweise mit Kräutern und Heilmitteln auskenne – ich will keine spöttische Bemerkung von euch hören.«

Viggo und Thorkell nickten.

»Seid froh, dass es überhaupt einer macht«, knurrte Raud.

Viggo betrachtete das Mädchen, das auf einer zusammengefalteten Zeltplane in dem kleinen Boot lag, auf die linke Seite gedreht. Zwei weitere Planen und das zerschlissene Segel, das jetzt nicht mehr benötigt wurde, waren so um den Mast herum aufgehängt worden, dass sie das Mädchen gegen die Sonne abschirmten und der größte Teil des Bootsinneren im Schatten lag. Die Schiffbrüchige schlief ruhig, aber im Schatten sah ihre Haut fleckig aus. Ihre Wangen wirkten eingefallen. Sie war schwer krank, so viel war klar. Viggo umfing eine ihrer Hände mit beiden Händen, und obwohl sie nicht bei Bewusstsein war, hielt sie ihn mit kalten, klammen Fingern fest.

Während Viggo links von ihr kauerte, kniete Thorkell hinter ihrem Kopf, den er auf seine Oberschenkel gebettet hatte. An ihrer rechten Seite, dort, wo der Pfeil aus der Schulter ragte, saß Raud.

Es war eng in dem Boot und unter dem Zelt ziemlich stickig. Das kleine Gefährt tanzte unruhig an seinem Tau hinter der *Fröhlichen Schlange* her, die es schleppte. Es war Viggo schleierhaft, wie Raud bei diesem Geruckel den Pfeil herausbekommen wollte, ohne das Mädchen umzubringen.

Inzwischen hatte Raud mit wenigen Schnitten die Tunika des Mädchens um den Pfeil herum aufgetrennt und beiseitegeschlagen. Viggo fühlte eine seltsame Mischung aus Sorge um das Mädchen und Vertrauen in Rauds Fähigkeiten – oder war es das Vertrauen in die seltsame Wirkung, die seine Berührung auf das Mädchen hatte? Er versuchte, diesen Gedanken zu verdrängen, so wie er auch versuchte nicht darüber nachzudenken, was Thorkells Nervosität zu bedeuten hatte. Die Hände des Jungen bebten, wenn er von Zeit zu Zeit eine Haarsträhne aus der Stirn des Mädchens strich.

Ihre Blicke trafen sich. Thorkells Augen flackerten. Statt Viggo wie gewohnt anzuknurren, nickte er ihm mehrmals nervös zu und schaute schließlich auf Viggos Hände. Viggo fühlte sich genötigt, die Hand des Mädchens noch fester zu halten. Thorkell nickte wieder.

»Leg deine Hände …«, begann Raud, aber Thorkell drückte

bereits von beiden Seiten gegen die verletzte Schulter des Mädchens und fixierte sie so. Seine Finger waren nahe am Pfeilschaft, ohne Raud dabei zu behindern. Viggo fragte sich, was dieser Junge, der zwei Jahre jünger war als er, wohl schon alles erlebt hatte in dieser rauen Welt, dass er genau wusste, wie man sich bei einer solchen Operation zu verhalten hatte.

Raud legte seine gespreizten Finger auf die Stelle, in der der Pfeil steckte, und umklammerte mit der anderen Hand den Schaft.

»Fertig?«, fragte er.

Thorkell holte tief Luft und lockerte seine Schultern wie ein Boxer. »Fer...«

KNACKS.

»...tig«, sagte Thorkell und starrte den abgebrochenen Pfeil an, den Raud zu Boden fallen ließ.

Das Mädchen stöhnte und lag dann wieder still. Raud zuckte mit den Schultern.

»Niemals zögern«, sagte er und grinste.

»Was hast du vor?«, fragte Viggo.

»Der Pfeil muss raus. Wir ziehen ihn in Schussrichtung aus der Wunde.«

»Was? Den ganzen Pfeil?«

»Nein, nur den Rest, der jetzt noch übrig ist, du Skralinger. Schau dir an, wie weit er hinten aus dem Rücken ragt. Selbst wenn wir die Spitze abbrechen, damit die Widerhaken den Wundkanal nicht zerreißen, ist der Rückweg weiter als der Weg in Schussrichtung.«

»O Mann«, stöhnte Viggo.

»Also gut«, sagte Raud, stieß die Luft aus und packte den vorderen Teil des Pfeils.

»Aber der Pfeilschaft ist doch nicht sauber!«, stellte Viggo erschrocken fest. »Du hast ihn angefasst ... und wer weiß, womit er sonst noch in Berührung gekommen ist. Wenn du ihn durch die Wunde ziehst, wirst du sie vergiften.«

»Ja, das ist das Risiko«, gab Raud zu.

Viggo erinnerte sich an zahllose Filme, die er gesehen hatte. Der Held lag zähneknirschend auf dem Boden, einen Pfeil im Leib, und schüttete sich Whisky über die Wunde, um sie zu desinfizieren. Viggo bezweifelte, dass das helfen konnte – selbst wenn die Wikinger Schnaps an Bord gehabt hätten und nicht nur Bier.

»Also ...«, sagte Raud und packte den Pfeil erneut.

»Warte!« Viggos Gedanken rasten. Da war doch was, was er mal in einem Fernsehbeitrag gesehen hatte ... über Medizin im Mittelalter ... Spinnweben! Das war es! Die Heiler im Mittelalter hatten Spinnweben zur Wunddesinfektion verwendet ... Aber wo sollte er auf einem Schiff mitten auf dem Meer Spinnweben herbekommen? Dann erinnerte er sich noch an etwas anderes, was in dieser Sendung angesprochen worden war.

»Honig!«, rief Viggo. Irgendein Wirkstoff im Honig sorgte dafür, dass man damit auch desinfizieren konnte. Musste man vielleicht einen Honigwickel machen? Oder den Honig direkt auf die Wunde schmieren?

»Honig hab ich«, sagte Raud langsam.

»Hör nicht auf ihn«, stieß Thorkell hervor. »Was weiß er schon? Zieh den Pfeil raus.«

»Er kann immerhin lesen und schreiben«, versetzte Raud, der weiterhin nachdenklich wirkte.

»Und du bist der Matsveinn!«

»Richtig. Und ich erinnere mich, dass meine Mutter mir mal was von einer Honigsalbe erzählt hat, die bei der Wundheilung helfen kann. Honig, Kamille und Schafgarbe ...«

»Hast du diese Salbe hier?«, fragte Viggo hastig.

»Nein, aber ihre Bestandteile. Wir könnten mit etwas Öl eine Paste daraus machen ...«

»... und sie auf den Pfeilschaft schmieren«, fügte Viggo hinzu.

Thorkell sah von einem zum anderen. Alle möglichen Gefühle spiegelten sich auf seinem Gesicht. »Fangt schon an damit!«, rief er schließlich.

Raud musterte Viggo. »Woher wusstest du das mit dem Honig?«

Doch der Junge zuckte nur mit den Schultern.

Raud betrachtete Viggos Hände ... die Hände, die das Mädchen sofort beruhigen konnten. Man sah ihm an, dass ihm jede Menge Gedanken durch den Kopf gingen, aber er sprach keinen davon aus. Stattdessen kramte er in den Kästchen und Säckchen, die er mitgebracht hatte.

Thorkell beugte sich zu Viggo und raunte ihm zu: »Über so was wissen doch nur die alten Frauen und die Völvur Bescheid. Woher weißt du es?«

Viggo hob erneut die Schultern.

Inzwischen hatte Raud die getrockneten Kräuter in einen kleinen Mörser gelegt und zerrieb sie. Der starke Duft von Kamille machte sich in der stickig heißen Luft breit. Viggo sog ihn ein und spürte die beruhigende Wirkung. Auch Thorkell atmete tief ein und schien ruhiger zu werden. Darunter lag ein zweiter, krautiger Duft wie nach einer ganzen Wiese – das war wahrscheinlich die Schafgarbe.

Raud löffelte aus einem winzigen Töpfchen Honig in den Mörser und goss aus einem Tonkännchen Öl hinterher. Er verrührte das Ganze. Dann verstrich er es mit den Händen auf dem Pfeilschaft und leckte sich danach die Finger ab. »Schmeckt auch noch gut«, brummte er.

Viggo erkannte überrascht, dass Raud ihn nun als jemanden respektierte, der wusste, was er tat. Der Matsveinn sah ihn abwartend an, mit einer Hand am vorderen Ende des Pfeils.

»Los«, sagte Viggo und fühlte sich dabei schwindlig.

Raud wechselte den Handgriff am Pfeil, dann holte er ein Messer mit einem wuchtigen Griff aus dem Gürtel.

Zuerst dachte Viggo, er würde die Wunde aufschneiden, und wollte schon rufen, dass die Klinge erst über dem Feuer erhitzt werden musste – so wie das löffelartige Instrument, das schon eine Weile in der Glutschale lag. Doch Raud benutzte den Messergriff nur als Hammer. Er klopfte auf das abgebrochene Ende des Pfeils und zog gleichzeitig an seiner Spitze.

Rauds Augenwinkel zuckten von der Kraftanstrengung, die es bedurfte, um den Pfeil ganz herauszuziehen, denn das Fleisch hatte sich bereits um den Schaft geschlossen. Das Mädchen bäumte sich keuchend auf. Endlich hielt Raud den blut- und salbenverschmierten Pfeil in der Hand und ließ ihn fallen. Sofort begann Blut aus der Wunde hervorzupulsen. Raud rammte das Messer in die Bordwand, schnappte sich das Löffelinstrument und presste das rot glühende Ende in die Eintrittswunde.

Das Mädchen wand sich stumm, doch Thorkell hielt es fest, mit Schweißperlen auf der Stirn. Viggo wurde schlecht vom Brandgeruch der Wunde. Raud legte das Instrument, das immer noch so heiß war, dass das Blut darauf verdampfte, auf die andere Seite der Schulter und drückte es in die zweite Wunde. Das Mädchen schrie auf. Thorkell biss sich auf die Lippen. Viggo fühlte sich schwach. Er war froh, dass er sich nicht übergeben hatte.

Das Mädchen wimmerte, ohne richtig bei sich zu sein. Raud bewegte sich so geschickt wie ein moderner Arzt, jeder Handgriff saß. Er wusch die ausgebrannte Wunde mit Salzwasser aus, dann schmierte er den Rest der Salbe darauf und deckte sie mit Lederlappen ab, die er mit einem Stoffband unter der Achsel des Mädchens hindurch fixierte. Schließlich beugte er sich vor und begann dem Mädchen mit einem flüsternden Singsang ins Ohr zu brummen: »*Eine Schlange kam gekrochen und zerriss einen Menschen. Da nahm Odin neun Ruhmeszweige, erschlug die Natter, dass sie in neun Stücke zerbarst, dass sie niemals mehr ins Haus kriechen wollte. Nun haben diese neun Kräuter Macht gegen neun böse Geister ...«*

Viggos Aufmerksamkeit driftete ab. Sein Blick fiel auf Thorkell.

»Wird sie wieder gesund?«, fragte Leifs Sohn.

»Ich weiß es nicht. Aber ...« Viggo war, als könnte er mit seinen Händen eine Gewissheit spüren, für die es keine Erklärung gab. »... ich bin mir ziemlich sicher.«

Er löste die Hände aus dem Griff des Mädchens. Dessen Finger, die sich zuvor noch so fest um die seinen geklammert hatten, ließen ihn nun los. Thorkell wollte schon protestieren, hielt sich jedoch zurück, als er sah, dass das Mädchen nicht wieder unruhig wurde.

Raud war mit seiner Beschwörung fertig. Er richtete sich auf.

»Drüben auf der *Fröhlichen Schlange* mache ich dann noch eine andere Salbe, die ihr guttun wird – Seife und Apfelsaft, Wasser und Asche, und in den Brei kommt Beinwell, Wegerich, Schaumkraut, Heilziest, Kamille und ...« Er hielt inne und schaute Viggo auffordernd an.

Doch Viggo zuckte nur ratlos mit den Schultern. Er hatte keine Ahnung, was sonst noch in diese Salbe gehörte. Raud schien enttäuscht und behielt den Rest seines Rezepts für sich. Er packte seine Sachen zusammen.

»Lassen wir uns einholen und gehen rüber auf die *Schlange*. Kranke sollen mit sich allein sein, bis sie geheilt sind.«

»Ich bleibe bei dem Mädchen«, sagte Thorkell sofort.

»Vergiss es. Ihr kommt beide mit an Bord. Ich selbst werde

ab und zu nach der Kleinen schauen. Sie hat hier alles, was sie braucht. Wenn sie zu sich kommt und Hunger hat, wird sie schon rufen. Und bis sie wieder hergestellt ist, ziehen wir sie hinter uns her.«

7.

Nachdem Viggo und die anderen beiden wieder an Bord waren und Raud Bericht erstattet hatte, passierte etwas Ungewöhnliches. Einer der Männer rief plötzlich laut und deutete auf das Heck des Schiffs. Eine große Seemöwe hatte sich dort niedergelassen und musterte die Besatzung der *Fröhlichen Schlange* mit ihren glänzenden schwarzen Vogelaugen. Leif Eriksson betrachtete den Vogel ungläubig.

»Die ist aber weit von der Küste weg. Hast du dich verflogen, du Tollpatsch? Willst du unser Wegweiser sein? Oder unser Seelenführer? Na, egal. Hiermit beschließe ich, dass du ein gutes Zeichen bist.«

Die Möwe hüpfte mit schlagenden Flügeln das Dollbord entlang, flog dann plötzlich auf und segelte zu dem kleinen Boot im Schlepptau der *Fröhlichen Schlange* hinüber. Dort setzte sie sich auf den Vordersteven, drehte den Kopf hierhin und dorthin und flog dann endgültig weg. Thorkell wandte sich mit einem besorgten Gesichtsausdruck zu seinem Vater.

»Kein Seelenführer«, sagte Leif bestimmt. »Dazu ist sie nicht lange genug geblieben. Keine Sorge, die Kleine weilt immer noch im Diesseits, Thorkell.«

»Ich mach mir keine Sorgen um sie!«, protestierte der Junge.

Die Möwe schraubte sich in die Höhe, bis sie nur noch ein weißer Punkt zwischen den Wolken war. Niemand auf dem Schiff unten hatte bemerkt, wie sich ihre schwarzen Augen plötzlich smaragdgrün verfärbt hatten. Sie stieß einen rauen Schrei aus, der Triumph und Erleichterung gleichzeitig sein konnte – oder einfach nur ein Möwenschrei.

8.

Die Wikinger hatten sämtliche Habseligkeiten des Mädchens auf die *Fröhliche Schlange* gebracht. Das wertvollste Teil war ein wuchtiger Speer, der einen eisenharten Holzschaft besaß und eine lange, mit verschlungenen Mustern verzierte Spitze, an der Flügel mit silbernen und kupfernen Bandornamenten befestigt waren. Die Waffe sah wertvoll und alt aus und jeder der Männer wollte sie haben, bis Leif ihnen erklärte, dass darüber erst bestimmt werden könne, wenn das Mädchen nicht überlebe.

Der Speer lag neben dem Mast und kippte durch die Bewegungen des Schiffs hin und her, rutschte aber wegen seines schieren Gewichts nicht davon. Seine Spitze deutete auf den Vordersteven der *Fröhlichen Schlange*.

Viggo, der seinen Riemen wieder übernommen hatte und mit den anderen im Takt pullte, betrachtete den Speer nachdenklich. Wenn er über die Schulter blickte, konnte er die Klinge sehen. Er fragte sich, ob der Speer wirklich dem Mädchen gehörte. Seine Hände schienen viel zu klein, als dass sie den wuchtigen Speerschaft hätten umklammern und die Waffe schleudern können. Aber vielleicht war es ein Erbstück seines Vaters oder das Geschenk eines Kriegers. Überrascht stellte er fest, dass ihm der Gedanke, das Mädchen könnte einem Mann so teuer sein, dass er ihm eine so wertvolle Waffe schenkte, überhaupt nicht gefiel. Er drehte sich noch weiter um, bis er Thorkell auf seinem Platz zwei Ruderbänke hinter sich sehen konnte. Thorkell schien Viggos Blick zu spüren. Einen Moment lang beäugten sich die beiden Jungen misstrauisch, Viggo war darauf gefasst, dass Thorkell wütend die Zähne fletschen würde. Doch dann huschte ein kurzes, verkrampftes Lächeln über Thorkells Gesicht und Viggo lächelte zurück.

Während Thorkell sich wieder ins Zeug legte, wurde Viggo eine neue überraschende Erkenntnis zuteil: Er wünschte sich, dass Thorkell sein Freund werden würde.

Nachdem sie eine Weile unterwegs gewesen waren, befahl Leif, das Segel anders zu setzen. Viggo hatte bereits beim Rudern gespürt, dass der Wind sich leicht gedreht hatte und dass sie in eine Meeresströmung geraten waren, die ihre Fahrt verlangsamte. Leif passte das Steuer an. Wenn Viggo sich nicht täuschte, fuhren sie jetzt in eine etwas andere Richtung. Anscheinend hielt Leif es für sinnvoller, ein paar Grad von ihrem ursprünglichen Kurs abzuweichen, um besseren Wind zu bekommen und sich nicht mehr gegen die Strömung stemmen zu müssen.

Als Viggo sich wieder zu dem Speer des Mädchens umdrehte, lag dieser nun ein wenig anders da. Es schien, als ob seine Spitze immer noch in die alte Fahrtrichtung zeigen würde – dorthin, wo Leifs Zielhafen lag. Viggo zuckte mit den Schultern. Es konnte Zufall sein … aber mit einem Mal überkamen ihn Zweifel.

Einige Zeit später nahm Leif eine weitere Kurskorrektur vor, und wieder hatte sich der Speer danach ein wenig gedreht. Nun beschloss Viggo, die Waffe im Auge zu behalten. Die *Fröhliche Schlange* folgte Leifs Korrekturen mit der Geschmeidigkeit ihres Namenstiers. An irgendwelchen Stößen des Schiffs konnte es also nicht liegen, dass der Speer verrutscht war.

Sie pflügten weiter, bis Leif auf einmal rief:»Hängt euch rein, Männer, jetzt geht's eine Weile gegen den Willen der See!«

Das Segel wurde parallel zum Rumpf ausgerichtet, um so viel Wind wie möglich einzufangen, während Leif das Steuer herumlegte. Die *Fröhliche Schlange* drehte sich um neunzig Grad zu ihrem vorigen Kurs. Leif kreuzte, um nicht zu weit von seiner eigentlichen Strecke abzuweichen. Viggo, der den Speer hatte beobachten wollen, wurde abgelenkt, weil das Schiff in den nun härter heranrollenden Wellen bockte und er sich auf das rhythmische Pullen des Riemens konzentrieren musste. Er schaute erst auf, als er Flüche von seiner und von der gegenüberliegenden Schiffsseite hörte.

Der Speer hatte sich gedreht und lag nun quer über dem Laufsteg. Dabei ragten seine Spitze und das Ende in die Ruderplätze hinein und hatten dort zwei der Ruderer angestupst. Diese schoben den Speer ungeduldig in die alte Position zurück, und dort blieb er dann auch. Aber Viggo war sicher, dass er sich von ganz allein quer zur Fahrtrichtung gedreht hatte – und dass die Lage, die er dabei eingenommen hatte, wieder genau auf das Ziel ihrer Reise ausgerichtet war. Der Speer war wie eine Kompassnadel!

Verblüfft fragte Viggo sich, ob seine Klinge vielleicht aus magnetischem Material war. Doch selbst dann hätte die Anziehungskraft des Nordpols nicht ausgereicht, um einen so schweren Gegenstand wie diesen Speer herumzudrehen. Ganz zu schweigen davon, dass die Speerspitze dann nach Norden hätte zeigen müssen. Sie hatte sich aber fast genau nach Westen gerichtet.

Misstrauisch beobachtete Viggo den Speer, doch er blieb jetzt reglos liegen. Der Junge wandte sich ratlos ab und sah, dass Bruder Unwan, der auf dem Achterdeck stand, den Speer ebenfalls argwöhnisch beäugte. War dem Mönch die merkwürdige Eigenschaft der Waffe etwa auch aufgefallen?

Das Schiff fuhr weiter, gegen den ungünstiger gewordenen Wind und die Strömung kreuzend, bis sie eine Gegend erreichten, in der die Wetterverhältnisse wieder besser waren.

Am Mittag des folgenden Tages sichtete der Ausguck endlich Land, und am Abend liefen sie in die von niedrigen, grün überwucherten Bergen eingefasste Bucht von Brattahlid ein.

9.

Mit Brattahlid lernte Viggo wieder eine neue Art von Wikingersiedlung kennen. Corcach Mór und Kaupangen waren umfriedete Städte, wobei die erste schon seit etlichen Generationen bestand und die zweite erst wenige Jahre alt war – und von dem Drachen Fafnir zu Kleinholz verarbeitet worden war.

Brattahlid war keine Stadt im eigentlichen Sinn. Sie setzte sich aus Dutzenden von Bauernhöfen zusammen, die weit voneinander entfernt rund um die Bucht standen und über die Hügel verteilt waren. Es gab keinen Ortskern, keinen sichtbaren Anfang und kein Ende der Ansiedlung.

Ein besonderes Haus überragte die anderen, eine riesige Halle mit Torfwänden, die über dem Anlegeplatz auf einem vorgeschobenen Buckel stand und die ganze Bucht einzusehen schien. Viggo nahm an, dass sie vergleichbar mit der Großen Halle des Königs in Kaupangen war. Im Grunde trug nur dieses Gebäude den Namen Brattahlid, es war nach dem steilen Abhang benannt, auf dem es stand. Die Ortschaft rundherum hieß Eystribygd und der Fjord, an dem sie lag, wurde Eriksfjord genannt. Hier hatte Erik der Rote nach seiner Verbannung von Island seine neue Heimat gefunden. Dass die Bewohner den Ort gemeinhin Brattahlid nannten – wie das Haus seines Gründers –, zeigte, wie sehr sie ihren Jarl Erik schätzten.

Ein Mann mit wehendem grauem Haar und einem langen Mantel stand in der abendlichen Brise vor dem Eingang der Halle und sah dem Schiff mit in die Hüften gestemmten Armen entgegen. Das Abendlicht ließ einen goldenen Reif um seine Stirn aufblitzen. Er hob eine Hand zum Gruß, als die *Fröhliche Schlange* mit den letzten Riemenschlägen auf dem flachen Meeresboden auflief und zum Stehen kam. Leif ließ das Steuer los und winkte zurück.

»Du hast dein Schiff verloren, Leif!«, rief der Mann.

»Ja, aber ich komme mit einem größeren zurück, Vater!«, erwiderte Leif. Er zwinkerte seinen Männern zu, die unsicher von ihm zu dem Mann auf dem Hügel schauten. Viggo starrte ebenfalls hinauf. Das also war Leifs Vater, Erik Thorvaldsson, genannt Erik der Rote wegen seines roten Haars, das inzwischen jedoch komplett grau geworden war. Der Mann war zweimal wegen Mordes aus seiner Heimat verbannt worden und er war der Entdecker und erste Kolonisator Grönlands. Wenn es je einen Mann gegeben hatte, der den nordmännischen Charakter in aller Widersprüchlichkeit in sich vereinte, dann war es Erik der Rote.

Auf einmal fühlte Viggo sich befangen. Selbst auf die Entfernung strahlte Erik etwas Wildes und Unberechenbares aus.

Leif überwachte das Einholen des Segels, das Umlegen des Mastes und das Einziehen der Riemen. Erst dann schwang er sich beim Vordersteven über Bord, sprang in das Wasser, das ihm dort nur bis zu den Knien reichte, und watete an Land. Erik war ihm inzwischen entgegengekommen und stand breitbeinig und lächelnd am Ufer. Noch ein paar weitere Männer hatten sich dort eingefunden, um die Heimkehrer zu begrüßen, aber es gab auch genügend Menschen, die sich nicht dafür interessierten und stattdessen im letzten Tageslicht ihrer Arbeit nachgingen. Viggo sah sie in den Gärten bei ihren Häusern hantieren.

Thorkell war der Nächste, der ins Wasser sprang und zu seinem Großvater hinausstapfte. Erik, der Leif umarmt hatte, zog jetzt auch seinen Enkel in eine Umarmung, dann schlug er ihm auf die Schultern und zerraufte ihm das Haar.

Nun wäre eigentlich der Stjormári, der Steuermann der *Fröhlichen Schlange,* an der Reihe gewesen, doch plötzlich gab es ein Gedränge und Bruder Unwan kletterte ungeschickt über Bord. Er fiel mehr, als dass er sprang, ins Wasser und watete mit rudernden Armen und flatternden Kuttenärmeln an Land. Selbst aus der Entfernung konnte Viggo erkennen, wie Eriks Lächeln angesichts des Mönchs erlosch. Er ahnte, dass es nicht mit Unwans unhöflichem Vordrängeln zusammenhing.

»Du musst deinen Gefangenen besser anbinden, er versucht abzuhauen«, sagte Erik laut.

»Äh … das ist kein Gefangener«, erwiderte Leif.

»Er ist ein Geschorener!«, versetzte Erik.

»Das schon … aber trotzdem ist er kein Gefangener.«

»Das ist aber das Einzige, wofür man die Kerle gebrauchen kann – um Lösegeld mit ihnen zu verdienen. Wozu sonst solltest du einen mitgebracht haben?«

»Das ist eines der Dinge, über die ich dringend mit dir reden muss, Vater«, sagte Leif.

Erik musterte seinen Sohn ungnädig. »Das hab ich mir schon gedacht«, knurrte er.

Der Jarl wandte sich ab und winkte zur *Fröhlichen Schlange* hinüber, deren restliche Besatzung an der Reling stand. Neugierig und befangen hatten die Männer das Gespräch zwischen Leif und Erik mitverfolgt.

»Willkommen!«, rief Erik und nötigte sich ein Lächeln ab. »Denen, die hierher zurückgekehrt sind, und denen, die mein Sohn zu dieser Reise überreden konnte! Kommt an Land! Ich gebe euch den Frieden … «

Und dann fuhr Erik so schnell zu dem stumm neben ihm stehenden Bruder Unwan herum, dass der Mönch zusammenzuckte. »… sogar dir gebe ich ihn, aber hüte deine Zunge, Geschorener, und sag nicht ein Wort, wenn ich dich nicht dazu auffordere!«

Bruder Unwan holte tief Luft, vermutlich um Erik zu erklären, dass ihm allerhöchstens Gott den Mund verbieten dürfe, und das auch nur, wenn Unwan einen guten Tag habe. Aber dann schwieg er doch und verhinderte so, dass Erik der Rote einen dritten Mord beging.

Nun verließen die Männer einer nach dem anderen das Schiff. Viggo schwang sich als Letzter von Bord, unschlüssig, was er als Nächstes tun sollte. Er drehte sich zu dem Boot des Mädchens um, das nach dem Stranden der *Fröhlichen Schlange* sanft an ihr Heck gestoßen war und jetzt neben dem Schiffsrumpf auf den Wellen schaukelte. Wie mochte es ihm gehen? Wer würde sich jetzt um es kümmern? Wie konnte Viggo ihm helfen?

Er sah auf, als Raud neben ihn trat.

»Du bleibst hier und passt auf«, sagte der Matsveinn. »Der Jarl lässt abseits der Siedlung ein Zelt für die Kleine aufbauen. Seine Sklaven bringen sie dorthin, und dort bleibt sie dann, bis sie gesund ist – oder gestorben.«

»Aber ich soll doch die Chronik für Leif …«, begann Viggo, dann hielt er rasch inne. Auf das Mädchen aufzupassen und darauf zu achten, dass es ihm gut ging, war ihm tausendmal lieber.

»Du sollst sicherstellen, dass die Kleine einigermaßen anständig behandelt wird«, fuhr Raud fort, »… und dass ihr niemand heimlich die Kehle durchschneidet. Der Jarl hat nur widerwillig zugestimmt, dass sie an Land gebracht wird. Erik der Rote fürchtet sich vor einer Seuche, die in seiner Kolonie ausbrechen könnte. Wenn er das Gefühl hat, dass das Mädchen an einer ansteckenden Krankheit leidet, lässt er es töten – und jeden, der ihm zu nahe gekommen ist.«

»Was soll ich tun, wenn das Mädchen im Zelt ist?«, fragte Viggo, der sich auf einmal jeder Sicherheit beraubt und so allein fühlte, dass ihm kalt wurde. Er hatte gedacht, in der Welt der Wikinger angekommen zu sein. Jetzt wurde ihm schmerzhaft vor Augen geführt, dass er trotz allem nur ein Fremder war, der keine Ahnung hatte.

»Dann kommst du in die Halle und fragst Leif oder den Jarl, was du tun sollst«, sagte Raud. »Frag mich nicht, du bist ja nicht mein Sklave.«

Raud wandte sich ab und stapfte wasserspritzend ans Ufer. Die anderen hatten sich bereits zerstreut. Die Männer, die hier Höfe besaßen, gingen nach Hause, um ihre Familien zu besuchen, sie nahmen die in Kaupangen neu hinzugekommenen Kameraden als Gäste mit. Leif, Thorkell, Erik und ein paar andere Männer wanderten zu Eriks Haus hinauf, und Bruder Unwan folgte ihnen.

Viggo stand immer noch bis zu den Knien im kalten Wasser und sah sich ratlos um. Schließlich stapfte er mit hängenden Schultern zu dem kleinen Boot hinüber, um nach der Kranken darin zu sehen.

Das Mädchen war wach und schaute ihn mit großen Augen an.

10.

Einige Zeit später betrat Viggo die Halle und näherte sich zögernd den Männern, die dort an einem Tisch saßen und redeten. Eriks Haus sah innen nicht sehr viel anders aus als das von König Olaf: eine große Halle, die durch zwei Reihen wuchtiger hölzerner Säulen in drei Schiffe aufgeteilt wurde, mit Feuerschalen an beiden Enden, die neben kleinen Fensteröffnungen in den Längswänden die einzigen Lichtquellen waren. Auch Erik der Rote hatte im hinteren Drittel eine Art Thronstuhl auf einem erhöhten Podest stehen. Aber anders als bei König Olaf, dessen Halle nur für offizielle Anlässe und Versammlungen gedacht war, wohnte Eriks Familie auch in diesem Haus. Die hintere Hälfte der Seitenschiffe war durch hölzerne Trennwände abgegrenzt. Dort führten mehrere Durchgänge, an denen wollene Vorhänge oder bunt bestickte Teppiche hingen, offenbar in den privaten Bereich des Jarls.

An dem langen Tisch vor dem Thronstuhl, an dem bestimmt vierzig Personen bequem hätten sitzen können, saßen der Hausherr, sein Sohn Leif, Thorkell und ein paar weitere Männer. Bruder Unwan war nirgends zu sehen. Vielleicht hatte Erik ihn wieder hinausgeschickt, weil der Mönch unverschämt geworden war. Viggo verspürte keinerlei Mitleid mit ihm.

Als Leif auf Viggo aufmerksam wurde, winkte er den Jungen näher heran. »Das ist der Bursche, von dem ich dir erzählt habe, Vater.«

Erik musterte ihn. »Du bist der Sklave meines Sohns?«

»Ja, Herr.«

»Du kannst lesen und schreiben?«

»Ja, Herr.«

Eriks Worte hörten sich nicht wie Fragen an, sondern eher wie Feststellungen. Seine Stimme klang so barsch, dass Viggo ihm vermutlich auch mit »Ja, Herr« geantwortet hätte, wenn er behauptet hätte, dass der Schnee schwarz sei und Kühe fliegen könnten.

»Um deine Person soll es ein Rätsel geben.«

Viggo wurde es kalt. Hatte Erling Skjalgsson etwa doch geplaudert und Leif vom Spruch der Seherin erzählt? Und der hatte seinem Vater davon berichtet? Was würde Erik aus dieser Geschichte machen?

»Ich weiß nicht, Herr«, sagte Viggo vorsichtig.

Eriks Blicke ließen ihn nicht los. »Du sollst es in dir haben, das Weibsvolk nur durch deine Hände zu beruhigen«, sagte er langsam. »Was für ein armer Tropf! Dein Schiff muss sich beruhigen und ruhig durch den Sturm pflügen, wenn du die Hände am Steuer hast. Eine solche Fähigkeit kann ein Nordmann viel besser brauchen.«

Erik schlug seinem Enkel heftig auf die Schulter. »Na, Thorkell? Ich habe gehört, du findest eure Schiffbrüchige interessant. Ist sie schöner als unsere Mädchen hier? Oder glaubst du immer noch daran, dass dir die Norni eine kriegerische Schildmaid als Gefährtin des Weges senden? Bei Odin, du warst immer ein Träumer.«

Er fing schallend zu lachen an. Die anderen Männer lachten mit. Übergangslos wurde er ernst. »Träum aber nicht zu früh, Thorkell. Wenn sie ein ansteckendes Fieber hat, lass ich sie in der Bucht ertränken.«

Leif sagte: »Wenn sie das hätte, wären wir alle auf dem Schiff längst krank geworden. Und dann hätten wir uns natürlich eher selbst versenkt, als die Krankheit hierher nach Brattahlid zu tragen.«

»Gesprochen wie mein Sohn, der künftige Jarl«, stellte Erik zufrieden fest, während Viggo sich fragte, ob Leif seinen Vater mit dessen Horror vor Seuchen behutsam auf den Arm nahm.

Erik der Rote fasste Viggo wieder ins Auge. »König Olaf hat dich also meinem Sohn geschenkt.«

»Ja, Herr.«

»Obwohl du lesen und schreiben kannst.«

»Der König war sehr großzügig und Viggo auf der Reise sehr wertvoll«, sagte Leif. Wollte er dafür sorgen, dass Erik den

Wert Viggos ebenfalls erkannte und den Aufenthalt des Jungen dadurch ein wenig sicherer machen? Viggo fühlte sich wie in einem Löwenkäfig mit einem satten Löwen darin. Er durfte nur keine falsche Bewegung machen, sonst würde der Löwe ihn sofort zerfetzen. Und irgendwann würde das Tier sowieso wieder hungrig sein ...

Plötzlich öffnete sich das Eingangsportal und eine hochgewachsene, grauhaarige Frau kam herein. Sie schritt schnell und entschlossen durch die Halle, Bruder Unwan an ihrer Seite. Zu Viggos Erstaunen blieb der Mönch ohne Widerspruch stehen, als die ältere Frau eine herrische Geste in seine Richtung machte. Er senkte sogar den Blick und wirkte ganz demütig. Die Frau musste einen außergewöhnlich schroffen Charakter haben, wenn sie Bruder Unwan hatte einschüchtern können.

Sie wandte sich lächelnd an Leif, der bei ihrer Ankunft aufgestanden war.

»Mutter«, sagte Leif, beugte den Kopf und nahm die Hände der Frau in seine. Dann umarmte und küsste er sie, wirbelte sie einmal herum und stellte sie wieder auf die Füße. In ihre Wangen war Röte gestiegen. Sie fuhr Leif durch das Haar, lächelte noch breiter und strich sich die Schürze glatt.

»Mutter, sieh mich an – ich bin zurück!«, rief Leif freudig.

Leifs Mutter strahlte. »Und mit einem schöneren Schiff als das, mit dem du losgefahren bist!«

»Schon richtig, Thjodhild«, knurrte Erik, »aber sein eigenes Schiff hat er nicht wieder mit zurückgebracht.«

»Es ist trotzdem ein Gewinn.«

»Es war *mein* altes Schiff«, grummelte Erik.

»Mit der Betonung auf *alt*«, versetzte Thjodhild und sah ihrem Mann herausfordernd ins Gesicht. Erik verdrehte die Augen und wandte sich ab. Thjodhild strich Leif über die Wangen. »Wie dein Großvater Jorundur«, sagte sie leise. »Du lachst wie er, und du denkst wie er – zögerst nie, etwas Altes aufzugeben, wenn das Neue besser ist! Ganz anders als manche Wikinger hier in der Gegend, die noch einen gammeligen alten Fisch in der Truhe lassen würden, nur weil er schon immer dringelegen hat!«

Erik sagte nichts dazu, aber man konnte erkennen, dass seine ohnehin grimmige Laune noch schlechter wurde. Leif räusperte sich und suchte nach einem Weg, die gereizte Stimmung aufzulockern. Sein Blick fiel auf Viggo, der nicht wusste, ob er schon gehen durfte oder noch bleiben musste, und sich nach Kräften woandershin wünschte.

»Schau, Mutter, ich habe ein Geschenk von König Olaf mitge…«

»Du hast zwei Geschenke von König Olaf mitgebracht, mein Lieber«, unterbrach ihn Thjodhild. Sie trat vor Viggo, der erstaunt bemerkte, dass er zu ihr aufblicken musste, obwohl er so groß war wie die meisten Wikinger, die er bisher kennengelernt hatte. Er spürte ihren bohrenden Blick beinahe wie einen Hitzestrahl. Er erwartete, dass sie ihn wie alle anderen auf seine Lese- und Schreibkünste ansprechen würde, doch sie sagte nur: »Ist doch so, oder?«

»Ich weiß nicht, was du meinst …«, stotterte Viggo.

Aber Thjodhild hatte sich bereits abgewandt und war an den Tisch getreten. Sie stützte sich darauf und starrte Thorkell an, den sie bisher noch nicht begrüßt hatte und der unruhig auf seinem Platz hin und her rutschte.

Ein Lächeln zeigte sich auf Thjodhilds Gesicht, und sie fasste über den Tisch hinweg und streichelte seine Wange.

»Ach herrje, wie groß du über den Sommer geworden bist und was für ein schöner Bursche.«

Thorkell strahlte und hielt Thjodhilds Hand fest. Viggo fragte sich, warum Thorkells Mutter nicht da war, um ihren Mann und ihren Sohn zu begrüßen. Als Thorkell die Hand seiner Großmutter weiterhin festhielt, begann er den Grund zu ahnen. Wehmut für den Wikingerjungen stieg in ihm auf.

»Ist es wahr?«, fragte Thjodhild strahlend ihren Enkel. »Dass König Olaf uns ein zweites großes Geschenk gemacht hat?«

»Welches Geschenk, Großmutter?«, fragte Thorkell verwirrt zurück.

Thjodhild richtete sich auf. Ihre Hand schoss schneller auf Viggo zu, als dieser reagieren konnte. Als er erschrocken zusammenzuckte, hatte sie ihn bereits am Kragen seiner Tunika gepackt und zog ihn zu sich heran. »Du – du warst doch dabei und hast alles aufgeschrieben!«, stieß sie hervor. »Das Geschenk! Die Zeremonie …!«

»Zeremonie …?«, brachte der völlig überraschte Viggo hervor. »Welche Zeremonie? Meinst du … meinst du die Taufe?«

»Ah, bei Loki, Mutter!«, seufzte Leif aufgebracht. »Warum hast du es mich nicht selbst erzählen lassen, sobald die Zeit reif gewesen wäre?«

Erik der Rote sprang auf und starrte seinen Sohn und seine Frau fassungslos an. Im Hintergrund hob Bruder Unwan kurz den Kopf und lächelte triumphierend, ehe er den Blick wieder senkte.

»Taufe?«, schrie Erik. »Leif – willst du mir hier in meinem eigenen Haus, vor meinem eigenen Feuer, erzählen, dass aus dir ein verdammter Christ geworden ist? Und aus Thorkell auch?«

»Um ehrlich zu sein, wollte ich es dir nicht ausgerechnet hier erzählen, Vater, aber da Mutter nun schon mal ... wie üblich ...«

Thjodhild ignorierte Leifs verärgerten Seitenblick. Sie lächelte selig. »Etwas Neues, verehrter Gatte«, sagte sie mit schneidendem Spott. »Zum Beispiel ein neuer Glaube, der die alten, schwachen Götter ablöst. Gammelige Fische in der Truhe.«

Erik schnappte nach Luft, während Thjodhild ihrem Sohn beglückt auf die Schulter klopfte. »Leif ist ein Christ geworden, weil er sein Schiff in der Strömung halten kann! Deine Brüder sind so wie dein Vater, mein Junge, aber du bist so klug wie dein Großvater.«

»Dein verdammter Vater ist mit seinem Schiff auf der Überfahrt nach Grönland abgesoffen!«, brüllte Erik. »Und du, Leif – du hast die Götter verraten, du Narr! Du hast unsere Traditionen verraten!«

303

»Es gibt Gründe, Vater. Ich wollte dir alles erklären, aber zur rechten Zeit …«

»Dafür gibt es keine richtige Zeit!«, tobte Erik. Er sprang plötzlich auf und deutete auf Bruder Unwan, der zusammenfuhr. »Diese Schlange, die du da mitgebracht hast … Bist du dafür verantwortlich, du mieser kleiner Skralinger? Du bist tot, du Wurm, tot, und zwar sofort …« Erik stürzte um den Tisch herum. Er war schneller als alle anderen. Bevor Leif oder die übrigen Anwesenden, die Eriks Wutausbruch mit verlegenen Mienen verfolgt hatten, reagieren konnten, war Erik schon bei Bruder Unwan angekommen.

Der Mönch schrie auf und stolperte zurück. Er fiel über seine Füße und landete auf dem Hintern. Erik kam über ihn wie ein Racheengel. Er zerrte ihn an seiner Kutte auf die Füße, stieß ihn gegen eine der Säulen, holte mit einer blitzschnellen Bewegung ein langes Messer aus dem Gürtel und presste dem Mönch die Klinge an die Kehle, bereit, sie ihm aufzuschlitzen …

Leif fiel Erik in den Arm, bevor er zustechen konnte. Während Erik versuchte sich zu befreien, heulte Bruder Unwan vor Angst und Schrecken und fuchtelte mit den Händen vor seinem Gesicht herum.

»Vater!«, schrie Leif. »Nicht! Du hast ihm den Frieden gegeben wie allen anderen!«

»Lass mich los …!«, ächzte Erik.

»Herr, schütze deinen Diener vor dem Zorn des Heiden und strecke den Ungerechten nieder …!«, jammerte Bruder Unwan.

304

Leif schlug ihm mit dem Handballen gegen die Stirn. Der Mönch prallte mit dem Hinterkopf an die Säule. Er verdrehte die Augen und seine Beine gaben nach. Als Leif seinen Vater von ihm wegzerrte, fiel er nach vorn auf die Knie. Er ließ halb betäubt den Kopf sinken.

»Bringt ihn raus«, befahl Leif. »Solange er noch die Schnauze hält. Denn wenn er noch einen Ton von sich gibt, bringe *ich* die kleine Ratte um.«

Einer der Gäste zerrte Bruder Unwan hinter sich her zum Portal und jagte den Mönch mit einem Fußtritt hinaus.

Erik hatte sich wieder beruhigt. Er stapfte zur Feuerschale und stieß die Klinge seines Messers in die Glut, als müsste er sie nach der Berührung mit Bruder Unwans Hals reinigen. Thjodhild stand neben dem Tisch, ihre Augen funkelten immer noch triumphierend.

»Mutter ...«, sagte Leif und schüttelte den Kopf. »Warum hast du das getan?«

»Weil du dich richtig entschieden hast und weil dein Vater es endlich einsehen muss!«

»Was sind das für Gründe?«, murmelte Erik beim Feuer grimmig. »Was für gute Gründe gibt es, alles zu verraten, was uns Nordmännern heilig ist?«

»Ich werde es dir erklären, Vater. Und dann werde ich es allen hier in Brattahlid erklären. Ich bitte dich, ein Thing einzuberufen. Bis dahin aber ...«, Leif wandte sich mit entschuldigender Miene an alle Anwesenden, »... gestattet mir, dass ich zuerst mit meinem Vater allein spreche.«

Die Männer standen auf. Viggo konnte ihnen ansehen, dass sie froh waren, dem bitteren Familienzwist zu entkommen. Auch er wollte die Halle so schnell wie möglich verlassen und folgte ihnen mit klopfendem Herzen. Doch er kam nicht weit.

»Wo willst du denn hin?«, rief Leif. »Bist du nicht der Chronist? Du sollst bezeugen, was ich gleich erzählen werde.«

»Ja, Herr«, murmelte Viggo niedergeschlagen und kehrte zum Tisch zurück. Unwillkürlich suchte er Thorkells Blick. Leifs Sohn zuckte verlegen mit den Schultern.

»Du willst also wissen, warum ich mich für den neuen Glauben entschieden habe, Vater«, sagte Leif nach einer Pause. »Die Götter werden sterben und unsere alte Welt wird untergehen, und es gibt nur zwei Hoffnungen für die Nordmänner. Die eine hat mit meiner Rückkehr zu tun und die andere liegt beim Gott der Geschorenen.«

II.

Nachdem Leif seinen Bericht über Ragnarök, über den Untergang der Götter und über die Chancen, die in der Stärkung des Christengottes und in der Besiedlung des neuen Lands jenseits des Meeres lagen, beendet hatte, herrschte Stille in der Halle.

Eriks Familie hatte inzwischen ihren Platz am Tisch wieder eingenommen. Mägde hatten etwas zu essen aufgetragen: hartes, noch ofenwarmes Fladenbrot, Buttermilch, gekochten Fisch, kaltes, zu Brei zerkochtes Gemüse. Viggo bekam nichts davon ab, doch eine der Mägde zwinkerte ihm zu. Als sie die Reste wieder abräumte, machte sie eine Kopfbewegung zu einem Bereich hinter einer Trennwand. Viggo verstand, dass sie ihn als Sklaven erkannt hatte und dass das Gesinde nachher das würde essen dürfen, was die Herrschaft übrig gelassen hatte. Das Lächeln der Magd war so freundlich, dass das Heimweh, das Viggo plötzlich gepackt hatte, leichter wurde.

Er saß abseits am Tisch, hatte seine Schreibsachen vor sich ausgebreitet und fragte sich, ob er noch einmal die Schilderung von Ragnarök aufschreiben sollte. Ohnehin achtete niemand so recht auf ihn. Leif hatte lediglich zufrieden genickt, als Viggo Federn und Schilfrohrgriffel und seine Pergamentrollen auf den Tisch gelegt hatte.

»Von wem hast du das mit dem unbekannten Land? Von Bjarne?«, fragte Erik gerade zweifelnd. Der Jarl schien beschlossen zu haben, Leifs Konvertierung zum Christentum zunächst zu ignorieren. Viggo hatte gesehen, wie sich sein finsteres Gesicht ein wenig aufgehellt hatte, als Leif auf die geplante Fahrt zu sprechen gekommen war. Vielleicht hatte Eriks schlechte Laune ja auch damit zu tun, dass er hier in seinem kleinen Reich festsaß, anstatt auf große Fahrt zu gehen.

»Bjarne war ein Verrückter«, brummte Erik. »Und als Nordmann war er auch nur ein halber Kerl – hat lieber mit den Leuten geredet und gehandelt, statt sie auszuplündern.«

»Bjarne war ein großer Krieger! Es gibt kaum einen Mann, neben dem ich in einem Schildwall lieber gestanden hätte!«

»Du wirst mir zustimmen, dass ein Mann, der überall herumerzählt, dass die Frau, die er irgendwo gefunden und geheiratet hat, eine Valkyre sei, ein Verrückter sein muss. Dabei war sie wahrscheinlich nur eine Sklavin, die ihm den Kopf verdreht hat. Oder er hat sie während einer Fahrt irgendwo auf einer einsamen Insel aufgelesen.«

Viggo sah, wie Thorkell zusammenzuckte und sich der Blick des Jungen für einen Moment in die Ferne richtete. Viggo ahnte, was er vor seinem inneren Auge sah: das Boot mit dem Mädchen darin.

Thyra Hakonsdottir. Sie hatte ihm ihren Namen genannt in dem kurzen Gespräch, das sie miteinander geführt hatten – bevor sie wieder ohnmächtig geworden war und bevor Eriks Sklaven sie weggebracht hatten. Sie hatte auch ein paar andere Dinge gesagt, die Viggo aber nur verwirrt hatten. Trotzdem wünschte er sich, sie hätte noch mehr davon erzählt. Auf seiner Handinnenfläche spürte er immer noch ihren Herzschlag, aber er spürte auch die Hitze ihrer Haut unter dem dünnen, zerschlissenen Stoff ihres Hemds. Viggo riss sich zusammen.

»Das haben andere erzählt – irgendwelche Narren!«, stieß Leif hervor. »Die Leute reden doch immer dummes Zeug, wenn sie irgendwas nicht verstehen oder neidisch sind.«

»Hast du Bjarnes Frau mal gesehen?«

»Nein. Bjarne hat sie kennengelernt, während ich auf einer Fahrt war. Als ich zurückkam, war Bjarne bereits auf See verschollen – zusammen mit ihr.« Leif verzog das Gesicht. Der Verlust seines Freundes schien ihn immer noch zu schmerzen.

»Er wollte nach seiner Verbannung zurück nach Island«, sagte Erik. »Da hab ich ihn nicht aufgehalten. Die Leute hier haben sich das Maul über ihn zerrissen, er hätte über kurz oder lang nur Unruhe in die Kolonie gebracht. Und ich hielt ihn sowieso für einen Angeber und Wirrkopf. Eine Valkyre als Frau ... Pah!«

»Er war mein Freund, Vater«, sagte Leif. »Du hättest hinter ihm stehen sollen.«

»Ich hab die Frau kennengelernt«, sagte da Thjodhild, die bisher geschwiegen hatte. »Sie war sehr schön und jung, höflich und geschickt. Ihre Buttermilch war vorzüglich, und wenn ein Mensch oder ein Tier verletzt war, konnte sie gut helfen. Das hab ich gesehen, als ich auf ihrem Hof zu Besuch war und sie sich um ein krankes Schaf kümmerte. Sie wäre ein wichtiges Mitglied der Kolonie geworden und Bjarne sicher auch. Aber die Missgunst der Leute, die sich nicht von den alten Traditionen lösen können, hat das verhindert.«

Erik schnaubte. Thjodhild wandte sich mit einem gewinnenden Lächeln an ihren Sohn. »Sie war keine Valkyre, Leif, weil es gar keine Valkyren gibt. Es gibt nur den Herrn Jesus Christus und seine Heiligen.«

Erik donnerte mit der Faust auf den Tisch, dass Viggo zusammenfuhr. »Ich hab dich nie geschlagen, Thjodhild«, drohte er, »aber ich werde es tun, wenn ich dich noch einmal den Namen des Christengottes unter meinem Dach aussprechen höre!«

Viggo dachte bei sich, dass er eigentlich aufspringen und rufen sollte: Ich weiß nicht, ob es Valkyren gibt, aber ich weiß, dass Loki und die anderen Götter existieren! Loki hat mich aus einer Zeit hierher geholt, in der auch die Nachkommen der Nordmänner allesamt Christen sind – aber die Götter gibt es trotzdem!

Doch Viggo blieb ruhig sitzen. Niemand in dieser Halle wollte seine Meinung hören, und er fürchtete, dass er sie, wenn er sie laut aussprach, auch selbst nicht glauben würde.

»Vater, vergiss doch all das Gerede«, sagte Leif. »Bjarne war ein hervorragender Seemann. Du hast doch selbst gehört, was er damals von dem fremden Land erzählt hat, als er nach seiner Irrfahrt hier ankam. Ich bin überzeugt, dass es existiert. Du hast das Land, auf dem dein Haus hier steht, entdeckt und deine Sippe hierher geführt, wo sie seitdem sicher und in Wohlstand lebt.« Leif sah sich um. Er holte tief Luft. »Und du wirst auch dieses neue Land finden. Komm mit uns, Vater, und führ du die Fahrt an, auf die König Olaf mich geschickt hat!«

Viggo hielt den Atem an. Deshalb war es Leif also wichtig gewesen, vor dem Aufbruch zu seiner Mission noch nach Hause zurückzukehren. Er wollte seinen Vater dafür gewinnen, die Reise mit ihm anzutreten. Es kam ihm gar nicht darauf an, der Anführer zu sein. Es war ihm nur wichtig, dass die Mission Erfolg hatte.

Fieberhaft versuchte sich Viggo daran zu erinnern, was er von Leifs Fahrt nach Amerika gelesen hatte. Erik der Rote war doch in Wirklichkeit nicht mit dabei gewesen, oder? Würde Erik das Angebot seines Sohnes etwa ablehnen? Verwirrt hörte Viggo, wie Erik mit Freude in der Stimme sagte: »Natürlich bin ich dabei! Ich werde der *Skipherra* auf dieser Reise sein. Das ist nur recht und billig. Danke, dass du mir dein Schiff übergibst, mein Sohn.«

»Es ist nicht mein Schiff, Vater. Erling Skjalgsson, der Haushofmeister des Königs, hat mir die *Fröhliche Schlange* nur überantwortet. Du kannst die Reise anführen, aber das Schiff müssen wir am Ende wieder zurückgeben.«

»So«, sagte Erik verdrossen. »Na, das werden wir noch sehen. Seit wann gibt ein Nordmann ein Schiff freiwillig zurück?« Er blickte plötzlich zu Viggo herüber. »Ich dachte, dein Schreiberling hält das alles fest? Er schaut nur Löcher in die Luft. Ich lasse wohl besser den Skalden kommen. Von dem wissen wir wenigstens, dass er sich das, was er hört, auch merken und ein Lied daraus dichten kann. Schreib auf, dass ich die Reise in das fremde Land anführen werde, du Skralinger!«

»Entschuldigung, Herr«, sagte Viggo. »Ich dachte, du willst es besser nicht aufgeschrieben haben, dass du Erling Skjalgssons Schiff hinterher behalten möchtest.« Viggo biss sich auf die Zunge. Wie oft hatte er hier nicht schon erfahren, dass schnippische Bemerkungen eines Sklaven nicht angebracht waren?

»Wer sagt das?«, grollte Erik. »Du kannst nicht mal richtig zuhören, oder? – Dein Sklave ist nutzlos, Leif, wir sollten ihn zum Schweinehüten schicken.«

»Ich habe euch ganz genau zugehört«, verteidigte sich Viggo. »Ich habe nur versucht mitzudenken.«

Erik musterte ihn schweigend. »Glaubst du an das, was mein Sohn, dein Herr, erzählt? Dass Ragnarök schon begonnen hat?«

»Wie sollte ich an etwas zweifeln, was mein Herr sagt?«, fragte Viggo.

Erik lächelte freudlos. »Ich nehme dir deine Demut nicht ab. Leif hätte dich zurückweisen sollen. Oder unterwegs ertränken. Zusammen mit dem Mädchen. Mir sind das alles zu viele Merkwürdigkeiten. Du bist nicht, was du zu sein vorgibst, so viel ist sicher.«

»Der Sklave hat sich mir gegenüber bisher treu gezeigt, und Erling Skjalgsson hat sich für ihn verbürgt, Vater«, sagte Leif.

»Erling Skjalgsson ist ein Diener von König Olaf, der so plötzlich zum Christentum übergelaufen ist, und man kann ihm genauso wenig trauen wie seinem Herrn!«

»Er ist unser König, Vater!«

»Nein, er ist nur irgendein König. Ich habe ihm nicht die Treue geschworen.«

»Ich schon«, sagte Leif trotzig.

»Noch eine wundersame Eröffnung, die mich am Verstand meines Sohnes zweifeln lässt«, knurrte Erik. »Was hast du sonst noch verschwiegen, was du mir ›zur richtigen Zeit‹ mitteilen wolltest?«

»Vater, worüber streiten wir eigentlich?«, fragte Leif.

»Ragnarök ist angebrochen. Die Welt steht vor dem Untergang. Wir sollten handeln, nicht zanken.«

»Das ist auch so eine Geschichte«, sagte Erik. »Ragnarök. Willst du wissen, was ich glaube? Ich glaube, dass das alles eine List der Geschorenen ist. Sie wollen den Leuten damit Angst machen, dass das Ende bevorsteht und dass die alten Götter machtlos sind. Das soll sie ihrem Christengott in die Arme treiben. Mit einem Volk, das Angst hat, kann man machen, was man will. Du – Schreiberling! Wenn du wirklich so gelehrt bist … was sagst du dazu?«

»Ich bin nicht gelehrt, ich kann nur lesen und schreiben«, erwiderte Viggo vorsichtig.

»Du sollst meine Frage beantworten!«

»Wir Christen fürchten auch, dass die Welt untergeht«, sagte Viggo und dachte dabei über jedes Wort zwei Mal nach. »Bei uns heißt es nicht Ragnarök, sondern der Jüngste Tag. Und vielleicht ist ja doch etwas Wahres dran, wenn sowohl die Nordmänner als auch die Christen vom Ende der Welt sprechen.«

Erik nickte. »Das hab ich mir doch gleich gedacht«, sagte er mit böser Befriedigung in der Stimme. »Noch einer von denen …«

Viggo sah bestürzt in Leifs Gesicht und dann in Thorkells Richtung, der über die Reaktion seines Großvaters ebenso ratlos schien. Lediglich Thjodhild lächelte ihn milde an und nickte wohlwollend. Auf einmal wurde Viggo klar, was er gesagt hatte. Er hatte »wir« gesagt, als er vom christlichen Glauben gesprochen hatte. Er hatte sich ebenfalls als Christ geoutet! Viggo ärgerte sich über sich selbst. Leif hatte sich etwas dabei gedacht, seinem Vater gegenüber Viggos Glauben nicht zu erwähnen. Erik würde nie einen christlichen Chronisten auf seiner Reise akzeptieren.

Erik deutete mit dem Finger auf den Jungen. »Ich sag dir, was dieser miese kleine Skralinger ist«, knurrte er in Leifs Richtung, ohne ihn anzusehen. »Er ist ein Spion von König Olaf und seinem Obergeschorenen, diesem Sigward! Die beiden haben dir eine Laus in den Pelz gesetzt, mein Sohn. Dein

Schreiberling wird alles, was es über das fremde Land zu wissen gibt, aufschreiben, und wir werden nicht mal wissen, was er schreibt, weil wir es nicht lesen können. Dann werden es König Olafs Geschorene an sich nehmen und zu ihrem eigenen Vorteil nutzen. Sie werden das neue Land für sich beanspruchen, und wir, die wir die Mühsal und Gefahr der Entdeckungsreise auf uns genommen haben, werden das Nachsehen haben. Wahrlich wunderbare Geschenke hast du mitgebracht, Leif. Und das Einzige, was von echtem Nutzen gewesen wäre, nämlich das Schiff, hast du nur geliehen bekommen.« Er stand ruckartig auf. »Jetzt habe ich genug. Du hast dich übertölpeln lassen von diesen Schlangenzungen, mein Sohn. Aber wenigstens eines hast du richtig gemacht – du hast mir diese Fahrt anvertraut, und ich werde sie leiten, und alles wird so geschehen, wie ich es sage.«

»Ich bin kein Spion!«, brachte Viggo hervor.

»Wer hat dir erlaubt zu reden?«, brüllte Erik. »Mach, dass du rauskommst aus meiner Halle!«

Viggo ließ alles liegen und stehen und floh Hals über Kopf hinaus in die Nacht. Er lief den Hügel hinunter zur Anlegestelle der *Fröhlichen Schlange,* innerlich völlig in Aufruhr. Er watete ins Wasser, um zum Schiff hinüberzugelangen und sich darauf zu verkriechen. Dort hatte er die schönsten Tage seit seiner Ankunft verbracht. Doch auf der *Fröhlichen Schlange* befand sich eine Wache und wies ihn ab.

Ratlos und verzweifelt kletterte Viggo in Thyras leeres Boot und setzte sich dort auf die Planken. Das Bilgewasser durchnässte sofort seinen Hosenboden, doch es war ihm egal. Er wollte weinen und zugleich vor Wut brüllen. Er wollte Loki anrufen und ihn anflehen, ihn nach Hause zu bringen, weil er genug von allem hatte und nicht einmal mehr seine leiblichen Eltern finden wollte. Gleichzeitig wollte er sich ganz allein in das fremde Land durchkämpfen und mit seinen Eltern zurückkehren und Erik zeigen, dass er weder ein mieser Skralinger noch ein Spion war, sondern nur Viggo, der eine Mission erfüllt hatte, wie es der tollkühnste Wikinger nicht zustande gebracht hätte. Er wollte …

Er wusste nicht, was er wollte. Er wusste nur, dass alles nicht so lief, wie er es sich gewünscht hatte. Die Wut verließ ihn und nackte Verzweiflung und Einsamkeit blieben zurück.

Langsam strich er über das rissige Holz von Thyras Boot. Er sah sie auf einmal in Gedanken wieder hier liegen und erinnerte sich an die Augenblicke, die sie miteinander geteilt hatten, als er nach der Landung der *Fröhlichen Schlange* nach ihr geschaut und festgestellt hatte, dass sie wach war.

»Viggo«, hatte sie geflüstert.

Er hatte überrascht gefragt: »Woher kennst du meinen Namen?«

Sie hatte eine zitternde Hand ausgestreckt und gesagt: »Du gibst mir Kraft, indem du mich mit deinen Händen berührst. Wenn ich in deine Augen blicke, habe ich das Gefühl, dass ich dich bereits kenne. Ich höre deine Stimme und weiß, es ist die Stimme, die mich von der Schwelle des Todes zurückgeholt hat. Du hast mir das Leben gerettet, Viggo, und ich weiß nicht einmal, wie.«

»Ich habe nur deine Hand gehalten, als Raud den Pfeil …«

»Vorher, Viggo, vorher«, hatte sie gewispert.

»Aber ich habe dich vorher nie …«

Sie hatte seine Hand genommen und gegen ihre fieberheiße Stirn gedrückt. Sie hatte die Augen geschlossen und geseufzt, als würde das Fieber augenblicklich nachlassen. Dann hatte sie Viggos Hand gegen ihre Brust gepresst.

»Ich bin Thyra Hakonsdottir, und mein Herz schlägt nur deinetwegen, Viggo«, hatte sie gemurmelt. Und er hatte es gespürt – ein stetiger, kräftiger, beinahe trotziger Rhythmus. Viggo hatte die Wärme ihrer Haut unter dem dünnen, feuchten Hemd wahrgenommen und beinahe die Orientierung verloren. Er hatte kaum noch gehört, was sie gemurmelt hatte: »Ich bin dein durch Sturm und Wellen, vom Sonnenaufgang bis zum Sonnenuntergang, vom Grund des Meeres bis dorthin, wo der Himmel aufhört.«

Dann war sie wieder ohnmächtig geworden, und gleich darauf waren Eriks Sklaven gekommen und hatten sie weggetragen.

12.

Irgendwann musste Viggo in Thyras Boot eingeschlafen sein. Stimmen, die vom Ufer herkamen, weckten ihn. Es waren Thorkell und sein Vater. Sie riefen die Wache an Bord der *Fröhlichen Schlange*. Die Sonne war bereits untergegangen, es war dunkel.

»Ist Viggo auf dem Schiff?«, rief Leif.

»Der wollte an Bord, aber ich hab ihn weggeschickt. War das falsch? Ich hab mich nur an die Regeln gehalten …« In Eriks Kolonie waren sogar Leifs hartgesottene Seeleute nervös.

»Schon gut, schon gut. Wo ist er hin?«

»Hab nicht drauf geachtet, Leif.«

Viggo fragte sich, ob er sich bemerkbar machen sollte, aber dann hörte er Thorkell sagen: »Lassen wir ihn, Vater. Ich wär an seiner Stelle auch weggelaufen. Ich wette, morgen Früh ist er wieder da, hungrig und nass und durchgefroren.«

»Ich dachte, du magst ihn nicht?«

»Ich glaube, ohne ihn wäre das Mädchen gestorben, das wir aufgelesen haben.«

Viggo hörte die beiden wieder weggehen. Er starrte in den dunklen Himmel hinauf. Die Nacht war voller Geräusche. Das Gluckern des Wassers unter dem Rumpf des Boots, das Schlagen der Wellen gegen die Bordwand der *Fröhlichen Schlange* und das Klackern der Kieselsteine, die sie am Strand hin und her rollten; das Knacken des Holzes, wenn sich auf dem Schiff etwas entspannte. Viggo dachte an Thorkell, der sich immer wieder wie ein Schlägertyp aufführte, im Grunde seines Herzens aber gar keiner war. Thorkell, von dem er ahnte, dass er seine eigene Mutter nie kennengelernt hatte, weil sie bald nach seiner Geburt gestorben war. Thorkell, der sein ganzes Leben lang schon so allein war, wie Viggo sich jetzt fühlte. Und der sich mit verzweifelter Leidenschaft in Thyra verliebt zu haben schien.

Viggo schloss die Augen. Warum wurde alles immer noch komplizierter? Er sollte sich auf seine Mission konzentrieren und sie schnell hinter sich bringen, damit er endlich wieder von hier wegkonnte. Abgesehen von ein paar guten Momenten war dieses ganze Abenteuer ein einziger Albtraum. Er war immer noch ein Sklave, er hatte keine Ahnung, ob er seine Eltern jemals finden würde, und nicht die leiseste Idee, wie er die drei Aufgaben der Seherin …

Er stutzte. Eine dieser Aufgaben hatte er doch bereits erledigt! Er hatte die Seele gerettet, die zwischen Leben und Tod gefangen war. Es war Thyras Seele!

O Mann, Alter, dachte er. Je öfter seine Gedanken zu Thyra zurückkehrten, desto mehr wurde ihm klar, dass sie der Grund dafür war, dass er auf einmal doch nicht so dringend nach Hause zurückkehren wollte.

13.

Viggo verbrachte die restliche Nacht auf einer Heuschütte in Eriks Halle. In Thyras Boot war es einfach zu kalt und zu nass zum Schlafen. Die Heuschütte war der Schlafplatz des gesamten Gesindes und damit auch Viggos Platz.

Am Morgen gab es kalten Haferbrei mit harten, sauren Äpfeln, den die Bediensteten im Stehen verschlangen oder einhändig aus ihrer Schüssel schlürften, um danach gleich das Feuer neu zu entfachen, altes Stroh vom Boden zu fegen und neues auszustreuen oder sich um die Zubereitung des Essens für die Herrschaft zu kümmern. Auf Viggo, der untätig auf der Heuschütte sitzen geblieben war, achtete niemand.

Als eine Magd mit zwei Schüsseln in den Händen auf das Portal zusteuerte, sprang er auf und öffnete die Tür für sie. Sie nickte ihm dankbar zu.

Viggo deutete auf die Schüsseln. »Wo bringst du die hin?«

»Zu der Kranken.«

Viggo hatte gehofft, dass diese Antwort käme. »Ich begleite dich«, sagte er.

Die Frau zuckte mit den Schultern. Schweigend stapften sie zu einem Zelt, das ein Stück weit von der Halle entfernt zwischen zwei Hügeln aufgeschlagen worden war. Es war noch früh am Morgen, die Luft war kalt und rau und duftete nach dem Rauch von Torffeuern. Möwen kreischten vom Ufer her.

Auf halbem Weg den kleinen Abhang hinunter, an dessen Fuß das Zelt stand, blieb die Dienstmagd stehen und drückte Viggo die beiden Schüsseln in die Hände.

»Du kannst es ihr auch selber bringen – ich habe genug anderes zu tun …« Mit diesen Worten machte sie kehrt und marschierte zurück.

Wenig später stand Viggo unschlüssig vor Thyras Zelt, doch dann räusperte er sich, um seine Ankunft anzukündigen. Da wurde die Plane vor dem Zelteingang plötzlich zurückgeschlagen und niemand anderer als Thorkell Leifsson stand vor ihm.

»Viggo!«, rief Thorkell überrascht.

Viggo fing sich schnell. »Ich wollte mir nur die Beine vertreten, da hat mir jemand Thyras Frühstück mitgegeben …« Jetzt wusste er auch, warum es zwei Schüsseln waren! »… und deines.«

Thorkells Gesicht verzog sich zu einem Lächeln. »Viggo!«, stieß er hervor. »Sie ist wach! Es geht ihr besser!«

Thorkell nahm die Schüsseln an sich und strahlte Viggo an.

Viggo dachte an den Abend zuvor, an das, was Thyra zu ihm gesagt hatte. Innerhalb von Augenblicken wurde ihm klar, dass sie beide niemals zueinander kommen würden. Thyra war eine Fremde, die sich den Gesetzen und dem Wort des Jarls unterwerfen musste. Wenn Erik beschloss, dass er sie zu seiner Sklavin machen wollte, würde ihn niemand daran hindern können. Und Viggo hatte sowieso keinerlei Rechte. Das hier war nicht Viggos Welt, in der sich zwei junge Menschen einfach ineinander verlieben konnten. Die Erkenntnis fiel auf Viggos Seele wie ein Stein. Er starrte in Thorkells glückliches Gesicht.

Thorkell sagte:»Was ist los? Freust du dich nicht?«

Viggo riss sich zusammen.»Das ist toll«, sagte er lahm.

»Das hat sie nur dir zur verdanken! Irgendwie hast du heilende Hände …« Thorkells Blick fiel auf die beiden Schüsseln. »Gib nur her«, sagte er.»Ich bring ihr das.«

»Und ich geh dann mal wieder«, sagte Viggo. Ihm fiel es schwer, einen klaren Gedanken zu fassen.

Er kletterte den Abhang hinauf. Als er oben angekommen war, sah er die schlanke, hochgewachsene Gestalt von Thorkells Großmutter den Weg entlangschreiten, hinter ihr folgte ein Knecht. Es gab keinen Zweifel, wohin sie wollte.

Viggo eilte den Hang wieder hinunter und schlug die Plane vor dem Zelteingang zurück. Thorkell, der vor einem Lager aus Stroh auf den Fersen hockte, wirbelte erschrocken herum. Auf der Schütte lag Thyra, in Decken gehüllt, ihr Gesicht leuchtend blass in der Düsternis des Zeltinneren. Sie lächelte schwach, als sie Viggo erkannte. Die beiden Schüsseln mit dem Brei standen vor ihrem Lager. Offensichtlich hatte Thorkell sie nicht dazu bringen können, etwas davon zu essen.

»Deine Großmutter ist auf dem Weg hierher«, sagte Viggo ohne Umschweife.

»Bei Loki!«, stieß Thorkell hervor. Er hatte offensichtlich vergessen, dass er mittlerweile Christ war. »Das gibt Ärger. Sie darf mich hier nicht sehen.«

Das hatte sich Viggo auch gedacht, und deshalb war er wieder umgekehrt. Thjodhild sah es bestimmt nicht gern, wenn ihr einziger Enkel sich zu einer schiffbrüchigen Fremden ins Zelt hockte, die vielleicht eine ansteckende Krankheit hatte und von der keiner wusste, woher sie kam und was sie darstellte.

Thorkell sah sich hektisch in dem engen Zelt um. Verstecken konnte er sich hier nicht.

»Schaff ich es noch abzuhauen?«, fragte er.

»Nein, sie würde dich sehen. Sie ist schon viel zu nahe.«

»Mist!«, zischte Thorkell.

Viggo sagte: »Kriech hinten beim Zelt raus, wenn du mich mit ihr reden hörst. Dann duck dich dahinter und rühr dich nicht. Vielleicht hast du ja Glück.«

»Und du?«

»Ich halte sie solange auf.«

Viggo spürte eine Berührung. Er hatte sich in das niedrige Zelt gekauert, und Thyra hatte ihre Hand ausgestreckt und die seine berührt. Ihre Blicke ließen ihn nicht los. Thorkell merkte nichts, er war viel zu nervös und fummelte an der Rückseite des Zelts herum. Viggo ergriff Thyras Hand für einen kleinen Moment, dann krabbelte er rückwärts hinaus. Im letzten Moment packte er eine der Schüsseln und nahm sie mit nach draußen.

Als er sich aufrichtete, sah er Thjodhild und ihren Knecht schon wenige Meter entfernt den Abhang heruntermarschieren. Viggo tat so, als habe er die Frau des Jarls noch gar nicht gesehen. Er tauchte drei Finger in den Brei und schaufelte sich die Portion in den Mund. Dann schluckte er den kalten Klumpen hinunter, stellte die Schüssel auf den Boden, wischte die Finger im hohen Gras ab und verneigte sich. Der Knecht trat beiseite und stand dann schweigsam und mit herabhängenden Armen da, Leibwächter und Hilfsarbeiter in einem.

»Guten Morgen, Herrin«, sagte Viggo.

»Was tust du hier?«

Der Junge deutete hinter sich. »Ich habe dem Mädchen etwas zu essen gebracht.«

Nervös lauschte er, ob irgendwelche Geräusche aus dem Zelt zu hören waren, aber falls Thorkell die Gelegenheit tatsächlich nutzte und an der Rückseite durch die Plane kroch, tat er es völlig lautlos.

»Warum?«

»Äh …«, machte Viggo.

Thjodhild fiel ihm ins Wort. »Es heißt, du hättest geholfen, als Raud sie operiert hat. Er meinte, die Berührung durch deine Hände hätte heilsame Wirkung.«

»Das war nur ein Missver…«

Thjodhild packte eine von Viggos Händen und hielt sie fest. Ihre eigene Hand war hart und schwielig und ihr Griff schmerzhaft.

Sie lauschte kurz in sich hinein. »Ich spüre nichts«, sagte sie.

»Außer den Breiresten an deinen Fingern.« Sie musterte ihre Hand, dann wischte sie sie an Viggos Tunika ab, aber es war eher eine gedankenlose als eine aggressive Geste.

»Es war wahrscheinlich ein Missverständnis«, wiederholte Viggo.

»Weshalb bringst du dem Mädchen etwas zu essen?«

»Weil das Mädchen essen muss, wenn es gesund werden soll.«

»Gefällt es dir?«

Viggo war sich bewusst, dass Thorkell in seinem Versteck jedes Wort hören konnte.

»Ich bin nur ein Sklave«, erwiderte er.

»Richtig. Und einer, der von seinem Herrn gerade überall gesucht wird.«

»Oh!« Viggo zögerte. Die richtige Reaktion wäre jetzt wohl gewesen, sich zu entschuldigen und so schnell wie möglich zur Halle zu rennen. Aber dann würde Thorkell in seinem Versteck festsitzen …

»Warte!« Thjodhild sah Viggo scharf an. »Bist du wirklich ein Christ?«

»Ja, Herrin.«

»Gut. Wir können jemanden, der lesen und schreiben kann, hier gut gebrauchen. Das beeindruckt die Menschen – und wenn sie beeindruckt sind, lassen sie sich vom neuen Glauben leichter überzeugen. Sie sind nämlich alle die gleichen Sturschädel wie mein Mann. Du wirst uns mit deiner Begabung bei der Missionierung Grönlands helfen.«

Viggo erschrak. Wie viele Hindernisse türmten sich denn noch vor ihm auf!»Das geht nicht! Ich muss mit Leif mitfahren ...!«

Thjodhild starrte ihn an.»Ich glaube, ich habe gerade ein bedeutungsloses Geräusch gehört«, sagte sie eisig.

»Bitte, Herrin ... darf ich es dir erklären ...?«

»Erklären? Du wirst Vater Unwan bei seiner großen Aufgabe beistehen, und damit basta. Mein Sohn Leif wird dich nur zu gerne für unsere gute Sache zur Verfügung stellen.«

Trotz seines Entsetzens hatte Viggo deutlich wahrgenommen, dass sie den Mönch»Vater« Unwan genannt hatte. Auf Grönland bestand zwar noch keine christliche Gemeinde, aber Thjodhild schien Unwan jetzt schon als deren Vorsteher zu betrachten.

»Herrin, darf ich trotzdem ...?«

»Leif hat mir schon von deiner ungeheuren Hartnäckigkeit berichtet. Ihm scheint sie zu gefallen, aber bei mir wirst du mit deinem Ungehorsam nicht weit kommen. Du magst ein Christ sein, aber du bist trotzdem nach wie vor ein Sklave, und wenn du noch ein einziges Mal ungefragt den Mund öffnest, lass ich dich so verprügeln, dass du dich gleich zu dem Mädchen hier ins Zelt legen kannst!«

Viggo senkte zähneknirschend den Kopf. Er bebte vor Angst

und Wut. Erst jetzt wurde ihm bewusst, dass er bisher gar nicht wie ein Sklave behandelt worden war.

»Und was das Mädchen betrifft …«, fuhr Thjodhild fort und hob dabei unmerklich die Stimme. »Ich habe schon gemerkt, dass Thorkell eine Schwäche für diese Heidin hat. Ich werde nicht zulassen, dass mein Enkel sich mit ihr einlässt. Sie wird bald als Sklavin im Haushalt des Jarls landen. Und der Enkel des Jarls kann keine Sklavin als Gefährtin haben. Thorkell soll sie sich aus dem Kopf schlagen.«

Thjodhild starrte Viggo so lange mit steinernem Blick an, bis dieser murmelte: »Wünschst du, dass ich ihm das sage, Herrin?«

Thjodhild funkelte ihn zornig an. »Wie kommst du darauf, dass ich eben mit dir geredet habe?« Sie richtete sich auf und rief zum Zelt hinüber: »Thorkell! Glaubst du, ich weiß nicht, dass du hier irgendwo steckst? Meine Mägde erzählen mir alles, was hier vorgeht und was nicht mit meinen Anweisungen übereinstimmt!«

»Thorkell ist nicht hier, Herrin«, sagte Viggo, obwohl er wusste, dass die Scharade längst vorüber war.

Thjodhilds Blick ließ Viggo verstummen. Sie wartete schweigend. Ein paar Sekunden lang geschah nichts, dann richtete sich Thorkell hinter dem Zelt auf.

»Ich bin hier, Großmutter«, sagte er niedergeschlagen. Er war blass.

»Du kommst mit mir zurück. Der Sklave kann sich darum kümmern, dass die Kranke gefüttert wird.«

»Großmutter …«

»Keine Widerrede.«

Thorkell trottete um das Zelt herum und sah zu seiner Großmutter auf, die ihm die Hand auf die Schulter legte.

»Jugend und Dummheit«, sagte sie beinahe sanft, »vergehen irgendwann. Und gegen Frechheit kann man etwas unternehmen.«

Sie schob Thorkell beiseite, trat einen blitzschnellen Schritt auf Viggo zu und holte aus, um ihm ins Gesicht zu schlagen. Viggo war zu überrascht, um sie abzuwehren – und hätte er es getan, wäre er wahrscheinlich noch schlimmer bestraft worden. Aber Thorkell war noch schneller als Thjodhild und trat zwischen die beiden.

»Nein«, sagte er. »Viggo ist nicht dein Sklave, Großmutter.«

»Er hat die Unverschämtheit besessen, mich anzulügen!«, zischte Thjodhild.

»Ich habe ihm aufgetragen, für mich zu lügen.« Viggo konnte die Schweißperlen auf Thorkells Stirn sehen. Die Auflehnung gegen seine Großmutter kostete ihn große Überwindung. »Wenn du dich über ihn beschweren willst, musst du zu meinem Vater gehen. Es ist gegen das Gesetz, den Sklaven eines anderen zu züchtigen, ohne dessen Einverständnis.«

Thjodhild ließ langsam die Hand sinken. Sie legte den Kopf schief und sah Thorkell ins Gesicht.

»Na gut«, sagte sie widerwillig. »Aber du kommst jetzt sofort mit zur Halle – du hast Pflichten gegenüber deinem

Großvater und deinem Vater. Die Reise muss geplant und aus-
gerüstet werden.« Dann wandte sich Thjodhild an Viggo. »Du
versorgst das Mädchen, und danach kannst du dir die Strafe
für deinen Trotz bei Leif abholen. Wenn du davon genesen
bist, wird Vater Unwan dein neuer Herr werden.«

14.

Viggo stand noch vor dem Zelt, als Thjodhild, Thorkell und der Knecht schon längst wieder über die Hügelkuppe verschwunden waren. Was sollte er nur tun? Panik stieg so heftig in ihm auf, dass er alle Kraft brauchte, um nicht einfach wild in irgendeine Richtung davonzurennen.

Doch da hörte er Thyras Stimme aus dem Zelt seinen Namen rufen. Er riss sich zusammen und schlüpfte zu ihr hinein.

Thyra sah ihn an. »Ich habe alles gehört«, sagte sie. Eine Träne rollte über ihre Wange.

»Du musst nicht weinen«, sagte Viggo ratlos. »Ich bin sicher, dass Leif nicht zulassen wird, dass sein Vater dich zur Sklavin macht.«

»Ich weine nicht meinetwegen«, sagte sie.

»Oh.« Viggo ergriff ihre Hand, die sie ausgestreckt hatte, und sie schloss seufzend die Augen.

»Hast du Schmerzen?«, fragte Viggo.

»Jetzt habe ich keine mehr.«

»Wieso kann ich das?«

»Weißt du das wirklich nicht?«

Verblüfft stieß Viggo hervor: »Weißt du es denn?«

»Ja, aber …« Thyra wandte rasch den Blick ab. »Bitte verzeih mir, ich hätte das nicht sagen dürfen. Sie will nicht, dass du es erfährst, bevor es an der Zeit ist.«

»Bevor was an der Zeit ist? Thyra, ich bin sowieso schon ratlos, ich brauche nicht noch weitere Rätsel …!«

»Ich bin hungrig«, sagte Thyra. »Kannst du mir helfen?« Sie hob die bunte Decke, unter der sie lag. Viggo sah, dass ihre verletzte Schulter bandagiert und der Arm an den Körper gebunden war. Raud musste noch einmal bei Thyra gewesen sein. »Ich hab nur eine Hand frei.«

Sie rückte auf ihrem Lager beiseite, und Viggo setzte sich neben sie. Er spürte die Wärme ihres Körpers. Während sie so lange an der Decke herumzupfte, bis auch Viggos Knie bedeckt waren, verschwand ein Teil seiner Panik und machte einem warmen, guten Gefühl Platz. Seine Hose war vom hohen, taufeuchten Gras nass geworden. Er merkte erst jetzt, dass er gefroren hatte.

Viggo hielt die Schüssel und Thyra löffelte mit drei Fingern den Brei heraus. Sie aß mit gutem Appetit, und Viggo hatte den Eindruck, dass etwas Farbe in ihre Wangen zurückkehrte. Als sie fertig war, rupfte er draußen ein Büschel nasses Gras aus, damit sie sich die Hand säubern konnte, und half ihr dabei.

»Woher kommst du?«, fragte er sie.

»Aus Island. Aber dort bin ich eine Verfemte. Ich habe den Mörder meines Bruders bei einem Thing getötet.«

Viggo stierte sie fassungslos an.

»Zumindest hoffe ich, dass ich das getan habe. So ganz sicher bin ich mir nicht. Es war merkwürdig. Da war dieser junge Mann ...« Sie schüttelte den Kopf und schien dann erst Viggos bestürzte Miene zu bemerken. »Was ist?«, fragte sie.

Viggo räusperte sich. »Nichts«, sagte er, »nichts.« Er hatte sich wieder einmal absolut fremd in dieser Welt gefühlt. Hatte Thyra eben tatsächlich einen Mord gestanden und ihm gleichzeitig erklärt, sie hoffe, dass sie ihn auch wirklich begangen habe?

»Ach ja, du bist ja Christ«, fuhr Thyra fort. »Die Christen sind der Meinung, dass man sich alles gefallen lassen und Nächstenliebe üben muss, nicht wahr? Dabei kommst du mir gar nicht so vor, als könnte man alles ungestraft mit dir machen. Und der Geschorene, dessen Knecht du werden sollst – der wollte mich wieder zurück ins Meer werfen, obwohl ich ihm nichts Böses getan hatte. Thorkell hat es mir erzählt.«

»Was die Kirche predigt und was sie tut, passt nicht immer zusammen. Selbst in meiner ...« Viggo hielt inne. Er hatte eigentlich sagen wollen: »Selbst in meiner Zeit«, fügte dann aber rasch hinzu: »Selbst in meiner Heimat.«

»Die Geschorenen sollten eigentlich Anhänger von Loki sein, so doppelzüngig, wie sie sich geben«, stellte Thyra fest.

Loki! Viggo hatte lange nicht mehr an ihn gedacht. Es sah

wieder einmal so aus, als ob die Pläne des unzuverlässigen Asen gescheitert wären – oder als ob er Viggo nun doch im Stich gelassen hätte. Aber mit dem Gedanken an ihn stieg auch die Erinnerung an die drei Aufgaben in Viggo auf. Ihm war beinahe, als hörte er Loki spöttisch rufen: *Was jammerst du hier herum und beschwerst dich über die Bosheit von Thjodhild und dein schlimmes Schicksal? Hast du deine Aufgaben denn etwa schon alle erledigt? Na also! Komm endlich mal in die Gänge!*

Die Stimme war so deutlich zu hören, dass Viggo unwillkürlich über die Schulter blickte. Doch nirgendwo war ein schwebender Gott mit schwarzem Haar und funkelnden grünen Augen zu sehen.

Die zweite Aufgabe! Odins Speer! Wenn er ihn fand, würde er aus der schwierigen Lage, in der er jetzt steckte, sicher bald herausfinden.

»Thyra«, sagte er. »Was weißt du über einen Speer namens Gungnir?«

»Der ist eines von Odins Wahrzeichen«, sagte Thyra. »Wie kommst du jetzt ausgerechnet darauf?«

»Was hat es mit ihm auf sich?«

»Es heißt, die Zwerge hätten ihn geschmiedet. Loki hat sie überredet, ihm den Speer zu geben, damit er ihn Odin überreichen kann. Wenn Ragnaröks letzte Schlacht beginnt, will Odin mit dem Speer in der Faust den Riesen und Ungeheuern entgegenreiten.«

War das der Grund, warum Viggo den Speer finden sollte? Weil er irgendwie verloren gegangen war und Odin ihn zurückhaben wollte? Aber wieso sollte er finden können, was nicht einmal der mächtigste der Götter fand? Und wieso hing der Speer nicht irgendwo fein aufgeräumt in Odins Halle oder stand im Schirmständer, wenn er schon so wichtig war?

»Eine Geschichte sagt, dass Odin einen Krieg mit anderen Göttern angezettelt hat, weil er in einem Anfall von Wut Gungnir über sie hinwegschleuderte. Seitdem soll der Speer verschwunden sein. Angeblich verfehlt Gungnir nie sein Ziel. Egal, wie man ihn auch wirft – wenn er ein Ziel erkannt hat, wird er haargenau dorthin fliegen.«

»Hat Odin denn nicht nach dem Speer gesucht, nachdem er ihn geworfen hatte?«, brachte Viggo hervor, der Thyras Worten fassungslos gefolgt war. Doch dann stockte er plötzlich. »Was hast du da gerade gesagt?«

»Was meinst du?«, fragte Thyra verwirrt.

»Das mit dem …« Viggo hielt inne und starrte ins Leere. Er sah ganz deutlich den Speer vor sich, der in Thyras Boot gelegen hatte. Seine Spitze hatte immer in dieselbe Richtung gezeigt, egal, welchen Kurs die *Fröhliche Schlange* auch eingeschlagen hatte! Und wohin hatte der Speer gedeutet? Immer in die Richtung, in der das neue, den Wikingern noch unbekannte Land lag – Amerika! Viggos Ziel!

Wieder einmal fragte sich Viggo, wie viel von all seinen Erlebnissen hier Zufall war und wo Loki seine Hand im Spiel hatte … oder sonst wer!

»Thyra, der Speer in deinem Boot – wo hattest du ihn her?«

»Welcher Speer?«

»Du hattest einen Speer an Bord!«

»Das war nicht mein Boot …« Thyra dachte angestrengt nach. »Ich kann mich nicht mehr genau erinnern … Da war dieser junge Mann, der zu mir gesagt hat, dass er auch einen Groll gegen den Mörder meines Bruders hege … Er ließ mir den Vortritt und forderte mich sogar auf, sein Boot zur Flucht zu nehmen … Er meinte, er habe es ohnehin gestohlen …«

»Dann war der Speer schon in dem Boot?«

»Ich weiß es nicht … Aber ist das so wichtig? Warum wolltest du Gungnirs Geschichte von mir hören? Warum kennst du sie nicht selbst, die ist doch überall bekannt?«

»Thyra, glaubst du, dass die Götter zu den Menschen sprechen?«

»Natürlich.«

»Und dass sie … dass sie in ihr Leben eingreifen?«

Thyra nickte heftig. Sie schien das nicht nur zu glauben, sondern absolut sicher zu sein, als ob sie dafür sogar Zeugenaussagen hätte. Viggo achtete nicht weiter darauf. Er war viel zu aufgeregt.

»Ich glaube«, stieß er hervor, »dass der Speer, der in deinem Boot lag …«

»… Odins Speer war?«, rief Thyra. »Aber das ist doch …« Sie verstummte.

»Der junge Mann, der dir das Boot gegeben hat – hatte er vielleicht grüne Augen?«

»Jetzt, wo du es sagst … Ich dachte bei mir, dass sie geradezu unnatürlich grün schimmern!«

»Thyra, du hattest es mit einem Trugbild von Loki zu tun.«
Viggo hätte sich am liebsten auf die Zunge gebissen. Jetzt
würde sie bestimmt gleich ungläubig zu lachen anfangen.
Doch Thyra sah ihn nur nachdenklich an. »Aber warum
macht er denn alles so kompliziert? Wenn er weiß, wo der
Speer sich befindet, warum nimmt er ihn dann nicht einfach
und bringt ihn …?«

Viggo tippte sich an die Stirn. »Ich weiß es! Weil das Trugbild ja nichts anfassen kann. Loki hat mir nie seine Hand gegeben. Er muss diese Umwege machen, weil er in Wirklichkeit an
den Felsen gefesselt ist. Und er kann seine Trugbilder nur los-
schicken, solange er vom Gift der Schlange verschont ist – das
ist es!« Keuchend sah er Thyra an. Erst jetzt merkte er, dass er
die letzten Worte laut gerufen hatte. »Nun hältst du mich für
vollkommen durchgeknallt, oder?«

»Durchgeknallt?«

»Verrückt geworden.«

Thyra lächelte. »Nein, tu ich nicht.«

»Aha.« Viggo kratzte sich am Kopf. Thyras gelassene Reaktion verblüffte ihn. »Und jetzt?«, fragte er unwillkürlich.

»Fragst du mich, was du tun sollst?«

»Äh … nein. Ich weiß genau, was ich zu tun habe. Ich werde
den Speer suchen!«

»Irrtum, Viggo.« Thyra lächelte noch breiter. Sie hob die
Hand und streichelte ihm über die Wange und durch sein
Haar. »Du wirst den Speer *finden!*«

»Ja«, stieß Viggo hervor. »Ja! Das werde ich!«

Er machte sich los und kroch aus dem Zelt.

Während er den Hügel hinaufrannte, pochte sein Herz wie verrückt.

15.

Eigentlich hätte Viggo zunächst in Eriks Halle nach Leif suchen müssen, um seine Strafe über sich ergehen zu lassen oder sich zumindest nach seinen Wünschen zu erkundigen – wenn es stimmte, dass er nach Viggo Ausschau hielt. Trotzdem begab er sich zuerst zur *Fröhlichen Schlange*, um den Speer zu suchen. Er konnte ja immer noch sagen, er habe gedacht, dass er Leif auf seinem Schiff finden würde.

Wie in der Nacht zuvor verweigerte ihm die Wache den Zutritt zum Deck. Doch zum Glück erinnerte sich Viggo an den Namen des Wachmanns; es war Olof Flokisson, einer der beiden Schiffszimmermänner, ein freundlicher und gemütlicher Mann. Während Viggo bis zu den Knien im Wasser stand und wartete, durchsuchte Olof das Schiff nach dem Speer. Schließlich schüttelte er bedauernd den Kopf.

Viggo watete enttäuscht ans Ufer zurück. Vielleicht hatte

Leif die Waffe ja an sich genommen, nicht ahnend, was sie in Wirklichkeit war? Es blieb ihm wohl nichts anderes übrig, als die Halle aufzusuchen und mit ihm zu sprechen.

Als Viggo den Hügel hinaufstieg, hörte er jemanden seinen Namen rufen. Er brauchte sich nicht umzudrehen, um zu wissen, wer es war. An der höhnischen Stimme erkannte er den Rufer als Vater Unwan, der von der anderen Seite her den Hügel zu Eriks Haus heraufstrebte.

»Ich muss zu meinem Herrn«, sagte Viggo, ohne stehen zu bleiben und in der Hoffnung, dass Unwan ihn damit in Ruhe ließ. Aber der Mönch bedeutete ihm herrisch, dass er auf ihn warten solle, kam keuchend den Berg herauf und musste sich, oben angekommen, erst einmal verschnaufen.

»Dein Herr«, verkündete er dann, »bin demnächst ich.«

»Wie, mein ›Herr‹?«, fragte Viggo, um Zeit zu gewinnen.

»Ich habe gelernt, dass Jesus Christus ein Feind der Sklaverei war.«

Unwan funkelte Viggo an. »Deine Meinung ist völlig unwichtig. Die Herrin Thjodhild denkt, dass ich einen schreibkundigen Sklaven brauche, um die Heiden hier zu missionieren. Das allein zählt.«

»Noch bist du nicht mein Herr.«

»Freu dich auf die Zeit, wenn ich es bin!«, zischte Unwan. »Dir werden die Frechheiten noch vergehen! Hier!« Er drückte ihm eine Lederrolle in die Hand. »Gib das der Herrin!«

Unwan eilte wieder davon. Viggo wartete, bis er außer Sicht war. Dann schnürte er das Band auf und entrollte das dünne

Leder. Es war ein hastig mit einem Stück Kohle gezeichneter Plan. Man konnte einen Teil der Siedlung darauf erkennen. Unwan hatte Rechtecke für die Häuser gezeichnet und in manche davon Kreuze gemalt. Andere hingegen hatte er kräftig durchgestrichen. Man brauchte nicht viel Fantasie, um zu erkennen, was das war: eine topografische Darstellung der Missionsbereitschaft von Eriks Kolonie. Unwan schien bereits einige der Häuser besucht zu haben. Wer kein Interesse daran gezeigt hatte, den christlichen Glauben anzunehmen, den hatte Unwan quasi vom Plan getilgt. Viggo ging davon aus, dass Thjodhild auf diese Familien Druck ausüben würde. Dieses Vorgehen hatte Unwan bestimmt nicht von Vater Sigward gelernt.

Viggo ballte das Lederstück zusammen und wrang es dann so lange in den Händen, bis alle Rechtecke nur noch undeutliche Schmierflecke waren. Jetzt konnte niemand mehr erkennen, welches Haus durchgestrichen war und welches nicht. Zufrieden rollte Viggo das Leder wieder zusammen. Wenn ihn Thorkells Großmutter darauf ansprach, würde er behaupten, den Plan nie geöffnet zu haben.

Thjodhild war nicht in der Halle. An dem langen Tisch saßen nur Leif, Thorkell, Raud Thorsteinsson und Svend Bjornsson, der Stevenbauer und Erste Schiffszimmermann.

Leif winkte Viggo zu sich heran. »Wo steckst du denn die ganze Zeit? Wir brauchen dich, um eine Liste der Ausrüstungsgegenstände anzufertigen, die mein Vater zu unserer

Mission beisteuern will. Er möchte sie von König Olaf später ersetzt bekommen, daher müssen sie aufgeschrieben werden.« Leif wirkte nicht wütend, sondern nur ungeduldig.

»Verzeihung, Herr«, sagte Viggo und legte Unwans Plan möglichst unauffällig in eine Bierlache auf dem Tisch.

Die Gegenstände, die er auflisten sollte, entsprachen in etwa denen, die sie auch in Kaupangen geladen hatten. Erik schien die auf der Reise nach Grönland verbrauchten Güter ersetzen zu wollen, doch er versuchte anscheinend auch, einen kleinen Gewinn für sich abzuzweigen, indem er deutlich mehr als nur die entstandenen Lücken angab.

Als die Liste fertig war, wartete Viggo auf Leifs Donnerwetter, das Thjodhild ihm angedroht hatte, aber Leif kam nicht auf ihre Begegnung zu sprechen. Daher fasste Viggo sich ein Herz und fragte Leif nach dem Speer.

»Ich weiß nicht, wo er ist«, erwiderte der. »Was willst du mit dem Ding?«

»Nichts … er ist mir nur aufgefallen, und jetzt ist er plötzlich weg.«

»Wenn das Mädchen ihn zurückhaben will, muss es sein Anliegen vorbringen, sobald es wieder gesund ist. Falls ihn jemand unrechtmäßig an sich genommen hat, muss er ihn zurückgeben. Das Ganze geht dich nichts an.«

»Ich wollte nur helfen, Herr.« Viggo biss innerlich die Zähne zusammen. Verdammt! Wo war der vermaledeite Speer? Falls es sich bei der Waffe wirklich um Gungnir handelte – und Viggo sah keinen Grund, noch länger daran zu zweifeln –, dann war es lebenswichtig, sie zu finden. Er war dem Speer schon so nahe gewesen! Wenn er nur schneller gehandelt und sein merkwürdiges Verhalten nicht als Einbildung abgetan hätte …

»Wenn du helfen willst, dann hilf dem Geschorenen«, sagte Leif. »Ich meine, Vater Unwan.«

»Könnte ich denn nicht …?«

Leif seufzte. »Nein. Sei froh, dass ich dich nicht für deine Aufsässigkeit meiner Mutter gegenüber bestrafe. Sie wollte, dass ich dich verprügeln lasse, aber Thorkell hat mir erzählt, was wirklich geschehen ist. Daher …« Leif holte plötzlich aus und schlug Viggo kräftig, aber nicht schmerzhaft, auf die Schulter. »Das soll als Prügel genügen. Mir gefällt deine Widerborstigkeit. Übertreib's aber nicht – und schon gar nicht mir gegenüber.«

Viggo schluckte. Er warf Thorkell einen dankbaren Blick zu. Der Wikingerjunge zuckte nur mit den Schultern und lächelte schief. »Herr … deine Mutter hat gesagt, Vater Unwan würde mein neuer Herr werden!«

»Ja, das hätte er wohl gerne. Aber da kann er lange warten. Wenn ich Vater Sigward richtig verstanden habe, darf ein Diener Christi nämlich überhaupt keinen Besitz haben, und schon gar keinen Sklaven. Aber das ändert nichts daran, dass du Vater Unwan künftig ein wenig unter die Arme greifen wirst. Los, such ihn und frag ihn, wofür er dich brauchen kann.«

»Aber ich muss auf die Reise nach Westen mit!« Viggo hob die Hände, als sich Leifs Miene verfinsterte. »Schon gut, ich geh ja schon. Nur – bitte, Herr! Fahr nicht ohne mich!«

Leif wartete, bis Viggo das Eingangstor erreicht hatte. »Eigentlich«, rief er Viggo dann hinterher, »hatte ich erwartet, dass du noch sagen würdest, dass es ja König Olafs Wunsch sei, dass du mitfährst …«

Viggo drehte sich um. »*Du* bist mein Herr«, erwiderte er. »Und wäre ich nicht dein Sklave, würde ich dich als meinen Skipherra verehren, denn ich bin auf deinem Schiff mitgefahren. Es ist allein deine Entscheidung, ob du mich mitfahren lässt oder nicht.«

Leif nickte zufrieden, während Viggo die Halle verließ. Leifs Reaktion zeigte ihm, dass er genau das Richtige gesagt hatte. Warum sollte er nicht auch ein bisschen Taktik anwenden, statt immer sein Herz auf der Zunge zu tragen? Die Wikinger hatten ja auch nichts gegen Schläue und Hinterhalt einzuwenden, wenn sie in den Kampf zogen. Und ein Kampf war es, den Viggo ab sofort führte – der Kampf darum, die zweite Aufgabe zu erfüllen und dann mit Leif nach Amerika zu pflügen. Er hatte viel zu lange die Dinge mit sich geschehen lassen. Es wurde Zeit, das anzuwenden, was er bisher gelernt hatte!

16.

»Was soll das heißen?«, fragte Unwan mit sich überschlagender Stimme. Die Spitze seiner Haselnussgerte zitterte vor Empörung, als sie auf die Worte zeigte, die Viggo auf sein Holztäfelchen geschrieben hatte.

»*In Nomine Patris*«, stand dort. Viggo hatte es hingeschrieben, da Unwan ihn dazu aufgefordert hatte, um zunächst Viggos Schreibkünste zu überprüfen, ehe er sich weiter mit ihm befasste. »Das heißt: *Im Namen des Vaters*«, erklärte Viggo.

»Falsch! Das heißt: Geschmier, Geschmier, Geschmier!«

Sie saßen auf einem flachen Felsen oberhalb der Ansiedlung. Von hier aus konnte man die gesamte Bucht überblicken, die grünen Hügel ringsherum, die höher aufragenden Berge in weiterer Entfernung. Es war atemberaubend schön. Aber zumindest Vater Unwan hatte kein Auge dafür.

345

»Und hier!«, fauchte er. »Hier hast du gekleckst! Zeig mir deine Hände!«

Viggo hob die Hände und streckte sie vor sich aus. Wenn man mit einem Gänsekiel schrieb, selbst mit einem so guten wie dem, den Viggo sich in mühevoller Arbeit perfekt zurechtgeschnitten hatte, bekam man immer Tinte auf die Finger. Er sah keinen Klecks auf dem Täfelchen, aber er hatte auch nicht erwartet, dass Vater Unwan seine Künste fair beurteilen würde.

Die Gerte peitschte über Viggos Handrücken. Er hatte den Schlag nicht kommen sehen. Sie brannte einen roten Striemen in Viggos Haut. Der Schmerz war so heftig, dass Viggo keuchte. Er fuhr auf. Das Täfelchen fiel mit der Schriftseite nach unten auf den Stein.

»Respektlosigkeit!«, zischte Unwan. »Den Namen des Herrn in den Schmutz fallen zu lassen!«

»Du hast mich geschlagen!«, rief Viggo. Der Striemen brannte so schmerzhaft, dass ihm der Schweiß ausbrach. Er hörte, dass seine Stimme zitterte, und wurde wütend darüber.

»Nein, ich habe dich gezüchtigt«, sagte Vater Unwan. »Und ich werde dich weiter züchtigen, wenn du nicht sofort die Tafel aufhebst und dich beim Schreiben anstrengst.«

Sie lieferten sich ein Blickduell. Vater Unwan verlor, kaschierte es aber, indem er sich bückte, das Täfelchen aufhob und eine Menge Aufsehen darum machte, die Schriftseite von imaginärem Schmutz zu befreien. Die Buchstaben waren etwas verwischt, weil die Tinte noch nicht trocken gewesen war, das war alles. Er knallte Viggo das Täfelchen vor die Brust.

»Schreib!«, befahl er. »Los! *In Nomine Patris et Filii et Spiritus Sancti* ...«

Viggo nahm seine Feder und schrieb. Die Haut spannte sich auf seinem Handrücken. Beide Hände pochten. Er schwitzte, dabei hatte sich auf seinen Armen eine Gänsehaut gebildet. Krakeliger als zuvor kratzte Viggo die Wörter auf das Holz. »Schon wieder – Geschmier, Geschmier, Geschmier!«, kreischte Vater Unwan. Er riss Viggo die Tafel aus der Hand. »Streck die Hände aus, du Unflat!«

»Vergiss es, Alter«, sagte Viggo, in dem Schmerz, Verletztheit und eine mörderische Wut brodelten.

Unwan schnaubte ungläubig. Er zeigte mit der zitternden Spitze der Haselnussgerte auf Viggos Gesicht. »Streck die Hände aus!«, befahl er mit erstickter Stimme.

Viggo griff blitzschnell zu und riss dem Mönch die Gerte aus der Hand. Er warf sie beiseite. »Schlag mich noch ein einziges Mal, Geschorener, und ich schlage zurück«, hörte er sich sagen und war trotz seiner Wut erstaunt über die Härte der Worte, die ihm da tief aus dem Herzen gesprochen hatten.

Vater Unwan traten die Augen hervor. Seine Hände öffneten und schlossen sich, als würden sie nach der Gerte suchen.

»Wenn du mich schlägst, lässt die Herrin dich totprügeln«, brachte der Mönch heraus. »Und Gott der Herr wird dich verfluchen und deine Seele der ewigen Verdammnis übergeben.«

»Das ist es mir wert!«, knurrte Viggo.

Vater Unwan schlug das Kreuzzeichen über ihn. »Herr, sein Herz ist schwarz und verstockt«, murmelte er. »Du prüfst deinen Diener hart, indem du ihm dieses halbe Tier geschickt hast.«

»Du wolltest mich doch haben«, sagte Viggo. »Du brauchst nur ein Wort zu sagen, und ich verschwinde sofort.«

»Schreib weiter«, befahl Unwan und tat so, als wäre er resigniert und müde angesichts der Frechheit dieses Jungen. »Du brauchst Übung.«

Viggo setzte sich wieder zurecht und tauchte die Feder ein. Er wartete auf Unwans Diktat. Doch der Mönch beugte sich über den Jungen und sagte nur: »Zeig mir mal die Feder!«

Viggo reichte sie ihm. Unwan schleuderte die Tinte aus und hielt die Feder gegen das Licht. Er drehte sie hin und her. Seine Augen wurden schmal. Viggo ahnte, dass es vor Wut war, weil er die Feder wirklich perfekt zugeschnitten hatte. In dieser Hinsicht konnte der Mönch ihm gar nichts am Zeug flicken.

»Schlampig, schlampig, schlampig!«, knirschte Unwan. »Der Herr sagt: So wie du das Werkzeug in deinem Weinberg behandelst, so behandelst du auch mich. Respektlos, in jeder Beziehung respektlos!«

Viggo, der sich aus dem Religionsunterricht daran zu erinnern glaubte, dass die Geschichte mit dem Weinberg irgendwie anders ging, überlegte, ob er Unwan darauf hinweisen sollte. Doch dann sah er sprachlos, wie Unwan die perfekte Feder zerknickte, auf den Boden warf und sie auf dem felsigen Untergrund förmlich mit den Füßen zertrat.

»Da!«, schnaufte Unwan. »Dieses Werkzeug war es nicht wert, den Namen des Herrn niederzuschreiben. Genauso wie du. Und genauso, wie ich dieses missratene Stück zertreten habe, werde ich auch dich zertreten.«

Viggo stand langsam auf. Er musste sich beherrschen, um in seinem Zorn nicht auf den Mönch loszugehen. Als er aufrecht stand und auf Vater Unwan hinunterschaute, wich der Mönch einen Schritt zurück. Seine Augen wurden groß. Er hob die Gerte, die er sich wieder geschnappt hatte, wie einen Schutzschild vor sich.

»*Vade retro, Satanas*«, flüsterte er erschrocken. Sein Adamsapfel hüpfte auf und ab.

In Viggos Ohren trommelte sein eigener Pulsschlag.

»Vater Unwan! Viggo!«

Viggo und der Mönch fuhren herum. Thorkells stämmige Gestalt kam den Hang heraufgeeilt. »Hier seid ihr! Vater Unwan, meine Großmutter bittet dich in das Haus meines Großvaters.«

Unwan blinzelte. Er ließ die Gerte sinken. »Wozu?«

»Weiß ich nicht, Vater Unwan.«

Der Mönch riss sich sichtlich zusammen. Er deutete auf Viggo. »Und er?«

»Den Sklaven will sie nicht sehen. Er wird mir unterdessen zur Hand gehen. Mein Vater hat mir Arbeiten aufgetragen.«

»Nimm ihn hart ran, mein Sohn«, sagte Unwan gehässig. Er reichte Thorkell die Gerte. »Lass sie ihn spüren. Hoffentlich wagt er es nicht, auch gegen dich aufsässig zu werden.«

»Keine Sorge, ich kann mit ihm umgehen«, erklärte Thorkell und ließ grinsend die Gerte durch die Luft pfeifen.

Unwan nickte zufrieden. Dann schlug er über Thorkell das Kreuzzeichen und schritt davon.

Viggo suchte Thorkells Blicke. Die Augen des Jungen waren hart wie Steine. Auf einmal fiel Viggo ein, wie Thyra im Zelt seine Hand ergriffen hatte. Ob Thorkell diese Geste mitbekommen hatte?

Der Wikingerjunge trat einen Schritt auf ihn zu. »Aufsässig bist du also, Sklave?«, bellte er. »Dann lerne Gehorsam!« Er hob die Gerte und schlug links und rechts zu.

17.

Niemand in der ganzen Ansiedlung nahm Notiz von dem, was oben auf dem Hügel geschah.

Es war sonnig, aber kühl, der Wind hatte sich gelegt. In den Hausgärten wurde geschnitten und gegraben, einige Männer werkelten im Hafen an ihren Fischerbooten herum, andere waren damit beschäftigt, das Dach an einem neuen Haus einzudecken.

Der Himmel spannte sich in einem strahlenden Blau über der Bucht und spiegelte sich im ruhigen Wasser, sodass man schwer sagen konnte, wo oben und wo unten war.

Auch Viggo fühlte sich, als hätte er die Orientierung verloren.

»Tu wenigstens so, als würde es dir wehtun!«, zischte Thorkell ihm zu. »Ich weiß nicht, ob er noch guckt!«

Viggo krümmte sich und hielt sich die Hände an die Wangen. Thorkells Streiche hatten ihn kaum gestreift, obwohl die Gerte laut durch die Luft gepfiffen hatte. Thorkell hatte seine Schläge genau im richtigen Moment abgebremst.

»Er dreht sich nicht mehr um …«, sagte Viggo zwischen seinen Händen hindurch. Er sah Vater Unwan hinter einer Kuppe verschwinden. »Jetzt ist er weg.«

Thorkell schleuderte die Gerte davon. »Mann, der Kerl ist vielleicht ein Skralinger«, brummte er.

»Einen Moment dachte ich …«, stotterte Viggo, doch Thorkell fiel ihm ins Wort.

»Was? Dass ich dich wegen dieses miesen Geschorenen schlage?«, fragte Thorkell. »Wenn ich dich verhaue, müsste ich schon meine eigenen Gründe haben.« Er grinste übers ganze Gesicht. Dann streckte er Viggo die Hand hin. »Hey, du hast mir gegen meine Großmutter geholfen. Nicht mal mein Großvater traut sich, was gegen sie zu sagen. Und du hast ihr meinetwegen eiskalt ins Gesicht gelogen. Das rechne ich dir hoch an, ganz ehrlich. Wollen wir Freunde sein?«

Er streckte Viggo die Hand entgegen, der Thorkells kräftigen Händedruck erwiderte. Langsam stieg eine große Erleichterung in ihm auf.

»Freunde!«, wiederholte er mit Nachdruck.

Wenig später standen sie am Wasser und sahen dabei zu, wie die Seeleute die *Fröhliche Schlange* wieder herrichteten. Taue wurden eingefettet, abgesplitterte Planken glatt gehobelt, Lederteile mit Schmalz eingerieben. Einer der beiden Schiffszimmerer, Svejn Flokisson, malte mit Hingabe rote Farbe in die geschnitzten Kerben des Drachenkopfs, sein Bruder Olof hatte sich den Mast vorgenommen und schliff an seiner Basis herum, damit sie noch geschmeidiger in die Aussparung im Laufsteg passte.

»Stimmt das eigentlich, dass deine Großmutter Vater Unwan sprechen wollte?«, fragte Viggo nach einer Weile.

»Sie kam vorhin in die Halle und sagte: ›Ich hoffe, dass Vater Unwan gut mit seiner Arbeit vorankommt.‹«

»Und daraus hast du geschlossen, dass sie ihn sehen will …« Viggo grinste.

Thorkell grinste zurück. »Sie wird ihn nicht wegschicken, wenn er kommt, so viel ist sicher.«

»Danke.«

»Könntest du mir das beibringen?«, fragte Thorkell nach einer kurzen Pause. »Das Schreiben? Dann ist mein Vater vielleicht stolz auf mich, wenn ich was beherrsche, was sonst keiner kann.«

»Klar«, sagte Viggo, der da nicht ganz so sicher war, wie er tat. Aber vielleicht könnte er es ihn auf der Reise nach Westen lehren – das wäre womöglich ein weiterer Grund für Leif, Viggo mitzunehmen …

»Äh … was ist eigentlich mit deiner Mutter …?«, fragte Viggo nun zögerlich.

»Die ist gestorben, als ich noch ganz klein war. Hab sie nie gekannt.« Thorkells Stimme klang nüchtern. Die Einsamkeit, die Thorkell als Enkel des Jarls erlebt haben musste, der keine

Geschwister hatte und mit dem sich Gleichaltrige wegen seiner Stellung vermutlich nur zögernd angefreundet hatten, konnte man ihm nicht anmerken.

»Ich habe meine leibliche Mutter auch nie gekannt«, erwiderte Viggo.

»Oh. Du bist bei Zieheltern aufgewachsen. Das kommt vor. Ist ganz normal.«

»Da, wo ich herkomme, nicht«, erklärte Viggo vorsichtig.

»Mein Vater meint, dass ich bald eine neue Mutter bekomme. Und ein Brüderchen.« Offenbar wusste Thorkell schon über die Liebesgeschichte zwischen Leif und der tapferen Thorgunna von der Insel Skuy Bescheid. Leif hatte wohl vor seinem Sohn keine großen Geheimnisse.

Aber Thorkell schien seine neue Mutter nicht besonders brennend zu interessieren. Er kam lieber auf ein anderes Thema zu sprechen: »Was ist eigentlich mit diesem Speer?«

Viggos Gesicht hellte sich auf. An Thorkell hatte er noch gar nicht gedacht. Hatte der Junge den Speer vielleicht an sich genommen, weil er sicher war, dass die Waffe Thyras Eigentum war und er sie schützen musste?

»Hast du ihn etwa?«, stieß Viggo hervor.

»Nein. Mir ist er gar nicht aufgefallen. Keine Ahnung, wo er ist. Aber warum suchst du danach?«

Viggo zögerte. Durfte er Thorkell seine Geschichte anvertrauen? Leifs Sohn hatte ihm die Freundschaft angeboten. Aber würde sie auch Bestand haben, wenn er Viggos fantastische Geschichte erfuhr?

Am Ende schlug Viggo all seine Bedenken in den Wind. Wenn sich zwischen ihm und Thorkell eine gute Freundschaft entwickeln sollte, dann durfte keine Lüge zwischen ihnen stehen. Er holte tief Luft und begann zu erzählen.

18.

Thorkell nahm Viggos Geschichte genauso nüchtern hin wie Thyra. Allenfalls setzte er noch einen drauf, indem er sagte: »Das machen die Götter gern, dass sie einem irgendwelche Aufgaben stellen und die Seherinnen das dann verkünden lassen. Als ob sie es nicht selber erledigen könnten. Du bist schon länger getauft als ich. Macht es der Christengott auch so? Dass er einem schwere Aufgaben stellt?«

Viggo dachte an einige der Lehren von Jesus Christus – dass man seine Feinde lieben und jemandem, der einem eine Ohrfeige gegeben hat, auch noch die andere Wange hinhalten soll. »Ja«, sagte er.

»Dann frag ich mich, weshalb wir die Religion gewechselt haben, wenn es im Christentum auch nicht besser wird.«

»Thorkell, wie komme ich an den Speer? Ich brauche ihn!«

»Wenn du ihn gefunden hast, lässt du ihn mich mal auspro-

bieren? Odins eigener Speer!« Thorkells Augen glänzten vor
Begeisterung. »Wer ihn wirft, trifft immer sein Ziel!«

»Du darfst ihn so oft werfen, wie du willst – Hauptsache ich
finde ihn.«

»Hast du schon die Schiffsbesatzung gefragt?«

»Nein. Ich weiß doch nicht, wo jeder Einzelne wohnt, und
die Namen hab ich mir auch nicht alle merken können.«

»Wirklich nicht? Die paar Namen? Das ist doch einfach.
Was soll's – komm mit.«

In den nächsten Stunden suchten Thorkell und Viggo die
Männer auf, die mit ihnen von König Olafs Hof hierhergekommen waren: den Matsveinn Raud Thorsteinsson, die beiden Schiffszimmerer Flokisson, den Stevenbauer, den Stafnasmidir Bjornsson, die beiden Filungar, den Schiffslotsen Eyvind
Rollosson, den Segelmeister Sigmundur Rollosson, Rávordr
genannt, und noch einige andere.

Viggo schwirrte der Kopf vor lauter Namen. Manche davon hatte er noch nie gehört – vor allem die der Holumenn, der
Ruderer, die keine andere Pflicht auf dem Schiff erfüllen mussten.

Auf diese Weise erfuhr Viggo, dass sogar Thorkell eine Aufgabe auf dem Schiff seines Vaters hatte: Er war der Feindaus-
guck, der Sjónarvordr.

All diese Männer würden sie auf der großen Fahrt ins Unbekannte begleiten. Leif hatte sogar einen zusätzlichen Steuermann, einen Stjormári, angeheuert, obwohl er selbst hervorragend steuern konnte. Thorkell sagte – und dabei hörte er sich

beinahe ehrfürchtig an – dass der neue Stjormári ein Mann namens Tyrker sei, ein enger Freund seines Vaters.

»Tyrker ist ein Fremder, er kommt aus der Gegend der Rus«, sagte Thorkell. »Oder südlich davon. Er ist der beste Steuermann des Nordens.«

Trotz der ganzen neuen Erkenntnisse brachte die Befragung der Schiffsbesatzung jedoch kein Ergebnis. Keinem war der Speer aufgefallen, keiner hatte ihn. Mehrere der in Kaupangen zugestiegenen Ruderer reagierten sogar feindselig. Sie dachten, man würde ihnen unterstellen, den Speer an sich genommen und damit die Gesetze der Wikinger gebrochen zu haben. Thorkell als Sohn des Skipherra und Enkel des Jarls konnte sie jedoch wieder beruhigen.

Als sie wieder am Hafen angelangt waren, ließ Viggo enttäuscht die Schultern hängen.

»Wir sind genauso weit wie zuvor«, sagte er. Er war wütend und nervös. Wieso funktionierte eigentlich überhaupt nichts? Wofür hatte Loki ihn hierher gebracht, wenn die Aufgaben, die er zu lösen hatte, unlösbar waren und der Gott ihm so gut wie gar nicht half?

»Wie hast du dir das überhaupt gedacht?«, fragte Thorkell. »Dass meine Großmutter und mein Großvater sich umstimmen lassen und du mitfahren darfst, nur weil du den Speer hast? Was hat das eine mit dem anderen zu tun?«

»Gar nichts. Ich hab dir doch erzählt, weshalb ich den Speer suche. Außerdem widersetzt sich dein Großvater einer Anordnung von König Olaf persönlich, wenn er mir die Mitfahrt verbietet«, sagte Viggo verdrossen. »Der König wollte, dass jemand die Reise als Chronist festhält. Es geht ja immerhin darum, dass die Nordmänner Ragnarök überleben!«

Thorkell seufzte. »Erstens erkennt mein Großvater König Olaf nicht als seinen Herrn an, und da er auf der Fahrt der Skipherra sein wird, zählt es auch nicht, dass mein Vater sich unter König Olafs Herrschaft gestellt hat. Zweitens ... was denkst du, wird mein Großvater tun, wenn er das fremde Land entdeckt und ausgekundschaftet hat? Er wird mit der *Fröhlichen Schlange* direkt zu König Olaf fahren und persönlich Bericht erstatten. Da kannst du tausend Pergamente vollschreiben und Bilder malen, wie das neue Land aussieht – nichts von dem, was du herzeigst, wird auch nur halb so wichtig erscheinen wie ein mündlicher Bericht von Erik dem Roten, dem großen Entdecker. Der König braucht nicht mal zu verkünden, dass das neue Land unser aller Leben retten kann. Er braucht nur zu sagen, dass es der große Erik gefunden hat und dass er alle einlädt, dorthin zu fahren, und das Meer wird bunt sein vor Segeln. Und was den Speer angeht – selbst wenn du ihn findest und Thyra keinen Anspruch darauf erhebt und auch mein Vater nicht ... selbst wenn alle Welt sagt, dass du ihn haben kannst ... bist du immer noch ein Sklave! Du kannst überhaupt nichts besitzen. Was dir gehört, gehört in Wirklichkeit deinem Herrn.«

Viggo sah auf. Er konnte sich einfach nicht daran gewöhnen, dass er ein Sklave war. »Wie kann ich wieder ein freier Mann werden?«, fragte er.

Thorkell musterte ihn nachdenklich. »Du kannst dich freikaufen«, sagte er dann und zuckte mit den Schultern. »Hast du Geld?«

»Nicht eine Münze.«

»Dann musst du deinen Herrn dazu bringen, dich freizulassen.«

»Ich muss mich beeilen«, sagte Viggo düster. »Wenn Vater Unwan mein Herr wird, bin ich sowieso erledigt. Wie kann ich deinen Vater dazu bringen, dass er mich freigibt? Kennst du Fälle, in denen Sklaven die Freiheit gegeben wurde?«

»So was gibt es immer wieder«, erklärte Thorkell. »Meistens, wenn ein Grundherr so viele Felder hat, dass er sie nicht mehr selbst bestellen kann. Sklaven arbeiten schlechter als freie Männer. Wenn dieser Grundherr also Sklaven hat, gibt er ihnen die Freiheit und verpachtet ihnen seine überzähligen Felder. Dann erhält er einen Anteil vom Ertrag ihrer Arbeit und sie können in ihre eigene Tasche wirtschaften. Das nützt dann allen.«

»Ich muss also Leifs überzählige Felder finden …«, murmelte Viggo.

»Mein Vater bestellt den Boden nicht, er fährt zur See.«

»Ich weiß. Ich habe es sinnbildlich gemeint. Was will dein Vater unbedingt haben, was er nicht ohne meine Hilfe kriegen kann?«

»Mein Vater will das unbekannte Land finden.«

»Genau!«, rief Viggo. Plötzlich stieg wieder Hoffnung in ihm auf. Er kramte in seiner Erinnerung nach den Inhalten seiner Geografiestunden. Allzu gut hatte er nie aufgepasst, aber ein bisschen war hängen geblieben. Wenn er sich anstrengte, konnte er wahrscheinlich halbwegs genau die Küstenlinie von Nordamerika skizzieren. In einer Geografie-Schulaufgabe hätte die Zeichnung wahrscheinlich höchstens zu einer Fünf gereicht. Doch sie war besser als alles, was die Wikinger zustande gebracht hätten, denn die kannten das Land überhaupt nicht. Auch Bjarne Herjulfsson, auf den sich Leif berief, hatte wohl nur einen winzigen Abschnitt der Küste gesehen.

Aufgeregt öffnete Viggo den Mund, doch dann schloss er ihn wieder. Erneut wurde ihm klar, was das Sklavendasein bedeutete. Wenn er zu seinem Herrn gehen und ihm erzählen würde, was er wusste, würde Leif ihm als Sklaven kein Wort glauben. Und er konnte ihn mit diesem Wissen erst recht nicht unter Druck setzen.

Irgendwie musste Viggo es so weit bringen, dass Leif gar keine andere Wahl hatte, als ihn freizugeben. Dann konnte er den Wikinger davon überzeugen, dass er unbedingt mitfahren musste, ohne seine Kenntnisse quasi unentgeltlich preisgeben zu müssen.

Aber vorher musste er noch den vermaledeiten Speer auftreiben. Sonst würde er seine Eltern nie finden. Alles Aufgaben, die man an einem einzigen Nachmittag locker erledigen konnte – wenn man einer von den Superhelden war, vorzugsweise Thor von den Avengers, der sich hier ohnehin bestens auskennen würde! *Loki, hilf mir!*, flehte Viggo innerlich. *Wenn das hier ein Computerspiel wäre, wäre es jetzt Zeit für einen Cheat! Du bist doch der große Schwindler!*

19.

Am Abend befahl Thjodhild Viggo mit strenger Miene, dem »sterbenden Mädchen« etwas zu Essen zu bringen und die Nacht vor dem Zelt der Verletzten zu wachen, für den Fall, dass sie tatsächlich starb und die Nachricht von ihrem Tod schnellstmöglich die Halle erreichen musste.

Während Thorkell bei diesen Worten bleich vor Schreck wurde, starrte Thjodhild ihren Sohn Leif so lange herausfordernd an, bis dieser nachgab. Immerhin war Viggo ja noch sein Sklave.

»Tu, was meine Mutter dir aufgetragen hat«, sagte er zu Viggo.

»Ja, Herr.«

Mit einer Schüssel voll Buttermilch und darin eingebrocktem Brot machte Viggo sich auf den Weg. Beim Ausgang der Halle stand Thorkell, der ihm rasch ein paar Worte zuflüsterte.

Viggo nickte, er hatte verstanden: Er würde Thyra Grüße ausrichten, die von Herzen kamen. Innerlich krümmte er sich wegen Thorkells vergeblicher Liebe zu dem geheimnisvollen Mädchen.

Draußen war es immer noch hell, obwohl es längst auf Mitternacht zuging – ein typischer Abend in den nördlichen Breiten. In Viggos Heimat wäre dies das Licht des Spätnachmittags gewesen. Ein paar Schritte entfernt etwas abseits des Wegs sah Viggo ein Pferd am Gras rupfen. Das Pferd trug ein metallbeschlagenes Zaumzeug, aber keinen Sattel. Es war ein stämmiger, kastanienbrauner Hengst mit einer blonden, geflochtenen Mähne und einem zu einem langen Zopf geflochtenen Schweif. Man konnte die dunklen Stellen in seinem Fell sehen, wo bis vor Kurzem noch ein Sattel aufgelegen hatte.

Viggo kannte das Pferd. Er stellte die Schüssel ab und ging wieder in die Halle zurück.

»Das Pferd von Jarl Erik steht allein und ohne Sattel, aber mit Zaumzeug draußen«, meldete er.

Thjodhild sagte mit erzwungener Ruhe zu Leif:»Dein Vater war heute mit dem Pferd unterwegs. Sieh nach, ob ihm etwas zugestoßen ist.«

Thorkell eilte mit seinem Vater nach draußen. Viggo wollte sich anschließen, aber Thjodhild befahl ihm mit eisiger Stimme, ihren Befehl auszuführen.

Thyra richtete sich halb auf, als Viggo in ihr Zelt schlüpfte. Ihr Gesicht leuchtete bei seinem Anblick. Viggo fiel ein, dass sie den ganzen Tag allein hier gewesen war, und er fragte sich, wie sie sich dabei wohl gefühlt hatte.

»Ich hab dich total vernachlässigt!«, sagte er betroffen. »Es tut mir leid.«

»Ich habe geschlafen«, sagte Thyra. »Mach dir keine Gedanken. Es tut manchmal gut, für sich zu sein.«

»Ich weiß nicht. Auf deinem Boot warst du schon genug allein … die ganze Zeit … auf dem weiten Meer …«

»Da hatte ich Fieber und hab es kaum mitbekommen. Außerdem war ich ja auch nicht ständig allein.«

»Nein? Wer war denn bei dir?«

Thyra starrte ihn an. Man konnte sehen, dass sie sich darüber ärgerte, sich verplappert zu haben. Doch dann deutete sie schnell auf die Schüssel und sagte: »Jetzt habe ich jedenfalls ordentlichen Hunger.«

Viggo setzte sich neben sie. Er überlegte, ob er weiter nachfragen sollte. Welches Geheimnis umgab ihre unfreiwillige Reise? Wer war in dem kleinen Boot bei ihr gewesen? Etwa diejenige, deren Vertrauen Thyra missbraucht zu haben glaubte, weil sie Viggo zu viel erzählt hatte? Wer war diese Person? Und warum sollte Viggo nichts über sie erfahren?

Nachdem Thyra hungrig alles aufgegessen hatte, nahm sie Viggos Hand und schloss die Augen.

»Funktioniert es noch?«, fragte Viggo unwillkürlich. »Geht es dir besser?«

Thyra nickte.

»Hat sich heute schon jemand um deine Wunde gekümmert?«

Thyra musterte ihn erstaunt. »Aber du weißt doch genauso gut wie ich, dass das unser Weg ist. Kranke müssen von selbst gesund werden – oder eben nicht. Man bringt ihnen zu essen, und das war's.«

Dennoch wehrte Thyra sich nicht, als Viggo mit spitzen Fingern begann den Verband abzuwickeln. Er bestand aus unregelmäßigen schmalen Bahnen weichen Stoffs und hatte grüne und braune Flecke von Rauds Salbe und mittlerweile auch von getrocknetem Blut. Je weiter Viggo den Verband löste, desto mehr musste er daran denken, dass Thyra darunter möglicherweise kein Hemd trug. Sie hatte es über dem Verband getragen und mit einiger Mühe von der Schulter geschoben, als Viggo sich daran zu schaffen machte. Er begann zu zittern.

Die letzte Bahn ließ sich so anheben, dass nur die Wunde darunter zu sehen war und alles andere verdeckt blieb. Allenfalls der Ansatz einer Brust war zu sehen. Viggo war erleichtert und enttäuscht zugleich.

Thyras Wunde war von einer dicken Schicht der immer noch feuchten Salbe bedeckt. Viggo schnupperte zögernd daran.

Sie roch wie nasser Tee.

»Auf die Wunde kommt es an, nicht auf die Salbe!«, sagte Thyra lachend. »Wenn die Wunde übel riecht, ist sie noch nicht verheilt.«

Noch stärker zitternd als zuvor nahm Viggo einen Zipfel des Verbands und versuchte die Salbe so vorsichtig wie möglich abzutupfen.

»Trau dich ruhig, Viggo«, sagte Thyra. »Ich weiß, dass du mir nicht wehtun willst.«

Schließlich war die Wunde freigelegt – eine verkrustete runde Narbe, seltsam grünlich verfärbt von Rauds Kräutern. Die Haut rundherum war gespannt, aber nicht entzündet, und Thyras helle Schulter war von den Kräutern ebenfalls grün angehaucht.

Thyra schielte an Viggo vorbei. »Sieht gut aus, oder?«, fragte sie.

Viggo versuchte nicht daran zu denken, dass dieses harmlos wirkende runde Loch der Eingang zu einem Wundkanal war, der durch Thyras ganze Schulter reichte und am Schulterblatt auf dem Rücken endete, und beugte sich nach vorn. Die Wunde roch nicht anders als die Salbe, sie hatte keinen Eigengeruch.

»Und wie sieht es hinten aus?«, fragte Thyra.

Er half ihr, sich halb aufzurichten. Die Wunde auf Thyras Rücken war größer, aber auch sie schien nicht entzündet zu sein. Er schmierte wieder Salbe darauf und legte erneut den Verband an. Es sah nicht mehr so perfekt aus wie zuvor, aber Thyra beklagte sich nicht.

»Vielleicht kann ich Raud dazu bringen, dass er morgen nach dir sieht«, sagte Viggo. Er hatte das seltsame Gefühl, dass Thyra etwas anderes hatte hören wollen – zum Beispiel, dass er selbst sich wieder um sie kümmern würde.

»Bist du mit der Suche nach dem Speer weitergekommen?«, fragte sie.

»Nein.«

»Du musst es weiter versuchen. Dass der Speer in dem Boot war, mit dem ich von Island floh, bedeutet sicher, dass du ihn finden solltest.« Sie deutete auf die Schüssel. »Musst du nicht wieder zurück?«

»Ich soll laut Thjodhild bei dir Wache halten, weil sie glaubt, dass du in der Nacht sterben wirst.«

»Das hätte sie wohl gerne.« Thyra strich über Viggos Haar. »Heißt das, du bleibst die ganze Nacht bei mir?«

Erneut stieg Röte in Viggos Wangen. »Ich … äh … vor dem Zelt, hieß es …«, stotterte er.

»Natürlich hieß es das«, sagte sie und lächelte.

Viggo schlüpfte hinaus. Nach kurzer Wartezeit hörte er, wie sich Schritte näherten. Thorkell kam stolpernd und rutschend den Hang herunter. Er musste die ganze Strecke gerannt sein.

»Wie geht's ihr?«, stieß er hervor.

Viggo hob die Schüssel hoch, die er mit nach draußen genommen hatte. »Sie hat was gegessen. Es geht ihr gut.«

»Danke, dass du dich um sie kümmerst«, sagte Thorkell. Er schielte sehnsüchtig zum Eingang des Zeltes.

»Ich glaube, sie schläft«, sagte Viggo, der keine Ahnung hatte, ob es wirklich so war.

»Oh. Hoffentlich hab ich sie nicht geweckt!«

»Was ist mit deinem Großvater?«

»Wir haben ihn gefunden. Er ist vom Pferd gestürzt. Mein Vater und mein Onkel haben ihn in die Halle getragen. Er hat die ganze Zeit geflucht. Sein Knöchel ist gebrochen oder verstaucht. Raud sieht gerade nach ihm.«

»Er kann doch nicht einfach vom Pferd gefallen sein. Es trug doch einen Sattel, oder?« Viggo erinnerte sich, dass die Wikingersättel, die er bisher gesehen hatte, vorne und hinten etwas hochgezogen waren. Man konnte sich förmlich darin zurücklehnen, ohne herauszufallen.

»Mein Großvater sagte, dass das Pferd einen Satz gemacht hat und dass der Sattelgurt genau in dem Moment gerissen ist. Es hat sich erschreckt, weil aus dem hohen Gras auf einmal ein Tier herauskam und quer über den Pfad rannte. Jedenfalls herrscht in der Halle jetzt Aufruhr. Meine Großmutter scheucht alle herum, wie du dir denken kannst. Mich vermisst dort gerade keiner.« Er grinste.

»Und das heißt …?«, fragte Viggo vorsichtig.

»Dass ich mit dir hier Nachtwache halte. Ich hab sogar …«, er schob seine Gürteltasche nach vorn und kramte ein Stück Räucherfleisch heraus, »… Proviant mitgebracht. Es wacht sich angenehmer zu zweit.«

Viggo nickte. Insgeheim fragte er sich, ob Thorkells Geste reine Freundschaft war oder ob er einfach lieber dabei war, wenn Viggo die ganze Nacht in Thyras unmittelbarer Nähe verbrachte. Leifs Sohn schien, was das Mädchen betraf, Viggo gegenüber nicht argwöhnisch zu sein, aber Viggo hatte gelernt, dass man Wikinger niemals unterschätzen sollte.

»Danke«, sagte er daher nur und setzte sich auf einen Stein.
»Gern«, erwiderte Thorkell, während er sich neben ihn
setzte. »Stück Geräuchertes?«

6. LIED

GUNGNIR

I.

Eriks Knöchel war nicht gebrochen, sondern nur verstaucht. Man hätte meinen sollen, dass er froh darüber war, denn Knochenbrüche heilten nur schwer und ließen immer eine Behinderung zurück. Aber Erik fluchte, als hätte sich die gesamte Welt gegen ihn verschworen, und hatte eine so üble Laune, dass selbst Thjodhild im Vergleich zu ihm liebenswürdig und milde wirkte.

Viggo war Thorkell bei Tagesanbruch in die Halle gefolgt. Er überließ es dem Wikingerjungen, Thjodhild die Mitteilung zu machen, dass das fremde Mädchen doch nicht verstorben war. Thjodhild nickte nur geistesabwesend.

Gleich nach den beiden Jungen kam Vater Unwan herbeigeeilt und stellte demonstratives Mitleid über Eriks Unfall zur Schau. Er konnte sich die Bemerkung nicht verkneifen, dass Erik dieses Unglück sicher nicht zugestoßen wäre, wenn er bereits zum Christentum konvertiert wäre.

Erik schnauzte ihn dermaßen an, dass der Mönch erschrocken zurückwich und über irgendjemandes mit Sicherheit versehentlich ausgestreckten Fuß stolperte, sodass er auf den Hintern plumpste. Viggo wünschte sich, es wäre sein eigener Fuß gewesen. Vater Unwan rappelte sich auf und stolzierte voll verletzter Würde aus der Halle, während Thjodhild zu einer mehrminütigen Strafpredigt darüber anhob, dass Männer und besonders Erik der Rote wehleidiger als ein kleines Kind seien und zu nichts zu gebrauchen, außer um den Frauen einen Haufen Ärger zu machen. Viggo hätte wetten mögen, dass in der ganzen Ansiedlung die Möwen vor Schreck über den Lärm von den Dächern aufflogen und flohen.

Immerhin wurde Erik danach etwas ruhiger, und nicht lange nach Thjodhilds Ausbruch winkte er, auf seinem Thronsessel sitzend und den von Raud bandagierten Fuß auf einen Schemel abgelegt, Thorkell und Viggo zu sich.

»Erklär dem Sklaven, wo Frode Skjöldsson lebt«, sagte Erik zu seinem Enkel.»Ich will ihn sprechen.«

Viggo hatte keine Ahnung, warum Thorkell so zögernd auf den Wunsch seines Großvaters reagierte, und auch nicht, wer Frode war. Er sah Thorkell an, der nur mit den Schultern zuckte, und folgte dann der Wegbeschreibung, die er ihm gab.

Frode Skjöldsson lebte am Rand der Bucht, nicht allzu weit von der Stelle entfernt, wo Thyras Zelt stand. Er war ein mittelgroßer Mann mit langem, leicht ergrautem Haar, das zu einem Pferdeschwanz gebunden war. Er arbeitete trotz der kühlen Luft mit freiem Oberkörper in seinem Garten und

hatte seine weite Pluderhose über den Hüften zusammengebunden wie ein Handtuch, in das man sich nach dem Baden
wickelt. Seltsamerweise trug er dicke lederne Handschuhe an
beiden Händen. Er hatte sehnige Muskeln wie Taue.

Als Frode sich auf Viggos Gruß hin aufrichtete und zu ihm
umdrehte, erschrak Viggo. Über eine Gesichtshälfte des Mannes
zogen sich wulstig vernarbte Tätowierungen mit verwirrenden,
ineinander verschlungenen Symbolen, wie sie die Wikinger zu
lieben schienen. Er betrachtete Viggo ausdruckslos – oder vielleicht war es auch einfach nur unmöglich, in seinem masken-
gleichen Gesicht eine Regung zu erkennen.

»Der Jarl wünscht dich zu sprechen«, sagte Viggo.

»Ich komme sofort.« Frodes Stimme passte nicht zu seinem
Äußeren, sie war volltönend, ein angenehmer Bariton. Er
rammte den hölzernen Spaten, mit dem er gegraben hatte, in
den Boden, stapfte zur niedrigen Tür seines Hauses und schlug
dagegen. »Ilva, ich muss zum Jarl!«

Eine kleine, rundliche Frau kam heraus, die so rotbäckig
und fröhlich war wie Frode bizarr.

»Du hast noch nichts gegessen!«, sagte sie. »Mein Schwager kann solange warten. Er kann eh nicht aus seinem Stuhl
heraus, was man so hört.« Ein rascher Blick streifte Viggo, der
erstaunt zur Kenntnis nahm, dass Ilva anscheinend Thjodhilds
Schwester war und dass sich Eriks Verletzung schon herum-
gesprochen hatte. Welche Stellung mochte Frode hier im Ort
bekleiden, dass er die Schwägerin des Jarls zur Frau hatte nehmen können?

»Du bist der neue Sklave, den Leif mitgebracht hat, oder?«

»Ja, Herrin«, sagte Viggo. Er dachte daran, wie groß Thjodhilds Abneigung gegen ihn war, und beschloss, lieber sehr höflich zu ihrer Schwester zu sein.

»Oh, ein wohlerzogener Bursche!«, lachte Ilva. »Na schön. Aber, Frode, du gehst nicht, ohne was gegessen zu haben.« Ilva verschwand im Inneren des Hauses. Der Wikinger, der mittlerweile in eine Tunika geschlüpft war, wechselte einen Blick mit Viggo und zuckte mit den Schultern. Er lächelte flüchtig, was seine tätowierte Gesichtshälfte in Bewegung geraten ließ, sodass die Muster darauf zu tanzen schienen. Fasziniert beobachtete Viggo das Schauspiel und Frode schien nichts dagegen zu haben.

Ilva brachte einen Tonkrug und eine Holzschüssel mit dem unvermeidlichen Brei. Dampf kringelte sich aus der Schüssel empor, und der Duft von Äpfeln in heißem Getreide stieg in Viggos Nase. Sein Magen knurrte leise.

Frode nahm einen tiefen Schluck aus dem Krug und reichte ihn dann zu Viggos unendlicher Überraschung an ihn weiter. Viggo war wie erstarrt und reagierte so langsam, dass Ilva sagte: »Trink schon, du Skralinger. Bist wohl nicht viele Freundlichkeiten gewohnt von deiner Herrschaft?«

»Ich werde sehr gut behandelt«, sagte Viggo unbeholfen und dachte dabei an Erling und Leif. Selbst Sturebjörn, der Pirat, war freundlicher mit ihm umgegangen als Thjodhild.

»Schon recht«, erwiderte Ilva und machte eine aufmunternde Geste.

Viggo trank. Das Getränk schmeckte wie ein ziemlich saurer, dünner Gemüsesaft mit einem bitteren Abklang. Vermutlich war es Bier, das Ilva selbst gebraut hatte. Er schaffte es, keine Miene zu verziehen, und reichte den Krug zurück.

Dann machte sich Frode über den Brei her. Eine neue Überraschung wartete auf Viggo – Frode aß mit einem Holzlöffel! Viggo hatte die anderen Nordmänner ihren Brei immer mit den Fingern aus der Schüssel schöpfen sehen. Weder König Olaf noch Thyra hatten da eine Ausnahme gemacht.

Frode zog dazu den rechten Handschuh aus. Er hatte elegante, sehnige Finger mit Fingernägeln, die länger waren, als Viggos Pflegemutter sie jemals gehabt hatte. Anders als die aller anderen Männer und Frauen hier, Viggo eingeschlossen, waren Frodes Fingernägel sauber.

Nachdem Frode den Brei im Stehen aufgegessen hatte, trank er den Rest des Biers, zupfte ein Tuch von Ilvas Unterarm und trocknete sich damit den Bart ab. Auch das hatte Viggo hier noch nie gesehen. An den Bärten der meisten Nordmänner ließ sich mühelos ablesen, was sie bei ihrer letzten Mahlzeit zu sich genommen hatten.

»Gehen wir«, sagte Frode, nachdem er seinen Handschuh wieder angezogen hatte. Er schien ein Mann weniger Worte zu sein.

Viggo spürte den Blick des Wikingers auf sich ruhen, während sie über den Pfad davongingen. Er irritierte ihn. Als er noch einmal kurz zurückschaute, sah er, dass Ilva in der Tür stehen geblieben war. Zwei kleine Kinder hingen jetzt an ihrem Kittel und schauten Viggo und Frode hinterher – Frodes Familie.

In Eriks Halle begrüßte Frode alle Anwesenden mit einem Kopfnicken. Das übliche Schulterklopfen blieb aus. Frode wirkte so distanziert, dass Viggo zuerst dachte, er lebe mit seinem Schwager im Zwist, aber nach und nach wurde ihm klar, dass die Distanziertheit eher von den Anwesenden ausging und mit einer Art Respekt zu tun hatte, die Eriks Gast entgegengebracht wurde.

Frode setzte sich an den Tisch und zog beide Handschuhe aus. Auch an seiner linken Hand waren die Fingernägel sauber, allerdings kurz geschnitten.

»Aus zwei Gründen werde ich die Fahrt nach Westen nicht mitmachen«, verkündete Erik, der in seinem Thronsessel geblieben war, schroff. »Erstens bin ich mit dem kaputten Fuß nicht dazu in der Lage, und wir können den Aufbruch auch nicht länger hinauszögern, wenn Leif auf seiner Rückreise nicht in die Winterstürme geraten will. Zweitens glaube ich, dass mein Sturz ein schlechtes Omen ist. Es sagt mir, dass ich hierbleiben soll.«

»Und drittens«, fügte Thjodhild hinzu, die auf einem Platz neben der Feuerschale saß, wo sie zusammen mit zwei Mägden an einem Teppich stickte, »bist du vielleicht einfach schon zu alt, mein Lieber.« Das freundliche »mein Lieber« war von Gift durchsetzt.

»Kann schon sein«, erwiderte Erik. »Deswegen hab ich ja auch ein altes Weib.«

Thjodhild schnappte nach Luft, während Leif und die übrigen Gäste des Jarls sich verstohlen gegenseitig angrinsten. Frodes Gesicht blieb reglos.

»Jedenfalls ist deshalb mein Platz auf der *Fröhlichen Schlange* leer, und ich habe beschlossen, dass Frode ihn einnehmen soll.«

Frode neigte nur stumm den Kopf. Leif sagte vorsichtig: »Frodes Anwesenheit ehrt die Fahrt, Vater. Aber warum gerade er?«

Erik erwiderte: »Hast du nicht den Auftrag, König Olaf alles über das unbekannte Land zu berichten?«

»Deshalb«, sagte Leif noch vorsichtiger, »hat er mir doch Viggo mitgegeben.«

Erik schnaubte. »Frode ist der richtige Mann dafür. Er kann vielleicht nicht lesen und schreiben wie dein Skralinger-Sklave, aber was er einmal gesehen und sich eingeprägt hat, vergisst er nicht mehr, und er kann ein Lied daraus dichten, das einer Fahrt wie deiner angemessen ist.«

Frode neigte erneut den Kopf, offenbar in stiller Anerkennung seiner geschilderten Fähigkeiten. Da wurde Viggo mit einem Mal klar, wer Frode war: Er war der Skalde der Kolonie – der Sänger, der Dichter, der Musiker und der Geschichtenerzähler. Er war die wandelnde Erinnerung dieses Volks, das menschliche Archiv, der Mann, der aus dem Erlebten ein Epos formen konnte.

»Das ist der alte und damit der richtige Weg«, sagte Erik.
»Frode wird das Lied von deiner Reise König Olaf vortragen,
und es wird fast so gut sein, als wenn ich selbst davon berichtet
hätte.«

»Ich schätze Frode sehr«, sagte Leif. »Aber ich gebe zu
bedenken, dass ihn am Königshof niemand kennt. König Olaf
hingegen hat sein Vertrauen in Viggo …«

»Der Skralinger ist ein verdammter Sklave und ein Anhänger der Geschorenen und der Spion des Königs!«, brüllte Erik
so plötzlich, dass Viggo zusammenzuckte. »Was soll ich noch
alles gegen ihn anführen, damit du aufwachst, Sohn? Die Taufe
hat dein Hirn zu Brei gemacht!«

»Ich denke nur an die Mission, Vater!«

»Und ich denke an dich und deinen Namen und den deiner
Familie! Es geschieht so, wie ich es sage, und nun Schluss
damit! Frode, mach dich bereit zum Aufbruch.«

Der Skalde erhob sich und zog die Handschuhe wieder an,
die seinen wertvollsten Besitz, seine unversehrten Hände,
schützten. »Wann geht es los?«

»Übermorgen«, sagte Erik, noch bevor Leif antworten
konnte. »Bei Tagesanbruch.«

Ohne ein weiteres Wort verließ Frode die Halle, ganz in seiner eigenen Welt aus Dichtung und Epos verschlossen. Viggo
sah ihm wie betäubt hinterher.

2.

Während Leif und Thorkell mit der Zusammenstellung der Schiffsladung beschäftigt waren und Gespräche mit der Besatzung führten, gelang es Viggo, sich unbemerkt davonzustehlen, um Thyra einen Besuch abzustatten. Er hatte sich von den Mägden etwas hartes Brot erbettelt, das er zusammen mit ein paar Scheiben Geräuchertem, die er am Vortag abgezweigt hatte, zum Zelt des Mädchens brachte.

»Es gibt nur eine Lösung, wie du mitfahren kannst«, sagte Thyra. »Du musst Frodes Platz einnehmen.«

»Ich weiß – aber wie soll das gehen?«

»Du musst ihn natürlich töten«, sagte Thyra, und an der Art, wie sie es sagte, merkte er, dass sie es für das Selbstverständlichste der Welt hielt.

»Ich muss *was*?« Viggo schrie es fast.

»Sag bloß, der Gedanke ist dir nicht schon selbst gekommen.«

»Nein!« Nun schrie Viggo wirklich.

»Aber das liegt doch auf der Hand.«

»Nicht da, wo ich herkomme!«

Thyra ignorierte diesen Einwand. »Dennoch kannst du ihm nicht einfach auflauern und ihn unschädlich machen. Dazu ist die Kolonie hier zu klein. Und du hast ja keinen Hehl daraus gemacht, dass du mitfahren möchtest. Der Verdacht würde sofort auf dich fallen. So geht es also nicht.«

»Es geht auch noch aus einem anderen Grund nicht – nämlich weil ich so etwas einfach nicht tun werde. Ich kann doch nicht ...« Viggo fühlte sich Thyra auf einmal so fremd, dass er am liebsten aus dem Zelt geflohen wäre.

Thyra richtete sich auf, so weit es ihre verletzte Schulter zuließ, und musterte ihn.

»Ist es wegen deines Glaubens?«, fragte sie. »Ich habe schon gehört, dass Menschen, die den Geschorenen folgen, nicht töten dürfen. Ich hätte das nie für möglich gehalten, denn die Geschorenen selbst töten ohne jedes Zögern, wenn sich jemand ihrem Glauben widersetzt. Allerdings tun sie es nicht selbst, sondern bringen jemand anderen dazu, es für sie zu erledigen.«

»Einen Menschen zu töten, ist ganz einfach falsch, Thyra!«

»Ich habe versucht, den Mann zu töten, der meinen Bruder umgebracht und meine Familie zugrunde gerichtet hat. Er hatte keinerlei Skrupel, uns zu schaden und meinem Bruder das Leben zu nehmen. Hätte ich nicht hinter ihm her sein sollen? Er hat mit der Gewalt angefangen. Ich habe ihm nur zurückgegeben, was er ausgeteilt hat.«

»Aber damit hast du nichts richtiggestellt, Thyra. Du musstest fliehen, wärst beinahe gestorben und deine Eltern haben nun auch noch ihre Tochter verloren ...«

»Und was wäre sonst geschehen? Nach meinem Bruder hätte Toste auch noch mich aus dem Weg geräumt! Und dann hätte er meine Eltern vom Hof vertrieben und sie wären verhungert oder im nächsten Winter erfroren. Jetzt aber ist Toste tot ... oder wenigstens hoffe ich es! ... und meine Eltern behalten den Hof und haben genug zu essen und ein Dach über dem Kopf.«

»So lange, bis jemand aus Tostes Familie sich an ihnen rächt für das, was du getan hast.«

»Und wenn? Was zählt, ist, dass Toste niemandem mehr schaden kann. Und dass ich lebe. Diese Tatsachen habe ich geschaffen.«

Viggo merkte, dass er mit seinen Argumenten nicht weiterkam. Was Thyra sagte, besaß eine grausame, zwingende Logik. Es war falsch, einen Menschen zu töten. Aber in seiner Welt gab es Gesetze und einen Glauben, der diese Einstellung unterstützte. In Thyras Welt galt das Gegenteil. Viggo würde ihr nie erklären können, wie er fühlte.

»Was würdest du tun, wenn Frode jetzt hierherkäme und dich angreifen würde, weil Erik ihm aufgetragen hat, dich beiseitezuräumen? Würdest du dich wehren?«

»Lieber Himmel, Thyra, natürlich würde ich mich wehren ... das würde doch jeder ...!«

»Und wenn er versuchen würde, auch mich umzubringen?«

»Ich glaube, du würdest dich selbst besser verteidigen, als ich es könnte«, sagte Viggo in einem Versuch, einen Scherz zu machen. Thyra ging nicht darauf ein. Sie blickte ihn nur unverwandt an. »Ich würde ihn davon abhalten«, sagte er leise.

»Und wenn du ihn dafür töten müsstest?«

»Thyra, man kann das nicht einfach so ins Blaue hinein diskutieren.«

»Wenn die Situation da ist, ist es zu spät, sich darüber Gedanken zu machen. Man muss schon im Vorhinein wissen, was man zu tun bereit ist.«

»*Man darf nicht töten!*«, rief Viggo, der jetzt schwitzte und gleichzeitig innerlich fror.

»Nicht einmal Menschen, die den Tod verdienen?«

»Und wer legt fest, dass sie ihn verdient haben? Wie viele Menschen hätten das Leben verdient und sind trotzdem gestorben? Niemand kann es ihnen zurückgeben. Deshalb darf auch niemand ein Todesurteil aussprechen. Und Frode hat nichts Böses getan. Er weiß ja nicht einmal, dass ich mitfahren möchte, und nimmt mir auch nicht den Platz weg, weil Erik mich so oder so nicht mitnehmen wollte. Frode ist ein netter Mann. Er hat eine Familie und seine Frau war sehr freundlich zu mir.«

»Dann gibt es nur noch eine letzte Möglichkeit für dich«, sagte Thyra. »Du musst dir deinen Platz auf der *Fröhlichen Schlange* erkämpfen.«

»Aber das versuche ich doch die ganze Zeit.«

»Nein, du musst Frode offiziell herausfordern. Kämpf mit

ihm um das Recht auf seinen Platz. Wenn er annimmt, kann Erik den Kampf nicht verhindern und muss seinen Ausgang akzeptieren. Du brauchst Frode nur zu besiegen. Dabei muss er nicht zwangsläufig umkommen. Wenngleich er natürlich versuchen wird, dich zu töten.«

»*Was?*«

»Ach, armer Viggo. Ich wollte, ich könnte dir helfen.«

»Ich müsste ihn nur besiegen?« Viggo dachte daran, wie vergleichsweise mühelos er sich im Hafen von Kaupangen gegen Thorkell behauptet hatte. Bei Frode würde es etwas anderes sein, denn er war ein Erwachsener. Aber er war kein Krieger, sondern nur ein Bauer und Poet. Wenn Viggo schnell genug war und die Tricks anwendete, die er im Taekwondo gelernt hatte … Außerdem hatte Frode nichts gegen ihn, und er hatte auch nicht so gewirkt, als wäre er über Eriks Befehl, die Reise mitzumachen, sonderlich erfreut gewesen. Vielleicht tat Viggo ihm sogar einen Gefallen, indem er ihm auf diese Weise einen ehrenvollen Ausweg aus dem Unternehmen ermöglichte.

»Es muss nicht einmal Blut fließen«, beharrte Thyra.

»Ich denke drüber nach.«

»Denk schnell, denn du musst noch etwas anderes bewerkstelligen, damit es überhaupt zu diesem Kampf kommen kann.«

»Und was wäre das?«

»Nur ein freier Mann kann einen anderen zum Kampf herausfordern. Du musst vorher erreichen, dass Leif dir die Freiheit gibt.«

3.

Frustriert kehrte Viggo am Abend in die Halle zurück. Einen Ausweg aus dem Dilemma gezeigt zu bekommen, nur um festzustellen, dass dieser kaum zu erreichen war, war noch schlimmer, als gar keinen Ausweg zu sehen. Und auch von Odins Speer, den er finden musste, gab es immer noch keine Spur.

In der Halle wartete schon die nächste Hiobsbotschaft auf ihn. Thjodhild und Vater Unwan sahen Viggo mit vorwurfsvollen Gesichtern entgegen.

»Wo warst du den ganzen Tag?«, ging Thjodhild auf Viggo los.

»Lass ihn doch, ich habe ihn ohnehin nicht gebraucht«, sagte Leif, der mit müdem Gesicht am Tisch saß und an einem Brotfladen herumpickte. Er war sichtbar genervt von seiner Mutter.

»Er hätte Vater Unwan helfen sollen!«

»Ich dachte, ich soll weiter bei dem Mädchen Wache halten«, verteidigte sich Viggo. »Niemand hat mir gesagt, dass ich damit aufhören soll. Ich bin nur deiner Anweisung gefolgt, Herrin.«

»Weißt du, Mutter«, mischte sich Leif ein, »ich glaube, wenn Vater Sigward in Kaupangen der Meinung gewesen wäre, dass Unwan hier einen Helfer braucht, dann hätte er ihm sicher einen mitgegeben. Am Königshof laufen genug Geschorene herum.« Offensichtlich hatte Vater Unwan es mittlerweile geschafft, sich sogar den unkomplizierten, geduldigen Leif zum Feind zu machen.

»Vermutlich wollte Vater Sigward nicht, dass einer seiner Glaubensbrüder sich mit Tätigkeiten die Finger schmutzig macht, die nur eines Sklaven würdig sind«, sagte Thjodhild spitz.

»Es hätte ja auch ein weniger wertvoller Sklave sein können, einer, der nicht lesen und schreiben kann.«

»Für einen Mann Gottes gibt es keine niederen Arbeiten«, sagte Vater Unwan salbungsvoll. »Auch unser Herr Jesus hat den Armen die Füße gewaschen und seine Apostel gebeten, diesem Beispiel zu folgen.«

Plötzlich hatte Viggo eine Idee. Es war eher ein kleiner Geistesblitz als eine richtige Idee, aber wenn er jetzt schlau war und genau das Richtige tat … wenn er Leifs Stolz auf die Fähigkeiten seines Sklaven, wenn er Thjodhilds Gehässigkeit und Vater Unwans scheinheiliges Verhalten richtig zu nutzen verstand …

»Das liegt daran, dass der Herr Jesus keine Sklaven hatte, die ihm das abnehmen konnten«, sagte Viggo.

Alle Köpfe wandten sich ihm überrascht zu. In der Halle waren mehr Leute als sonst – Erik und seine gesamte Familie, das Gesinde, ein Teil der Besatzung der *Fröhlichen Schlange*, Frode Skjöldsson und einige weitere Grönländer, die mit Waagen und Gewichten am Tisch saßen, um Waren für die Fahrt zu verkaufen oder sich mit Anteilen am erhofften Gewinn der Mission zu beteiligen. »Die Menschen, die ihm folgten, sind ihm freiwillig gefolgt«, fügte Viggo noch hinzu.

»Halt den Mund!«, fuhr Vater Unwan auf. »Du weißt nichts und willst trotzdem schlau daherreden.«

»Viggo, wie lange bist du schon im christlichen Glauben getauft?«, fragte Leif.

Viggo sah seinem Herrn in die Augen und erkannte darin ein Funkeln. Unwans grobe Bemerkung musste Leif irgendetwas in die Hand gegeben haben, womit er den unbeliebten Mönch auf seinen Platz verweisen konnte. Viggo spürte, dass es nun am besten war, einfach die Wahrheit zu sagen.

»Gleich nach meiner Geburt«, sagte er.

»Und wie alt bist du?«

»Vierzehn Jahre, Herr.«

»Vater Unwan, wie alt bist du?«

»Ungefähr fünfundzwanzig«, knurrte der Mönch. »Aber wer weiß schon sein genaues Geburtsdatum.« Sein Gesicht hatte sich verschlossen. Er ahnte wohl, worauf Leif hinauswollte und dass er den Kürzeren ziehen würde.

»Spielt auch keine große Rolle«, sagte Leif großzügig. »Vater Sigward erzählte mir, dass du erst kurz vor Antritt seiner Mission bei König Olaf getauft worden seist. Das war vor zwei Jahren. Du bist also seit zwei Jahren Christ und Viggo schon seit vierzehn Jahren. Wenn wir berücksichtigen, dass Viggo bis zum sechsten Jahr ein ahnungsloser Hosenscheißer war, der beim Essen nur durch Zufall seinen Mund getroffen hat ...«, die Anwesenden in der Halle lachten, aber es war kein hämisches, sondern ein amüsiertes Lachen, während Leif Viggo zuzwinkerte, »... bleiben immer noch acht Jahre Erfahrung als Gefolgsmann des Christengottes gegenüber deinen zwei, Vater Unwan.«

»Die Anzahl der Jahre sagt nichts über den Umfang des Wissens aus!«, rief Vater Unwan wütend.

»Richtig. Wissen hat mit Lesen und Schreiben zu tun. Vater Unwan, wie steht es damit bei dir? Ich hab dich noch keine Zeile schreiben sehen. Oder lesen gehört. Magst du uns die Liste mit der Ausrüstung einmal vorlesen, die Viggo erstellt hat?«

Viggo blieb der Mund offen stehen. Es war ganz klar, worauf Leif hinauswollte. Anscheinend hatte Vater Sigward ihn ziemlich genau über Unwans Person aufgeklärt, bevor er ihm den Mönch mitgegeben hatte. Bislang hatte Leif darüber geschwiegen.

Vater Unwan wand sich. »Das Licht hier in der Halle ist schlecht und meine Augen tränen vom Rauch«, sagte er.

Alle sahen ihn groß an. Selbst Thjodhild, seine größte Unterstützerin, wirkte unangenehm berührt. Vater Unwan blickte sich um.

»Was?«, rief er. »Muss ich, euer geistiger Führer, mich etwa rechtfertigen oder etwas beweisen? Die Lese- und Schreibkunst ist für helle Klosterstuben gedacht und nicht für solch barbarisch dunkle Löcher wie diese ... äh ... ich wollte sagen ...«

Viggo wusste, dass die Gelegenheit nie wieder so günstig sein würde. Er schnappte sich die Liste, die auf dem Tisch lag, rollte sie auseinander und begann mit klarer Stimme daraus vorzulesen: »... zwei Stütztaue, sechs Reffbänder, zwei Schöpfkellen, dreihundert Ellen Segeltuch, sechs Zimmermannsbeile, drei Mastkeile ...«

Leif hob die Hand. »Was?«, fragte er. »Nur drei Mastkeile? Schweinerei!« Er sah Viggo erwartungsvoll an.

»Hier steht, dass du fünf Mastkeile angefordert hast, aber Olof und Svejn müssen die anderen beiden erst anfertigen, Herr.«

Gelächter machte sich breit.

»Nicht zu rauchig für dich hier in dieser Barbarenhöhle, Viggo?«, fragte Leif.

»Nein, Herr. Sehr angenehm, wenn ich mir die Bemerkung erlauben darf.«

Das Gelächter wurde lauter. Thjodhild stand auf und trat neben den vor Wut kochenden Unwan.

»Lass ihn in Ruhe, Leif«, sagte sie scharf. »Was willst du beweisen? Vater Unwan ist trotzdem der Vertreter Gottes hier auf Grönland und Viggo nur ein Sklave.«

»Aber Jesus, als dessen Vertreter sich Unwan hier sieht, hatte gar keine Sklaven. Ist es üblich, dass der Vertreter etwas bekommen soll, was nicht einmal sein Herr hat?«

Thjodhild funkelte ihren Sohn mit zusammengebissenen Zähnen an. Jetzt oder nie, dachte Viggo. Jetzt musste er schlau sein. Jetzt musste er die günstige Situation nutzen, wenn er zum Ziel gelangen wollte. Vielleicht würde Leif sich danach ja so übertölpelt vorkommen wie Thjodhild und vielleicht würde seine Sympathie für Viggo abkühlen, aber es half nichts. *Loki, du listiger Gott, steh mir jetzt bei und leih mir etwas von deinem Talent …!*

»Als freier Mann könnte ich mich dafür entscheiden, Vater Unwan zu folgen, Herr«, sagte er laut. »So wie die Apostel dem Herrn Jesus Christus aus freiem Willen gefolgt sind. Nicht, dass ich anmaßend wäre und behaupten wollte, ein Apostel zu sein. Oder Vater Unwan für den Herrn Jesus halten würde …«

Erneut brandete Gelächter auf. Leif lachte nicht. Er musterte Viggo verwirrt und argwöhnisch.

»Dann gib ihn frei!«, rief Thjodhild ungeduldig. »Vater Unwan braucht einen Helfer für seine Mission hier auf Grönland! Der Junge hat doch gerade erklärt, dass er ihm als freier Mann folgen will. Es ist mein Wunsch, Leif, dass es so geschieht! Sei ein guter Sohn und folge dem Wunsch deiner Mutter. Viggo bleibt so oder so hier, es kann dir egal sein, als was.«

Leif warf Viggo einen so durchdringenden Blick zu, dass er ihm nur mit Mühe standhielt. Der Junge zuckte mit den Schultern.

»Leif«, sagte Thjodhild beinahe sanft. »Tu es für mich und für deinen Vater und für das Glück, das dich auf deiner Reise begleiten soll. Ein Schiffsherr braucht Glück. Und seiner Mutter Ungehorsam zu leisten bringt Unglück.«

»Du hast mich reingelegt, Viggo«, sagte Leif leise. »Ich habe den Fehler gemacht, einem Sklaven zu vertrauen.«

Viggo schüttelte betreten den Kopf. Leifs Worte schnitten ihm tief in die Seele.

»Ich wollte das alles nicht«, sagte er.

»Da du der Einzige hier bist, der schreiben kann«, rief Leif mit bitter klingender Stimme, »kannst du es ja festhalten, damit es später keinen Zweifel daran gibt: Ich, Leif Eriksson, schenke meinem Sklaven Viggo hiermit die Freiheit und gebe ihm den Frieden als sein ehemaliger Herr und als der älteste Sohn des Jarls. Vater, ich bitte auch dich, Viggo den Frieden zu geben.«

Erik wirkte hin und her gerissen. Er hatte es offensichtlich genossen, wie Leif und Viggo den unangenehmen Vater Unwan vorgeführt hatten, aber Viggos Vorschlag schien ihm nicht zu gefallen. Trotzdem nickte er.

»Ich gebe dir den Frieden«, stieß er schließlich hervor.

In der Halle erhob sich allgemeines Gemurmel. Viggo fing Thorkells verwirrten Blick auf. Vater Unwan, der einen Stoß von Thjodhild erhalten hatte, trat auf Viggo zu.

»Auch ich gebe dir den Frieden als mein Die… mein Kne… mein Gefolgsmann«, sagte er unbeholfen und noch immer vor Zorn bebend.

»Ja«, sagte Viggo, »danke schön. Aber als freier Mann, der ich nun bin, kann ich mich frei entscheiden. Und wenn ich es mir genauer überlege, ist es wohl keine gute Idee, dein Gefolgsmann zu sein, Vater Unwan. Nicht jetzt, nicht morgen, überhaupt niemals. Ich entscheide mich gegen dich.« *Du scheinheiliger, verlogener Skralinger,* hätte er am liebsten noch hinzugefügt.

Das Gemurmel in der Halle wurde lauter. Leif wirkte nun völlig fassungslos, Vater Unwan knirschte mit den Zähnen angesichts dieser neuen Demütigung, und Thorkell kratzte sich am Kopf. Selbst Thjodhild war sprachlos. Alle Blicke waren auf Viggo gerichtet.

Viggo bebte innerlich vor Aufregung. Nun musste er handeln und seinen großen Plan in die Tat umsetzen – auch wenn er sich jetzt womöglich alles verscherzen und seinen eigenen Untergang bereiten würde.

Er trat vor den Skalden Frode, nahm von einer Platte mit Geräuchertem auf dem Tisch ein kleines Fleischmesser und rammte es mit der spitzen Klinge in die Tischplatte direkt zwischen Frodes behandschuhte Hände.

»Aber ich fordere dich heraus, Frode Skjöldsson, wie es mein gutes Recht als freier Mann ist. Ich fordere dich heraus um deinen Platz auf der *Fröhlichen Schlange.* Wer von uns beiden den Kampf gewinnt, soll an der Reise teilnehmen.«

Das Gebrüll, das jetzt losbrach, war unbeschreiblich. Erik richtete sich auf, so weit sein verletzter Fuß es erlaubte, und schrie: »Was? Das lasse ich nicht zu! Du verfluchter Skralinger, was glaubst du, wo du hier bist?«

»In der Halle von Erik dem Roten, dem großen Entdecker, wo das Gesetz der Nordmänner höher gehalten wird als sonst wo«, erwiderte Viggo und hoffte, dass man seiner Stimme sein innerliches Zittern nicht anhören konnte.

Leif war aufgesprungen und starrte Viggo an. Seine Miene spiegelte widerstreitende Gefühle, die von Wut bis größte Hochachtung reichten.

Viggo erwiderte seinen Blick und hoffte, dass der Wikinger spürte, wie leid es ihm tat, seine Zuneigung so ausgenutzt zu haben.

Frode stand langsam auf und maß Viggo von Kopf bis Fuß. »Du hast nicht mal eine Waffe, du Narr«, sagte er. Sein wunderbarer Bariton klang mühelos über den Lärm in der Halle hinweg.

»Ich habe dich herausgefordert, daher bestimme ich den Kampf«, rief Viggo. »Wir kämpfen mit Händen und Füßen.«

Er hatte es sich auf dem Weg von Thyras Zelt hierher zurechtgelegt. Frode würde nicht darüber erfreut sein, seine kostbaren Hände zum Kämpfen einsetzen und eine Verletzung riskieren zu müssen. Er würde bei jedem Schlag zögern. Das gab Viggo eine reelle Chance, ihn zu besiegen – ohne dass Blut fließen musste. Und richtig: Unwillkürlich sah der Skalde auf seine Hände hinunter. Die tätowierte Hälfte seines Gesichts zuckte.

Dann hob Frode den Blick. »Willst du von mir totgetreten werden wie ein Hund?«, fragte er überrascht. »Das wird dir nicht mal einen Platz in Walhall einbringen, und auf dem Schiff schon gar nicht.«

»Willst du kämpfen oder Ausreden finden, damit du nicht kämpfen musst?«, fragte Viggo.

Erik stand auf und lehnte sich auf einem Bein gegen seinen Thronsessel. Er hob die Hände und der Lärm in der Halle erstarb.

»Ihr sollt kämpfen!«, rief er. »Viggos Herausforderung gilt.« Sein wütender Blick traf den Jungen. »Wenn Viggo gewinnt, schenke ich ihm das Leben. Wenn Frode gewinnt, kann er Viggos Schreibfedern behalten.«

Erneut lachten ein paar Männer.

»Nein!«, sagte Viggo laut und plötzlich zutiefst beunruhigt. Ihm wurde klar, dass er etwas Wichtiges nicht bedacht hatte. »Ich kämpfe um den Platz auf Leifs Schiff.«

»Nein«, entgegnete Erik kalt. »Du hast mit deiner Herausforderung den Frieden in meiner Halle gebrochen. Den Frieden, den mein Sohn und ich dir gegeben haben. Du hast gegen das Gastgesetz verstoßen. Von Rechts wegen dürfte ich dich auf der Stelle von hier fortschaffen und vor meiner Tür erschlagen. Aber weil du Mut zeigst und uns eine beeindruckende Vorstellung von Hinterlist geboten hast, will ich gnädig sein. Gewinnst du, sollst du leben. Verlierst du, bist du tot. Aber auf keinen Fall wirst du mit meinem Sohn in das unbekannte Land fahren. Der Kampf findet morgen bei Sonnenaufgang auf dem Thingplatz statt, kurz bevor Leif aufbricht. So soll es sein.«

Wie betäubt hörte Viggo den Beifall der Männer in der Halle. Frode setzte sich mit unbewegter Miene wieder auf seinen Platz, zog das Messer aus der Tischplatte und säbelte sich eine Scheibe Geräuchertes herunter. Viggos Blick wanderte über die Gesichter der Versammelten, er sah Vater Unwans glücklich-hämische Miene, Thjodhilds verächtliche Grimasse und Leifs steinerne Züge, bis er Thorkell bemerkte, der Viggo in einer Mischung aus Entsetzen und Gekränktheit anstarrte. Viggo hatte das Gefühl, keine Luft mehr zu bekommen. Unbeholfen wandte er sich ab und stapfte zum Ausgang der Halle. Er stolperte über die Schwelle und wäre beinahe hingefallen.

Er hatte schlau sein wollen.

Aber er war zu weit gegangen.

4.

Eigentlich hatte Viggo zu Thyra laufen wollen. Aber dann hatten ihn seine Beine zur Bucht hinuntergetragen. Er ließ sich auf einen Stein fallen und sah zur *Fröhlichen Schlange* hinüber, die mitten in einer Spiegelung von Sternen- und Mondlicht im Wasser lag wie in einem Becken aus Licht. Als er Schritte hinter sich hörte, drehte er sich nicht um. Wer immer der Ankömmling war, Viggo wollte nicht, dass dieser die Tränen in seinen Augen sah.

»Warum hast du das getan?«, fragte eine tief verletzte Stimme.

Viggo drehte sich doch um. Thorkell stand mit hängenden Schultern da, ein verschwommener stämmiger Umriss in der Düsterkeit der Nacht.

Viggo wischte sich mit dem Ärmel über das Gesicht. »Ich muss auf diese Reise mit, Thorkell!«

»Jetzt hast du keine Chance mehr.« Thorkell zögerte, doch dann kam er auf Viggo zu und setzte sich neben ihn.

Viggo hob einen Kieselstein auf und warf ihn ins Wasser.

»Ich hatte vorher auch keine Chance – aber wenigstens habe ich sie genutzt«, stieß er bitter hervor.

»Wie willst du Frode mit bloßen Händen besiegen?«

»Vielleicht sollte er mich wirklich einfach tottreten wie einen Hund …«

»Unsinn«, sagte Thorkell. »Du hast doch gerade gesagt, dass du es versucht hast, obwohl du keine Chance hattest. Das ist der Weg der Nordmänner. Du bist auch einer, also wirst du kämpfen. Aber wie willst du gewinnen?«

»So, wie ich in Kaupangen gegen dich gewonnen habe.«

»Damals hast du mich überrascht.«

»Ich werde auch Frode überraschen.«

»Zeig mir, wie das geht«, forderte Thorkell ihn auf. »Wie du gewinnen willst.«

»Ich werde jetzt nicht gegen dich kämpfen, Thorkell. Du bist mein Freund. Ich hab dich und deinen Vater vor den Kopf gestoßen, und wenn du sauer bist, dann hau mir eine rein. Aber ich werde nicht gegen dich kämpfen.«

»Ich bin sauer auf dich, aber darum geht es nicht. Ich will es sehen. Ich habe Frode bei Wettkampfspielen beobachtet. Vielleicht kann ich dir ja einen Rat geben, was du tun musst.«

»Also gut.« Viggo stand auf. Vielleicht würde ein Sieg über Thorkell, auch wenn dieser sich nicht ernsthaft wehrte, Viggos erschüttertes Selbstbewusstsein wieder aufrichten.

Thorkell stellte sich breitbeinig hin, die Hand halb erhoben, als hielte er ein Schwert in der Hand.

»Bist du bereit?«, fragte Viggo.

»Mach mich fertig« sagte Thorkell grinsend.

Viggo trat einen Schritt auf Thorkell zu und drehte sich dann blitzschnell auf dem rechten Fußballen, setzte den linken Fuß auf und wirbelte um Thorkell herum. Noch bevor dieser reagieren konnte, war Viggo auf einmal hinter ihm und trat ihm in die Kniekehle. Als Thorkell nach hinten umknickte, drückte er ihn mit der flachen rechten Hand zu Boden und kniete sich auf seine Brust.

»Gib auf«, sagte er und versuchte ebenfalls zu grinsen.

»Ich könnte dir jetzt mühelos die Augen eindrücken«, sagte Thorkell keuchend.

»Aber Frode wird es nicht können, weil ich ihm, statt ihn nur nach unten zu drücken, mit dem Ellbogen gegen die Kehle schlagen werde, und er viel zu sehr damit beschäftigt sein wird, Luft zu bekommen.«

»Nicht schlecht«, sagte Thorkell. »Ich schlage vor, du bringst mir das bei, noch bevor du mir das Schreiben beibringst.«

Viggo stand auf und zog Thorkell in die Höhe. Sie klopften sich gegenseitig auf die Schultern. Als Viggo sich umwandte, erstarrte er vor Schreck. Vor ihm stand Leif Eriksson. Er war völlig lautlos herangekommen. Er musste den kurzen Kampf beobachtet haben. Vermutlich hatte Thorkell seinen Vater überredet, mit hierherzukommen, weil er schon geahnt hatte, dass er Viggo hier finden würde. Aber warum hatte Thorkell das getan? Dass Viggo Taekwondo beherrschte, musste der Wikingerjunge seinem Vater nicht vorführen – das hatte Leif ja schon in Kaupangen gesehen. Thorkell schien ihm eher zeigen zu wollen, dass zwischen ihm und Viggo eine tiefe Freundschaft entstanden war, die Viggo zu etwas Besonderem machte.

»Gib mir einen guten Grund, dich trotz allem mitzunehmen«, sagte Leif.

»Ich wollte dich nicht beleidigen, Herr«, stieß Viggo hervor. »Ich habe nur die Situation ausgenutzt. Das ist doch der Weg der Nordmänner, oder?«

»Du hast die Situation so gut genutzt, dass du nicht mehr ›Herr‹ zu sagen brauchst«, erwiderte Leif verdrossen.

Viggo senkte den Kopf. »Ich habe um das gekämpft, was mir wichtig ist. Weshalb ich überhaupt hier bin.«

»Gib mir einen guten Grund«, wiederholte Leif. Er verschränkte die Arme vor der Brust. »Du hast gekämpft, aber noch nichts erreicht. Was bedeutet das?«

»Dass der Kampf weitergeht«, seufzte Viggo.

Leif zeigte einen Schatten seines normalen, fröhlichen Grinsens. »So gefällt es den Göttern.«

Viggo versuchte das Grinsen zu erwidern. »Jesus gefällt es nicht.«

»Wenn er sich hier bei den Nordmännern halten will, muss er sich umstellen.«

Viggo stand auf und klaubte einen Stein vom Ufer auf. »Ich werde dir jetzt einen guten Grund geben, mich mitzunehmen«, sagte er und begann mit dem Stein auf dem flachen Felsen herumzukratzen, auf dem er und Thorkell vorher gesessen hatten. Es ging nicht gut, und im Nachtlicht war nicht übermäßig viel von seiner Zeichnung zu erkennen, doch das musste reichen. Viggo kratzte die Zeichnung, so schnell er konnte, in die harte Oberfläche. Es war wichtig, jetzt nicht zu zögern, auch wenn er nicht mehr alles wusste. Da war der große, fast geschlossene Kreis der Hudson Bay, das in den Atlantik ragende Dreieck von Labrador … irgendwie hing da noch Neufundland mit dran, oder? Und dann kam noch eine Bucht, die vom Sankt-Lorenz-Strom gebildet wurde … Nova Scotia … und dann fast geradlinig schräg nach unten verlaufend die amerikanische Ostküste bis zur großen Halbinsel Florida und zum Golf von Mexiko …

Viggo richtete sich auf. Er hatte es so gut wie möglich in den Stein gekratzt. Dabei musste es so fehlerhaft sein wie die Zeichnung eines vierzehnjährigen, eher mittelmäßigen Schülers, aber es war besser als alles, was die Wikinger jemals hatten.

»Was soll das sein?«, fragte Leif misstrauisch.

»Das ist die Ostküste des unbekannten Landes«, sagte Viggo einfach.

Leif und Thorkell starrten ihn an.

»Das kannst du nicht wissen«, sagte Leif. Er runzelte argwöhnisch die Stirn.

»Ich weiß es aber«, entgegnete Viggo.

»Wie groß ist dieses Land?«

»Du meinst den Küstenabschnitt, den ich hier gezeichnet habe? Ungefähr zehnmal so groß wie der Teil von Grönland, den ihr bisher kennt. Aber das gesamte Land ist viel, viel größer.«

»Woher willst du das wissen?«, rief Leif.

Viggo wählte eine Erklärung, von der er dachte, dass Leif sie am ehesten akzeptieren würde. »Ich habe davon geträumt. In der Nacht, nachdem die Seherin an König Olafs Hof mit mir gesprochen hat.«

»Geträumt?«

»So, wie man von einer Prophezeiung träumt.«

Leif zögerte. Er wechselte einen Blick mit Thorkell, der nur kurz die Schultern hob. Dann kramte er eine lederne Rolle aus seiner Gürteltasche und wickelte sie aus. Darin war Feuerzeug eingerollt gewesen – etwas Zunderschwamm, ein Feuerstein und ein Funkenschläger. Das Leder war aus zwei Lagen zusammengenäht. Leif lockerte mit der Messerspitze den dicken Faden, zog ihn heraus und faltete das Leder schließlich auseinander. Er legte das Lederstück neben Viggos Zeichnung, dann trat er zurück.

»Schau selbst«, sagte er.

Auf Leifs Karte war, etwas verwischt, da sie mit einem Stück Kohle gezeichnet worden war, und wegen der Dunkelheit nicht genau erkennbar, ansonsten aber viel detaillierter als bei Viggos Umriss, ein Teil der nordamerikanischen Küstenlinie abgebildet: die Spitze von Labrador und die Nordostküste von Neufundland. Es war sogar richtig eingezeichnet, dass Neufundland eine dem Festland vorgelagerte Insel war.

Leif nahm das Lederstück und hielt es Viggo vorsichtig hin. »Nimm es«, sagte er.

Viggo nahm die Karte mit spitzen Fingern. Ihm war nicht ganz klar, woher sie kam und wie sie in Leifs Besitz geraten war, aber aus der Art und Weise, wie Leif damit umging und wie Thorkell sie ansah, ließ sich schließen, wie wertvoll sie sein musste.

»Jetzt gib sie mir zurück und sag dazu: *Den anderen hab ich nur die Hälfte erzählt, Leif. Das hier ist, was ich wirklich gesehen habe.*«

»Was soll ich tun?«

»Sag es. Genau so, wie ich es dir vorgesagt habe.«

Viggo wiederholte verwirrt Leifs Worte und reichte ihm gleichzeitig das Leder. Leif achtete nicht darauf. Er starrte in Viggos Gesicht, während dieser sprach, als könnte er darin etwas finden, was er seit Langem suchte. Schließlich schüttelte der Wikinger den Kopf und nahm das Leder an sich.

»Diese Zeichnung«, sagte er zu Leif, »stammt von Bjarne Herjulfsson. Er hat sie mir gegeben, als wir uns zum letzten Mal sahen. Er sagte zu mir: ›Du bist mein bester Freund, Leif – mach was aus diesem Geschenk.‹«

»Warum hast du mich eben so angesehen?«

»Weil ich einen Verdacht bestätigt haben wollte, den ich schon hege, seit ich dich zum ersten Mal sah. Wenn das Licht in einem bestimmten Winkel auf dich fällt oder in der Düsternis der Nacht, die deine Gesichtszüge verwischt …« Leif seufzte. »Ich bin mit Bjarne aufgewachsen. Er war so etwas wie ein großer Bruder für mich, als ich noch klein war, und später mein bester Freund. Als er so alt war wie du …«

Leif hielt inne und schaute Viggo so ernst ins Gesicht, dass dieser schlucken musste. »Du hast uns alle angelogen, was deine Herkunft betrifft. Du kommst nicht aus der Nourmaundie, stimmt's?«

»Stimmt«, sagte Viggo heiser.

»Wer sind deine Eltern, Viggo?«

»Wenn du meine leiblichen Eltern meinst – ich weiß es nicht. Die Menschen, die mich großgezogen haben und die ich als meine Eltern betrachte, haben mich als kleines Kind aufgenommen. Aber gezeugt und auf die Welt gebracht haben mich andere.«

»Kannst du dich an deine Eltern erinnern?«

»Nein. Warum fragst du das alles jetzt?«

»Viggo – als du dir vorhin die Zeichnung angesehen hast, hast du genauso ausgesehen wie Bjarne.«

Viggo schüttelte ungläubig den Kopf und konnte gar nicht mehr damit aufhören. »Was …?«, begann er und brach gleich wieder ab.

»Ich habe keinen Beweis dafür außer meinem Gefühl und meinen Augen, und ich weiß, dass es eine verfluchte Sache ist, jemandem aus Versehen das Falsche über seine Herkunft einzureden … aber Viggo – ich glaube, du bist ein Sohn von Bjarne Herjulfsson. Ein Sohn, von dem ich nie erfahren habe. Dein Vater war mein bester Freund.«

5.

Was Viggo in den folgenden Minuten empfand, war unbeschreiblich. In wilder Freude rannte er den Strand auf und ab, hob Kieselsteine auf und schleuderte sie übermütig ins Wasser. Er sah die *Fröhliche Schlange* vor seinen Augen verschwimmen und merkte, dass er weinte. Er ließ sich das eiskalte Wasser des Meeres übers Gesicht laufen, verschluckte sich und merkte daran, dass er im Überschwang gelacht hatte.

Schließlich hockte er kraftlos am Ufer und sah zu Leif und Thorkell hinüber, die beim Stein geblieben und seinen Ausbruch mit einer Mischung aus Verlegenheit und Überraschung beobachtet hatten.

»Ich weiß jetzt, wer mein Vater ist«, sagte er leise. »Aber hast du nicht gesagt, dass er als tot gilt und meine Mutter ebenfalls?« Er legte sein Gesicht in die Hände und weinte offen, während er immer wieder den Kopf schüttelte. »Warum bin ich hier?«, stöhnte er. »Was ist das für ein böser Streich?«

»Für mich ist Bjarne nicht tot«, sagte Leif. »Ich glaube das erst, wenn ich seine Leiche gesehen habe.«

»Ich weiß überhaupt nicht, was ich noch glauben soll.«

»Ich möchte dich gerne auf die Fahrt mitnehmen, Viggo«, sagte Leif. »Aber nach allem, was passiert ist, reicht mein Wort dafür jetzt nicht mehr aus. Die gesamte Besatzung muss zustimmen – und du musst sie überzeugen.«

»Ich werde Frode morgen im Zweikampf besiegen!«, begehrte Viggo auf. Er schniefte. »Ein Junge gegen einen Mann! Wenn das nicht reicht ...!«

»Das reicht leider nicht. Die Männer müssen davon überzeugt sein, dass du dem Schiff Glück bringst. Nach dem ganzen Ärger um deine Person denken wohl die meisten im Augenblick, dass du der Fahrt eher schaden würdest.«

»Also gut!« Viggo stieß die Luft aus. »Ist eh schon egal. Was soll ich noch tun?«

»Ich weiß es nicht«, sagte Leif.

»Aber ich weiß es«, sagte Thorkell. Er lächelte, als Viggo und Leif gleichzeitig zu ihm herumfuhren. »Der Speer, den du suchst, wird dir dabei helfen. Der Speer, der angeblich Odin gehört ... Gungnir ...«

»... der spurlos verschwunden ist«, knurrte Viggo.

»Ich weiß, wer ihn hat!«, platzte Thorkell heraus. »Vater Unwan. Er ist der Einzige, bei dem wir nie gesucht haben. Das ist mir heute Nachmittag eingefallen. Also bin ich zu dem Haus gegangen, das Großvater ihm überlassen hat. Unwan hat mich natürlich abgewiesen, aber ich konnte einen kurzen Blick hineinwerfen! Auf seinem Bett lag etwas Langes, das in eine Decke eingewickelt war. Es wäre mir nie aufgefallen, wenn ich nicht nach dem Speer Ausschau gehalten hätte – und wenn das Ding nicht so komisch schräg auf dem Bett gelegen hätte, wie es kein Mensch ablegen würde. Es ragte mitten in den Raum, sodass man immer drum herumgehen musste, wenn man dran vorbeiwollte. Ich wollte dir das schon vorher erzählen, aber dann gab es den Streit in der Halle und seitdem bin ich nicht dazugekommen.«

»Wohin zeigte der Speer?«, fragte Viggo atemlos.

»Wenn das, was in den Raum hineinragte, tatsächlich die Spitze war, dann zeigte er …«, Thorkell machte eine dramatische Pause, »… nach Westen.«

»Der Speer hat auch auf dem Schiff andauernd nach Westen gezeigt!«, rief Viggo. »Wenn das Schiff vom Kurs abwich, lag er plötzlich anders da.«

»Gungnir verfehlt nie sein Ziel«, murmelte Leif.

»Thorkell, warum hast du ihm den Speer nicht abgenommen?«, rief Viggo.

»Weil er ihn mir niemals freiwillig gegeben hätte. Schließlich hat er ihn unrechtmäßig an sich genommen. Ich wollte keinen Aufruhr deswegen und dass sich am Ende noch meine Großmutter einmischt. Ich wollte ihn mir heute Abend unbemerkt holen. Was glaubst du, wo ich war, bevor ich zu dir hierhergekommen bin?« Er zwinkerte verschwörerisch.

»Wo hast du den Speer hingebracht?«

»Ich hab ihn nicht gefunden«, gestand Thorkell. »Ich hab Unwans Haus durchsucht, so schnell und gründlich ich konnte. Er hat ihn irgendwo anders versteckt. Dass ich ihn danach gefragt habe, muss ihn aufgeschreckt haben.«

»Verdammt noch mal!«, rief Viggo und ballte eine Faust. »Das gibt's doch nicht!«

»Wenn du den Speer hättest ... wären alle überzeugt davon, dass du mitfahren musst«, sagte Thorkell.

»Eins nach dem anderen«, beschloss Leif. »Morgen Früh musst du Frode besiegen. Und danach fällt uns schon was sein, wie wir an den Speer kommen.«

6.

Leif lud Viggo ein, in der Halle zu übernachten. Da er nun kein Sklave und kein Dienstbote mehr war, brauchte er die Einladung eines Hausbewohners, um dort schlafen zu dürfen. Viggo lehnte ab. Er wollte lieber im Freien schlafen und mit sich allein sein, um nachzudenken. Leif und Thorkell schien diese Haltung unverständlich, aber sie erhoben keine Einwände. Leif überließ ihm seinen wollenen Mantel als Decke für die Nacht.

Viggo überlegte, ob er sich zu Thyra schleichen sollte, doch je länger er darüber nachdachte, desto mehr wurde ihm klar, dass er wirklich allein sein wollte. Er richtete sich ein Lager im hohen Gras neben einem Felsblock, hüllte sich, so gut es ging, in Leifs Mantel, der nach Rauch und Schweiß und feucht gewordener Wolle roch, und starrte in den Nachthimmel. Wolken zogen über ihm dahin, verdeckten einige Sterne und machten anderswo welche sichtbar.

Wenn es stimmte, dass Bjarne Viggos Vater war, dann gab es nur zwei Möglichkeiten: Entweder war Viggo ein halber oder ein ganzer Nordmann, je nachdem, wer seine Mutter war. Wenn seine Mutter eine Wikingerin war, könnte er hier geboren worden sein – und aufgrund völlig undurchsichtiger Machenschaften im 21. Jahrhundert gelandet und dort aufgewachsen sein. Oder er war in der Zukunft geboren – falls seine Mutter aus dem 21. Jahrhundert stammte –, und Bjarne war aus irgendwelchen Gründen zu ihr gelangt, hatte sich in sie verliebt und ihn gezeugt. War das der Grund, warum Bjarne spurlos verschwunden war? Aber warum hatten Viggos Eltern ihn dann zur Pflege freigegeben? Und wieso sollte er sie laut Loki hier, in der Zeit der Wikinger, im Jahr 999, finden?

Nun, jedenfalls schien dadurch die Frage geklärt, warum so viele Leute immer gespürt hatten, dass er zu den Nordmännern gehörte. Letztlich war es auch egal, ob er ein halber oder ein ganzer Wikinger war: Was zählte, war – dass das hier sein Zuhause war.

Mit diesem Gedanken schlief Viggo ein, und er schlief so gut wie in keiner einzigen Nacht seit seiner Ankunft in der Welt der Wikinger.

7.

Der Morgen brachte die unliebsame Überraschung, dass es Unwan gelungen war, die Versammlung auf dem Thingplatz für seine Zwecke zu beanspruchen. Er wollte, wie er selbst erklärte, einen Gottesdienst für die tapferen christlichen Seefahrer abhalten, damit der Segen des Herrn auf ihrer Unternehmung ruhe. Den Grönländern schien es recht zu sein – es bescherte ihnen außer dem geplanten Kampf zwischen Frode und Viggo noch ein zweites Spektakel.

Falls Erik darüber verärgert war, konnte man es ihm nicht anmerken, denn er sah ohnehin schon ganz finster aus. Er saß geistesabwesend in seinem Thronstuhl, der zum Thingplatz geschafft worden war, hatte seinen Fuß auf einem Schemel abgelegt und schien erst jetzt so richtig wahrgenommen zu haben, dass die größte, wichtigste und aufregendste Entdeckungsfahrt, die jemals von den Nordmännern durchgeführt werden würde, ohne ihn stattfand. Irgendwie schien er über Nacht gealtert und schmäler und kleiner geworden zu sein.

Der Kampfplatz befand sich inmitten des Steinrings, der hier genauso wie in Kaupangen den Thingplatz darstellte. Frode wartete schon dort.

Thorkell flatterte um Viggo herum wie ein Trainer um einen unerfahrenen Boxer bei seinem ersten Preiskampf und erteilte ihm Ratschläge, die Viggo bei einem Ohr hinein- und beim anderen sofort wieder hinausgingen. Er betrachtete den niedrigen Scheiterhaufen aus Krüppelholz, den Unwan auf dem Stein in der Mitte des Thingplatzes aufgeschichtet hatte. Thjodhild musste die finstere Teilnahmslosigkeit ihres Mannes ausgenutzt haben, um ihm die Erlaubnis abzutrotzen, dass Unwan den Haufen an dieser symbolträchtigen Stelle aufbauen durfte. Der Thingplatz war das Herz der Gemeinde, der Ort für Beschlüsse, Gerichtsversammlungen und Gespräche mit den Göttern. Was wollte Unwan dort verbrennen? Den Verlierer aus dem Zweikampf ja wohl kaum. Vielleicht sollte es aber einfach nur ein Feuer sein, das Unwans zu erwartende Predigt dramatisch begleiten würde.

Der Kampf begann so pragmatisch, wie man es von den Wikingern erwarten konnte. Es gab keine Ansage. Jeder wusste Bescheid, wer da gegeneinander antrat und wofür. Wer es nicht wusste, konnte ja einen von seinen Nachbarn fragen – die Zuschauer standen dicht an dicht, jeder, der nicht gerade eine Tagesreise zurücklegen musste, um hierher zu gelangen, schien da zu sein.

Viggo wurde von Thorkell mit einem Schulterklopfen auf den freien Platz geschoben, und schon ging Frode auf ihn los.

Eines wurde sofort klar: Der Skalde wollte tatsächlich einen Faustkampf vermeiden. Obwohl er wieder seine Handschuhe trug, versuchte er seine Hände zu schonen. Er rannte in Viggo hinein, bevor dieser reagieren konnte, umklammerte seinen Oberkörper mit beiden Armen und drückte mit aller Macht zu.

Viggo wurde die Luft aus der Lunge gepresst. Seine Rippen knackten. Er wand sich und zappelte. Frode fasste nach. Wie zwei ungeschickte Tänzer taumelten sie über den Kampfplatz, Viggos Zehenspitzen berührten dabei nur manchmal den Boden. Frode würde ihm die Rippen brechen, wenn er jetzt nichts unternahm.

Der Wikinger hielt Viggos Arme fest und drückte sie ihm gegen den Körper. Viggo konnte sich nicht befreien. Alles, was er tun konnte, war, die Unterarme anzuwinkeln, die Hände unter Frodes Achseln zu schieben und ihm die Daumen in die empfindlichen Nervenknoten dort zu rammen. Er krallte sich mit aller Macht ein.

Frode keuchte vor Schmerz. Unwillkürlich ließ er locker, was Viggo für einen krampfhaften Atemzug nutzte und um sich noch stärker festzukrallen. Frode öffnete die Arme und stieß Viggo von sich. Der Junge fiel auf den Rücken und rollte sich sofort zur Seite, um einem Fußtritt zu entgehen. Mit einem Sprung kam er wieder auf die Beine. Aber Frode hatte ihm ohnehin nicht nachgesetzt. Der Skalde war stehen geblieben und hatte die Hände unter die Achseln geschoben. Jetzt ließ er sie sinken und starrte Viggo überrascht und zornig an. Die Tätowierungen in seinem Gesicht zuckten.

Durch die Zuschauerreihen ging ein Murmeln. Offenbar hatte jeder gedacht, dass der Kampf schon entschieden sei, als Frode Viggo in seine Bärenumklammerung gezogen hatte.

Viggo nahm die Grundhaltung ein und federte in den Knien. Er hob die Hände, ohne die Fäuste zu ballen. Er erwartete, dass Frode sich so ähnlich hinstellen würde wie Thorkell am Tag zuvor, doch der Skalde versuchte es mit derselben Angriffstaktik wie zu Beginn. Er schob die Schultern vor und rannte auf Viggo los.

Es war nicht schwer, ihm auszuweichen, und noch ein zweites Mal, als Frode überraschend behände nachfasste. Wieder standen sie sich gegenüber und fixierten einander. Dabei verpasste Viggo die Gelegenheit, seinerseits anzugreifen; er hatte Ilva unter den Zuschauern gesehen und plötzlich ein extrem schlechtes Gewissen bekommen. Wieso kämpfte er hier? Und noch dazu gegen einen Mann, der ihm nichts Böses getan hatte und dessen Frau sogar nett zu ihm gewesen war. Wut erfüllte ihn darüber, dass er hier im Ring stand, Wut auf Erik und Thjodhild, deren Entscheidungen ihn dazu gezwungen hatten, den Kampf zu suchen. Er wollte Frode nicht verletzen! Wenn der Skalde wenigstens so gewesen wäre wie Vater Unwan – dann hätte er eine gewisse Befriedigung daraus ziehen können. Aber Frode tat nichts anderes, als seine Ehre hier zu verteidigen. Und wie er dabei versuchte, seine Hände zu schützen, ohne die er seine Instrumente nicht spielen konnte, das war geradezu mitleiderregend. Der Skalde mochte so bizarr und furchterregend aussehen wie ein moderner Punker. Aber er war kein Kämpfer.

Viggo betrachtete seinen Gegner und wünschte sich, den Kampf abbrechen zu können.

Frode packte den Jungen erneut. Diesmal hob Viggo die Arme über den Kopf, sodass er sie nicht wieder fangen konnte. Frode drückte sofort zu, Viggo spannte die Bauch- und Rückenmuskeln an, um dagegen zu wirken. Er brachte seinen Mund an Frodes Ohr und flüsterte gepresst: »Lass uns … aufhören. Gib … auf, dann muss ich dir nicht wehtun. Du willst doch … sowieso nicht … mit auf die Fahrt … Ich werde dich so besiegen … dass du gut dabei aussiehst … und deine Ehre nicht … verlierst.« Die Luft ging ihm aus. Er stemmte sich in Frodes Schultern und drückte sich von ihm weg. Der Skalde schien ihn nicht verstanden zu haben. Er fletschte die Zähne und war ganz rot im Gesicht, so sehr drückte er zu.

Viggo hämmerte ihm die Handkanten mit aller Kraft links und rechts in den Halsansatz.

Frode hustete und lockerte seinen Griff. Viggo bekam ein Knie nach oben und drückte es gegen Frodes Brust. Er zog die rechte Hand zurück und schlug sie mit einer blitzschnellen Geraden zwischen Frodes Augenbrauen. Frodes Kopf schnappte nach hinten. Viggo schaffte das zweite Knie nach oben und drückte Frodes Umklammerung auf. Der Junge fiel zu Boden und nutzte den Schwung, um mit einer Rückwärtsrolle wieder auf die Beine zu kommen. Jetzt stand Frode schwankend da.

Es war Zeit, den Kampf zu beenden. Nicht auf die Weise, wie er es am Vortag bei Thorkell angekündigt hatte – das war unbedachtes Gerede gewesen. Ein Schlag gegen den Kehlkopf war viel zu gefährlich. Viggo sprang in die Schrittstellung, bewegte sich schnell nach vorn und traf mit einem rechten Fauststoß durch Frodes Deckung hindurch auf dessen Solarplexus. Frode stolperte zurück. Viggo setzte hinterher und stieß mit der linken Faust erneut in Frodes Bauch. Viggo schlug beide Male mit aller Kraft zu und ließ den Arm dabei vorschnellen wie eine Peitsche.

Frodes Hände sanken herab, und er krümmte sich nach vorn. Jetzt traf Viggos Knie auf die Kinnspitze des Skalden. Frode taumelte zurück, und Viggo holte zu einem letzten Tritt aus. Das Knie war schon oben – er drehte die Hüfte und ließ den Unterschenkel in einem Halbkreis herumschnellen. Der Fuß traf Frode mit voller Wucht von der Schläfe bis zum Kieferknochen. Der Skalde drehte sich einmal um die eigene Achse und fiel dann zu Boden wie ein gefällter Baum. Viggo setzte den rechten Fuß beinahe sanft ab und nahm wieder die Schrittstellung ein. Das war ein perfekter *Dolyo Chagi*, so einen hatte er noch nie zustande gebracht! Die gesamte Schrittfolge hatte keine drei Sekunden gedauert. Der Kampf war entschieden.

Frode grunzte und versuchte, auf die Beine zu kommen. Das Publikum war mucksmäuschenstill. Viggo trat schnell vor, setzte ein Knie in Frodes Rücken und drehte ihm den rechten

Arm und das Handgelenk nach hinten. Er konnte spüren, wie Frode sich vor Schreck versteifte und aus seiner Benommenheit erwachte. Ein gebrochenes Handgelenk war für ihn genauso schlimm wie gebrochene Finger.

Viggo sah hoch und blickte direkt zu Ilva, die die Augen schloss. Das Publikum hielt den Atem an. Viggo wurde klar, dass jeder von ihm erwartete, das zu tun, was Frode an seiner Stelle ohne zu zögern getan hätte: seinen Gegner kampfunfähig zu machen. Viggo brauchte nur wenig Kraft einzusetzen, und er würde Frodes Knochen brechen hören …

Doch der Junge drückte mit der freien Hand Frodes Gesicht zu Boden und ließ seinen Arm los.

»Ich habe gewonnen!«, keuchte er ihm ins Ohr und dann hob den Kopf. »Ich habe gewonnen!«, rief er in die Runde. Er sprang auf, trat von Frode weg und stieß eine Faust in die Luft. »ICH HABE GEWONNEN!«

Niemand klatschte oder rief etwas. Das Publikum schien viel zu überrascht über den Ausgang des Kampfes. Frode rollte sich herum, aber er stand nicht auf. Indem er liegen blieb, schien er zu signalisieren, dass er den Kampf ebenfalls als beendet betrachtete. Ilva trat nach kurzem Zögern zu ihm und kniete sich neben ihn auf den Boden. Frode blutete am Mund, aber ansonsten schien er unverletzt.

Leif trat in den Ring. »Viggo hat gewonnen!«, rief er laut.

Erst jetzt löste sich die Spannung. Ein paar Männer zischten verächtlich, andere lachten. Da ein Großteil der Zuschauer auf den Ausgang des Kampfes gewettet hatte, tauschten sie nun

Geld und Wertgegenstände aus. Wie es schien, hatten einige sogar auch auf Viggo gesetzt. Diese grinsten jetzt übers ganze Gesicht.

»Viggo«, schrie Leif wieder, um den Lärm zu übertönen, »darf sich nach Recht und Brauch von Frode nehmen, was ihm gefällt!« Mit diesen Worten wies er auf eine Decke am Rande des Thingplatzes. Darauf lagen ein Schwert, eine Axt und ein Schild, ein Lederhelm mit Metallbesätzen, ein paar Schmuckfibeln, ein neues Paar Stiefel und ein Riemen – Frodes beweglicher Besitz.

»Ich hatte nichts zu bieten«, sagte Viggo befremdet. »Ich wusste das nicht. Das war unfair gegenüber Frode.«

»Du hattest dein Leben zu bieten«, erwiderte Leif gelassen. »Wenn er gewonnen hätte, hätte er es dir genommen. Nimm dir jetzt von ihm, was du möchtest.«

»Ich möchte nichts …«

»Du willst also doch nicht mitfahren?«

»Was hat das …?« Dann fielen Viggos Blicke auf den Riemen, und er verstand. Hatte er nicht selbst die Liste geführt, in der stand, dass jeder Ruderer seinen eigenen Riemen mitbringen musste?

Er trat zu der Decke, nahm den Riemen und ging damit zu Frode, der sich mittlerweile aufgesetzt hatte, ab und zu etwas Blut ausspuckte und mit einem vom Handschuh befreiten Finger in seinem Mund herumstocherte. Anscheinend waren ein paar Backenzähne locker.

Der Skalde musterte den Jungen mit seinem seltsam aus-

druckslosen Blick. In den Augen seiner Frau loderte Hass, aber
sie blieb ruhig.

»Ich nehme mir nur den Riemen, Frode«, sagte Viggo. »Ich
habe um den Platz auf dem Schiff gekämpft, nicht gegen dich.
Es tut mir leid, dass wir kämpfen mussten. Ich bringe ihn dir
zurück, wenn ich wieder hier bin. Er ist nur geborgt.«

Viggo stand auf und trat vor Leif. Er stellte den Riemen hart
auf den Boden, sodass das Ruderblatt über seinem Kopf auf-
ragte.

»Skipherra!«, rief er laut. »Ich beanspruche Frodes Platz auf
deinem Schiff. Ich habe einen Riemen, und weil ich sonst
nichts von dem habe, was ein Mann auf ein Schiff mitbringen
soll, verspreche ich dir, dass ich zweimal so hart rudern werde
wie alle anderen.«

Ein paar Zuschauer lachten, andere verdrehten die Augen.
Leif nickte und lächelte knapp. »Die Mannschaft wird entscheiden, ob du …« Aber was immer er noch hatte sagen wollen,
ging in einem lauten Ruf unter, der von der Mitte des Thingplatzes kam.

»Looooooooobet den Herrn!«, brüllte Vater Unwan, beide
Arme hoch über dem Kopf erhoben. Hinter ihm begann der
Scheiterhaufen zu brennen. Er musste ordentlich Tran oder
Pech auf das Holz gegossen haben, dass er so aufloderte. »Loo-
oooooobet und preiset den Herrn, der heute seine Macht gezeigt
hat!«

8.

Viggo konnte es nicht fassen. Vater Unwan benutzte seinen Sieg über Frode für ein Gleichnis über die Macht des Herrn, die sich darin zeige, dass ein im christlichen Glauben getaufter David den heidnischen Goliath bezwungen hatte. Der Mönch entblödete sich nicht, den von ihm gehassten Viggo hochleben zu lassen, um seine eigenen Zwecke zu erreichen. Viggo wurde schlecht vor lauter Verachtung gegenüber Vater Unwan. Er wandte ihm demonstrativ den Rücken zu und trat zu Thorkell, der seinem Freund begeistert auf die Schulter klopfte.

Die Zuschauer schienen die Scheinheiligkeit des salbadernden Mönches ebenfalls zu spüren, denn sie beachteten ihn bald nicht mehr und unterhielten sich miteinander. Vater Unwan verhaspelte sich und begann zu stottern. Seine weit ausholenden Gesten und sein Gebrüll wurden immer hektischer.

»Der Herr Jesus Christus zeigt euch heute nicht nur einen

Beweis seiner Macht über die heidnischen Götzen«, schrie Unwan mit sich überschlagender Stimme. »Er wirkt noch ein zweites Wunder! Wollt ihr das Wunder sehen?«

»Nein, es sei denn, es besteht darin, dass er dich in einen Frosch verwandelt«, grummelte Viggo leise.

»Oh, Mist!«, sagte Thorkell, der über Viggos Schulter zu dem Mönch hinüberblickte.

Viggo drehte sich um. Er ahnte bereits, welcher Anblick ihn erwartete. Erinnerungen an den Geschichtsunterricht blitzten in ihm auf: Missionare, die heilige Haine verbrannten und mit Äxten gegen Götterbilder vorgingen, um zu zeigen, dass der neue Glaube sie sogar bei solchen Freveltaten schützte. Viggo spürte die Erkenntnis wie einen Schlag in die Magengrube.

Vater Unwan hielt einen Speer mit beiden Händen hoch über dem Kopf. Seine Augen blitzten. Es schien Viggo, als blickte er direkt zu ihm herüber. Viggo wollte sich in Bewegung setzen, aber Thorkell, der genauso entsetzt schaute, hielt ihn fest.

»Seht, diesen Speer!«, schrie Vater Unwan. »Es heißt, er wäre Odins Speer. Manche unter euch glauben ganz fest daran. Wenn es so ist, dann fordere ich Odin jetzt heraus!«

Nun hatte Vater Unwan die Aufmerksamkeit des Publikums erlangt. Erschrockene, verwirrte und fassungslose Blicke trafen ihn. Da und dort machten sich ein paar Männer bereit aufzuspringen und sich auf ihn zu stürzen. Doch da trat Thjodhild, die sich bis jetzt im Hintergrund gehalten hatte, an seine Seite.

Die Männer, deren Hände schon auf Messer- und Schwertgriffen gelegen hatten, erstarrten.

»Odin!«, kreischte Vater Unwan. »Ich verbrenne deinen Speer Gungnir, der immer sein Ziel findet und mit dem du Kriege entfacht hast. Versuche mich aufzuhalten. Aber du kannst es nicht, denn in mir steht Jesus Christus heute hier und vernichtet euer Götzenwerk – und gegen seine Macht kannst du nichts ausrichten.«

Vater Unwan drehte sich einmal um die eigene Achse wie ein Showmaster, der dem Publikum den Hauptgewinn der Sendung vorführt. Dann rammte er den Speer in das mittlerweile hell auflodernde Feuer.

»Nein!«, brüllte Viggo und riss sich los. Er stürmte auf den Scheiterhaufen zu. Hinter sich hörte er die Zuschauer aufschreien. Vater Unwan blickte ihm entgegen. Die Augen traten ihm aus den Höhlen, er wurde bleich, sank auf die Knie und bekreuzigte sich in rasender Hast. »Herr Jesus, rette deinen Diener!«, schrie er und kniff die Lider zusammen. »Großer Odin, ich war irregeleitet! Verschone mich!«

Viggo wurde bewusst, dass der Mönch nicht zu ihm, sondern über Viggos Schulter geblickt hatte. Der Junge blieb stehen und drehte sich um. Was er sah, nahm ihm den Atem.

Die Zuschauer rannten wild durcheinander. Frauen kreischten, Kinder schrien, einige stürzten zu Boden. Rennende Menschen sprangen über sie hinweg. Männer rissen ihre Schwerter aus den Gürteln. Erik war aufgesprungen und stand auf beiden Beinen vor seinem Thronstuhl, den Schmerz in seinem verstauchten Gelenk offenbar nicht mehr spürend. Thjodhild war wie versteinert. Leif rannte in Windeseile zur Bucht hinunter, während Thorkell versuchte, sich zu Viggo durchzukämpfen.

Unten im Hafen, direkt vor dem Ufer, hatte sich ein Ungeheuer aus dem Meer erhoben. Es ragte hoch über die *Fröhliche Schlange* hinaus, seine Schuppen funkelten, sein riesiger Schädel starrte vor Zähnen und Stacheln. Der mächtige Schlangenhals spannte sich, während der Kopf sich in den Nacken legte, und mit einem donnernden Tosen schoss ein Feuerstrahl aus dem Maul der Bestie senkrecht hinauf in den Himmel.

»Es tut mir leid, Allvater, es tut mir leeiiiiiid!«, heulte Unwan und warf sich auf den Boden. Er zerrte panisch an der Kette mit dem Kruzifix um seinen Hals, streifte sie ab und warf sie in den Sand.

Thorkell erreichte Viggo und stierte mit ihm in die Bucht hinunter. Das Ungeheuer spuckte einen neuen Flammenstoß in die Luft, der die ruhig daliegende *Fröhliche Schlange* mit einem roten Schein überzog.

»Fafnir«, flüsterte Thorkell entsetzt.

»Schnell, hilf mir!«, rief Viggo. Er sprang über Unwan, der sich vor Angst auf dem Boden wälzte, und kletterte auf den Stein, wo der Scheiterhaufen brannte. Die Hitze des Feuers traf ihn mit voller Wucht, sodass er nach Luft schnappen musste. Der Schaft des Speers war nur undeutlich in den Flammen zu erkennen. Viggo fasste in das lodernde Feuer hinein und ergriff die Waffe, riss sie aus den Flammen und sprang vom

Felsen hinunter. Seine Handflächen brannten in einem unerträglichen Schmerz, die Härchen auf seinen Unterarmen waren versengt, und der linke Ärmel seiner Tunika brannte. Ein eiskalter Wasserguss traf ihn. Er schnappte wieder nach Luft. Die Flammen an seinem Ärmel waren erloschen. Wasser tropfte ihm aus dem Haar. Auch der Speer brannte nicht mehr. Viggos Handflächen mussten eine einzige Brandblase ein, aber er verbiss sich den Schmerz.

»Du bist vollkommen verrückt«, sagte Thorkell, der den leeren Wassereimer noch in der Hand hielt.

»Los, hilf mir mit dem Feuer!«, stieß Viggo hervor. Er schob mit dem Speer den Scheiterhaufen von dem Stein herunter. Die brennenden Äste fielen ins Gras. Thorkell begann kleine Brandherde auszutreten.

Von der Bucht her ertönte das Röhren eines dritten Feuerstoßes der Bestie. Die ersten Männer wateten bereits durch das Wasser, Schwerter und Äxte hoch erhoben. Leif war unter ihnen. Hier oben riefen panische Mütter ihre Kinder zu sich. Erik war inzwischen auf seinem Thronsessel zusammengebrochen. Thjodhild stand neben ihm, während Vater Unwan auf allen vieren davonkroch. Sein hölzernes Kruzifix lag vergessen auf dem Boden.

Unten im Hafen bäumte sich der Drache auf und spie einen Feuerstoß nach dem anderen in den Himmel.

Viggo sprang auf den Stein, von dem er den Scheiterhaufen heruntergestoßen hatte.

»Grönländer!«, brüllte er mit aller Kraft. Seine Stimme überschlug sich, und er hatte das Gefühl, dass ihm der Hals platzte. »Grönländer! Ich habe Odins Speer! Ich habe Gungnir!«

Nicht alle hörten ihn. Die Männer, die schon fast am Meer unten waren, liefen einfach weiter. Die anderen verharrten und wandten sich zu ihm um.

»Ich bin Viggo Bjarnesson, und ich habe Odins Speer«, schrie er. »Er wird das Geschenk sein, das ich mit an Bord bringe! Er wird uns zu dem unbekannten Land führen, dem Land im Westen, dem Land jenseits des Meeres! Führe uns, Gungnir!«

Und damit wirbelte er herum und schleuderte den Speer mit aller Kraft genau in die andere Richtung, dorthin, wo die Morgensonne sich als heller Fleck hinter den Wolken abzeichnete – nach Osten. Er würde den Wikingern zeigen, was Gungnir vermochte und wie wertvoll sein Geschenk und seine eigene Anwesenheit für diese Reise waren.

Viggos Gebrüll hatte die meisten dazu gebracht, stehen zu bleiben statt sich in die Schlacht gegen den Drachen zu werfen. Nun sahen sie den Speer aus Viggos Hand fliegen. Sie sahen, wie er plötzlich um seine Längsachse zu wirbeln begann und wie er völlig überraschend eine andere Richtung einschlug, nämlich die Gegenrichtung, und wie er mit einem Heulen, das einem Düsenjet alle Ehre gemacht hätte, über den hastig in Deckung springenden Viggo hinwegraste, geradewegs in westliche Richtung.

Die Menschen, die in seiner Flugbahn standen, warfen sich entsetzt auf den Boden. Der Speer schoss den Hang hinunter, wo Leif und seine Krieger ihm im Laufen staunend hinterherblickten, er sauste auf die *Fröhliche Schlange* und den sich aufbäumenden Drachen zu, jagte geradewegs in die Bestie hinein und durch sie hindurch und schlug mit einer solchen Wucht in den Achtersteven des Schiffs, dass es erzitterte und ein paar Meter weit ins Wasser hinausgeschoben wurde. Der Drache zerplatzte in Millionen von schimmernden, tanzenden, irrlichternden Funken, die wie ein Wasserfall herabregneten – und spurlos in den Wellen verschwanden. Der Speerschaft ragte zitternd über das Deck der *Fröhlichen Schlange*, seine im Achtersteven steckende Spitze zeigte genau nach Westen.

Ein unbeschreibliches Gebrüll erhob sich. Wer laufen konnte, rannte zur Bucht hinunter. Auch für Thorkell gab es kein Halten mehr. In wenigen Augenblicken stand Viggo allein auf dem Thingplatz. Er sah sich um. Außer ihm waren nur noch Erik der Rote und seine Frau da, die ihn beide angafften.

Viggo nickte ihnen zu. »Mit eurer Erlaubnis, Jarl? Herrin? Ich muss mich reisefertig machen und Abschied nehmen.«

9.

Loki saß auf einem Felsen oben auf dem Hang, der zu Thyras Zelt hinunterführte. Das heißt, er saß nicht, sondern er schwebte eine Handbreit darüber, aber er gab sich alle Mühe, es so aussehen zu lassen, als säße er dort schon seit Stunden im Schneidersitz und wartete geduldig auf den zu spät kommenden Viggo.

»Was hat mich verraten?«, fragte Loki.

»Ach, der Drache war fast perfekt.«

Loki grinste geschmeichelt.

»Nur dass seine Schuppen unnatürlich grün schillerten, dass er viel zu schön und elegant aussah, dass es völlig unsinnig war, dass er sein Feuer in die Luft statt gegen die *Fröhliche Schlange* spuckte, und dass kein Wasser von ihm herabschäumte, wenn er sich aufbäumte.«

»Aha«, machte Loki verdrossen. »Ich wette, du hättest es

besser gekonnt. Wasser ist unheimlich schwer nachzubilden, weißt du?«

»Nein, hätte ich nicht. Aber ich wäre etwas früher auf der Bildfläche erschienen.«

»Wieso denn? Mein Timing war erste Sahne.« Loki horchte seinen Worten hinterher. »Ich liebe die Sprache, die in deiner Zeit gesprochen wird!«

»Wie geht es jetzt weiter?«

»Du hast dir den Platz auf dem Schiff redlich erkämpft. Nimm ihn ein und fahre mit Leif über das Meer. Fahre zu deinen Eltern.«

»Mein Vater ist Bjarne Herjulfsson. Ich bin ein Wikinger.«

»Das mit Bjarne stimmt, aber ob du wirklich ein Wikinger bist – hm.«

»Du machst mich nicht irre, Loki. Ich werde jetzt von Thyra Abschied nehmen, dann besteige ich die *Fröhliche Schlange* und fahre mit Leif nach Amerika. Und wenn ich dort meine Eltern nicht finde, dann ramme ich dir Odins Speer höchstpersönlich dorthin, wo du ihn nie haben möchtest!«

»Beeil dich lieber, nicht dass sie ohne dich abfahren.«

»Für den Abschied ist Zeit. Und wenn nicht, erwarte ich von dir, dass du Leif aufhältst. Schick ihm ein Trugbild seiner Thorgunna, wenn es sein muss.«

Dann lief Viggo den Hang hinunter und drehte sich nicht ein einziges Mal zu Loki um.

10.

Loki betrachtete seine Fingernägel. Er seufzte. Er sah Viggo sich in das Zelt ducken und darin verschwinden. Er sah ihn wieder herauskommen und seufzte noch einmal.

»Wo ist sie?«, brüllte Viggo.

Lokis Trugbild erhob sich. Dann stand es auf einmal neben Viggo.

»Ist sie nicht mehr da?«, fragte er unschuldig.

Der Junge griff nach Lokis Kragen, aber alles, was er zu fassen bekam, war Luft. Loki ließ das Trugbild zerplatzen und ein paar Schritte entfernt wieder entstehen.

»Ups!«, sagte er.

»Wo ist sie, Loki?«

»Ich weiß es nicht, Viggo, und ich habe auch nichts damit zu tun. Das wirst du mir nicht glauben, aber es ist die Wahrheit.« Von der Bucht her ertönten auf einmal klagende Töne –

Signalhörner. »Sie rufen nach dir. Ist ja klar, dass Leif so schnell wie möglich aufbrechen will. Beeil dich, sonst lassen sie dich doch noch zurück.« Loki blickte in Viggos Miene und breitete die Arme aus. »Beim Allvater, Viggo, ich bin nicht daran schuld, dass Thyra nicht in dem Zelt ist! Das, was zwischen ihr und dir ist, steht außerhalb meiner Kontrolle. Es ist die Macht, auf die wir Götter keinen Einfluss haben. Es wird ihr schon nichts passiert sein. War ihr Lager zerwühlt? Hat es dort nach Kampf ausgesehen? Nein? Na also. Du hättest sowieso von ihr Abschied nehmen und sie hierlassen müssen. Jetzt lauf und nimm deinen Platz auf der *Fröhlichen Schlange* ein.«

»Ich würde dir gern glauben, Loki ...«

»Tu es, mein Freund, tu es.«

»... aber hunderttausend Jahre Lüge und Trickserei von deiner Seite verhindern das.«

»Auch einen schlechten Ruf muss man sich erst mal erarbeiten«, sagte Loki verschnupft.

»Wer ist meine Mutter, Loki?«

»Dein Vater ist Bjarne Herjulfsson ...«

»Das hab ich nicht gefragt!«

»... und wer deine Mutter ist, wirst du wissen, sobald du ihr gegenüberstehst. Im Land jenseits des Meeres, Viggo. Hörst du die Hörner? Ein drittes Mal werden sie nicht nach dir rufen.«

Viggo riss sich los. Er rannte den Hang hinauf. Loki blieb unten bei Thyras Zelt, als der Junge sich noch ein letztes Mal umdrehte.

»Die dritte Aufgabe!«, rief er dem Gott zu. »Wer ist der Gefangene, den ich befreien muss?«

»Och«, machte Loki. »Und ich dachte, du hättest wenigstens ein bisschen Grips.«

»Bist … du der Gefangene? Herrje, Loki, willst du etwa, dass ich *dich* befreie? Dabei bist du doch verantwortlich für Ragnarök und Baldurs Tod … Ich leg mich bestimmt nicht mit allen Göttern auf einmal an.«

»Ich verlasse mich auf dich, Viggo. Hör nur – die Hörner. Sie rufen dich tatsächlich zum dritten Mal. Wahrscheinlich wirst du schwimmen müssen, um die *Fröhliche Schlange* zu erreichen. Und du willst mir was von schlechtem Timing erzählen?«

Viggo warf die Arme in die Luft und rannte los. Als er über die Hügelkuppe verschwunden war, bückte sich Lokis Trugbild, dann schwebte es durch die Zeltklappe, die Viggo in seiner Hektik offen gelassen hatte, in Thyras Zelt. Nachdenklich sah Loki sich um.

»Ich spüre sie nicht mal«, brummte er. »Man sollte doch meinen, dass derjenige, der sie gerettet hat, die Verbindung zu ihr nicht verlieren dürfte. Aber kaum kommt die Liebe ins Spiel …«

Sein Trugbild begann zu flackern. Loki verzog das Gesicht. Die Stunden des Friedens waren vorüber. Er stellte sich vor, wie die *Fröhliche Schlange* majestätisch aus der Bucht glitt, Viggo an einem der Ruderplätze, Leif Eriksson auf dem Platz des Schiffsführers, sein treuer Freund Tyrker am Steuer. Nun ließ sich das, was Loki eingefädelt hatte, nicht mehr rückgängig machen.

Lokis Trugbild grinste schief. Was bisher geschehen war, war der einfachste Teil der gesamten Angelegenheit gewesen.

Anmerkungen

Die Wikinger wurden in den Ländern, mit denen sie Kontakt hatten, unterschiedlich bezeichnet. Im Frankenreich (das heutige Frankreich und Deutschland, das damals noch eins war) nannte man sie die »Eschenmänner«, wohl weil der Teil ihrer Boote, der über der Wasserlinie lag, oft aus Eschenholz war. Sturebjörns Männer werden in diesem Roman zuweilen »Piraten« genannt. Auch das ist eine zeitgenössische fränkische Bezeichnung für die Leute, die wir heute unter dem Namen »Wikinger« kennen. Dabei bedeutet das fränkische Wort »pirat« wie das angelsächsische »wicing« das Gleiche, nämlich »Plünderer, die mit Schiffen angreifen«. Nordmänner, Dänen, Rus, Varänger, Normannen, Al-Madschu, Seekönige und Schiffsmänner sind weitere zeitgenössische Begriffe für die Wikinger, die sich selbst niemals als Wikinger bezeichneten, sondern über die Gegend definierten, aus der sie stammten (so wie man heute »die Bayern« oder »die Schwaben« sagt).

Aus Gründen der Einfachheit habe ich sie meistens »Wikinger« oder »Nordmänner« genannt und die anderen Bezeichnungen in der Regel vernachlässigt.

Es erschien mir merkwürdig, in einem Roman zur Wikingerzeit moderne Ortsnamen zu verwenden. Daher kommt zum Beispiel das heutige Köln in der damaligen Bezeichnung Colonia vor und Bremen heißt Brema.

Die Beschreibung der Wikinger-Ansiedlung Corcach Mór, das heutige Cork, basiert auf archäologischen Funden aus der Wikingerzeit. Bis ins hohe Mittelalter hinein war Cork Irlands Hauptumschlagplatz für teure Weine aus Frankreich und die als besonders fein geltenden irischen Häute und Felle.

Die Beschreibung des Königshofs von Kaupangen lehnt sich an die Ausgrabungsfunde des Hofs von König Harald Blauzahn im dänischen Jelling an. König Harald war bis 987 n. Chr. König von Norwegen.

Die lateinischen Worte, die Viggo auf dem Sklavenmarkt liest, stammen aus dem *Book of Kells*, dem berühmtesten irischen Manuskript aus dem 9. Jahrhundert.

Bei den Reisezeiten habe ich mich an die Höchstgeschwindigkeit eines voll besetzten Drachenboots gehalten, die mit 20 Knoten (= 37 km/h) ermittelt wurde. Die Wikinger fuhren von Sonnenauf- bis Sonnenuntergang, also im Sommer in den nordischen

Gewässern von 6 Uhr morgens bis 22 Uhr abends. An einem Tag legte ein Wikingerdrache damit unter günstigen Bedingungen fast 600 Kilometer zurück!

Dass Erik der Rote angeblich Angst vor einer Seuche in seiner Kolonie hatte, habe ich erfunden. Es ist ein kleiner Seitenhieb auf die historische Wirklichkeit. Im Jahr 1003 starben Erik der Rote und viele Grönländer an einer Epidemie, die von neuen Siedlern eingeschleppt worden war.

Die Beschreibung des Alltags an Bord sowie der Verantwortlichkeiten und Aufgabenbereiche der einzelnen Besatzungsmitglieder stammt aus Quellen des Wikingerschiffsmuseums »Vikingeskibsmuseet« in Roskilde in Dänemark.

Lokis Bemerkung, dass es sehr schwer sei, Wasser in einem Trugbild nachzustellen, ist eine Hommage an die Filmindustrie, genauer gesagt an die computergestützten Spezialeffekte. In den Anfangszeiten der CGI (Computer Generated Imagery) war es die größte Herausforderung, die extrem komplexen Lichtreflexe, Spiegelungen, Bewegungen und Farben von Wasser realistisch nachzubilden, weil die Rechnerleistung dazu nicht ausreichte.

GLOSSAR

ASEN
das jüngere Göttergeschlecht in der nordischen Mythologie

BALDUR
nordischer Gott der Sonne, des Lichts und des Frühlings; wird
aufgrund eines Streichs des Gottes Loki aus Versehen getötet,
was Ragnarök auslöst

BHEANNCHAIR (SPRICH: WJANCHÄR)
heute: Bangor, Stadt im Nordwesten von Irland, besitzt eine
1500 Jahre alte Abtei

HARALD BLAUZAHN
*910, +987, König von Dänemark und Norwegen. Nach ihm
ist der Funkstandard *Bluetooth* in Mobilgeräten benannt.

BRATTAHLID (SPRICH: BRATTAHLITH MIT
ENGL. *TH*)
von Erik dem Roten gegründete Wikingerkolonie auf Grönland, Standort der ersten christlichen Kirche auf Grönland

BREMA
heute: Bremen

CHEAT (ENGL. FÜR: BETRUG, SCHWINDEL)

In Computerspielen bezeichnen Cheats von den Programmierern eingebaute Funktionen, mit denen ein Spieler schwere Abschnitte überspringen oder sich Vorteile verschaffen kann.

COLONIA
heute: Köln

CORCACH MÓR (SPRICH: KORKACH MOHR)
heute: Cork, Stadt in Irland

DOLYO CHAGI (SPRICH: TOJO TSCHAGI)
Halbkreistritt; Technik aus dem Taekwondo

DUIBHLINN (SPRICH: TUIWLIN)
heute: Dublin, Hauptstadt von Irland

EINHERJAR
die gefallenen Krieger, die aufgrund ihrer Tapferkeit in Odins Große Halle einziehen dürfen. Sie sollen Odin in der großen Schlacht am Ende aller Zeiten beistehen.

LEIF ERIKSSON (SPRICH: LEJF ERIKSSON)
*970, +1020, Sohn von Erik dem Roten und Thjodhild, wird als Entdecker Amerikas und Gründer der ersten Wikingerkolonie dort angesehen (Fundort von L'Anse aux Meadows)

FAEREYJAR-INSELN
heute: Faröer, Inselgruppe im Nordatlantik zwischen Großbritannien, Norwegen und Island

FAFNIR
Drache aus der nordischen Mythologie

FÉLAGAR (PL.; SING.: FÉLAGA)
wikingische Handelsgesellschaften. Ein Mitglied eines Félaga war ein Félagi.

FENRISWOLF/FENRIR
Ungeheuer aus der nordischen Mythologie

FILUNGAR
altnordisch für: Bootsbauer, gewöhnlicher Schiffszimmermann (siehe auch Stafnasmidir)

FLYING FRONT JUMP KICK
oder: Twimyo Ap Chagi; Technik aus dem Taekwondo

FREYA
nordische Göttin der Fruchtbarkeit, des Glücks und der Zauberei, deshalb Schutzgöttin der Seherinnen

GODE
Träger der Regierungsgewalt in der altnordischen Gesellschaft

BJARNE HERJULFSSON
*966, gilt als einer der möglichen Entdecker Amerikas

HEL
nordische Göttin der Unterwelt und der Toten

HIRDMEN
bewaffnete Gefolgsleute eines Herrschers

HÖDUR
nordischer, blinder Gott der Dunkelheit; wird von Loki ausgetrickst, sodass er seinen Bruder Baldur unabsichtlich tötet.

HOLUMENN
die einfachen Ruderer an Bord eines Wikingerschiffs

HRYMIR
Riese in der altnordischen Sage, ein Feind der Asen

JARL
Fürstentitel in der altnordischen Gesellschaft; von ihm leitet sich der englische »earl« ab.

JÖRMUNGANDR ODER MIDGARDSCHLANGE
Der Leib dieser riesigen Seeschlange umschlingt laut der altnordischen Mythologie die gesamte Welt.

KAUPANGEN
heute: Trondheim, norwegische Stadt

LOKI
auch: Loptr, Hvethrungr. Gott der Lüge und Hinterlist in der altnordischen Mythologie. Löst durch den von ihm verschuldeten Tod von Baldur den Weltuntergang aus, wird zur Strafe dafür von den anderen Göttern unter dem offenen Maul einer Giftschlange an einen Stein gefesselt, wo ihn deren Gift ständig verbrennt, wenn seine Frau Sigyn es nicht mit einer Schale vorher auffängt.

MATSVEINN
Koch und Heilkundiger auf einem Wikingerschiff

MIDGARD
altnordische Bezeichnung für die Welt der Menschen

MUSPELHEIM
altnordische Bezeichnung für die Welt des Feuers

NAGLFAR
»Totenschiff«; ein aus den Finger- und Zehennägeln der Verstorbenen erbautes Schiff in der altnordischen Mythologie. Auf ihm reisen die Feinde der Götter zur letzten Schlacht von Ragnarök heran.

NIFLHEIM
altnordische Bezeichnung für die Welt des Eises

NORNIR (SING.; PL.: NORNI)
schicksalsbestimmende weibliche Wesen in der altnordischen Mythologie. Ihre Namen lauten Urd (Schicksal), Verdandi (das, was wird), Skuld (das, was sein soll).

NOURMAUNDIE
heute: Normandie. Landstrich im Nordwesten Frankreichs, wurde vom französischen König Karl dem Einfältigen im Jahr 911 an dänische Wikinger zur Besiedlung übergeben.

ODIN
Hauptgott der altnordischen Mythologie; Göttervater, Kriegsgott, Gott der Dichtung, der Runen und der Magie

RAGNARÖK
wörtlich: Schicksal der Götter; in der altnordischen Mythologie der Weltuntergang, gemeinhin wegen eines Übersetzungsfehler nicht als »Schicksal der Götter«, sondern als »Götterdämmerung« bekannt.

RÁVORDR
für das Segel verantwortliches Besatzungsmitglied eines Wikingerschiffs

RUS

Historisches Volk, das in der Gegend der heutigen Ukraine und Russlands lebte. Eine Theorie zur Herkunft der Rus besagt, dass sie ursprünglich skandinavische Siedler waren, also »Wikinger«.

SCHILDWALL

Verteidigungsformation von Fußkämpfern. Die erste Reihe der Krieger kniet mit ihren Schilden vor sich, die zweite Reihe steht und lässt ihre Schilde mit denen der Knieenden überlappen.

BISCHOF SIGWARD

christlicher Mönch, erster Bischof der Diözese Kaupangen (= Trondheim), von König Olaf Tryggvason eingesetzt. Stand der Diözese bis mindestens 1015 vor. Womöglich stammte er aus England. Da der Großteil der von König Olaf nach Norwegen geholten Geistlichen aber aus dem damaligen Bistum Hammaburg-Brema (= Hamburg-Bremen) stammte, habe ich mir die Freiheit genommen, aus Sigward einen Landsmann von Viggo zu machen.

SIGYN

Göttin der altnordischen Mythologie, Frau von Loki. Gilt als Sinnbild der ehelichen Treue.

SJÓNARVORDR

für die Ausschau nach Feinden verantwortliches Besatzungsmitglied eines Wikingerschiffs

SKALDE
höfischer Dichter, Geschichtenerzähler, Musiker und Chronist der altnordischen Gesellschaft

SKIPHERRA
Schiffsherr auf einem Wikingerschiff

SKIPVERJAR
Gemeinschaft aller Besatzungsmitglieder eines Wikingerschiffs, im Sinne einer Kameradschaft oder Schicksalsgemeinschaft

SKRALINGER ODER SKRALING
abwertende altnordische Bezeichnung für Fremde, Eingeborene oder schwächlich wirkende Personen

SKUY
heute: die Insel Skye, die größte Insel der Inneren Hebriden (schottische Westküste)

SLEIPNIR
Odins achtbeiniges Ross

STAFNASMIDIR
Bootsbau-Spezialist, verantwortlich für die Bug- und Heckkonstruktion eines Wikingerschiffs

STJORMÁRI
altnordisch für: Steuermann; Navigator eines Wikingerschiffs

STRENGVORDR
für das Tauwerk und die Ankertaue verantwortliches Besatzungsmitglied eines Wikingerschiffs

STUREBJÖRN (STYRBJÖRN DER STARKE)
*960, +984, Sohn des schwedischen Königs Olof Björnssons. Nach Olofs Tod verwehrte Styrbjörns Onkel Erik diesem den Thron. Berühmter Plünderer, Pirat und Anführer der Jomswikinger, eines wikingischen Söldnerbunds. Die Geschichte mit den Nachfolgern Sturebjörns ist allerdings erfunden und eine kleine Hommage an die Figur des Dread Pirate Roberts aus dem Roman »Die Brautprinzessin« von William Goldman.

SURTR
Feuerriese in der nordischen Mythologie; ein Feind der Asen

SUTHREYJAR
altnordische Bezeichnung der gesamten Inselwelt vor der schottischen Westküste

THING
Volks- und Gerichtsversammlungen in der altnordischen Gesellschaft. Der Ort, wo diese Versammlungen abgehalten wur-

den, hieß Thingplatz oder Thingstätte und war meistens durch einen Steinkreis oder einen besonderen Baum gekennzeichnet.

THOR

Gott des Donners und Beschützer der Menschenwelt in der altnordischen Mythologie

KÖNIG OLAF TRYGGVASON

*968, +1000, norwegischer König von 995 bis 1000, angeblich der erste christliche König Norwegens

VALKYRE (VALKYRJA, PL. VALKYRJAR)

weibliches Geistwesen der altnordischen Mythologie. Die Valkyrjar wählen aus den auf dem Schlachtfeld gefallenen Kriegern die Einherjar aus, um sie nach Walhall zu führen. Unterschiedlichen Sagen zufolge gab es neun, zwölf oder unzählige Valkyrjar.

VANEN

Das ältere Göttergeschlecht in der nordischen Mythologie.

VIKING

Viking oder Wikinger ist keine Bezeichnung für ein Volk, sondern eher für eine Tätigkeit. Die Übersetzung des altnordischen Worts lautet in etwa: Seekrieger, der sich auf langer Fahrt von der Heimat entfernt. Der Begriff taucht als Bezeichnung für die skandinavischen Plünderer auf ihren Drachenschiffen erst im Hochmittelalter auf und galt danach noch lange Zeit als Synonym für Piraten ganz allgemein.

VÖLVA (SING.; PL. VÖLVUR)

Der Auftritt der Völva (= Seherin) und dass Viggo an ihren Prophezeiungen festhält, ist von der sogenannten Völuspá (= Weissagung der Seherin) abgeleitet. Sie ist Bestandteil der nordischen Sagen und gilt als das bedeutendste Gedicht des nordischen Mittelalters. Man nimmt an, dass die Völuspá um das Jahr 1000 entstanden ist. Der Autor ist unbekannt, was mir die Behauptung leicht macht, dass vielleicht Viggo der Autor sein könnte ... In der Völuspá wird die Beschreibung der Schöpfungsgeschichte und des Weltuntergangs Ragnarök einer Seherin in den Mund gelegt.

WALHALL

altnordisch für »Wohnung der Gefallenen«, wird im Allgemeinen als identisch mit Odins Großer Halle gesehen, in der die Einherjar feiern.

WELTESCHE ODER YGGDRASIL

der sogenannte Weltenbaum, der den gesamten Kosmos verkörpert

DANKESCHÖN

Seit Jahren wollte ich eine Wikingergeschichte schreiben! Daher möchte ich mich gleich am Anfang bei Iris Praël vom Ravensburger Buchverlag bedanken, die mir diese Chance geboten hat und mir bei der Konzeption der verschiedenen Story-Ideen eine wertvolle Sparringspartnerin war.

Eingefädelt wurde das Ganze von meinem unverzichtbaren Agenten Bastian Schlück. Von Lektoratsseite waren Valentino Dunkenberger und Ulrike Schuldes mit Engagement, Feingefühl und Begeisterung dabei. Danke, dass ihr diesen Roman möglich gemacht habt.

Meine Probeleser und -leserinnen Toni Greim, Esther Winter, Bettina und Siegmar Zerrath, Angela Seidl und Konstantin Priller haben sich durch ein teilweise noch sehr im Rohzustand befindliches Manuskript gekämpft und mir viele hervorragende Hinweise gegeben, wo ich noch am Text feilen musste. Die gezielte Jagd auf die Tipp-, Rechtschreib- und Druckfehler in den Fahnen hat wie immer in allerbester Weise meine Frau Michaela erledigt. Danke, dass ihr meiner Geschichte den nötigen Schliff verliehen habt.

Meine Familie hat einmal mehr plötzlich eng gewordene Abgabetermine ertragen, die dazu führten, dass ich eine Weile mehr hinter der Tastatur als mit ihnen lebte. Danke für euer Verständnis!

Das Gleiche gilt für meine Freunde, die, soweit sie nicht als Probeleser eingebunden waren, in den letzten Entstehungswochen des Romans wenig von mir gesehen und gehört haben. Danke, dass ihr mich trotzdem noch in eure Großen Hallen lasst, um miteinander zu feiern.

Irgendwie kommt ihr immer am Ende der Danksagung, obwohl ihr ja die Wichtigsten seid – ihr, liebe Leserinnen und Leser. An diejenigen, die mich schon bei meinen anderen Büchern begleitet haben, und an diejenigen, die mich mit dieser Romanserie erst neu entdecken: Ihr wisst schon, dass es ohne euch keinen Sinn ergeben würde, diese Geschichten zu erzählen? Eine Geschichte tritt erst dann ins Leben, wenn sie nicht nur erzählt, sondern auch gehört wurde. Dafür sorgt ihr. Danke schön!

Viggos Abenteuer geht weiter!

Freu dich auf Band 2 von

VIKING WARRIORS

Erscheint im Frühjahr 2017!

Richard Dübell, geboren 1962, schreibt historische Romane für Jugendliche und Erwachsene, die in vierzehn Sprachen übersetzt wurden. Sein Roman »Die Pforten der Ewigkeit« stand wochenlang auf den Bestsellerlisten. Der Autor lebt mit seiner Frau und seinen beiden Söhnen in der Nähe von Landshut.

www.duebell.de

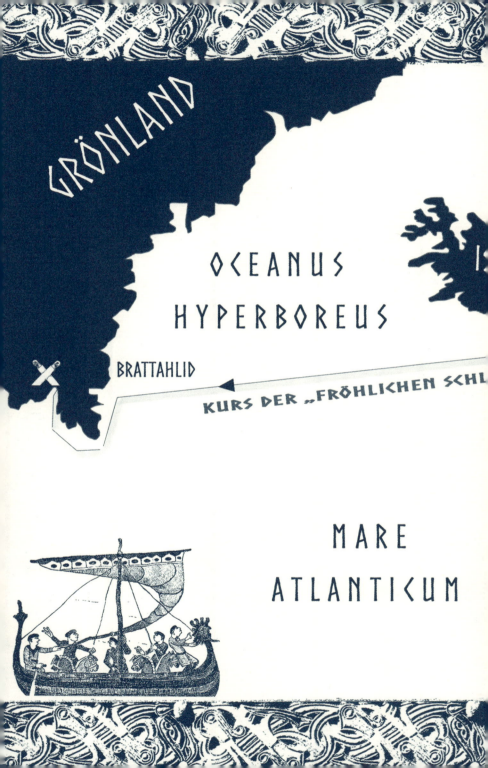